VLADIA

乌村幻影

Eugen Uricaru

[罗马尼亚] 欧金·乌力卡罗 / 著

陆象淦 / 译

南方出版传媒
花城出版社
中国·广州

图书在版编目（CIP）数据

乌村幻影 /（罗）欧金·乌力卡罗著；陆象淦译
. -- 广州：花城出版社，2016.12
（蓝色东欧 / 高兴主编. 第5辑）
ISBN 978-7-5360-8140-6

Ⅰ. ①乌… Ⅱ. ①欧… ②陆… Ⅲ. ①长篇小说－罗马尼亚－现代 Ⅳ. ①I542.45

中国版本图书馆CIP数据核字(2016)第269773号

合同版权登记号：图字19-2015-177号
VLADIA
Copyright: © Eugen Uricaru, 1982
All rights reserved

出 版 人：詹秀敏
丛书策划：朱燕玲 孙 虹
出版统筹：李倩倩 夏显夫 欧阳佳子
责任编辑：孙 虹 蔡 宇
技术编辑：薛伟民 凌春梅
装帧设计：棱角视觉 ANGULAR VISION
封面供图：子 夏

书　　名	乌村幻影 WUCUN HUANYING
出版发行	花城出版社 （广州市环市东路水荫路11号）
经　　销	全国新华书店
印　　刷	恒美印务（广州）有限公司 （广州南沙经济技术开发区环市大道南路334号）
开　　本	880毫米×1230毫米 32开
印　　张	9.875　2插页
字　　数	264,000字
版　　次	2016年12月第1版 2016年12月第1次印刷
定　　价	45.00元

本书中文专有出版权归花城出版社独家所有，非经本社同意不得连载、摘编或复制。
如发现印装质量问题，请直接与印刷厂联系调换。
购书热线：020-37604658　37602954
欢迎登陆花城出版社网站：http://www.fcph.com.cn

乌村幻影

目录
CONTENTS

记忆，阅读，另一种目光（总序）/ 高兴 / 1
致中国读者的信（作者序）/ 欧金·乌力卡罗 / 1
时空穿越，走笔神游（译者序）/ 陆象淦 / 1

第一章 / 1
第二章 / 15
第三章 / 39
第四章 / 65
第五章 / 100
第六章 / 153
第七章 / 183
第八章 / 235
第九章 / 270

记忆，阅读，另一种目光

（总序）

高兴

昆德拉说过："人的一生注定扎根于前十年中。"我想稍稍修改一下他的说法："人的一生注定扎根于童年和少年中。"童年和少年确定内心的基调，影响一生的基本走向。

不得不承认，二十世纪五六十年代出生的人都有着不同程度的俄罗斯情结和东欧情结。这与我们的成长有关，与我们的童年、少年和青春岁月有关。而那段岁月中，电影，尤其是露天电影又有着怎样重要的影响。那时，少有的几部外国电影便是最最好看的电影，它们大多来自东欧国家，几乎吸引了所有人的目光，是我们童年的节日。在某种意义上，甚至可以说，它们还是我们的艺术启蒙和人生启蒙，构成童年最温馨、最美好和最结实的部分。

还有电影中的台词和暗号。你怎能忘记那些台词和暗号。它们已成为我们青春的经典。最难忘的是《瓦尔特保卫萨拉热窝》。"'空气在颤抖,仿佛天空在燃烧。''是啊,暴风雨来了。'""看,这座城市,它就是瓦尔特。"简直就是诗歌。是我们接触到的最初的诗歌。那么悲壮有力的诗歌。真正有震撼力的诗歌。诗歌,就这样和英雄主义和浪漫主义,紧紧地连接在了一道。

还有那些柔情的诗歌。裴多菲,爱明内斯库,密茨凯维奇。要知道,在二十世纪七八十年代,读到他们的诗句,绝对会有触电般的感觉。而所有这一切,似乎就浓缩成了几粒种子,在内心深处生根,发芽,成长为东欧情结之树。

然而,时过境迁,我们需要重新打量"东欧"以及"东欧文学"这一概念。严格来说,"东欧"是个政治概念,也是个历史概念。过去,它主要指波兰、捷克斯洛伐克、匈牙利、罗马尼亚、保加利亚、南斯拉夫、阿尔巴尼亚七个国家。因此,在当时,"东欧文学"也就是指上述七个国家的文学。这七个国家,加上原先的东德,都曾经是以苏联为首的华沙条约组织的成员。

一九八九年底,东欧发生剧变。此后,苏联解体,华沙条约组织解散,捷克和斯洛伐克分离,南斯拉夫各共和国相继独立,所有这些都在不断改变着"东欧"这一概念。而实际情况是,波兰、捷克、匈牙利、罗马尼亚等国家甚至都不再愿意被称为东欧国家,它们更愿意被称为中欧或中南欧国家。同样,不少上述国家的作家也竭力抵制和否定这一概念。在他们看来,东欧是个高度政治化、笼统化的概念,对文学定位和评判,不太有利。这是一种微妙的姿态。在这种姿态中,民族自尊心也发挥着不可估量的作用。

但在中国,"东欧"和"东欧文学"这一概念早已深入人心,有广泛的群众和读者基础,有一定的号召力和亲和力。因此,继续使用"东欧"和"东欧文学"这一概念,我觉得无可厚非,有利于研究、译介和推广这些特定国家的文学作品。事实上,欧美一些大学、研究中心也还在继续使用这一概念。只不过，今日，当我们提到这一概念，涉及的就不仅仅是七个国家，而应该包含更多的国家：立陶宛、摩尔多瓦等独联体国家，还有波黑、克罗地亚、斯洛文尼亚、塞尔维亚、黑山等从南斯拉夫联盟独立出来的国家。我们之所以还能把它们作为一个整体来谈论，是因为它们有着太多的共同点：都是欧洲弱小国家，历史上都曾不断遭受侵略、瓜分、吞并和异族统治，都曾把民族复兴当作最高目标，都是到了十九世纪末二十世纪初才相继获得独立，或得到统一，第二次世界大战后都走过一段相同或相似的社会主义道路，一九八九年后又相继推翻了共产党政权，走上了资本主义发展道路。之后，又几乎都把加入北约、进入欧盟当作国家政策的重中之重。这二十年来，发展得都不太顺当，作家和文学都陷入不同程度的困境。用饱经风雨、饱经磨难来形容这些国家，十分恰当。

换一个角度，侵略，瓜分，异族统治，动荡，迁徙，这一切同时也意味着方方面面的影响和交融。甚至可以说，影响和交融，是东欧文化和文学的两个关键词。看一看布拉格吧。生长在布拉格的捷克著名小说家伊凡·克里玛，在谈到自己的城市时，有一种掩饰不住的骄傲："这是一个神秘的和令人兴奋的城市，有着数十年甚至几个世纪生活在一起的三种文化优异的和富有刺激性的混合，从而创造了一种激发人们创造的空气，即捷克、德国和犹太文化。"①

克里玛又借用被他称作"说德语的布拉格人"乌兹迪尔的笔为我们描绘了一个形象的、感性的、有声有色的布拉格。这是一个具有超民族性的神秘的世界。在这里，你很容易成为一个世界主义者。这里有幽静的小巷、热闹的夜总会、露天舞台、剧院和形形色色的小餐馆、小店铺、小咖啡屋和小酒店。还有无数学生社团和文艺沙龙。自然也有五花八门的妓院和赌场。布拉格是敞开的，是包容的，是休闲的，是艺术的，是世俗的，有时还是颓废的。

---

① 见伊凡·克里玛《布拉格精神》第44页，崔卫平译，作家出版社1998年版。

布拉格也是一个有着无数伤口的城市。战争、暴力、流亡、占领、起义、颠覆、出卖和解放充满了这个城市的历史。饱经磨难和沧桑，却依然存在，且魅力不减，用克里玛的话说，那是因为它非常结实，有罕见的从灾难中重新恢复的能力，有不屈不挠同时又灵活善变的精神。如果要用一个词来形容布拉格的话，克里玛觉得就是：悖谬。悖谬是布拉格的精神。

或许悖谬恰恰是艺术的福音，是艺术的全部深刻所在。要不然从这里怎会走出如此众多的杰出人物：德沃夏克，雅那切克，斯美塔那，哈谢克，卡夫卡，布洛德，里尔克，塞弗尔特，等等。这一大串的名字就足以让我们对这座中欧古城表示敬意。

布拉格如此，萨拉热窝、华沙、布加勒斯特、克拉科夫、布达佩斯等众多东欧城市，均如此。走进这些城市，你都会看到一道道影响和交融的影子。

在影响和交融中，确立并发出自己的声音，十分重要。不少东欧作家为此做出了开拓性和创造性的贡献。我们不妨将哈谢克和贡布罗维奇当作两个案例，稍加分析。

说到捷克作家哈谢克，我们会想起他的代表作《好兵帅克》。以往，谈论这部作品，人们往往仅仅停留于政治性评价。这不够全面，也容易流于庸俗。《好兵帅克》几乎没有什么中心情节，有的只是一堆零碎的琐事，有的只是帅克闹出的一个又一个的乱子，有的只是幽默和讽刺。可以说，幽默和讽刺是哈谢克的基本语调。正是在幽默和讽刺中，战争变成了一个喜剧大舞台，帅克变成了一个喜剧大明星，一个典型的"反英雄"。看得出，哈谢克在写帅克的时候，并没有考虑什么文学的严肃性。很大程度上，他恰恰要打破文学的严肃性和神圣感。他就想让大家哈哈一笑。至于笑过之后的感悟，那就是读者自己的事情了。这种轻松的姿态反而让他彻底放开了。借用帅克这一人物，哈谢克把皇帝、奥匈帝国、密探、将军、走狗等等统统给骂了。他骂得很过瘾，很解气，很痛快。读者，尤其是捷克读者，读得也很过瘾,很解气,很痛快。幽默和讽刺于是又变成了一件有力的武器,特别适用于捷克这么一个弱小的民族。哈谢克最大的贡献也正在于此:为捷克民族和捷克文学找到了一种声音,确立了一种传统。

而波兰作家贡布罗维奇与哈谢克不同,恰恰是以反传统而引起世人瞩目的。他坚决主张让文学独立自主。在二十世纪三四十年代,贡布罗维奇的作品在波兰文坛显得格外怪异离谱,他的文字往往夸张扭曲,人物常常是漫画式的,他们随时都受到外界的侵扰和威胁,内心充满了不安和恐惧,像一群长不大的孩子。作家并不依靠完整的故事情节,而是主要通过人物荒诞怪僻的行为,表现社会的混乱、荒谬和丑恶,表现外部世界对人性的影响和摧残,表现人类的无奈和异化以及人际关系的异常和紧张。长篇小说《费尔迪杜凯》就充分体现出了他的艺术个性和创作特色。

捷克的赫拉巴尔、昆德拉、克里玛、霍朗,波兰的米沃什、赫贝特、希姆博尔斯卡,罗马尼亚的埃里亚德、索雷斯库、齐奥朗,匈牙利的凯尔泰斯、艾什特哈兹,塞尔维亚的帕维奇、波帕,阿尔巴尼亚的卡达莱……如此具有独特风格和魅力的当代东欧作家实在是不胜枚举。

某种程度上,东欧曾经高度政治化的现实,以及多灾多难的痛苦经历,恰好为文学和文学家提供了特别的土壤。没有捷克经历,昆德拉不可能成为现在的昆德拉,不可能写出《可笑的爱》《玩笑》《不朽》和《难以承受的存在之轻》这样独特的杰作。没有波兰经历,米沃什也不可能成为我们所熟悉的将道德感同诗意紧密融合的诗歌大师。但另一方面,需要注意的是,由于语言的局限以及话语权的控制,东欧文学也极易被涂上浓郁的意识形态色彩。应该承认,恰恰是意识形态色彩成全了不少作家的声名。昆德拉如此。卡达莱如此。马内阿如此。赫尔塔·米勒亦如此。我们在阅读和研究这些作家时,需要格外地警惕。过分地强调政治性,有可能会忽略他们的艺术性和丰富性。而过分地强调艺术性,又有可能会看不到他们的政治性和复杂性。如何客观地、准确地认识和评价他们，同样需要我们的敏感和平衡。

一个美国作家，一个英国作家，或一个法国作家，在写出一部作品时，就已自然而然地拥有了世界各地广大的读者，因而，不管自觉与否，他，或她，很容易获得一种语言和心理上的优越感和骄傲感。这种感觉东欧作家难以体会。有抱负的东欧作家往往会生出一种紧迫感和危机感。他们要用尽全力将弱势转化为优势。昆德拉就反复强调，身处小国，你"要么做一个可怜的、眼光狭窄的人"，要么成为一个广闻博识的"世界性的人"。别无选择，有时，恰恰是最好的选择。因此，东欧作家大多会自觉地"同其他诗人，其他世界，和其他传统相遇"（萨拉蒙语）。昆德拉、米沃什、齐奥朗、贡布罗维奇、赫贝特、卡达莱、萨拉蒙等等东欧作家都最终成为"世界性的人"。

关注东欧文学，我们会发现，不少作家，基本上，都在出走后，都在定居那些发达国家后，才获得一定的国际声誉。贡布罗维奇、昆德拉、齐奥朗、埃里亚德、扎加耶夫斯基、米沃什、马内阿、史沃克莱茨基等等都属于这样的情形。各种各样的原因，让他们选择了出走。生活和写作环境、意识形态原因、文学抱负、机缘等，都有。再说，东欧国家都是小国，读者有限，天地有限。

在走和留之间，这基本上是所有东欧作家都会面临的问题。因此，我们谈论东欧文学，实际上，也就是在谈论两部分东欧文学：海外东欧文学和本土东欧文学。它们缺一不可，已成为一种事实。

在我国，东欧文学译介一直处于某种"非正常状态"。正是由于这种"非正常状态"，在很长一段岁月里，东欧文学被染上了太多的艺术之外的色彩。直至今日，东欧文学还依然更多地让人想到那些红色经典。阿尔巴尼亚的反法西斯电影，捷克作家伏契克的《绞刑架下的报告》，保加利亚的革命文学，都是典型的例子。红色经典当然是东欧文学的组成部分，这毫无疑义。我个人阅读某些红色经典作品时，曾深受感动。但需要指出的是，红色经典并不是东欧文学的全部。若认为红色经典就能代表东欧文学，那实在是种误解和误导，是对东欧文学的狭隘理解和片面认识。因此，用艺术目光重新打量、重新梳理东欧文学已成为一种必须。为了更加客观、全面地翻译和介绍东欧文学，突出东欧文学的艺术性，有必要颠覆一下这一概念。蓝色是流经东欧不少国家的多瑙河的颜色，也是大海和天空的颜色，有广阔和博大的意味。"蓝色东欧"正是旨在让读者看到另一种色彩的东欧文学，看到更加广阔和博大的东欧文学。

二〇一三年十月三十一日定稿于北京

主编简介：高兴，诗人、翻译家，一九六三年出生于江苏省吴江市。中国作家协会会员。现为中国社会科学院外国文学研究所研究员，《世界文学》主编。曾以作家、翻译家、外交官和访问学者身份游历过欧美数十个国家。出版过《米兰·昆德拉传》《东欧文学大花园》《布拉格，那蓝雨中的石子路》等专著和随笔集；主编过《二十世纪外国短篇小说编年·美国卷》（上、下册）、《伊凡·克里玛作品系列》（5卷）、《水怎样开始演奏》、《诗歌中的诗歌》、《小说中的小说》（2卷）等大型图书。主要译著有《梵高》《黛西·米勒》《雅克和他的主人》《可笑的爱》《安娜·布兰迪亚娜诗选》《我的初恋》《索雷斯库诗选》《梦幻宫殿》《托马斯·温茨洛瓦诗选》等。

致中国读者的信

(作者序)

欧金·乌力卡罗

我亲爱的读者:

我们虽然不相识,却有某种东西使我们相近,那就是文学。你对文学的兴趣使我相信,你是爱好文艺群体中的一员,将文学,更普遍地说,将艺术视为现实的另一个面貌,或者甚至是现实的补充,像现实本身一样有力和令人信服。在众多面世和待出版的书籍中进行挑选,实非易事,正如你选择一生的道路一样。各种事件和现实环境,引导我们直面另一些事件和现实——我们通常称之为结果,而重要的书籍同样也引导我们去阅读另一些好书。在这样或那样的情况下,你几乎察觉不到周围织起的那张蜘蛛网——我想称之为环境的陷阱。我不相信环境是无中生有,偶然形成的。除非出现必然性与偶然性的矛盾的不可避免的悲剧状况,环境是我们创造的。它们或来自我们的行为,或来自我们的思想,或来自我们最看重的东西。

这部小说是一个寓言,描述世界如何创生,如何随着事实或计划之外,我们认为生活中重要的东西的变化而改变。它是一部讲述不可衡量,从而不可控制的力量的书籍,一个揭示爱情的伟大力量的故事。

一切发生在内地的一个小镇上,这是罗马尼亚文学,以及诸如法国和俄罗斯等其他欧洲文学中很常见的题材。我试图给这个题材带来创新的,并非是封闭世界的细节描写——这类文学地理学的典型手法,而是走出这个封闭空间的道路。在所有情况下,一个封闭空间迫使其内部的芸芸众生将精力和技能投向细小的琐事和活动,把无聊的东西极端放大。服从和控制小宇宙的诱惑,释放出堪比大宇宙的能量和热情。尽管如此,存在着摆脱任何控制,摆脱任何威权的力量,那就是爱情。

在这个只依赖种植葡萄为生的小镇上,一切似乎井然有序,循规蹈矩,遵循着一成不变的生活皇历,年复一年。一切似乎都是按部就班的,有数的,经过权衡的,而以各自的方式掌控着乌拉迪亚居民生活的官员认为,成绩非凡,堪称完美。完美的别名乃是幸福。然而……

毕竟有某种力量搅动着小镇的秩序、宁静,乃至幸福。这样的力量不能被看作毋庸置疑的价值的组成部分。那就是爱情。事实上,只是许多年前发生在乌拉迪亚的一个激动人心的爱情故事的传说、回忆。自封为小镇居民的幸福的给予者,决定动手扼杀这个破坏居民生活平衡的出乎意料的敌人。

爱情就其理想的形态而言,作为仰慕和赞赏的一种形式,乃是欧洲文化中一种相对新的情感。它既不存在于古希腊,也不存在于古罗马世界,而在早期的拜占庭帝国抑或民族大迁徙的黑暗时代,更不知是何从谈起。它是人类的一种情感,行吟诗人的创造,公元第二个千年之初,与十字军远征准备和实施时代相对应的时期,从一个城堡到另一个城堡行游,歌唱明娜①——纯洁的爱情的艺人的创造。歌者从

---

① 明娜系德国著名剧作家莱辛创作的描述爱情与荣誉冲突的喜剧《明娜·封·巴尔赫姆》中的主人公。在此剧中,莱辛一反传统,把对于荣誉的渴望描述为空洞的幻想和矫揉造作的表现,大力讴歌爱情的最终胜利。

一个城堡漫游到另一个城堡,那儿的太太和小姐们期盼着骑士们从漫长的远征战斗中归来,他们朗诵,歌唱充满怀旧和纯洁爱情的诗篇,终于也爱上了美丽的城堡女主人们。理论上说,没有人敢于超越只容赞美,排斥触犯的荣誉界限。

这个文化现象用此前尚未体验到的一种情感——爱情,作为未满足的欲望的情感,丰富了人类。文学证明了它创造部分现实的不可抗拒的力量,人们因此以其掌握自己生活、自己的事实世界同样朴素的方式掌握了这部分现实。我认为,这是扩大此前已知世界的过程的决定性的实证。直至四百年之后,世界才通过美洲的发现得以丰富!很惊人,不是吗?人的心灵比他们的头脑更勇敢,更可信。而这是通过具体的事实来证明的。自那一刻开始,内心生活的演进必须关注情感的这种划时代的发现,而这样的发现又只能借助文学来实现,也只能通过文学来发展、强化。

乌拉迪亚的爱情故事即便并不存在,而只是虚构,也无碍于我们认同。理解爱情伟大者与害怕爱情存在者,为解放抑或控制这种情感,进行着默默而无情的斗争。看起来好像是一种不可理解的冲突,但实际上是同一个词的两种诠释之间的斗争,而这个词本身没有也不可能有科学的解释——它就是幸福。幸福可能意味着对爱情的寻觅,抑或相反,放弃对爱情的寻觅。

我写下这几行文字的想法是,这部小说从远方呈现在中国读者面前,来自一个近乎不认识的世界,描写一个幻想与支离破碎的现实并存的世界。然而,如果人的内心世界因为诗人的想象而变得更加美好,那么外部世界为什么不能借助读者的想象而变得更加可信呢?我相信,这个文本或将能说明此言不虚。

如果没有花城出版社和译者为文本付出的辛勤劳动,这部小说不可能到达读者手中,为此我对他们表示衷心感谢!

二〇一六年五月

时空穿越，走笔神游

（译者序）

陆象淦

巴尔扎克在《人间喜剧》前言中自称是法国社会这个历史学家的秘书，而他作为一个作家只需"编制恶习与美德的清单，收集激情的主要表现，刻画性格，选取社会上的重要事件，就若干同质的性格特征博采约取，从中糅合出一些典型"。做到了这些，"或许就能够写出一部许多历史家所忽略了的那种历史，也就是风俗史"。就此意义而言，呈现在读着面前的《乌村幻影》这部小说，或许可以说是二十世纪初期直至八十年代罗马尼亚的一幅当代风俗史画卷。它以充沛的想象力，穿越时空，通过虚构的乌拉迪亚这个封闭的小宇宙，展现出历史与现实、风土与人情、生境与心态、爱情与梦想、传说与回忆、控制与反抗、失败与悲情、死亡与出走、希望与重生的多彩画面。以种植葡萄为生的乌拉迪亚虽然偏僻平静，却绝非世外桃源。

在这个"渺小的天堂"节奏平缓的社会生活表象下,涌动着善与恶、生存与虐杀较量的波涛。创作这幅风俗史画卷的罗马尼亚当代知名作家欧金·乌力卡罗,对于中国读者来说也许还比较陌生,但对这幅画卷中所描摹的某些场景或有曾似相识而又别有洞天之感,令人产生联想和共鸣,或赞叹作家的奇幻构思,或因其对自命的"救世主"的凶残和愚蠢嘴脸的嘲讽和调侃而忍俊不禁,哑然失笑。

欧金·乌力卡罗一九四六年出生于罗马尼亚东部摩尔多瓦地区的布胡希,却是"一九七〇年代特兰西瓦尼亚散文复兴运动①"的重要成员。一九六四年,他进入罗马尼亚西北部特兰西瓦尼亚地区的克鲁日大学语言系学习,在校期间即与马利安·帕帕哈吉、扬·波勃和扬·瓦尔迪克等人一起创办了《二分点》杂志并担任第一任主编。罗马尼亚评论界认为,这个杂志作为一个平台和阵地,对罗马尼亚不少当代知名作家、历史学家、哲学家的成长做出了积极贡献。一九七四年,乌力卡罗出版了第一部小说集《描摹紫色——魔幻小说》,受到罗马尼亚文学评论界和读者的广泛关注和好评,迄今已相继发表了数十部作品。他先后担任过罗马尼亚主要文艺刊物《雅典娜宫》、《星》、《金星》的主编。一九九二年,欧金·乌力卡罗出任罗马尼亚驻希腊大使馆文化专员,但因与大使意见不合,几个月后旋即辞职;同年赴意大利罗马,任罗马尼亚学院副院长;一九九五年回到布加勒斯特,当选为罗马尼亚作家协会书记,并于一九九七年至二〇〇一年任该会副主席,二〇〇一年当选为主席,任职至二〇〇五年。在此期间,他还曾兼任过罗马尼亚文化电台台长、罗马尼亚外交部国务秘书,发起并创立了"日日夜夜"国际文学节和"奥维德-尼普顿"文学奖,其作品曾被译成法文、德文、俄文、匈牙利文、塞尔维亚文、马其顿文和越南文,在欧亚多个国家出版。

欧金·乌力卡罗的作品题材广泛多样,根据罗马尼亚评论界的看

---

① 语出罗马尼亚书籍出版社 1989 年版欧金·西米翁编的《今日罗马尼亚作家》(第四卷)。

法,大致可分为三类。第一类是魔幻和寓言小说;第二类是探索人的命运与历史之间的神秘关系的历史小说;第三类是现实观察小说,或者说是政治小说。但在总体风格上,这三类作品无不带有魔幻、符号、象征和寓言色彩,而现实的幻化和时空的穿越乃是乌力卡罗的作品的重要特征。有的评论家这样写道:乌力卡罗的"魔幻从一部小说走向另一部小说,不论其题材如何,在他的所有作品中无不存在着一个心灵的设想,试图构建一个文学'乌托邦'"。

《乌村幻影》无疑属乌力卡罗的第一类作品,即魔幻和寓言小说。以乌拉迪亚这个小镇为背景的叙事先后见诸于他的第一部作品——中短篇小说集《描摹紫色——魔幻小说》(一九七四年)、另一部中短篇小说集《安东尼娅——一个爱情故事》(一九七八年),以及长篇小说《乌村幻影》(一九八二年)和《自我克制》(一九八六年)。他在第一部作品中就开宗明义地写道:"乌拉迪亚和它的居民并不存在,因此我以为不太难赋予其创意。"至于它的具体位置,大致在摩尔多瓦南部离海岸四十公里的某个地方。这个小镇的特点是空间的封闭性、时间的停滞性、生活的单调性、行动节奏的缓慢性,好似一潭死水,但在看似静止的湖水底下或涌动着旋流。欧金·乌力卡罗曾这样写道:"水很长时间是静止的,淤泥沉淀着,积聚着。这一切是在不知不觉中发生的。然而,请注意,在湖底,在淤泥中,一股臭烘烘的透明气体正在汇集,一个小气泡一个小气泡地汇集着,突然间如同醒狮,爆发出一声吼叫,把一切抛向水面。湖水一片浑浊,只有听其自然才能变清。如果你插手干预,只能搅得更浑。因此,必须听其自然。渐渐地,一切沉到湖底,停息着。事情就是这样。"这或许正是这位罗马尼亚当代作家一再着意于这个虚构小镇的象征意义所在。

罗马尼亚文学评论界一般认为,乌力卡罗擅长于借助时空的穿越,将今人遗忘的古老历史、传说、玄学、童年记忆、梦境等等用作灵感的源泉,将想象与现实糅合于一体。在他的作品中,魔幻的支配地位是作为虚构的迫切需要出现的,想象的系统保持着作为艺术的

"认知的创意"过程，而现实，或者说实在，始终是不可绕过的唯一支点——舍此，创意本身就丧失了任何意义。在《乌村幻影》这部小说中，作者通过破落的卡特琳娜别墅及其年迈的女主人 K. F. 夫人的爱情传说，运用传奇、梦境、幻觉和假想等手法，穿越于历史时空、真幻时空和人性时空之间，而故事主人公维科尔·安蒂姆的回忆和倒叙贯穿全书，将历史与现实、幻想与真情、人性与善恶编织在他的叙事和疑问之中，营造出令人难以置信的情节的紧张感，堪比一部引人入胜的剧情片。

文学借助和通过语言创造一个多维和完美的意义世界，乃是现实的诗学。作家的作品价值在于破译世界的意义。正如欧金·乌力卡罗在《致中国读者的信》中所说，《乌村幻影》这部小说是"一个寓言"。乌拉迪亚既是虚构的，又是现实可见的。它提示我们，在这个幻想与支离破碎的现实交织的世界里，何为爱和幸福？如何才能获得并维护爱和幸福？是谁蓄意剥夺乃至扼杀人们应享有的爱和幸福？世上从来没有什么救世主，爱和幸福更不是也不可能靠他们赐予，而只能由我们自己创造和争取。

二〇一六年七月五日，北京西坝河

第一章

K. F. 夫人去世了。维科尔·安蒂姆参加完她的葬礼，独自走回镇去，木然地听凭汗水顺着耳根和脖子流淌下来，诧异地发现自己从来没有爬上过坡顶，走到公墓的尽头，从那里可以俯瞰乌拉迪亚的全景，一览无遗。他小心翼翼地走着，用脚尖在又软又黏的污泥中寻找着支点。实际上，泥土覆盖着全村所有的大街小巷和人行便道，直至家家户户的门槛，那是牲口的蹄子不断带来的天赐之物。像人一样，牲口也要在房舍之间营造自己的天地。小镇周围，伸展着一片片葡萄园。这是几乎所有乌拉迪亚居民的收入和幸福的来源。所有的葡萄园好像在一天之间全都枯萎变黄了。而且，如果你有耐心，或许能听见一种干涩的飒飒响声在坡岭间回荡，随后向下传导进市镇，在用同样的黄色泥土垒砌起来的墙壁间放大，冲破封闭着乌拉迪亚的山丘峡谷，仿佛要把它从这个狭小的世界里解放出来。那是树叶的呻吟，它们长得过于稠密，夜里得了有点恼人的锈斑病。但镇里半数居民，包括他——历史教师维科尔·安蒂姆在内，并没有这样的印象。此处是山坡上唯一用砂岩石板和鲜花覆盖的地方，尽管其中夹杂着些原生的野花。从这里放眼望去，展现在眼前的街道忽上忽下，曲折逶迤，似乎一心要绕开几家豪门大宅——象征权力和根基的真正堡垒，原来属于放租的佃东或者葡萄酒和蒲草商人的产业。这些人从来不满足屈居此地的生活，建宅非为居住，仅此而已。他们早已生活在断断续续铺了石块的大路的另一端——与国道交汇处附近的那一端，在那里建起了一座名副其实的城市科马纳。科马纳城供给乌拉迪亚食盐、煤气和火柴，还为用法布里丘斯酒窖的涂过硫黄的木桶从乌拉迪亚运来的葡萄酒印制商标，然后再转运到十分遥远的首都。乌拉迪亚的街道之所以绕开豪门大宅，是为了保护它们，让它们凸显半圆琉璃瓦和宽大廊檐的恢宏气度，威震一方。连带得到保护的还有宅中已经荒芜而遭葡萄藤侵蚀的花园，而今被种上了玫瑰和丁香。此外，街道绕开这些宅邸，还为了不使街面上的小铺相形见绌，感到窘迫。这些门开在方石块铺砌的人行道上的小铺，装着玻璃橱窗，供行人随便观看，为的是表明无所藏假。橱窗里摆满旧货、钟表和天平的机件，散发出一股潮气和异味——贫民窟的简陋旧屋的特殊气味。

这个小镇曾经多多少少繁荣过一时，那是在葡萄酒即使在土法自制的地方也很受欢迎的时代。在那个年代，人们只是对葡萄酒的泡沫和甜味，以及从压榨机中有节奏地急速流出的浓稠液流感到新奇。一种半野生的葡萄在村子周围扩展，跨过门槛，钻进院子，盘绕在廊柱上。它那充满液汁的粗壮须藤和覆盖着田地和围墙的掌状叶子中散发出的清香，使空气弥漫着一股酸味。乌拉迪亚早就流传着在做不完的梦中得福的传说，所谓心想事成，你所缺的一切都会在不知不觉中得到。女人们毫不胆怯地来到酒坊，那里宽敞凉爽，红砖铺地，橡木柱子支顶，散发着一股发酵菌的香气。也就是在那个时代，几幢半圆瓦盖顶、廊檐宽大的漂亮房子拔地而起，里面开设了花样繁多的扑克赌场，譬如说类似桥牌的英式"惠斯特"，或者土一点的"抢帽子"、"押宝"等等。换句话说，有很长一段时间，没有任何人想到过乌拉迪亚的衰败，或者也许消亡会同样源于葡萄酒，更没有人想到过从科马纳公路分叉出来的支线道路在离酒坊尽头几百米处，也就是给村民们提供了那么多幸福和保障的源头处，突然中止，成了断头路。原来，乌拉迪亚镇背后，葡萄园的一排排支架和攀缠在上面的须藤将第一座山岭好似刻出了一道道皱纹。翻过这道山岭，前面却横亘着大片令人懊恼的黄色丘陵，犹如浩瀚的大海，上面覆盖着大麦草和蓝色的牛蒡丛，春天一眼望去，着实令人心醉，但土质贫瘠，生长不了任何农作物。那里只是流浪野狗的避难所。它们年老力衰，抵挡不住满地泥泞和秸秆的大街上的行人攻击，只能落荒逃到此地栖身。

乌拉迪亚一步一步衰落下去，将近有十年的时间几乎被完全遗忘，以致没有任何人肯花时间去关注书写在理发店墙上的铭词。那确实是一家独一无二的理发店，墙上的铭词赫然提醒路人注意"卡罗尔陛下"正在剃头，下面还有一个颇具匠心的附注，"死亡曲线——剃头匠"，不失幽默地揶揄卡罗尔二世继承王位伊始，为了应付二十世纪三十年代初的大经济危机，将工人的工资和退休金削减到最低点，迫使平民百姓在死亡线上挣扎的政策。至于街面上的其他店铺，只是招牌翻了个个儿，在背面写上新的名称，却很有令人吃惊的创新志趣，譬如说最大的饭馆起名叫作"进步"。维科尔·安蒂姆第一次走进这家饭馆时，一眼就看见一个硕大的圆肚玻璃罐，里面装着论根出售的黄瓜，据说是小卖部主任的私产。喝酒的顾客们有的站着，有的坐在桌子旁。每张桌子上都能看到用黑墨汁涂写的由多位数组成的庞大数字，显然是清库登记的编号。酒客们品味着葡萄汽酒。酒瓶颈上贴着的黄色锡纸商标，表明是贵族专享的上等美酒，酸甜适口。

多年前，维科尔·安蒂姆乘坐一辆没有玻璃窗的皮卡车来到乌拉迪亚。他坐在司机边上，紧紧抓着座椅，一路上坑坑洼洼，有些路段铺着不规则的石块，颠簸不堪。路两侧排列着一丛丛白杨和栎树，一直下伸到排水沟，被雨水冲刷过的根须裸露在沟边。司机一路上几乎沉默不语，只在旧车引擎爬不上坡，要他下来推车时，才开了几次金口。后来，经过路边的一幢没有玻璃窗、大门上挂着像盘子一般的大锁、白得不自然的建筑时，又开了一次口：

"这儿是屠宰场，什么城市建设，哼！"从鼻子里喷出的这声"哼"表达了他的轻蔑不屑。

维科尔·安蒂姆顺便从玻璃已经破碎、肮脏不堪的侧车窗看了一眼，那幢建筑分明是废弃的养路班工房，不过或许也可能是司机说的屠宰场。司机最后一次开口是叫他下车，说是离乌拉迪亚镇中心只有一公里了，皮卡燃料已尽，不得不抛锚，等待或许走运能够得到汽油。"喂，下车罢。"司机没有多余的解释，摆出一副懒得再开口的模样，把行李箱交给他，更准确地说是一巴掌推下车，没有问他要钱，靠着车门久久注视着他，看他怎样绕过一个个水坑慢慢离去。与其说关注他，倒不如说更加关注路况，直到他下坡看见了笼罩着蓝色浓雾、近乎昏暗的乌拉迪亚。

这是维科尔·安蒂姆在乌拉迪亚走的第一条路。他两手交替提着行李箱，对笼罩着弯弯曲曲的街道的宁静颇感惊讶，躲避着也在人行道上行进的马车。马车奋力驶上人行道，或许是虽然满地泥泞，却依稀可见人行道的路面铺得多少平整一些。无须别人指路，他径直走进了饭馆。或许他并非第一次走进这个地方，闻着那扑鼻的酸味，立即会产生头天开始的酒宴仍在继续的感觉。早在科马纳就有人告诉他，不管什么时候抵达乌拉迪亚，应该首先走进进步饭馆，无论如何这里也算是一个公共场所，有人会向他说明一切详情。

早在来乌拉迪亚之前，维科尔·安蒂姆就万般无奈地接受过区督学的约谈。他一边听着督学的问候和祝贺，一边心不在焉地望着用施伟策-库姆贝纳的画作的彩色复制品装饰的墙壁和三合板贴面书架。书架上塞满图书形状的杂志和真正的书籍，其中有些来路不明。有人甚至悄悄告诉他，督学查抄过现在流亡巴黎的画家C的藏书，有些藏书被没收了，有些被发落到纸厂化浆。最后，他向督学保证，将转达对乌拉迪亚的唯一一家企业——克拉玛的经理巴沙利加工程师的诚挚问候。

维科尔·安蒂姆把分派他到乌拉迪亚担任历史教师的教育部一纸公文塞进了口袋。后来，也是那个皮卡车司机告诉他，他虽然是一名通过资格考试的教师，但没有安家补贴，因为乌拉迪亚据说属于城市地区。他很想对督学说些什么，但督学实在是太胖了，而且一夜的欢宴后也实在太累，这样的欢宴想必有足够多的女人。他很想对督学说，督学的祝贺刺痛了他内心的某个地方，他会向巴沙利加工程师转达督学想要的一切，会十分慎重地思考什么时候向督学道别，但肯定不是现在，而是在自己将最终离开那个鬼地方的时候。他早就听说，在乌拉迪亚山丘的那一边，不再存在任何东西。绝对荒无人烟。

在他开门走出去时，督学若有所指地说：

"到了那儿，你第一时间去进步饭馆。一定会找到人，比在其他地方更保险。有了良好的开端,很快就会习惯的。"

他没有道别就走出门去,觉得即使是这样起码的礼节,督学也配不上,但他的姿态没有被察觉。门关上之前,在督学从围着一圈稀疏的黑髭须的肥厚嘴唇中挤出最后一个字的同时,他扬长而去,瞬间"消失了"。

走上公路之前,他在科马纳市中心的楼宇之间久久游荡。这些建筑无不突显某种伪地标风格,与布加勒斯特的许多建筑如出一辙,上面用斜体字母刻着建筑师的大名,建成于落入一些暴发商人口袋的资本快速投入时期。法布里丘斯酒窖,以及更多的酒窖有一个极简单的生财之道,那就是使来源于乌拉迪亚和整个周边地区的葡萄酒的价值变现,实现商业开发,通过简单而保险的手段处理和包装葡萄酒,使这个小城出人意料地繁荣起来,政府大楼、女子寄宿学校、教会学校纷纷兴建,甚至还出现了一个小型赌场,以便前来做生意的商人像在美国一样享受富有激情的生活。随着莫特公司的品牌在高等知识分子圈里声名鹊起,科马纳逐步发展壮大。"莫特"这个名字写在玫瑰色的薄纸板上,或者更简单地用粗大的黑字写在普通纸上,夹在文学报刊的内页里分发,即使在蜡烛和油灯的微光下也颇觉醒目。这些往事已经过去很久很久,正面大墙贴着假大理石或者粗面岩的一幢幢楼宇早已巍然耸立。那是一个较晚的繁荣时期,乌拉迪亚却随之衰落,在一段很短的时间内变成名副其实的"分号"或者说殖民地。那里的豪门大宅大多人去楼空,弃若敝屣,取而代之的是像罗马的"焦孔达"或者美国的"卡尔顿"一般的"布洛库斯"豪华公寓的头等套房。

然而,当维科尔·安蒂姆漫步在大街上,寻找通往乌拉迪亚的唯一道路时,一切早已改变了用途,即使是剧院也不例外。确实,号称科马纳大剧院的这幢建筑,是按照一个叫作马爹利上校的人的多少有点病态的幻想建造的,而且常年没有剧团演出。此时已经变成体育运动联合会、红十字会和罗马尼亚民主妇女联合会的共同办公地点,以至面墙贴上了不同颜色的马赛克,开辟了进行宣传或者一周活动公告

的橱窗。他久久思考过自己的未来,以及留在背后逝去的一切,只得无可奈何地对自己说:

"回来的路或许必须经过乌拉迪亚。"

维科尔·安蒂姆一开始听到乌拉迪亚的名字,就忍俊不禁地笑出声来,但显而易见,他以往没有得罪过任何人,大家都很坦诚地谈到他,说他是可用之才。

在科马纳城里,后来在路上和汽车里,再后来走进饭馆的时候,他心里思忖归根到底自己并非孤单。所有的人都对他说,这是一个偶然事件,是愚蠢的意外事件,那个应该及时进行干预的人疏忽了,病了,离开了,虽然大家并不太清楚,但很快一切将会逢凶化吉,必定将逢凶化吉。

他瞬间觉得自己很好笑,手提着行李箱站在饭馆大堂中间,困惑地看着半洋半土穿着的人们一个个正忙着打开葡萄汽酒瓶盖,然后慢吞吞走到酒吧服务员跟前,询问哪里能找到巴沙利加工程师。侍者审视了他片刻,用简短的口吻回答说:

"先生,请稍等,稍等,我去看一下。"

侍者回来后,领他走进一间令人意想不到的小单间。这个狭长的单间紧贴着吧台,像是接待室,里面只有一张农家用的桌子,上面盖着透明的普通尼龙桌布,桌布下依稀可见没有刨光的陈年木头的瘢痕和结节。几个男子坐在桌子一角,面前摆着几瓶与大堂里喝着的一样的葡萄汽酒。很难说这几位是不是已经醉了,虽然他们满脸红胀,但也许是太热或者烟熏的缘故。

"请进,先生,这位是工程师先生。"酒吧服务员指着一个胖胖的短发男子对他说。

此人一头黑发,肥头胖耳,脖子的赘肉显眼地堆在衣领上,身子靠着椅背,注视着周围的人。酒吧侍者悄然退下,似乎没有人注意到维科尔·安蒂姆。只在响起轻轻的关门声时,巴沙利加工程师才看了他一眼,然后站起身来,隔着桌子伸出了一只肥胖的短手,几乎耳语般地低声说:

"巴沙利加。"

维科尔·安蒂姆紧紧握着他的手，觉得很软、很热。工程师收回了手，所有人沉默不语。维科尔·安蒂姆像通常所做的那样自我介绍说：

"维科尔，历史教师。"沉默了片刻，他又补充说："维科尔·安蒂姆，你们这里乌拉迪亚的教师。"

接下来是各人的自我介绍。他发现在场的有学校校长、一个名叫米赫尔恰努的文学教师、自然教师、村人民议会秘书。最后还有一位矮小的胖子科帕丘中尉，与其军衔相比，此人实在是年事过高了，所以他近乎自嘲地说，现在是一介平民。

自然教师克洛伊库在其他人的暗示下，径直走到一个暗窗前，用拳头摇了摇。窗户被打开了，酒吧服务员把几乎全秃的脑袋从窗洞伸了进来。巴沙利加依然没有提高声调，轻声说：

"再跑一趟，给这位老师送个杯子过来，再拿点大肉肠。"

维科尔·安蒂姆这时才发现，桌上各人的盘子里都有好几长串大肉肠，摆放在烧黑的烟蒂与酒瓶颈的锡纸商标之间，脏兮兮的肠衣，泛着淡白色的油脂。他本想拒绝，但一切从来都是从漫长的酒宴开始，于是改变了主意，觉得到明天早晨之前是无论如何没法脱身的。随后，刹那之间，想喝个痛快的突发欲望涌上他的心头，期待着一醉方休。直到天亮前，他才近乎实现了自己的这个心愿，当时他突然伸手抓住克洛伊库，却把自己的杯子打翻在了桌子角上。这或可以说使他难堪得无地自容。他惶恐地环顾周围，打翻在桌上的酒水顺着桌腿的木头流下来，浸湿了他的裤子，所幸没有人察觉。维科尔·安蒂姆听见了工程师颇具威胁性的宽容语调的话音：

"克洛伊库！嗨，克洛伊库，为什么干蠢事！嗨，你说，为什么干蠢事？！"

工程师突然转过身来对维科尔·安蒂姆说：

"没有人强迫他喝，你听见了吗？没有任何人！但他把葡萄酒倒了，为了像其他人一样，把杯子清空。教师先生，你难道能理解这个克洛伊库为什么一定要邯郸学步吗?"

他沉默片刻,低下淹没在皮下脂肪中的沉重额头接着说:

"又落得这种狼狈下场!听着,嗨,克洛伊库,即使是你老爹,我也不会原谅他把酒倒在桌子底下。听着,即使是你老爹也不行,知道吗?!"

屋里一片沉默,酒醉后的寒栗侵袭着人们的整个身体。他们体内的某个地方出现了一个怒冲冲的幻影,张牙舞爪,指桑骂槐,犹如周围山坡上的葡萄藤一样缠绕着他们。

自然教师的手指在杯沿上不停地挪来挪去,一声不吭。于是,米赫尔恰摇摇晃晃地从桌子旁站起来,将盘子和座椅叮当作响地推到一旁,慢吞吞地站起来,似乎犹豫不决,用一种和事佬和容忍的口气对巴沙利加说:

"算了,工程师先生,小事一桩,并非出于恶意,克洛伊库这家伙不会做任何恶意的事情,只是蠢罢了。"随即开始大笑起来,笑得那么健朗和高兴,以至感染了所有人,而工程师用手掌拍了拍克洛伊库的脖子说:

"哈,我也这么说。我没说你犯傻,但你看,我至今还不知道你因为蠢而犯傻。"

维科尔·安蒂姆同大家一起吵吵嚷嚷地穿过饭馆的几乎空无一人的大堂,往外走去。他感觉到自己靠在科帕丘中尉这个近乎老年人的身上,而科帕丘在絮絮叨叨地表白自己不再喝酒买醉了。在他们前面,巴沙利加工程师挺着身,庄重而令人肃然起敬地第一个走到了街上,根本不理会别人对他的问候。

"教师先生,历史教师先生,"巴沙利加似乎在叫他,"请靠近一点,你越是理解得快,就越是会感到愉快。"他亲近地挽着维科尔·安蒂姆的胳膊,小心翼翼地寻找着较高的路面,尽量避开人行道两边的水坑。"嗯,你看到了,今晚你无意间成为大家注意的中心。通常,我是中心。对你说,不是我自吹自擂,没有我,没有我的企业,这个死人比活人多的镇子也许早就完全被淤泥淹没了。所有的人,这里所有的一切，"他指着隐没在黑暗中的一幢带着没落贵族气派的大宅说，"这些，还有这些。"他一挥手指，点着所有的建筑，不再加以选择，不管是简陋的或者宏伟的，全都包括在内。"所有人都以这样或那样的方式依赖我。如果你以前不知道，现在马上就会发现，因为，乌拉迪亚，你现在夜里看着比白天美丽的这个镇子，依赖山坡上的葡萄园活着，但这些山坡终有一天将会把它完全掩埋。现在葡萄维持着他们的生计。那是一种生命力顽强而不费事的植物，不需要很多劳动，只需顺其自然。"

他们走在镇中大街上，扑面传来烤面包的香味，好似从山坡上吹来的一阵清风轻拂着他们。不一会儿，他们走到了一家开着门制作的面包店门前。一个赤膊的瘦个儿男子不断打开和关上炉门，从一个薄薄的木盘中取下冒着热气的圆面包。每一次在他脚下都腾起一股从随手抛下的面粉口袋中四散洒落的粉尘旋流。科帕丘走进店里，拿了两个滚烫的面包回来，嘴里低声咒骂着，忙不迭地把烫手的面包向上抛去，仿佛升起两盏颇像猫眼的黄灯。最后，他撕碎面包，塞进嘴里，闷声不响地吃着，出神地望着面包师从炉口取出膨胀得好像马上就要爆炸的热面团。

他们顺从地跟在巴沙利加后面，而这一位时不时停在一栋房子前，指着一个窗户或者门口，给维科尔·安蒂姆讲解一小段一小段相关的传说，告诉他这里住过乌拉迪亚的第一位慈善家法伊维什，此人兴建了今天号称"进步"饭馆的酒店。他在世时，只赊账供酒，并只允许人们站着喝，而今任何人都不能说曾经坐在法伊维什酒店的桌上喝过酒，任何人也不能理解他为什么愿意那样做，但所有人都相信那是一件大事。法伊维什晚景惨淡，却留下了大善人的名声。

乌拉迪亚是率性建造起来的，它吸引人的景点分散在从山坡的一侧到镇中大街的广阔区域，也就是他们不顾黑夜的寒意，以及犹如在一个真正的城市的空旷广场上回荡的杂乱的脚步声干扰，漫步游荡着的地方，足有好几公里长。他们游荡着，时而相互搀扶，或者依傍着被大片滴水剥落的墙壁。维科尔·安蒂姆压制着从胸中的某个部位渐

9

渐涌起的恶心,同时感觉到身旁科帕丘中尉时断时续的喘气声,此人对他似乎有着奇怪的吸引力。巴沙利加在一个大门前面停下脚步,讲述着两个青年的悲剧故事。这两个青年是近亲,彼此相爱,或是出于过于寂寞,或是因为当时乌拉迪亚没有其他年轻人。工程师的高谈阔论仿佛黏着每个人的脸颊,夸张地讲着乱伦场面的细节。突然,科帕丘中尉抢过他的话头,声音中没有半点犹豫地问道:

"您很喜欢这种戏剧场面,很有刺激性,不是吗?"

他稍作停顿,仿佛要印证大家确实在听他说话,然后接着说:

"我是在巴沙利加工程师之后,乌拉迪亚这地方资格最老的居民,最老的。工程师每一回都这样做,好像要为每个人提供一个皇室的夜宴。我听他曾经确切地说过这几个字,'皇室夜宴'。我们中间的每个人至少一生中感受到成为人们注意的中心意味着什么。是一件蠢事,不是吗?"

由于维科尔·安蒂姆没有马上回答,中尉抓住了他的胳膊,用力地拽着他说:

"你说,教师先生,是不是件蠢事?"

巴沙利加工程师继续不停地讲着,自信大家都在注意地听讲或者不愿意不如此表演。维科尔·安蒂姆感到很累,心里想说中尉说得很对,如果正像中尉所说的那样,确实是件蠢事。但在那一刻没有任何东西促使他信任中尉,于是他转过脸来对着中尉,在中尉的眼里看到一丝毫不掩饰的真正的绝望,瞬间明白对于中尉来说,他的回答十分重要,于是大声说道:

"那么,为什么要那样做?"

巴沙利加工程师停下脚步,鼻子里发出一声满含深意的"啊哈",走过来用手指着科帕丘,随后又指着大家说:

"科帕丘中尉天生是一个对许多事情怀疑的人。早应该离开这里,离开乌拉迪亚。但他过去是一个罕见的先进分子,并非是因为他自己有什么功劳,而是仰仗他人之功,如此而已。教师先生,乌拉迪亚是一个平静的地方,这儿唯一喜欢无事生非的人是我们,是我们这些知识分子,还有前军士长科帕丘。本应该及时离开这儿,但有什么办法,这就是生活。"

突然,他转向维科尔·安蒂姆问道:

"你也是怀着必须离开的念头来到这里的,不是吗?不是这样吗?你说,不是这样吗?"

巴沙利加工程师急促地问着,仿佛很怕他的答案,于是维科尔·安蒂姆回答说是这样。为什么要撒谎,他就是怀着这样的念头来的,必须离开这个鬼地方。

工程师开始大笑起来,不顾其他人的沉默,肆无忌惮地笑着说:

"当然,你也像其他所有人一样,以为对我们,对我巴沙利加工程师说了什么新闻?所有人都希望离开,他,还有他。"工程师分别指着每个人,然而挨个儿问道:"你是什么时候来的,十年前,八年前,五年前,十二年前?"

他们每个人说了一个数字,使维科尔·安蒂姆顿时感到恐惧。然而,在小镇路灯的微弱光线下,这些人略显昏黄的苍白的脸上,声色不露,没有任何一块肌肉抽搐。

维科尔·安蒂姆相信,所有人从抵达乌拉迪亚的那一刻就知道,一切都是经过精心组织的,无论是散发着乡土气息的小酒馆里的夜宴,或者在月光下阴影重重、坡道倾斜的小镇里的夜游,莫不如此。此时此刻,街道上没有任何人,他们的孤独,他的孤独,令人难以忍受,犹如一头被追赶的巨兽在苟延残喘。

"你以为自己到了什么地方,一个城市,一个乡村,世界的尽头?我的先生,这儿既不是城市,也不是乡村,而是乌拉迪亚,仅此而已。如果你说是世界的尽头,等于什么也没有说。这儿是任何人不需要的地方。你乘坐来的皮卡车司机也心知肚明,所以同意即使没有油也要离开,因为他知道无论如何将会免费获得汽油。他知道,并相信,既然来到了乌拉迪亚这地方,就有把握得到他应得的这份油料。你知道乌拉迪亚事实上意味着什么?意味着这是一个一切依靠伸展在所有山坡上的一种植物的地方,只有公墓除外,但即使是那里,我向你们保证,这种植物也将胜利进军。葡萄这种攀缘植物无须任何人照料,结出人们想要的一串又一串的果实,顽强地在这儿,只在这儿繁衍生长。由于葡萄的顽强生长,乌拉迪亚也随同它得以生存,我们所有人必须待在这儿,必须继续存在。"

随后,巴沙利加工程师仿佛累了,降低了声调重又说道:

"你说想要离开,但你没有现在就要离开,而是随众的'一般'想法。你想待些日子,然后再离开。我不再给你说什么,但你必须明白这一点,因为你来到了这儿,并没有打扰大家,但再一次唤醒了我们的记忆,记得自己心里还有某种期望。"

工程师走到维科尔·安蒂姆身边,近乎动情地对他说:

"你走进来时,衣服上散发出另一种泥土的气息,知道吗?另一种气息"。

维科尔·安蒂姆满心诧异地望着这个胖子,他的眼睛下方紧贴着一对紫色的眼袋,据说这是充满权力欲的令人信服的标记。所以,维科尔·安蒂姆不能理解工程师的此时的感情表露,因为这不啻瓦解了之前他整篇滔滔不绝的冠冕堂皇的说辞。工程师向他们做了个继续往前走的手势,而留着卷曲的大胡子的卷毛米赫尔恰努忽然大声嚷道:

"乌拉迪亚就是世界,世界就是乌拉迪亚。"

谁也不知道怎么理解他的话,不知是应该笑还是应该深思,只有工程师片刻之后同样大声和清晰地说:

"你是个蠢货!"

从不知什么地方传来公鸡的啼叫,该是拂晓了,但此时是秋天,长夜仍迟迟不肯退去。他们依然隐身在山坡、篱墙、房舍间的黑暗里,当他们彼此能看清对方时,发现人人脸色如此苍白,浑身肮脏不堪,衣服上沾满大片大片黄色黏稠淤泥。

随后,巴沙利加似乎想起了什么重要事情,重又用同样的腔调说道:

"饮酒作乐也罢,督察检查也罢,只要一切受到威胁,不论是否有某种特殊意图,各种许诺和宽容将永远终结。一旦进入这样的游戏，那就必须履行自己的义务，所以，你现在被滞留在这儿，被封存在乌拉迪亚，为的是履行自己的义务。"

他不耐烦地挥挥手，不再注意任何人，甩开大步走远去，消失在野狗满处寻食的一条小街的入口处之前，他对克洛伊库大声喊道：

"克洛伊库，嗨，克洛伊库，送那位先生到公主家里！"

几秒钟之间，工程师不见了踪影，消失在随性分布的篱笆迷宫中。沿路纵横交叉的葡萄藤篱笆没有任何东西支撑，是名副其实的天然屏障，有益于保持变化多端的平衡状态。

克洛伊库用指尖触了触维科尔·安蒂姆的肩膀说：

"您如果困了，请告诉我，我们将去卡特琳娜别墅。大家按照原来的房主名字都这么称呼，现在她还是住在那儿，依然孤身一人，但房产已经不再属于她。您如果困了，请告诉我。"

维科尔·安蒂姆想起自己把手提箱忘在饭馆的小客厅里了，里面放着他临时客居所必需的一切物品，必须返回去拿一趟，但科帕丘猜到了他的念头，毋庸置疑地说：

"您会在别墅里看到自己的手提箱，我已经让人拿过去了。"

维科尔·安蒂姆不由得感到自己已经处于四面围困之中，身不由己，心头十分不安，但他不能反抗，所有的事情都对他有利，即便是巴沙利加工程师所说的一切，也是这样。然而，他必须离开此地，其他人也尝试过，即便没有成功，也只是个人的问题。尽管如此，他毕竟感觉到自己屈服于外部的压力，一切都是这样行进着，似乎不可改变，不由得突然觉得困乏难受，发现自己是那么累，于是不假思索地对自然教师说：

"克洛伊库，带我到卡特琳娜别墅去吧。"

克洛伊库没有反对，半道上离开了其他人。其他几位依然犹豫不决，没有想好是直接穿过原野上的大片葡萄园，重新回到街那一头的进步饭馆，还是像前面几位一样，乘着灰白蒙蒙的晨雾还能隐蔽他们，径直回家睡觉。

在乌拉迪亚度过的第一个昼夜已经过去了那么多年，以至维科尔·安蒂姆真诚地害怕数一数逝去的时日,时时对自己说:"岁月蹉跎,亲爱的安蒂,怎么办?"而现在,当他从老太的葬礼走回来时,忧心忡忡地发现,唯一使他感到遗憾的事情是,如果吉鲁·拉瓦克果真像应诺那样将来访,那他再也不能给自己的这个朋友介绍老太,再也不能"活生生"地证明她的存在,他信上所写的"一切"都是真实的。她的淡黄色的躯体也是无法想象的,虽然早已皱褶满布,近乎干枯,却与其他人的遗体不一样,没有任何异味,仿佛蜡制一般,或许她就是蜡质构造的,只是现身在乌拉迪亚。他必须向自己的朋友证明她现身的奇迹,唯有这个朋友才能理解他,尤其是理解为什么发现她死亡的真相对于他来说如此重要。他还没有掌握任何证据,而只有一个信念,但信念永远比证据更加有力,甚至可能产生证据,创造证据!他坚信她的终结不是赎罪,而是熄灭,生命的平息。他看见巴沙利加工程师和年老的科帕丘中尉站在宽阔的大厅门口。大厅中央,K. F. 夫人的遗体仿佛一尾幼虫蜷缩在黑色的茧子中,身穿与前一天同样的裙子,好似往常一样在窗口注视着他们,看见他们神情麻木,脸色苍白,靠着门框,不敢走近,不由得心生厌恶,不自觉地发出几声喉音,最终组成几个显然是意义不明的词:

"在里面,先生们,在里面,你们不会得逞。"

维科尔·安蒂姆小心翼翼地下坡朝乌拉迪亚走去,唯恐滑倒在稀软的淤泥里,摔得从头到脚满身污泥,在假装尊敬向他问好的人们的疑问眼光下穿过整个镇子,制造出"莫非教师先生大白天也沉迷于酒醉"的流言。他向坡下走去,用鞋尖触摸着任何一块可能对自己有用的小石块,心头不由得涌起最好到科马纳去一两天的念头。确实,已经好几年没有去过那儿,没有去过任何地方。他反复对自己说"岁月蹉跎,亲爱的安蒂",应该去科马纳,去迎接吉鲁……吉鲁或许会来。即使吉鲁不来,一切也将令人震惊,至少学校的所有人,尤其是科帕丘和巴沙利加将万分着急,犹如热锅上的蚂蚁。或许是一个真正的戏剧性打击。K. F. 夫人去世了,维科尔·安蒂姆消失了。尽管他只是暂时离开,但对于乌拉迪亚来说,离开意味着消失。

第二章

　　吉鲁·拉瓦克应该感谢克莱让一家接纳他搭乘塞满衣服和度假行李的轿车，尽管从阿尔迪亚尔到科马纳的八个小时行程中，行李中的一个生锈的便携式液化气炉一直顶着他的肋骨，扎得生疼。克莱让夫妇是去玛玛雅①度假，预定的佩尔拉饭店就在海滩边。在对他们表示感谢之前，吉鲁·拉瓦克必须为自己决定在这个蒲草和浮萍覆盖着的湖边度假找到一个严肃的解释。湖里的淤泥比水多得多，而所剩无几的湖水的用处，或许只是变浊发臭，气味之重着实令人难以忍受。据他童年时代的朋友，现在乌拉迪亚的九年一贯制学校的图画、音乐、历史和其他手工劳作课的全科教师维科尔·安蒂姆信上所写，附近应该是葡萄园之乡。事实是去海边早已没有空位，去"碰运气"也早就令人牛厌。所谓运气，大多意味着找到一间用石灰水粉刷过的鸡笼似的房间，一年一度，粉墨登场，号称是什么"独立单间，阁下尊享……"，每夜四十列伊②，没有膳食，没有卫生设备，还需睁一只眼闭一只眼充当违法勾当的共谋犯。即使侥幸能搞到一间饭店的客房，但不管是白天或者夜间的任何钟点，都有可能被撵走，只需一声"同志请便，西德的阔佬驾到"，你就得滚蛋。读着广告，他确信今年又一次受骗了，但至少还能有所选择，于是决定去科马纳，觉得那里比较适宜，而且也算小有名气，如此等等。维科尔·安蒂姆在寄给他的唯一一封信中写得非常详细。维科尔·安蒂姆被发配到国家的另

---

① 罗马尼亚黑海边的一个著名的度假和疗养地。
② "列伊"为罗马尼亚基本货币单位。

一头当教师那么多年之后,从哪儿打听到他的地址?说不上很使人激动,一封从某地的故交那里突然来到的信,从中重新发现了只是几句属于他们共同的少年时代的真话——当时他们同每个人讲的另一种语言——也许正是这种激情,梗在喉头的一股小小的热流,决定了他不去别处,而是来到他相信有某些也许熟悉的东西依然存在的地方。维科尔·安蒂姆甚至还给他画了耸立在一个丘陵斜坡上的两棵杨树,刻意画成宛如两棵黎巴嫩雪松,并在下面写道:"到他家里来欣赏异国情调!"

克莱让夫妇的斯柯达轿车早已被一路的尘土染成了淡橙黄色,天气热得如同正午,虽然再过一个或两个小时,应该天黑了。他做了个请他们继续上路的手势,准备自己来应付剩下的路程,离疗养站应该不会很远了。公路左边有一条道,很窄,却铺了柏油,再往前,道路立即消失在玉米地里。一团团闪闪发亮的黑色绿头苍蝇,突然从阴暗的玉米地里冲出来,在道路上空打转,随后被植物的飒飒作响的波浪吞没了。附近应该是一片苜蓿地,散发着甜腻腻的气息,小飞虫奋力向那里飞去。吉鲁·拉瓦克把旅行袋背在肩上,心中颇为自豪,那是一个圆筒形的咔叽布口袋,碰巧买到的。他倾向于认为来自某个舰队的装备,既实用,又有派;他晃动了几次肩膀,把旅行袋背得更舒适一些,然后不急不慢地向"矿泉—大气疗养院"走去。他事先做了个计划,准备安排好旅馆后马上喝一瓶伏特加,到傍晚再去找维科尔·安蒂姆,想必这个老朋友会在附近的某个地方等着他。然而,计划被忘在脑后了,因为在离开"欧洲公路"后只有几分钟,他就走进了一条侧道,突然觉得自己处于一种少有的缥缈状态,似乎一切,包括自己的呼吸,进入了完美的和谐,实际上那就是把他同过去连接起来的瞬间意念。以往岁月留在我们心中的只有正在脑海里复活的某一时刻,记忆的这种闪光,灼热空气的这种炙烤,与此刻周围的一切共同组成了自我意识的一种特殊状态。他仿佛回到了另一个地方,另一个时间,回到了大约十五年前的七月初,那是可以在很长时间段内反复出现的盛夏和酷热的季节。当时,他只是一个泥瓦匠助手,更确切地说是梯迪·凯雷凯什大叔的助手。梯迪·凯雷凯什大叔可以说是一头长了两只脚的獾,满脸雀斑,鼻子很长,总是嗅个不停,跟踪着别人带来当作简易午餐的玻璃罐里的油炸食品或者茄子沙拉。从这一切中留下的只有一种奇怪的强烈感觉。他,已经当上建筑工程队长的吉鲁·拉瓦克,只是绕了一个大圈,为当时的瞬间添加上今天的瞬间。在将近十五个年头中,自己只有一个或者两三个片段值得回忆。那是处于一种特殊心情的时刻,能够成功地拉开距离来审视自己,像一个匠师那样走下脚手架,拍拍手掌中的灰浆,后退几步,眯起眼睛,撅着嘴唇,严厉地看着砌成的墙体。

  遗憾的是他找不到其他的比较,只能同一个不仅悉心审视自己的前途,而且关注如何寻找机会欺骗懒惰的技术监督员的工程队长作比较,但他深知自己很无奈,因为他早就被出卖了,很久很久之前就被出卖了,所以有一阵甚至发现自己作为体力劳动者的心情比脑力劳动者更快乐。在炎热和游离自我的同样信号下发生的还有其他许多生存时刻,他也可以在其中进行选择。其中之一发生在与梯迪·凯雷凯什大叔共事之前,它的特殊魅力在于画面的陈旧,犹如一张过度曝光的老照片。当时,有一圈耀眼的银色光晕围绕着四周,后来他再也没有重新看到过。虽然出于爱,他在盛夏时节重回过少年和童年的城市,满怀激情地站在同一条无尽头的长街上,希望哪怕只有片刻的时间能重新看到满布灰尘的洋槐树、所剩无几的百叶窗,特别是库什马鲁律师的女儿索莱拉投在自行车把上的弓着腰跳动的身影。但不管他怎么努力,也了无记忆中的丁点东西,无论是被雨水和时间侵蚀的墙壁,这儿那儿被锈蚀的赤褐色铁皮屋顶,抑或上面长满野草的廊檐,那么多年后依然在卖覆盆子果汁加桃仁蜜糖的售货亭门前的水泵和它那在阳光下闪亮耀眼的手柄,什么也认不出来了,虽然一切并没有太大的改变。也许是人,或者篱笆的颜色比活在他心里的那一刻更衰败了。原来也同样衰败,毕竟是另一种模样。

  在他记忆中的那一刻,一切似乎变得像水晶一样透亮,连涂镍的自行车把上的太阳的反光也停滞了。就在那时,他发觉自己长大了,穿短裤对他已经不合适，个中原因只在于他的目光正凝视着索莱拉的脖子，更确切地说，正呆望着她那淡白色的皮肤与深红饰带镶边的针织衫边缘之间露出的暗沟，是突然成功地窥见或者遐想一个真正女性的标志。他因在废弃的仓库或者半空旷的建筑的顶棚迷宫中无休止探险而划破的膝盖感到羞赧，觉得自己无可救药地爱上了索莱拉，尽管这种狂热必须立即压制。在这瞬间的呆滞无声地消散之后，他久久审视着自己，发现两手长得可笑，关节凸起，有着一个发育中的男孩子的种种丑陋表征。然而，索莱拉一扭身消失了，没有任何迹象表明她了解他仅仅是因为她的出现而经历的心神荡漾。你们或许会说，你很丑，记住这件事意味着对固有的自我意识的一次相当严肃的考验，也许正因为此决定了他对于自己和其他人都很严厉。其他人意味着一群朋友，同样瘦弱和处于不断饥饿中的小伙子，从家里或者邻居那里偷来能在仓库的隐蔽角落里塞进嘴里的一切。其他人还意味着他的父母和别人的父母，更广泛的所有人，不论是好人或者坏人，确实还有几个女孩，是伙伴们的妹妹，尚未开窍，无缘入围情感圈。只有索莱拉从一排排灰墙之间突然出现，骑着自行车沿着人行道游走，毫不在意地在他们身旁绕过，集中全力保持明亮的车链的迷人运动，在身后掀起一股赞美和撩人的旋风。

马群每天从大门前经过，在它们身后留下了延续刺鼻的酸味，几个小时不散，直至夜幕降临。马蹄踩着石块路的嗒嗒响声，赶马人的尖声吆喝，虽然大热天依然穿着棉袄、骑着同样的老马的农民，他都非常熟悉。只要响起惊恐的牲口的杂沓蹄声，那就是乡下的马群穿过城区，被赶往屠宰场。马的尖利嘶叫掩盖了蜷伏在洋槐树林里的酷热，使他不能平静。他不理解为什么农民们要"嘿嘿，嗨，哟呵，哟呵"地吆喝，心头泛起深深的悲哀，感到自己的心灵缩成一团，一种切肤的不适感油然而生，犹如一条胳膊在睡梦中变得麻木，一种梗在吸满尘土的干渴喉头，难以一吐为快的悲哀。

那是些奇特的日子，非同寻常，后来在他的记忆中留下的却只像一股带动他的热流，不管他是不是愿意，带着他回到从旁观的地位审视自己的那个独特的凝固时刻。一切只能这样保存在记忆之中，如同那个身心分离的时刻一样。他身材稍长，包裹在少年儿童的衣服和体形里显得有点滑稽可笑和过于高大。他把早晨消磨在独自或者同法内·卡拉法特一起穿梭在废弃仓库里，而与这些仓库并行而立的是墙壁靠街的陈旧老屋。老屋有的早已坍塌，有的改成小店，每个房间里都散发着旧布料、哈喇油、动物脂肪、蜡烛的气味，或者另一种更加特别的气味——桂皮或者番樱桃味。打蜡的地板下漏进了胡椒粒或者桂花，在七月夜间的高温中无声地开裂，释放出陈年的香精，搅得人乱梦颠倒。至于那些废弃仓库，可谓别有洞天。在那里可以找到装着矿物油的小瓶子，是二战时期用来润滑大炮的精密机械的，还有破损的弹夹，灰绿色制服的残余，砸开的防毒面具箱子。防毒面具带有完整的过滤网，从中可以取出碳粒来。下雨时，矿油小玻璃瓶爆裂了，整条街沾满了各种矿油的颜色，宛似一头镶着多彩鳞甲的巨型爬行动物的背脊。

然而，最吸引他的是那个城堡。在街尽头的一角，耸立着一栋灰色的巨大建筑，有几十个塔楼、露台、立柱，至少有一百一十个窗户，或许更多，可惜他从来没有耐心仰着脸，半张着嘴围绕它们转，也从来没有数清楚过。城堡的地下建筑很庞大，由狭窄的走廊、铁锭加固的橡树门分隔开，天花板上垂下挂灯的吊钩，但他有一次发现一些破衣服和很可能是被湿气侵蚀的一根完整的骨头挂在上面，不由得认为这些凶神恶煞似的弯曲铁钩不是用来挂吊灯的，而是别有他用。据说这个城堡是一位亿万富翁律师的财产，因害怕通货膨胀，把所有的钱投入了建筑，却从来没有在里面住过一天。他和维科尔·安蒂姆一起常常在城堡的地下世界漫游，每次探险后都兴奋地讲述着该有多少可怕的事情发生在地窖里，有多少人在那里被折磨至死。可以肯定的是那里是盖世太保的老巢，大家都看过当时的电影，知道受尽酷刑的游击队员怎样被扔进废井。有时，他独自在城堡的各个房间里漫游。这些房间大部分无人住过，只有卫生设备基座，壁炉大多已经半坍塌，玻璃窗破碎不堪，到处是老鼠和蜘蛛网的痕迹。有的房间已经被占,主要是底层的,根据某些标记便可知道,譬如说玻璃窗上用来遮挡的报纸,或者住户力求明显地显示的某些产权标志——一个钉在墙上壁龛里的信箱,用绳子挂在门框钉子上的一块擦鞋布,钉着木板的窗棂后面的煤油炉的嗞嗞响声。他穿过半抹灰泥的房间,走到用沥青覆面的露台上,放飞在露台的比较隐蔽的角落里收养了几个月或者几个夏季的鸽子。为了不惊着鸽子,或者说为了自己不致腻烦,他撮着嘴用他发明的一种语言大声呼喊着。这是从一部电影中学来的,像斯拉夫语那样重音比较含混。他觉得这样才足够有力,像那部电影①里的"与战马布扬一起的英雄夏伯阳②"一样。就在发生"呆望"索莱拉事件的前几天,他在楼上成功地看见马群走过。那天,他独自来到城堡,维科尔·安蒂姆因为抓住邻居家的猫尾巴倒拎着做什么动物解剖学实验而受罚禁足。他坐在最后一个露台的护墙上,晃动着双脚,背后是塔楼,有一间或多间房间,颇像一根灰色的锥形棒糖,窗户高而窄,墙上已经长满青苔,因而显得比城堡的其他地方古老得多。远处,尘土飞扬,或者毋宁说马群挟裹着尘土滚滚而来,因此视线所及,马群是隐蔽的,像一团淡黄色的云,一团硫黄云或者花粉云,沿着街道一路滚动。这儿那儿露出急促呼喊着的人们的黑色头顶,但听不懂他们的喊叫究竟什么意思。露台上的空气里弥漫着鸽子的羽毛和鸟粪的气味。由于鸽子扇动翅膀的啪啪清脆响声,他没有听见有人走近。直至觉得有什么东西轻触了他一下,才大吃一惊,不由得呆住了。那是一只很长的淡黄色手掌,青筋暴绽,虽然只是轻拍了一下他的肩膀,但透过布料很薄的衬衣,他感觉到老人的皮肤是冰凉的。

"谁派你来的?"

声音是沙哑或者说颤抖的,吉鲁·拉瓦克没有能分辨清,更像是从齿缝间吐出的耳语。他慢慢回过头去,遇见了老人的犹疑甚至惊恐

---

① 这里指苏联电影《夏伯阳》。

② 原文为"瓦夏",是电影《夏伯阳》的主人公瓦西里(夏伯阳)的爱称。此处为方便阅读,采用译名"夏伯阳"。

的目光。

到他这个年龄，任何人也吓不倒他。发生打架斗殴时，即使手枪之类的小兵器，也不会使他惊慌。他通常迅速出手，接连几拳，然后同样迅速地去干其他事情，跳过栏杆，去搜索那些废旧仓库，虽然已经仔细翻过不知道多少遍。

"没有任何人！"他皱着眉头回答道，觉得这是一个毫无意义的问题，有谁会派他爬上露台来观看马群如何走向屠宰场?！因此，他摇着头重复说："没有任何人，我对您说过了！"感到上颚产生一阵熟悉的痉挛，那是高傲自负受到不信任触犯的反应。

老人怀疑地注视着他，也许他日常的目光就是如此，并没有把手从吉鲁·拉瓦克的肩上挪开。他从露台高处朝下看去。人行道的水泥路面上隐约透出星星点点的咖啡色河卵石，像一条发白的狭窄小溪。他的双脚突然感到沉重，手指尖开始痛起来，觉得自己的肩膀正试图反抗重压，也许根本没有任何压力。他的手原本就感到很沉重，但不管怎么尝试，都没有成功，背不由自主地拱了起来，身体的重心开始外倾。

尘土云团正在移近，街道立方体石块上响起嗒嗒的响声，骑着马的农民们的呼喊也变得格外清晰。

"我对您说过没有任何人派我来，请听好了，是我自己要来看马群怎么路过的！"

老人频繁地眨着眼，两眼通红，显然患有结膜炎，眼眶湿湿的，而且由于眼球退化、变淡，从而呈现浅蓝颜色，更显得一副泪汪汪的模样。

"喜欢吗？"

在摆脱手掌重压的尝试失败的同时，他从胸腔挤出一声"嗯哼"作为回答。透过自己的"抗油污"花衬衫——那年夏天的成功发明，他感觉到老人的巨大手掌开始沁出汗水。

"一年，或者一个月，都将完蛋。你喜欢的所有事情很快将结束……知道为什么吗？"

他利用老人说这几句话的当口，推开老人的掌心，挣脱了压着他的重负，悄悄避进露台的里侧。他不再害怕，因为你不会害怕同你对谈的人。与狗打交道也是这样，它们咬你是因为怕你。如果你对它们说话，它们就会停止攻击，听你说话。

"你哪里会知道，经历的事情还太少。你以后能回忆起的只是刹那间发生的事情……以后你会明白……你只能记住闪电一般的事件，发生在眼睛一眨之间……"老人果真眨了眨眼，或许只是为了湿润一下退化的浅蓝色眼球。"哈，吓着你了，你还害怕什么……"马群已经从他们面前奔过，尘土不再飞扬，骚臭刺鼻的马尿气味也已消散，只听得见越来越杂乱和难以分辨的嗒嗒马蹄声。"你是不是住在这房子里，嗨，说吧，你们家也在这儿吗？"

他摇摇头，仿佛要辩白某种罪过似的说："不，我们住在街尾，那里的房子是另一个样子，不是房子，而是木板棚。"他顿了顿，好像要掂量一下措辞："不过，挺好的，像一些房子一样……"

"那好，来吧，来看看里面是什么样。反正你也会……"

他跟随老人走去。老人犹如脚下踩着弹簧，一路跳跳蹦蹦，摇头晃脑，挥动着两只胳膊，淡黄色的脖子很细，周围的皱褶像火鸡皮一样耷拉着，咕咕哝哝地说着什么，让人摸不着头脑，但他猜想是要说："不管怎么样，你反正是想把鼻子伸向所有地方，还是我来指引你为好，小无赖、骗子、流氓、二流子、泼皮，我知道你们，所有这些家伙！"这既非出于恶意，亦非表达友善，仅仅是因为孤独寂寞难耐。能够这样现身说法，归根结底也是一大乐事。露台上留下了鸽子的爪印和鸟粪的点点白斑，许久没有下雨了，老人小心翼翼地绕开水泥地上的污痕，仿佛试图通过改变走路姿势，展翅飞翔。遐想着老人怎样用飘飘荡荡的套袖式大衣的后襟下摆起飞，在楼宇周围翱翔，他就忍俊不禁，不由得扑哧一声笑起来，如果真的能飞，想必模样应该更加滑稽。城堡主塔比外表宽广得多，迎面是一个大房间，透过半开着的门隐约可见后面是一条几米长的走廊，尽头想必是厨房或者类似用途的下房。无论如何，从那里飘来食品的香味。他猜想从走廊可以进入其他房间,不是主厅,而是小房间,但肯定存在,否则被青绿色的苔藓鳞片侵蚀的塔楼四周的狭长的尖形窗户岂非成了无用的摆设。

"嗨,到了,我们到家了。你说没有人派你来?!你到这里来是自己的主意?"老人想再次得到确认。

他使劲摇了摇头,开始仔细地观看家具和墙壁。从来没有见过这样的排场。在他们家的木板房里,是完全不同的另一个样子。墙上只挂着父母的照片,镶在一个玻璃镜框里,看上去他们比现在年轻得多,脸颊和嘴唇用铅笔或者红墨水——谁知道呢——抹了妆,显得永远热情洋溢,激情满怀。床上覆盖的是用旧裤子和旧衬衫的边角料裁剪的布条拼凑成的破烂被单,炉子每个星期擦拭一次,干干净净,锃光瓦亮,里面火光熊熊,弥漫着煤焦的气味。除此之外,最值钱的物品就是一台比卡兹牌的收音机,有两个橙黄色的旋钮,小指示灯藏在调谐度盘背后,还有一个漆成棕色的杉木衣柜。在锅碗瓢勺之间可以看到一个瘢痕累累的紫铜盆,那是一个巧手铜匠用他在山沟里找到的炮弹壳,当着他的面,拿锤子在小铁砧上敲打而成的。这个老人的屋里却全然不同,首先是纸和大叶藻的甜丝丝的气味令你不能不凝神屏息,无论门打开多久,这种香味也始终不会消散。几堆用绳子捆扎的旧书,书脊由于空气干燥已经脱胶散开,靠在一个座钟空盒旁,还有一个缺了唱针臂的留声机,几个鸟类标本,它们的颈项全都被扭成面对门口,令人不由自主地觉得它们的闪闪发亮的赤褐色玻璃眼珠正在牢牢盯着你。一套鲜亮的燕尾服挂在窗口的金属挂钩衣架上,深红色大礼帽翻倒在地,里面长出几枝干枯的麦芽。房间中央,居高临下地摆着一个包铜的箱子代替桌子,上面满布黄铜螺钉和真皮或金属包边。那是一个行李箱,漆成亮黑色,边棱四角都已磨圆,煞是威严、神秘。然而,看到边角已经磨破的沙发,从灰色的布面中呲出来的弹簧,撒落在地下薄薄灰尘中的一条条大叶藻,一种寂寞孤独的凄凉感油然而生。而七弯八倒的一个个烛台,一小段一小段地剩下的白色蜡烛,吃剩的食物和一个几天未洗的金属盘子,这样的杂乱情景更加强了悲凉氛围。四壁钉了几十个钉子,上面挂着或者插着许多相当模糊暗淡的照片，从画报上剪下的图片，旧明信片，手写或者印刷的纸片——无疑是个人的笔记或者剪报。他仿佛置身于一个旧货仓库里，却已经找不到他早就逛遍的那些旧仓库里具有重要价值的任何东西，尽管表面看来似乎已经荒凉，但并非如此，因为依然弥漫着悲哀和孤寂。这是必定与人类生存为伴的两大元素。

"您一个人住在这儿？"

老人吞吞吐吐说了些什么，那是一个愚蠢的问题，当然是住在这儿，所以才领他来看一看自己一个人如何生活的。老人示意他坐在沙发的一角，似乎害怕破损不堪的沙发被坐塌了。

"你刚才说叫什么来着？"

他没有说过自己的姓名，但可能老人相信自己记性差，所以采取了防卫措施。

"吉鲁，吉鲁·拉瓦克，住在这条街上，街尽头。我们生活在棚户里。您知道，没有任何人派我来！我是因为好奇才来的。"

事实上，他有点怕，没有期望"被邀请"登堂入室，走进主塔。他已经习惯于独自在楼宇的一排排阴暗的房间里游荡，然后添油加醋地开始向孩子们讲述当时或者过去在那里发生过的事情。他依然感觉到老人冰冷和潮湿的手掌的重压，于是恐惧油然而生。他的少年想象力可能遐想很多，而且有足够的自信。

"看得出来，嗯，正是好奇心强的年龄。我原本也是这样。现在，没有了。现在结束了。对自己拥有的东西很满足，也就是说，对自己发现的东西很满足。告诉我，将来想干什么？"

他不假思索就冲口而出地答道：

"飞行员。"

"啊哈，你也许会成为神父！……不怕吗？有一点，有一点，真不怕？"

他瞪大眼注视着老人，眼睛几乎从眼眶里暴突出来。他当然害怕，而现在老人知道他恐惧之后，这种感觉更加深了。因为他不明白老人怎么知道他害怕的，他既没有眨眼，也没有发抖，更没有听见自己声音有什么变化,但老人却知道。

"我想是这样,但您不害怕吗?"

老人笑了,胸腔中发出"呵呵"两声,想必是笑声:

"嗯,这不是很好吗,我为什么怕?"

他目光扫了扫一堆堆杂物,满目是杂乱和非同寻常的贫困,确实,没有任何家的气氛,绝对没有他所熟悉的任何一个家的样子:

"所以,您很孤独,很穷。您可能死去而没有任何人知道。"

老人眨着眼,仿佛在清洗自己那褪色的浅蓝眼睛:

"哦,不,我不怕,也不孤独。有人来陪我,给我送水。这儿用水很不方便,下面也是这样吗?"

他用几句话对老人解释说,城堡的任何地方都没有水,正因为这样才荒废的。只有底层的几间房有人住,但没有必需的设施,归根到底这是一处废弃的建筑,尽管看起来很漂亮。还是在木板棚里好,你听着收音机,妈妈做着饭,说什么有人来陪他,有谁关心这个老人?

但就在这时,他听见,或者觉得听见厨房里传来盘碗的叮当响声,不由得伸长脖子透过走廊和门缝望去,却没有看到任何东西。

"这么说,您不是孤身一人。我很惊讶,您不可能独自生活在塔楼里。所以,至今没有任何人见过您,有人给您送来一切,您不需要出门。确实是这样,是的,还会继续……"

老人从墙上取下一张从杂志上剪下的图片:

"你看,见过这样的景象吗?"

这是一片青灰色的丘陵。没有任何其他东西。或许是从飞机上拍摄的一张照片,或者是从山顶上抑或塔楼里拍的。但是,不管是在山顶上、飞机里或者塔楼里,从照片上看,周围直至尽头确实只有青灰色的丘陵,没有其他任何景物。

"没有尽头的一片丘陵。"

有什么东西在老人的没有表情的浅蓝眼睛里闪动,好像是一块镜子的碎片。

"荒原,不错,正是没有尽头的荒原。还看见其他东西吗?你仔细瞧瞧，还看见其他东西吗？"

　　他把那张纸拿在手里，像是一张发光的硬纸板，有两个巴掌那么大，背面用胶水粘着一段线——一个扣绊，挂起来相当沉，对于从杂志上剪下的一张图片来说实在是太沉了。

　　"我能看到什么？丘陵，一些山坡，像几只蜷缩着的乌龟。我能看到什么？人，房子？"

　　图片复制得相当糟糕。或许由于杂志太旧，图像很模糊，且翻看得多，留下了阴影、纹路和斑点。屋里的光线也不甚明亮，特别是与外面一片金色的阳光相比，更显得阴暗。老人又是呵呵一笑，伸出了关节突出的浅黄手指，指甲很宽，上面覆盖着白斑，像孩子一样。老人用手指在画面上慢慢滑动：

　　"正是这样，孩子，人，房子，你看，没有看见吗？"

　　他十分紧张地瞧着指尖触到的地方。也许是他眼花了，因为在一个丘陵平缓的背后，看到了一间房子，真真切切，一间奇怪的房子，房顶是曲线形和绿黄色的。

　　"还有这儿，你可以看到人。"老人的手指令人难以捉摸地继续滑动着，而指甲前的画面立即有了深度，仿佛是在借助玻璃进行透视。这时出现了两个朦胧的人影，戴着像头盔一样的条纹尖筒帽，无疑是毡做的，很像他家邻居的毡靴。这个邻居每天早晨穿着睡衣出现在门前，整天玩十五子游戏，直至头痛难忍，才去喝酒解痛。

　　"是的，好像出现了什么，两个人，嗨，瞧，还有一头母牛，毛茸茸的，背上好像长着肉峰！"

　　图像在手指轻触下扩展着，变得不那么模糊，仿佛真的透过云彩和被阳光晒热的空气在俯视丘陵上的原野。

　　老人突然收起了面前的照片，挂到墙上原来的地方，用手掌抚摸着，仿佛真的想触摸丘陵上的灰色野草："这很美。我不知道对你是不是有用，但确实很美。"老人张大嘴对他微笑着，露出了不知因吸烟还是年老而变成褐黄色的大牙："哎，并非随便什么人都是像你这样的好孩子，并非这样！"

面对这样一个上了年纪的人表露出的莫大信任和赞扬,他无疑感到羞愧。

"您别生气,"他鼓起勇气说,"那张照片展现的是什么?"他想站起来走近图片,或许是想再看一遍。

老人半抬起手制止他:

"不是展示,你应该明白,不是展示,而是西藏——世界屋脊实地。你爬上过屋脊吗?"

他不太明白,怎么不是展示,而就是实地?明明手里拿的是一张照片,一张从复制的杂志上剪下的图片,看来老人多多少少是想戏弄他,自以为聪明的大人总是这样。

"没有爬过,还没有试过。我只到过这儿。我是想说,只到过您家里。不过,我会爬上去的。等我没事可干的时候,我会爬上去的。"

老人微微皱了皱眉头,额头也覆盖着像手指上一样的黄色的密密皱褶。瞬间,他感觉自己嗅到了一股衰老的气息。

"没事可干的时候,这是你想说的,是吗?没事可干的时候,你就会爬上屋脊。我,没事可干的时候,到达了世界屋脊。看来,我们有相近的共同目标。你怎么说,伙计,不是这样吗?"

他愤怒地站起身来,沙发发出一声近乎撕裂的呻吟后松开了:

"我要走了。如果您嘲弄我,我现在马上就离开!"他用愤怒得变了音的口气说。

"请原谅我,亲爱的,我不想惹你生气。你不愿意尝尝糖水樱桃吗?是'图巴①',喔,就是'念相'或者叫'幻人',昨晚为我做的,真棒,还放了桂皮。请坐下,再一次请你原谅我,我没有任何恶意,确实是这样发生的。我在那里,你在这里,各有各的屋脊。"

老人似乎消失在长长的走廊里,然后传来几声杯子的叮当响声,随后是托盘打碎的哐啷声,以及老人的有点恼怒的话音,好像是在呵

---

① "图巴"一词来自梵文"tulpa",一般译为"幻人"或者"念像",是西藏喇嘛教密宗的一项秘术,由法国人妮儿在著书时引入西方,颇为盛行。意大利还拍过一个与"图巴"相关的故事片。考虑到这部小说的情景,译者在本书中选择了译音加译意。

斥什么人。他满心好奇，站起身来，朝着走廊跨近一步，但就在这刹那间，老人堵住了门框，手里托着一个盘子向他走来，盘子上摆着一个大啤酒杯，里面装满了飘着几颗樱桃的果汁。

"我这个'图巴'是个吃货，你瞧，只剩下一丁点儿了。但果汁太棒了，主要是因为放了桂皮。我们缺糖，没有糖票很难搞到，但这样有点苦味，香气四溢，也算是一种享受。"

老人坐在桌子一角，用小勺子一颗一颗地捞着樱桃：

"如果不是我想到用什么吃食款待你，就不会有这些樱桃。你也不可能再相信他们存在！"

他惊愕得目瞪口呆，两眼睁得大似铜铃。老人不由得扑哧一声对他笑道：

"你怎么啦，孩子，瞧你惊得这样，小心别吓病了。"

他伸长了脖子，从老人干枯的胳膊边上，透过飘飘荡荡的薄衬衣望去，试图分辨清楚一个身影和向厨房走去的脚步声。

"你是说，不可能再相信他们存在。他们是谁？"

"哦，是这个家伙，'图巴'！至今我已经更换了大约三个。或许甚至是四个。这同发现他们时的心情关系很大。这一个是在一个雨天，我有点困的时候发现的。告诉你，我对气候非常敏感。这家伙有点懒，有点麻木。我总有一天要把他换了。现在我习惯了他。老实跟你说，我自己也同他差不多。整天待在这儿，无所事事，想着时间怎么过去，有时看看照片，回忆回忆往事。如果没有了'图巴'，我连吃饭也想不起来。也许，我真的会死，但有他照顾，就不会发生这样的事情。他那么喜欢偷懒，所以我得监督着他。"

他感到上颚发干，连着干咽了两三次：

"这很好。但这个'图巴'是什么人？或者说，是什么物件！我一无所知。甚至不知道是不是真的有什么人在那边。"

老人把啤酒杯递给他：

"嗨，喝吧，对你身体有好处。今天很热，出奇地热。从马群走向屠宰场时扬起的那么大的尘土，我就发觉天很热。真奇怪，我明知道它们是被赶去挨宰,却很喜欢看他们走过。我不去想接下来的事情,不去想将会发生的事情。他当然是存在的,我臆造了他。这在他们那里,在西藏是很习以为常的事情。你再往深里想一想,当你真的需要什么必需品的时候,就像大家所说的那样,就会开动脑筋,苦思冥想,通常会获得成功。在他们那儿,这叫作'图巴',我说的也是同样的事情。这是绝对正常的行为。他们像你所没有注意到的其他所有人一样。一天,一个小时,或者你的一生中,有那么多的人走过你的眼前,其中绝大多数你或许根本视而不见。你视而不见——实际上是你没有记住——的这些人中的大多数,是'图巴',是我们的臆造、发现。发现他们的人看得见他们,任何时候都知道他们在哪里。你瞧,现在我可以告诉你,他将两把椅子头对头拼在一起,像一只小猫一样蜷缩在上面酣睡。他在阳光照射下的窗前无所顾忌地沉睡。我知道你想看到他,但请不要打扰他。任何人沉睡时都是幸福的,'图巴'也不例外。"

于是,他用一种极其不礼貌的方式表达了自己的不信任,大声吧唧着嘴巴,正像每当抓住维科尔·安蒂姆——大家叫他安蒂——太离谱的谎话时所做的那样。除此之外,他也扑哧一声讪笑起来。这对于老人来说,意味着最大的羞辱。

"你这个鼻涕虫、小懒鬼,压根儿就理解不了,真是明珠暗投!悔不该把你带到这儿来,你那榆木疙瘩脑袋瓜根本装不进我给你讲的事情!"老人从极度悲愤转为像哀号一样的无泪呜咽,却比任何师长的咆哮更严厉地斥责着他,"你根本理解不了,也不会再有任何机会,我的孩子!你是个好孩子,我发觉你是个好孩子,你以为随便什么人都能见到这些房子和人,都能到那儿去吗?即使他们就在眼前,你以为就能看到他们吗?从来没有。你瞧,我有幸遇见你,而你长了一个太小的脑瓜,太小太小了,没有能力现在就理解某些事情。哎,你走吧,现在就走吧。待你走后,我再叫醒那个懒鬼给我煮茶,热天喝茶有益。这也是我在那儿学到的,现在你走吧!"老人发出一声好似被遗弃的野狗一样的哀叫,轻轻地把他推向露台:"下次再来吧,但当然不能带任何人，永远不能带任何人。你可以来，你应该是个好孩子，我相信。千万不要带任何人来，请求你，请……求……你……"

他倒退着走向门口，被门槛绊了一下，抬头看到了老人的泪汪汪的褪色的眼睛。老人的请求是真心实意的，充满怜悯，不知道是对于自己，还是对于他。于是，他应诺道：

"不带任何人，我应诺您。我明天午后过来，来看马群怎么经过。给您带点什么，您需要什么？"

老人推了一下他的肩膀：

"你走吧，我什么也不需要。我差遣'图巴'。他有耐心，很会排队买东西，可以连续几次这样做，反正没有人记得他。"

他望着这个稍有点驼背的雕像似的老人离开了。看来，老人确实年事已高，手掌扶着门柱，摇着头应声道："是的，是的，是的，是的。"

他又看望了老人两次，直至有一天发觉自己的短裤太大了。裤子的背带是用从母亲的旧舞裙上扯下来的蓝布做的。据母亲说，"这很适合跳舞，在农村也很时新"。他每次都努力想见到在厨房里干活的老人的朋友或者仆人，但都没有成功。只听见几声脚步，或者很像是磕磕巴巴地奇怪地哼唱歌曲的几声咕哝，或者突然起风，只是风吹窗户的吱吱嘎嘎的响声。直至传来玻璃掉在水泥地上的哗啦破碎声，老人才嘟囔道：

"这家伙把我的餐具全毁了。"

但是，老人回来时脸上没有一丝恼怒的神色，皮肤还是像羊皮纸一样，满是皱褶，透出几条淡蓝色细筋，全无血色的痕迹，连嘴唇也是灰白的。老人不再向他展示从杂志上剪下的那张照片，而是改变话题，给他讲在维也纳上学时的青春年代和世界大战的故事。令人难以相信的是，老人竟然在大战中同俄国人打，而众所周知的是全世界同德国佬开战。他们这帮孩子在旧仓库和花园里组织无休止的战斗游戏时，维科尔·安蒂姆总是扮演"德国佬"，在一颗野栗树根旁挨一顿饱揍。老人后来当了俘虏，被押解到中亚。由于是个在维也纳上过学的读书人，如果逃跑，路途又实在太过遥远，于是在那儿"应邀"参加了去准噶尔地区的探险，再从准噶尔到了西藏。

"你知道我为什么接受邀请吗？因为在小学时候学过地球是圆的，所以不论到了什么地方，都能找到回家之路。你看，我终于找到了。那儿有一个小山村，实际上是一个教派的寺庙，里面只住着穿黄袍的男子。我第一次看见了一个'图巴'。我只记得看见了他，但说不出是什么模样。我喝了他拿来的水，吃了他烙的玉米饼子，吸了他亲手装满的烟斗，却不知道他是什么模样。我以前从来不知道，但所有人都有自己的'图巴'。我们喜欢一个人，而且确信自己喜欢他。实际上，他根本不值得你喜欢。用我们的一个'图巴'来取代他，就会高兴地看到有多少好处从天而降。'图巴'肯定会按照我们的心愿去做一切，因为他是一个仆人，这是他的角色。一旦故事结束，就意味着我们再也不能依赖可怜的'图巴'生活。我们累了，我们已经油尽灯灭，完蛋了！我们又要同普通人打交道，而他们很少关心我们的需要，田园诗结束了。孩子，你应该知道，除了'图巴'，我们意念的这个发明，任何人从来没有爱过其他什么人。换句话说，人人只爱自我。而'图巴'只能维持一段时间。我们的仆人，我们意念的奴仆自生自灭，逐步稀释，最终完蛋了！爱结束了，梦想结束了，天上的月亮没有了。所以，人们一旦从爱情中醒来，就会感到筋疲力尽，思想的动力被掏空了。你懂吗？哎，你什么也不懂，还只是个半大孩子嘛。算了，我不该同孩子说这些蠢事！瞧，今天我们有牛奶米饭，也是加了桂皮的。这是那个家伙的癖好，定规的食谱。再说，我们也只有桂皮。哪儿去找角豆、巴旦杏仁、阿月混子果①、香草，也许你根本不知道这些食料？没有关系，还是不知道为好，省得抱怨、焦虑。哎，你说，喜欢吗？说真话，喜欢我吗？也就是说不惹你讨厌吗？"

问题来得太突然，他并没有很好地理解，就过于匆忙地回答说：

---

① 阿月混子果，即开心果。

"当然,我真诚地对您说,是很特别的东西。我至今还没有自己的任何秘密。如果有仅属于自己的秘密是很了不起的事情,或许会因此觉得自己长大了,不知您是不是理解我的意思……"

一阵沉默,风,或许其他什么东西——"图巴",敲打着窗户,水开始流进一个双耳锅。

"我当然理解,去寻找'图巴'吧!待你长大成人后,就会觉得一人独处何等美妙。你将会懂得自由从此开始。啊,自由,一个多么难以理解的词,越来越难以理解……"

第二次,老人许诺给他书。当然是以借的名义。他仔细地看了看房间四周,只有旧书,而且都是用绳子捆着的,灰尘满布,毫无疑问都是战前的出版物,而他知道只应该读一九四七年以后出版的读物。大家都是这么告诫他和这么做的。实际上,也不会有其他读物落到他手里。现在突然面对这样一个建议,虽然不是很有诱惑力,却足以造成他的困惑,令他不知所措,心头不由得产生一种负罪感,尽管自己并没有犯罪。

"但是,不行。"他回答老人,"您怎么能给我一些您有用的书?嗯……要倒下来的。"他用手指着依靠一堆灰黄色的书支撑的旧家具说。

老人惊异地注视着他,似乎理解他说话的意思,却不敢相信,尽管懂得实际上是他,这个穿着短裤的毛孩子,自以为比世界上所有人都聪明的小鬼的婉言拒绝。

"好……吧,你会后悔的。我是说,期望你以后想起这件事的时候,会感到后悔。"

许多年之后,他果真感到后悔,但并非是因为一本也没有阅读那些满是灰尘的书——它们已经散架,或许碰一下书页就会飞落——而是觉得这个奇怪的老人给了他一个机会,而他不懂得好好利用。他没有从老人那里拿走任何一本书,也许使得老人很伤心。但在第三天,老人还是给他讲解应该怎样看图画,并以墙上挂着的杂志剪辑作为例子,却小心翼翼地绕开了最初指给他看的那张图片。

"我想你已经见过人们是怎样欣赏画的,即使不是在你身边,也在电影里见过。人们好像是在寻找什么,走近,退后,如果有眼镜,就会戴上,取下,擦拭镜片,调整站在画布面前的位置。你知道是在找什么吗?嗯,想一想,说吧!"

他沉默了几秒钟,只是为了骗骗老人,其实他早已知道答案,就停留在他喉头、嘴里,完全可以脱口说出:

"当然知道,是在寻找'图巴'!独自赞叹事物的奇妙变化。"

确实,除了出自脑海的想象,还能有其他什么东西令他们欣喜?

"哎,不对,根本不是这样。'图巴'安居在这儿,就在人们中间,来照顾你,给你做鞋。若是你害怕或者病了,他会守护着你,陪你度过漫漫长夜。完全是另一码事,完完全全不同。人们是在寻找一小段自以为存在的记忆。"

他自鸣得意地一跃而起,露出了伤痕累累的膝盖,那是整天在男子中学的野草丛生的院子里玩打仗游戏时因爬行而被划破的。他是游击队长,而法内·卡拉法特坚持要当一个具有高级军事天才的聪明德国鬼子。他跳起来时碰在了一个缺腿柜子的棱角上:

"这难道不也是一个'图巴',或者还没有变成'图巴',不成为他们的想象的仆人吗?"

老人开始笑起来:

"嗨,你肯定将成为神父!"

"不,不,我要做飞行员。这是肯定无疑的。我为什么要做神父,整天祈祷,憋着鼻音说话,去欺骗大家?神父和富农欺骗和剥削人民。我要做飞行员,保卫人民。这是我的决心!"

一瞬间,他觉得控制了局面,不禁激动万分,浑身冒出了鸡皮疙瘩,声音也变尖了,仿佛立刻就会飞翔,胸腔里充满力量,从上到下压迫着他,期望喷薄而出。老人转过身去,背对着他,手指沿着窗框一根一根向下滑动,仿佛失去了支撑,但并未转过脸来,开口问道:

"你喜欢看马群在街上经过的场面吗?"

他想老人或许是老糊涂了。他正是因为要看这个场面才爬楼来到露台上。也由于这个原因,老人才发现他双脚挂在外侧坐在露台边沿。

"当然。尤其是马群在石子路上奔驰,用嘴拱着,熙熙攘攘前进的时候。它们永远是湿漉漉的,眼睛也是湿的。"

这时,老人向他转过身来,阳光透过满是灰尘的玻璃窗照在老人的头顶上:

"你喜欢,你看着他们,你高兴,是啊!但它们是在走向屠宰场的路上。过一个小时,或者过几个小时,它们将被宰割。你因此来到这儿,因此喜欢听我讲故事。多么简单,多么轻松……"

老人没有生气,没有愤怒,好似凝结了一般,眼睛睁得更大、更漠然,被一层半透明的白翳包裹着,两手无力地耷拉在瘦弱的身躯边上。这时,他才看清老人的手是多么长,多么大。

"嗨,忘了吧,忘了吧!也许命该如此,你不能改变,也不应该改变……"

他只能低声耳语道:

"我没有想过,从来没有想过它们是被赶去挨宰的,虽然知道它们是走向屠宰场,虽然知道……"

厨房里传来碗碟翻倒的哗啦啦的响声。从老人那失神和散漫的眼光中可以看出,他显然急于想去帮忙:

"我走了,很晚了,有人在等我。我还会来的,保证还会来的,您太孤单……"

第二天,一切乱了套。安蒂在一个废旧仓库的角落里发现了战时留下来的"某种东西",仿佛是一个信号,表明没有任何东西会一下子结束,而他突然发觉自己已经长大,身上的短裤对他不再合适。这完全起因于索莱拉。这位小姐在自行车上不断扭动着身躯,摇来晃去,全然不理会他心旌摇荡的强烈生理感受。维科尔·安蒂姆一个劲儿地沿着墙根,在被雨水侵蚀的人行道的粗糙地面上滚动一个生了锈的金属圆盘。几天前,在铁路工人俱乐部,他们见到了地滚球的玩法,于是突发奇想,认为地滚球与铁饼状的圆盘没有多大差别。两者都很重，都是金属做的。他站在向上通往屋顶露台的楼梯口上思量着：难道还像现在这样穿着可笑的短裤去老人屋里，还是应该等到他像一个完全成熟的人那样穿着长到脚跟的裤子再去？安蒂把那个奇怪的铁盘用双手抱在胸前，兴致勃勃。其实他带来的与其说是想要显摆的铁饼，或者铁球，倒不如说更像一个带盖的炒锅，但他紧抱在胸前，躲避着想从他手里夺走、拿去仔细观看的其他孩子们。索莱拉在楼梯前停下车，脚尖踏在第一级阶梯上，扭身看着像公鸡一样大声尖叫着打成一团的斗士们。他感觉到背后的楼梯洞口有一团阴影向上袭来，犹如热气球中的空气一样冉冉上升。索莱拉身段纤巧婀娜，在她艳丽的嘴唇间可以隐约见到一条条螺旋状曲线，散发着此前没有直觉到的优雅。这种优雅风姿以前不存在吗？一条淡蓝色的纤细静脉顺着颈项搏动，消失在耳垂下，鼻翅根上的细小雀斑宛如一片花粉云，仿佛她的脸蛋曾沉浸在乳白色的百合花瓣间，或者向日葵的花蕊里。她的手指握着自行车把，像颈项的皮肤一样细腻，色泽淡蓝温馨。索莱拉慢吞吞地将脸转向他，扬起微微弯曲的眉毛，仿佛刚刚发现他似的，而他发现她有着与老人一样的大眼睛，只是她的眼睛是名副其实的蓝色，瓦蓝瓦蓝的，虹膜布满金色光点。他有点惊慌失措，一直持续了好几秒钟。不知道为什么要招惹她。他感到血流涌上太阳穴，剧烈搏动着，突然脑袋发痛，正如有人长久注视他时那样。维科尔·安蒂姆坚持说，可以对他施行催眠术，但他没有兴趣尝试。实际上他是不懂。但渐渐地，他好像在浓雾中前进，走向一个明净的高山湖一样，发觉自己希望同她分享某件特别的事情，告诉她心中珍藏已久的东西，要她理解自己无可救药地爱着她。他早就想伸手触摸她的手指，去夺取她的宝物。如果可能，他会叛变自己的伙伴们，转而把她当作同伴。

"到上面来，给你看样东西。"

不可思议的事情发生了，索莱拉从她那闪闪发亮的自行车上跨下，把车靠着墙，略带怀疑而又多少有点高傲地问他：

"给我看什么？"

为了不致失去勇气,他抓住她的手,几乎是拽着她往上走,一路诉说着一连串自己不理解的事情,颠三倒四,把一切混杂在一起,什么西藏啦,老人啦,在其中看见了实际不存在的东西的照片啦,"图巴"啦,露台和马群啦,有没有人在厨房里啦,等等。无论如何,老人生活在这楼上,却没有人看见过他下楼或者在周围走动,还有书籍和战争,走向死亡的马群。在他一路讲话的同时,鼻孔里闻到了姑娘腋下富有刺激性的汗味,于是他的话语变得更加纠结,更加难以自持。

"嗨,现在立即上去,我知道你不相信我,但真像电影里的故事一样,也许他是个间谍。"他已经记不得从哪里产生的这种想法,或许是因不能入睡,在毯子里一边闻着燃烧的树胶和木头的气味,一边在手电光下阅读出版的讲述没完没了的战争故事时想到的。"我也不知道。嗨,上去,索莱拉,到露台上去。"

外面,喧闹的嘈杂声突然停息了。他没有功夫搞清楚为什么,只是用眼角一扫,隐约看到一个蓝色斑点,一件西服的后襟下摆,感到必须加强信心,不由得更加使劲地拉着她的臂膀,自鸣得意地想着他的发现一定会让她震惊,将改变她觉得他庸俗的印象,使她至少像他一样兴奋激动。他们在楼梯上奔跑着往上爬,咚咚的脚步声在空荡荡的墙壁间回荡。他觉得好像有一个滚烫的铁环紧箍着自己的太阳穴,手心的经脉在她的手指间突突跳动,目光不由得投向索莱拉的胸口,只见她每走一步,胸脯激荡起伏着,脸颊自然地泛起红晕。尽管如此,她却并没有把手臂从他紧握着的手指间挣脱开,而且也没有想要停下脚步来。

一走出楼梯来到露台上,强烈的阳光照得他们睁不开眼,觉得眼前一片漆黑。一群鸽子在他们面前盘旋,把一股比午后的微风更热的空气投在他们的脸颊上,几片羽毛慢慢地飘落在他那被太阳暴晒得脱皮和布满划破伤痕的长腿前。

"就在那儿,"他指着塔楼的一扇关着的门说,"他就住在那儿。你都不敢相信有这样的事情。"

他抢前几步，让她留在身后，信心十足地打量着那扇没有打开的门。他轻轻敲了几下，随后加重了力度，用力转动着门把手，回头看了一眼索莱拉。索莱拉用一个手肘支撑着，依傍在露台护栏边，脸上开始露出疑问的（蔑视的?）微笑。他觉得胸中充斥之前没有过的一种愤怒，一种夹杂着对于老人怨恨的愤怒。老人竟然在这样的时刻不开门，在亲自找到他，亲口鼓动他，说得他晕头转向，对他施行了魔法之后，现在竟然欺骗他，害他惹人耻笑。他再次回头看了一眼。很显然，姑娘不再有任何疑问，确认这是一场恶作剧，一个穿短裤的小痞子策划的恶作剧，为的是以后可以吹牛说"把她单独带到阁楼上，在这样的场合会发生什么，你们当然很清楚……"。他用拳头捶着门，随后又用脚踢，竟然丝毫也不觉得疼。他愤怒、恼恨地踢着：

"开门，开门，我知道您在这儿，马上开门！"

他大声吼着，直至嗓子发哑；额头顶在旧门柱上，用拳头慢吞吞地一下一下捶着门板。

"开……门，求求您，开门！"

索莱拉不声不响地走近过来。他透过衬衣感觉到她稚嫩的乳房贴在他拱着的背上，听见她在耳边轻声说：

"嗨，算了，我理解，没事，下次再来吧。我过去也根本不知道这个露台。嗨，我们下去吧。"在她的嘴唇贴住他耳垂的一刹那，他震惊地打了一个寒战。"吉鲁，我长了见识，我们成了朋友。从今天起，我们是好朋友，不是这样吗？"

他点点头，默默地走下楼梯，不敢再接触她的肢体。在门口，他们看见了也是住在街那一头的民警，身边围着一群孩子，耷拉着像一嘟噜脱瓢似的脑袋注视着躺在人行道上的什么东西。民警拳曲的手掌里拿着曾经是孩子们激烈争抢的金属物件，把它靠着自己的大腿，而在他那张圆而宽的脸——吉鲁所见到的最扁平的脸上，露出惊诧夹杂着恐惧的表情。他走过去，摇了摇旁边的维科尔·安蒂姆的肩膀，发觉安蒂姆满脸是汗，成串流下。下面，在人行道的水泥地上，躺着老人，或者说躺着老人躯体剩下的碎片，蜷缩成一团，像一个木乃伊。

在他周围，一大摊血渐渐凝缩，但依然可见，主要是因为满布河卵石和砂岩碎片的混凝土灰色地面的反衬。鲜血先是散开，渗入混凝土的细孔。他后退几步，走近几乎辨认不出的老人的蜷缩的尸体。就在这时，他看见老人的尸体正在变细、缩小，越来越枯干和细小，犹如一个缩成一团的死金龟子，最后消失得无影无踪。水泥地像往常一样，依然干燥，灰蒙蒙一片。民警弯下腰，用整个手掌摸了摸，然后久久地注视着自己的手掌，期待至少能找到一点皮肤的痕迹，却只有灰尘和被压碎的混凝土，不由得把手在衣服上反复擦了很久，惊愕得几乎说不出话，只冒出一句"愿你升天复活，我去忙着干活"，然后，突然转过身来，对孩子们吼道：

"嗨，你们听着，你们就差把这宅子炸得飞上天，逼我们不得不用毯子收捡你们的小尸骨了！你们知道这是什么吗？啊？一个地雷，一个真正的地雷，会轰的一声爆炸，在你听清爆炸声之前就把你消灭掉了。千万别再冒险拿着武器到处乱跑，也别去各处地下室乱翻乱拣！这是严禁的，记住了吗？"

随后，民警回身面对老人原来躺着的地方，久久注视着，又嘟嘟囔囔说了一句"愿你升天复活，我去忙着干活"，狠狠地在出事的地方吐了好几口吐沫，便小心翼翼拿着那个制造死亡的元凶——地雷铁壳，扬长而去。吉鲁·拉瓦克一眼看到了索莱拉，只见她依然站在楼梯口，没有动，心不在焉地用指头肚抚摸着嘴唇。小伙伴们默默地四散了，她也骑上闪亮的自行车，开始拐着"8"字形的大弯，有意绕开男孩子们。他们经历了突如其来的爆炸事件，依然惊魂未定。爆炸地点离维科尔·安蒂姆只有一步之遥。他久久看着自己尖细的膝盖，布满伤痕，尽管很丑陋，但毕竟是他自己的。索莱拉的自行车挡泥板发出强烈的反光，如果刺到你的眼睛，你很可能失明。

第三章

维科尔·安蒂姆慢慢睁开眼,环顾房间四周,一切依然那么熟悉。当然,这些年来没有任何改变,只有 K. F. 夫人不再在世,而今天,终于有了必须要做的事情。去科马纳之前,必须妥善安排好一切,因为通往科马纳之路不能心血来潮地随意制定。首先,从小胡同走到镇子尽头的屠宰场的路途中,不可能没有人看到。再者,他也心绪万千,煞是兴奋。经过那么长时间之后,走出这片丘陵,自己的心情就像刚进入这儿时一样。差别只在于,当初与不相识的克洛伊库、巴沙利加、科帕丘作伴,喝了相当多的酒,即使是米赫尔恰努也是一个陌生人,而今天他是清醒的,可以说是过于清醒,仿佛自己的大脑出现了真空,所以脑颅垂向右肩。他沉思着,默默对自己说:"只有亚历山大大帝才会有这样的经历。"然后继续赖在床上躺着。他的嘴角自得地露出了微笑:"再也无需每晚喝醉,第二天才能变得迷迷糊糊。习惯成自然,克洛伊库或许会这么说。"

* * *

当初,在卡特琳娜别墅度过的一长串早晨中的第一个,他睁开眼时,首先看到的是一个双扇门的淡黄色木头,十分巨大,边沿已经发黑,有一个硕大的铜把手,原来镶石块的地方变成了霉绿色,现在想来或许那里曾经镶过红宝石。他觉得双脚麻木,垂在床沿上沉甸甸的,鞋子上满是淤泥。令他惊异的是,只有虫蛀的厚天鹅绒鞋面的几个地方没有被弄脏,尽管皱褶里落满了灰尘。他还赖着躺了几分钟,觉得脑袋沉沉的,于是转动了一下眼睛,随着这个动作出现了一种陌生的眩晕，不同于喝了葡萄汽酒之后的那种熟识的眩晕。说实在的，葡萄汽酒真是一种极其蹩脚和充满欺骗性的饮料。随后，他深深地叹了口气，站立起来，四壁围绕着一切。慢慢地，他发现自己是在像门一样高大的房间里，从各种迹象看已经很久没有人居住，铺着上等木料的实木地板，而不是预料中的镶木地板，走在上面还没有吱嘎发响，很干燥，随着脚步发出共振似的回声。灌满了一肚子葡萄酒，他十分疲劳地和衣睡在一张宽大的床上，身上盖着一块巨大的天鹅绒，很像是应该用来遮挡入口或者楼梯间的帷幔，可以感觉到来自墙上的潮气，夹杂着陈石灰的气味。那是一所荒废的大宅的气息。他自然而然地猜想，不太有机会在看来是无人居住的高大、阴冷的空房子里遇见什么人。这么浪费空间，这么阔绰，从房门的木材、铜把手，乃至失去了宝石闪光的窟窿，依然可见其气派之一斑。他不由得思忖这幢建筑在乌拉迪亚的地位肯定非同一般。这是抛弃乌拉迪亚，造成它被那个世界的遗忘象征，但遗弃它的人们并不能随身带走它的一切标志，于是给这个小镇留下的只有一种感觉——在它的躯体上划开了一道不可愈合的伤口。

他好奇地观察着依然保留着高雅情趣痕迹的四壁。这是一个充满贵族气派的房间，依稀可见正宗的蔚蓝单纯色调的印痕，透出怀古之情，至今依然存留在天花板和四角的大片不规则的岛形画面中。窗户关闭着，他走过去，闻到了刺鼻的霉味。那是死亡的第一个信号，最早显现在窗户上。他透过窗玻璃漫不经心地扫了一眼，乌拉迪亚似乎沉浸在一片金黄的阳光之中，周围的山坡毫无顾忌地侵占着一切空间，包围着它，而在下面的街道上，一个个小水坑幽光闪烁，泥泞的土地留着脚踩和车轮轧的各种意想不到的图形。这里那里还有牲口的蹄子印，以及肚子空瘪、毛色粗劣的败落野狗的脚印。

房间里找不到任何其他东西，也没有过去或者现在存在过生命的任何迹象，只有一张床孤零零地盘踞在高高的天花板下，凸显出四壁的宏伟。他感到自己是一个外人，走出门去希望遇到个把人，却偶然走进了一个阴暗的走廊，里面弥漫着各种各样的气味。走廊很长，他在它的尽头看见,更确切地说是朦胧地窥见一扇高大的门。而在穿过走廊的时候,他发觉在这幢至今第一次见到而且在里面观察的建筑中,存在着某种荒诞的东西。否则,在他看来,这整幢建筑就不可能存在。他不太记是得怎么来到这儿的。在黑夜中,它显得很高大,近乎超常巨大,仿佛是一个悬在荒废的花园上的层层叠叠的露台、塔楼和东方式的阳台。之所以说是已经荒废的花园,是因为他在黑暗中闯入了野玫瑰花丛。这些野玫瑰疯狂地穿越了从大门到花园入口的石板路面。克洛伊库竭尽全力扶着他,早就熟悉了花园的状况。而现在,这幢别墅,据他的记忆名叫"卡特琳娜"的这幢别墅,暴露在他的视野中,使他惊愕万分。走廊很窄,在黑暗中藏着某种共生的东西。当他打开另一扇门,一扇同样沉重,有同样的铜把手,同样缺了曾镶嵌在上面宝石的门时,他不无惊异地发现了一个同样的房间,一张同样的大床摆在房间中央,像港湾中央的一艘大船,高大、冷漠、弥漫着从墙上散发出的潮湿的霉味。只有色彩的瘢痕不一样,原本应该是紫红色的,却在很小的几处保存着原来色调的热情洋溢的风格,其余部分都退化为淡淡的粉红色。他知道刚走过的长廊的吸引力在于门户的对称性,沿着走廊应该还有一个出口,通往建筑的内部或者那个荒废的花园的中心。他所见到的两个房间的惊人对称激发了他的好奇心,直觉此处存在着这个大宅的秘密,因为任何宅邸都有自己的秘密。于是他转身回到阴暗的走廊里,仔细地观察着左右两边,用手指在粗粝的墙上滑动,果真找到一扇木门。那是一扇被漆成暗色的门,在走廊的暗淡光线下几乎分辨不出。他使劲推着门,门毫无响动地打开了,好像暗藏在墙里的合页刚刚上过油,或许有人经常在建筑的这个部分走动。他走进一个宽大的走廊,在它的尽头迎面见到一扇巨大的多色彩绘镶拼玻璃窗,彩绘以金黄色和紫红色为主。从他零零星星阅读过的书本知识来推断,这是拜占庭的壮丽画风。于是他突然想起著名的拜占庭历史学家斯夫兰齐斯[1]和普罗科

---

[1] 斯夫兰齐斯(1401—15世纪后期),拜占庭历史学家和外交家,著有《1413—1477年的编年史》。

匹厄斯①，以及贵为拜占庭皇帝亚历克赛一世康尼努斯的女儿的女历史学家安娜·康内娜②，不由得对入口处的彩绘镶拼玻璃窗散发出的奔放热情赞叹不已。走廊尽头确实是进入这幢现在叫作"卡特琳娜"别墅的默默无闻的建筑的入口。绿色的马赛克地面上覆盖着没有被擦去的或新或旧的大块淤泥癍痕，他的脚步踩在上面发出清晰的回声。门厅很高，由原本是乳白色的门分隔开。走廊当初确实设计为接待大厅。在他进入的那扇门的上方，可以看到一个嵌入房间主体的包厢，想必还可能有一个回廊，那是乐队演奏的地方。在他的想象中，如果双扇门打开，与接待大厅合成一体，即可以组成一个华丽的舞厅。宴会当然也像他读到的书中所说的那样，应该仿照法国时尚，只不过在乌拉迪亚这个地方，一切因陋就简，等而下之，降格到勉强入流的水准——客厅较小，房间也不可能是名副其实的沙龙，但重要的是一切都存在。而无论现在或者过去的本地葡萄酒，由于这片黄土的黏性，足以代替莱茵或者勃艮第的香槟和葡萄酒。他很想走进每一个房间，但愿传统的舞会能留下某些余韵，但他决定把这种愉悦的享受稍许推后一点；他走近装着彩绘镶拼玻璃窗的隔墙，发现门是开着的，于是走了出去，来到别墅面前，第一次从外面凝视着它。一场名副其实的探险或可能以这种外在的直观而有所圆满的结尾。这是一栋杂乱无章的建筑，层面构造并不一致，只有小部分遵循规范和准则。哥特式尖形的窗户中规中矩地依次排列着，随后便是一个半圆柱形的塔楼突兀耸立。塔楼内或许有一个毫无用处的房间，冷冷冰冰，没有阳光，而在它背后，是一个露台，占据了半个屋顶的面积，四边安装了水泥护栏，以简单勾勒的曲线立柱作为装饰。灰色的屋顶上覆盖着鎏金半圆瓦，房檐宽大。这样的建筑时不时出现在大片小店铺和棚户区中间。棚户区的房子都是用麦秸、泥土和旧木垒砌而成，水浸烟熏，虫子丛

---

① 普罗科匹厄斯（约500—565），拜占庭历史学家，著有《战争史》（八卷）、《建筑》（六卷）和《秘史》。

② 安娜·康内娜（1083—1153），拜占庭女历史学家，拜占庭皇帝亚历克赛一世康尼努斯的女儿，著有《亚历克赛记》。

生。从别墅的几何线条来看,它出现在此地也许是在第一次世界大战刚结束之后的建筑风格的浪漫主义时期,类似的建筑在那个短暂的繁荣阶段充斥着科马纳和首都的街道。他反复打量着这幢别墅,觉得它犹如一支随想曲,用水泥浇铸在山墙上的题字——"卡特琳娜别墅",也是一支随想曲。在乌拉迪亚这样一个地方,颇有给它披上神秘面纱的功效。虽然只是区区一个名字,却意味着一个流芳百世的机会,即使这个场所因为这样或那样的原因被废弃,变成生长牛蒡的荒地。

维科尔·安蒂姆后退几步,试着更好地透视这幢角落里弥漫着潮气和蓝绿色霉菌的建筑,不料被一个野玫瑰荆棘丛绊住了脚,陷入黄泥地里。野玫瑰依然保持着几处繁茂的红点,那是霜染过的花朵。顺着一排哥特式尖形窗户望去,他觉得隐约见到有人静止不动地伫立在那里,也许正在注视着他,仿佛一个修长的黑色斑点,站在一个打褶挂着的窗帘背后。窗帘虽然有几处破损,但毕竟是一个真正的窗帘,而且或许还有花边装饰。从护栏上方朝其他房子望去,别墅处于一块高地上,路对面是一个残留着马铃薯蔓和卷心菜根的园子,一直伸展到另一条街。从他站着的地方,可以看到另一条街上几间小屋的背墙,屋顶的黑铁皮由于锈蚀而变得近乎红色,墙皮返潮脱落,大片的黄色水渍好似油斑一样弥散开来。

他重新走进建筑,急忙查看下层的各个房间。房间都很大,里面空着,发黑的装饰木柱上有不少地方因潮湿而鼓胀凸起,墙壁开始脱落,撒落下一层灰蓝色的灰末。存留下来的只有枝形吊灯,已经没有了烛形的灯泡,或许原本点燃的就是真正的蜡烛。它们用蜂蜡制成,点起来不冒烟,发出温馨的光和热,使空气变得清香。门打开时,一页页纸时时滑落出来,那是揉成团的旧报纸,发出烦人的簌簌声。在通往带状走廊的两个面对面的中心房间里,有一个想必是对称的内部楼梯。他急匆匆地顺着楼梯向上走去。走到楼上,他轻轻推开了第一扇门。

一个老太太坐在安乐椅里,双臂扶着扶手,审视着他,神情与其说严厉,毋宁说是好奇。她头上挽着一个发髻,身穿一袭深咖啡色长裙,圆形的大纽扣直扣到颈项,就像只有在《星期日天地》杂志的几期旧刊中才能见到的那样,两眼一眨不眨,也没有点头,似乎正在等待着他。她的蓝色眼睛里闪烁着寒光,使你觉得完全可以理解她对于围墙之外的喧闹世界彻底淡漠。他往前走了一步,没有转身关上门,几乎靠着门柱,缓缓地说道:

"我是维科尔·安蒂姆,历史教师。"

随后他又觉得应该再往前走几步,但刚做第一个动作,就听到她说道:"应该叫夫人!"

而大约十秒钟后,她又改口说:"或者叫太太,我无所谓。"

他惊诧地望着她,停止了做到一半的动作,从一开始就不理解她究竟想说什么,而她依然用那种高傲的冷漠注视着他,并不低下眼睑,而是挺直着身体,一动不动。他回过神来,心里暗想这类充斥贵族气息的大房子永远不让你痛快地喘气,多少有些恼怒地又说了一遍:

"维科尔·安蒂姆,历史教师,夫人!"

只见她微微低下额头,遮掩住自己的目光,伸出一只迟疑的手。手上没有戴任何首饰,皮肤皱巴巴的,手指微微发黄。维科尔·安蒂姆弯着腰走近,抬眉偷看着她,不由得产生了一种莫名的感觉:在她冷冰冰的目光背后潜藏着某种更加可怕的东西,一种深入骨髓的蔑视,夹杂着本能地强烈表现出来的优越感。不过,他依然像应该做的那样低下头,用嘴唇触了一下弯着肘伸出的那只手的灰色粗糙的皮肤。

房间里再也见不到任何其他东西。他勉强站立着,带着一种极不自然的兴趣打量着墙壁和天花板的裂缝。这是一个椭圆形的房间,与惯常的墙体有很大不同,哥特式的尖形窗户无论怎么看也互不相配。他终于确信建造这幢大宅的建筑师的趣味是何等另类。他背着手站在她面前,觉得老太太完全有理由开始一场追问,要他解释为何出现在下面的房间里。他甚至设想自己找到了一个向她解释的妥协的方式:他来得很晚,必须找到一个住所,而自然教师克洛伊库把他领到了这里，并且向他保证征得了她的同意。

他站在老太太面前，等待着，感到她冰冷的目光从他的脸颊、衣服向下游动着，直至那双黏着黄泥残痕的胶掌廉价鞋。他觉得局促不安，希望发生些什么，把疲惫的身体的重量时而放在右脚上，时而放在左脚上，而在她的背后，可以看见一个更高的红瓦房顶，仿佛是周围山坡的黄绿色背景上的一个锈斑。

"从首都来的，年轻人？"她忽然开口说，表明自己很高兴辨别出了故意装出的外地口音，或者只是为了打破沉默，终于找出一个话题。

他回答说，确实是从首都来的，很晚才抵达乌拉迪亚。有人向他担保说，睡在楼下的一个房间里，不会发生任何麻烦。大家就是这么说的，不会有任何麻烦。或许应该当面征得许可，但实在是太晚了，很晚很晚，而且陪伴他的人当中没有一个提起过这件事。在片刻沉默后，他觉察自己说了蠢话，于是试图挽回：

"夫人，我猜因为深夜时分他们不想打扰您。"

K. F. 夫人微微一笑——更准确地说，是脸上的皱纹稍许舒展了一点——开口说道：

"你猜？哦，不过你很有礼貌，先生……"她突然沉默了，仿佛在寻找着某种回忆。

"维科尔·安蒂姆，夫人，历史教师。维科尔·安蒂姆。"

他早就从普通的读物中知道"礼仪性对话记忆缺失症"，不禁面露微笑。这儿的一切都是书本中描述的情景，连大家称呼这个老太太的"K. F."的名字也是如此。他从来没有想象过会在这个泥土之乡的中心，在这个到处是破落的小铺和流浪野狗的地方，遇见这个来自在他看来不存在的世界的尤物。

"维科尔·安蒂姆先生，我已经习惯了这样的行为，而且据我看，并非你能确定是否应该做出某种解释。你能随心所欲地猜测一切，能独断地做你想做的事情。即使在这所宅子里，你可以自由睡在任何一个房间里，无论是在天蓝色的房间里，抑或是在紫红色的房间里，或是穿着鞋，或是脱了鞋。怎么做都可以，随你喜欢。"

她的语气里透出愤怒的波澜，声音有点颤抖，语调越来越阴沉，尤其是失去了引导听众注意某个不很重要的词时需在修辞上加以强调的那种重音，以使人觉得实际上她是在用一种完全陌生的语言说话，除非有奇迹帮助你去理解她到底想说什么，而且总是得等到整个句子结束，停顿片刻之后。

"你可以做你想做的事情，先生，绝对可以做你想做的事情，"她固执地反复说着这些话。维科尔·安蒂姆终于明白，这并非是对他的厚爱，而是完全相反，是对他进行敲打的一种特殊方式。他沉默地听着，满心好奇地注视着她。

这位 K. F. 夫人是一个通过一种强大的力量控制的神经团，内心怀着无可克制的愿望，觉得自己神圣不可侵犯，尊严高贵，冷漠而远离墙外世界的一切，无论是那些木板拼凑的房子，用廉价红漆书写的招牌，或者是那条用从很远的地方吃力地搬运来的大块河卵石铺砌的孤零零的大街。经过短短的一段市政建设热潮之后，这条大街的河卵石照样已经被黄泥、马车遗落下的秸秆，还有牲口和人们的无数脚印完全淹没，正如联通各处庭院和公共场所的所有街道、所有胡同和小巷一样。这幢房子的出现，K. F. 夫人在这个老古董一般的椭圆形房间里的出现，她的旧安乐椅和挽成发髻的头发，特别是她的那种惊喜，尽管不想表露，却赋予了他这个闯入者，一个来自她所不认识——将来会认识吗？——的世界的新来者随意出入各处房间，随意出入这幢荒废建筑的所有空房间的权利。所有这一切让他觉得似乎发源于另一个参照系，来自另一个世界的某个地方，在他内心产生了一种莫名的不安，如同自己的手指第一次在可以触摸到的未知物的第一个征象——莫比乌斯环①上慢慢移动时的感觉，尽管那只是一张唾手

---

① 莫比乌斯（1790—1868），德国数学家和理论天文学家，以莫比乌斯环和对解析几何的研究而著名。莫比乌斯环是将一个长方形带子的一端线扭转一百八十度，再和另一端同且粘合起来所得到的拓扑空间。这个拓扑空间的特性之一是单侧的，并且如果沿着中线把它剪开仍然连成一片。

可得的卷起来的纸。也就是说,他的皮肤切实地感觉到某种莫名的东西。他的手指和整个身心,第一次不可解释而又具体地成功体验到自己处于一种完全不同于通常参照系的状态,就像此时预感到自己面前有某种不可解释的东西。在正常的情况下,它是不可认知的,但它毕竟存在着,是不随你的心智和意志转移的。这种预感奇特地刺激着他。他感到浑身发热。那是一种真实的热度,促使他不自觉地把手慢慢放到嘴唇上。他口干舌燥,好似被一层粗粝的硬皮覆盖着。毫无疑问,他的内心确实在燃烧。

"像其他人一样,像其他所有人一样,你绝对可以做你想做的一切。你可以最大限度地尽兴玩乐,最大限度。你将时时这样回忆起乌拉迪亚。既然大家都这样做,那你为什么不这样做呢,年轻人?你的此地的朋友们——我想自己有权假设那些人是你的朋友——给了你很好的指导,这儿是你在乌拉迪亚唯一、绝对可以为所欲为的地方。"

K. F. 夫人鄙视地说,使维科尔·安蒂姆不禁感到屈辱。于是他打断了她的话:

"为什么,夫人,为什么我绝对可以为所欲为?世界上没有任何人绝对可以为所欲为,我很清楚这一点。我只是个历史教师。我向您保证从来没有一个人绝对可以为所欲为。从来没有,夫人!为什么在这儿我可以这样做?请原谅我,夫人,但我不明白。而且,我也不理解您为什么再三强调这一点。据我所知,这个别墅是您的,冠着您的名字。在一幢房子上冠名已经意味着很多含义。"

K. F. 夫人惊异地注视他片刻。

"年轻人,至今没有任何人向我提出过这样的问题。不过,我想回答你。因为我绝对不在乎任何事情!至今我一心希望大家理解这件事,而那个巴沙利加·特奥多尔工程师是第一个应该理解或者向我提问的人,但他没有这样做。因此,你绝对可以做你想做的一切,无论是你或是你的朋友们。不管你怎么说,那是我保护自己的一种方式,是保护我的这个安乐椅的一种方式。这儿,高高在上,在这个悲惨的镇子的所有房顶的上面。这儿,高出任何一个丘陵的顶端。年轻人,这个地方肯定是我希望找到的终老之处,也只能是我的终老之处。因为,你看到,从这儿,从我待着的地方看,一切事情必定都比较低俗。在这个地域里,没有任何事情可能比较高尚,至多处于同一水平。除非有人出于好奇到山坡那边,站在高原上俯视,但我不相信乌拉迪亚这儿的人会这样做。"

维科尔·安蒂姆猜想,K. F. 夫人是在做极重要的表白,也许这些话她以往没有对任何人说过,心头不由得感到一阵胜利的喜悦,虽然不是那么激烈,而是缓和、平静的,却杂味俱陈,犹如充满藻类和生物的海洋。那是婴儿一类的喜悦,因为带来更多的是少年时期的火焰灰烬,但后来在很晚的时候,他才明白为什么当时不敢反驳她说的话:她的一切把戏,她寄托着自己的希望并几十年来一直赖以为生的一切自信和优越感,早已丧失了活力,丧失了血肉,像她一样干瘪,变成空有一层羊皮纸似的皮囊,并且体内的一切像保存过久的葡萄酒,沉淀下来的只有晶体,却失去了活力,没有了生命。直至很晚,他才明白,之所以不敢对她说出所有这一切,是因为不知为什么感觉到从某个时候开始,她的全部生存依赖于这种脆弱和苍白的优越感,也许出于她的真正的高贵出身的臆想,但归根结底她是悲惨的,值得同情。在维科尔·安蒂姆习以为常生活的这个世界里,她绝对是可怜的。类似宽容、怜悯和信任的想法,或者是一切混杂成的一种独特的心态,阻止他当时对她说:"夫人,其实没有人关注您的漠然态度。至于这个地方,这儿楼上的这个地方……"或许应该就此打住,他不知道,也没有丝毫信心能否给予她一个通情达理的回答。

然而,他当时沉默了,任她继续对许多年来以特定的方式决定了她的生存的事情抱有希望。当然,他当时无从知道,所以保持着沉默,听凭她继续说道:

"真要生活在乌拉迪亚这个地方,你不会满足于幸福。这是谁都唾手可得的东西。你必定还想离开这里。离开吧,教师先生,以这样或那样的方式。"

她随口说出了"以这样或那样的方式",而当时他就很想问她以这样或那样的方式离开究竟是什么意思，但在那一刻更令他震惊的是句子的前半部分。她说在乌拉迪亚这个地方，你不会满足于幸福，仿佛幸福是这个地方的特产。

当时，同 K. F. 夫人第一次相遇时，他体验到了在乌拉迪亚幸福是什么，但没有能发现太多的东西。按照维科尔·安蒂姆青年时代所受的教育设定的模式，交谈是由她引导的。他一刻也没有想到过，事实上这成为漫长的一系列见面的开始。K. F. 夫人感觉到自己的生命临近终结，曾亲口说她将知道如何找到终点，所以很希望把他当作数量大得惊人的回忆的寄托者。这些回忆无疑会令人感到极其痛苦。她的这个想法可能是维科尔·安蒂姆临别时的最后一句话引发的。他一心想做一个真正富有良好教养的青年，在关上门之前说道：

"夫人，我将在这儿，在乌拉迪亚待一段时间，当然只是一段时间。如果您愿意时时接待我，或许比通常更频繁一些，我将感到很荣幸。但我向您再申述一遍，我只是待一段时间。我之所以向您提出这样的要求，是因为历史需要的不只是书本，而且也亟须了解人。"

这幢不协调的建筑搅动着乌拉迪亚的某种平静。维科尔·安蒂姆从街上再次凝望它时，又清楚地看到了破旧窗帘背后老太太的修长身影。他已经说服 K. F. 夫人相信，值得最终尝试一下超越乌拉迪亚的了无生气的慵懒时光，心安理得地走近岁月的终点。历史教师所说的"只待一段时间"这几个字，实际上是一种补偿，回报她在那个因没完没了下雨而从天花板上开始弥漫潮气的椭圆形房间里，在那张安乐椅上，孤独等待的漫长岁月。她孤苦伶仃，远离周围和下面存在的凡人世界。

K. F. 夫人看着他身穿一件灰白色风衣，手插在口袋里走远去，就像见过的其他几个人一样，不询问任何人，不到楼上来，在一连许多年的时间里根本无视她的存在，他的行为同他们并无二致。从楼上看去，乌拉迪亚的狭窄小街似乎淹没在一堆杂乱的屋檐里。在维科尔·安蒂姆消失在这样的一条小街上之后，她也站起身来，身体似乎遮挡住了整扇窗户。她观赏着一直伸展到门口的自己的影子，整了整流苏镶边的黑色披肩,动作缓慢,气息微弱。这是她每天的例行活动,而一会儿,比她更苍老得多的年迈的米鲁娜应该来了。有一段时间,她很高兴有人年龄超过了她,但后来,渐渐地心头笼罩着一种近乎本能的恐惧,唯恐米鲁娜死在她前头。这件事一直使她忧心忡忡,担心自己又将成为孤寂一人,彻底的孤寂,不仅意味着失去了每天进入这个房间的一个生灵;更确切地说,失去了突如其来的黑暗中的安全感,而且意味着另一种孤寂,没有了立足点,没有了早已消失的那个世界的最后一个活的证明。对于那个世界,她除了厌恶,不再有其他任何感情。她坐在同一张安乐椅里,无休止地眼望着周围的屋顶,无趣地猜想着卡特琳娜别墅围墙四周欢欣雀跃的生物的状态。这种日复一日的孤寂令人难以忍受。她像以往一样,每天等待着米鲁娜,不过现在又增加了某种情绪。历史教师的造访确实使她失去了平静,就像巴沙利加工程师和那个奇怪的科帕丘唯一的一次造访打扰她一样。K. F. 夫人怀着极度恐惧的心情回忆起很久以前的那次来访,决定了她定居在椭圆形房间里。当时,巴沙利加和科帕丘虽然在言辞和动作上似乎态度谦逊,谨言慎行,但她在他们故作姿态的背后感觉到了一种难以克制的暴力,一种出于莫名动机的暴力,表面上越是克制,就越是具有威胁性,令她不寒而栗。正是那一刻经历的情感在她内心产生了极度恐惧,于是她决定逃到楼上的椭圆形房间里,选择了这种原始的自卫方式,至少是她相信的自卫方式,再也不闻不问下面和周围发生的一切。

  那是在很久以前的一个炎热的下午,科帕丘和巴沙利加不期而至。科帕丘当时还是军士长,带着蒙布的硬纸板长方形肩章,上面有一个闪闪发光的锌片做的"T"字,久久吸引着她的目光。也许正因为此,她没有马上做出反应。这也很符合另一个人——巴沙利加工程师的愿望。巴沙利加当时已经是工程师,不过很瘦弱、苍白,两颊紧贴在脸面的粗大骨骼上,穿着一件细条纹的衣服,一副英美派头,溜肩,眼里闪着寒光。战争在乌拉迪亚擦边而过。战争的开始和结束对于乌拉迪亚来说是纯粹属于科马纳和首都的两件事情,横亘在葡萄园外边的山岭将任何噪声、任何激烈的暴力表现扼杀在四处伸展的葡萄叶和饱含汁液的嫩芽下。当科帕丘和巴沙利加走进客厅,没有敲门,没有在作为房间屏障的彩绘拼花玻璃隔扇前尴尬地止步时,她不由得大吃一惊。随后,她又看到他们开始用充满高度蔑视的目光打量着她,心头的厌恶之情油然而生。或许,从一开始她就厌恶这两个不速之客,然后在她感觉肉体受到压抑的那种高度蔑视下,这种厌恶之情进一步升华,迫使她站得笔直,一动不动,不敢抬手用袖口上的细花边掩住紧绷着的嘴唇。当时感觉到的,与今天在历史教师造访之后发现自己心灵深处隐藏着的是同样的东西:她犹如这个孤寂、高大、散发着榅桲①气味的房间里的一件沉重而老旧的家具。无论是当时或者现在,都是一种精神上的淡漠,不是对周围的一切,而是对将会发生的事情的淡漠。在那个下午,两个男子注视着她,仿佛看透了她的呆视目光和不自然的惊愕之外的某种东西,而那个穿着制服的家伙——科帕丘十分勉强地对她说:"太太,你应该知道我们没有时间耽搁。"虽然一开始就这样说,他们却一直待到深夜,查看了每个房间,用拳头敲着墙,仔细听着,而这只是开始。随后他们在楼上的房间里用脚随意乱踩,不再竖起耳朵细听,而是搬开家具,细心查看着抽屉和覆盖着柔软的黎巴嫩法兰绒罩的矮沙发椅的弹簧。巴沙利加时向她投来不信任的目光,而科帕丘替他质问她是不是有人来访过,是不是有通信联系。她单调地回答说没有,于是巴沙利加工程师再问一遍是不是有人来访,是不是同国外有通信联系,而且强调"国外"两个字。而她不明白这两个家伙究竟要找什么,更不明白巴沙利加和科帕丘怎么现在才发现她与飞行亲王奇特的长篇罗曼史。这位飞行亲王相当频繁地来到乌拉迪亚,头戴软皮飞行帽,迷人的宽边大眼镜挂在额头上,总是从公墓背后走下坡,来到那间蓝厅与她单独相会。然而,亲王的到来并与她单独相会,那已经是时代十分遥远的陈年往事,是近乎完全被遗忘的故事。所以当这两个家伙要她说出与这段往事相关的

---

① 榅桲,也叫木梨,有香气,味酸,可以制蜜饯,也可以入药。

日期和详情时,她实在是难以理解。她陪同他们穿过一个个长廊。每当在房间门口停下时,她总是靠在门上,木门在她的肩胛骨之间深深插入背后。在别墅的每间房里,科帕丘反复同样的问题,不加任何说明,没有任何解开问题的暗示。经过几个小时的折腾,到了各处必须点灯的时刻,如果能奇迹般地忘记这两个人的存在,她或许会相当清晰地遐想飞行亲王谢尔班·潘格拉蒂在此相会的一个夜晚。谢尔班·潘格拉蒂当时之所以能猜到她独自静坐在那间孤零零的紫红色小房间里,完全是凭借电流的波动,导致她房间里的灯光或明或暗,闪烁不定。

经过几个小时在各个房间里的搜查和巡察,巴沙利加工程师告诉她说,当时还身为军士长的科帕丘认为有责任通知她,赫赫有名的谢尔班·潘格拉蒂是司法机关正在追查的要犯,她必须揭发可能有助于发现此人的任何事实。现在,他,军士长科帕丘扣留有她个人记录的相册和记事本,进行审查。那一刻,她明白自己同外面世界的关系发生了某种根本性的变化:在此之前是彼此互不相干的,但从那一刻开始,她已成为其他人的注意焦点,她的生活将不得不这样不断地为他们的好奇心提供谈资。

在后来的时日中,她搬到了楼上的椭圆形房间里,也就是历史教师维科尔·安蒂姆今天找到她的这间房里。在楼上的漫长的白昼和不眠之夜里,她明白自己再也不能离开这个毫无生气和充满累赘的地方,逐渐为自己确立了无尽地等待——或许只是期望——离开的责任。

当时,在那两个家伙造访的同时,她明白等待是徒劳的,但她决心等待,而这使她感到深深的不安。今天,历史教师的来访出人意料地促使她产生了一个想法,觉得实际上自己等待的正是他,以及他的全部青春朝气,特别是他离开乌拉迪亚的希望。这样的希望是你不能须臾分离的东西,除非同时付出你的心灵和热血。它存在于每一条静脉和每一条动脉之中,实际上就是心脏跳动的原动力。

传来米鲁娜每天越来越沉重地推着的小车的吱吱嘎嘎的金属噪

音，K. F. 夫人在宽敞的安乐椅里转过身去，两只手臂支撑着身体，呆滞地望着慢慢打开的门，任凭米鲁娜拖着疲惫不堪的身体走进来。米鲁娜双手撑着小车，努力寻找着它的金属支撑点，随身带来了湿泥和旧衣服的气味。整栋房子一片寂静，但车轮尖锐的吱吱嘎嘎的声音从一个房间传向另一个房间，最终留在了大防护墙中间。

维科尔·安蒂姆抵达乌拉迪亚后的第二天与 K. F. 夫人的第一次见面的经过，大体就是如此。而现在，则是 K. F. 夫人去世后第二天，可以成为一个很合适的理由，因为在他的周围再也找不到任何值得寻找的东西，包括作为他存在证明的自我。第二天，多么巧合，他决定离开乌拉迪亚。他预感到，走出此地将一去不复返，所以决定在这儿的大街小巷做一次礼仪性的巡游。他意识到自己这样做是出于生性多愁善感，即使经过了那么多年，依然抛不开情感主义。不过，既然一只脚已经跨出了乌拉迪亚，他也不必再顾忌自己的柔弱个性。他不希望发生的唯一事情是遇见科帕丘。对于巴沙利加，他不再顾忌，但对于科帕丘，则表现出一种所谓恐惧情结，尽管这是一个令人毛骨悚然的词，可确实如此。毫无疑问，在工程师和科帕丘两个人中间，后者完全理解搜查时——同大家一起搜查——K. F. 夫人在别墅客厅里所说的那些话的含义。维科尔·安蒂姆懂得，理解一件事情只是做了事情的一半。而科帕丘绝非善类，一旦有了将某件事情做到底的想法，绝不肯半途罢手。也许正因为如此，维科尔·安蒂姆才自欺欺人地说，预感到去科马纳之路不再有回头的可能。实际上他是希望如此。一走出别墅，他就觉得这幢建筑煞是恐怖。尽管在此之前，他可以发誓说，绝非这样。

早从来到这里的第一天起，他对乌拉迪亚的印象证明是近乎准确的。走在狭窄的街道上，他偶尔用眼睛搜索着隐藏在一片李子和苹果园尽头的那些独特的建筑。果园经过修剪，枝条刷上了白灰，树枝间的空地上长出的粗疏矮草，被早霜染上了淡淡的红色。穿过几条弯弯曲曲的小巷之后，在它们的尽头坐落着一个庄园或者一幢两层别墅，在绿叶覆盖的山坡顶峰俯视下，沉浸在饱含潮气和孢子的空气中，而剥落的灰泥和老化的墙壁正是这种孢子植物滋生的温床。在久久凝视每一幢这样的建筑之后，维科尔·安蒂姆突然发现已经走到了镇中大街上。这条街一头延伸到从科马纳到此的公路，另一头消失在混乱的规划之中，在一个山坡脚下分岔为数十条断头烂尾的小路。他重又见到了进步饭馆，毫不在意地从它门前走过。饭馆里飘出长了白醭①的陈葡萄酒的轻微酸腐气味。再往下走便是一家书店，半隐没在几块大标语牌下。标语牌上写满了激励日用品生产者们努力干活的数字和豪言壮语。在短暂的瞬间，他心里浮现起想进书店一看的念头，甚至设想会在这个书店的货架上找到或许以前没有发现的书籍。看样子，书店虽小，却颇神秘，满处挂着蜘蛛网。他透过油漆的斑点和苍蝇的残痕，从玻璃橱窗向里望去。店里出售皱纹纸和饰带，用锯末填充的绸布狗和马，各种蜡烛和成千的其他小玩意儿。这些东西或许真是非卖品，但维科尔·安蒂姆早已习惯于这样一个张冠李戴的错位世界，所以在街上唯一的一家烟店里看见套在衣架上的几十件男装一字排开，挂在一条电话线上，也看作是一件再自然不过的寻常事情，丝毫不觉得诧异。这些衣服是用一种软衣料缝制的，但没有时而见到的首都年长朋友们衣着的那种高级衣料的优雅挺括。这儿讲的是方便，就像不用费力和喘气就能一口吞下的一个软面馅饼，宽大的衣服袖子，带盖的衣兜，细得甚至断断续续的条纹布料。他早就不再见到，而且觉得并相信也没有胃口再见到那种式样。它们属于过去的年代，正如他行走在其中的空气弥散着一种奇怪的软木气味，带着纤维化的焦糖的苦涩。

他继续往前走去，双手插在风衣口袋里，用力撑着口袋的粗布，感到衣领紧压着脖子和肩膀，惊奇地发现对周围的一切顺其自然是何等愉快，无论是对水管的叮当响声，或者对在冷冷清清的房角上闪闪发光的原始巨轮机械磨盘的研磨，都应顺其自然，不加干预。

他向学校走去，清楚地知道自己正在被许多双转动着的眼睛注

---

① 醋、酱油等表面长的白色的霉。

视、监控、打量、算计,于是放慢了脚步,故意让自己成为那些躲在窗户后面的人的注视目标。他慢慢走着,呼吸着泥土、牲口粪便,以及构成乌拉迪亚的平静生活的其他一切气味。

他来到乌拉迪亚第二天,在学校楼道里遇到的第一个人是克洛伊库,好不容易才认出了这个自然教师,不免有点吃惊。因为在头天夜里,克洛伊库一直搀扶着他,近乎是他的保护人,一直把他送到那间房里,帮他在床上躺下,并且用卡特琳娜别墅的天鹅绒窗帘盖在他身上。克洛伊库出现在一条长走廊的某个半明半暗的地方,腋下夹着一个用粉红色纸包着的学生名册,显得有点笨拙。他抓住他的臂膀,没有过多的寒暄,推着他,确实是推着他,走进了一个狭长的房间。房间里靠墙那儿摆着几排椅子,还有一个架子,克洛伊库把学生名册放在架子上,对他说道:"办公室。"随后是长时间的沉默,仿佛是等待维科尔·安蒂姆相信这件事。维科尔·安蒂姆奇怪地看着四周,带着不加掩饰的不相信神情,觉得有点不可思议,仿佛在这儿发现了世界尽头的某种氛围,事物的正常秩序虽然并没有改变,却有着处在其他一些因素阴影下的另一种意义。他相信自己有能力发现实情。

克洛伊库老师请他坐下,一再重复地说:"请坐,先生,请坐。"然后问他喝了那么多葡萄汽酒是不是感到难受,而他自己每次都觉得很不舒服。他指着自己的眼睛说:

"看见了吗?我的黑眼圈,我压根儿没能睡好,又困又乏,但睡不着。"接着补充说,一切都是葡萄汽酒引起的。

维科尔·安蒂姆表示很不理解:

"那么,教师先生,您为什么还喝呢?我是想说您为什么喝葡萄汽酒呢?大家都知道,这种东西有害,是伪劣产品,有的人能喝,有的人不能喝,就像您一样。"

克洛伊库突然从坐着的椅子上站起身来,在房间里迈着小步激动地走来走去,嘟嘟囔囔地说:"这不成问题,这根本不成问题。"接着他就缄默不言了。片刻之后他又说:"您以前从来没有来过乌拉迪亚!"

克洛伊库这样说，仿佛有了什么重大发现，在维科尔·安蒂姆面前停下脚步，仔细地打量着。这促使维科尔·安蒂姆觉得不能不确认：

"以前确实没有来过乌拉迪亚。这重要吗？"

克洛伊库摇摇头：

"不重要，根本不重要。凡事都有开头，无论如何，都必须有开头……"

克洛伊库说了半句话就打住了，令人摸不着头脑，仿佛不知道是否还能自然地说出什么。维科尔·安蒂姆明白，必须仔细地了解乌拉迪亚的真实生活，尽管自己留在这儿的时间或许很短，而这个小个子的自然教师则是可以引导他了解"必须了解的事情"的路径之一。

"您在忙什么，我是想说，您平常做些什么？"

克洛伊库惊奇地望着他，好似想说："这是怎么回事，至今从没有任何人问过我正在做什么，而您刚来，就突然必须对您说！"

在克洛伊库决定是否回答之前的间歇里，维科尔·安蒂姆不由得暗自想着，那一夜自己能被说服走进卡特琳娜别墅，尤其是被克洛伊库扶着走过长满刺的玫瑰花丛，走过满地污泥和水坑的狭窄街道进入第二天醒来的那间房里，穿过黑暗的狭窄走廊，尽管自己肯定患有幽闭恐惧症，是因为他和面前的这个小个子自然教师想必是已经喝得烂醉如泥。

"我是自然教师，做着一个自然教师应该做的事情：做标本，讲授哺乳动物、无脊椎动物、海洋动物课。在这儿，大概就是做这些事。此外，与拉丁语教师米赫尔恰努聚会。我想你知道他。"

维科尔·安蒂姆点头说："知道。"

"还与巴沙利加工程师和其他人聚会，科帕丘中尉也来参加，一起喝点什么，也就是葡萄汽酒，大概如此吧。当然，简单说来，这个世界大概也就是如此。"

克洛伊库不再说话，片刻之后，似乎想起了什么非常重要的事情，又补充说：

"我真该研究封闭的自然环境。"

维科尔·安蒂姆不解地看着他,不明白什么叫作'封闭的自然环境'。于是,克洛伊库好似为了观察红色的山坡径自走到窗前,对他解释道:

"您看,让我们以一个湖为例。在我看来,它构成死亡与生命导致的某些规律,但这些规律的适用性仅限于它自身的范围内。显而易见,在一切湖泊中,都发生类似情况。植物群生长是为了供动物群吞噬。有时候,动物群自我毁灭。也就是说,此为彼生。但在这个链中存在着某种秩序,某种实用的相互依存。这实际上有着普遍性的一面。不过,有的湖里长满青蛙,有的湖里没有浮萍,有的湖里有鲤鱼,有的湖里到处是蚂蟥,有的湖里长满蒲草。各有主要的特征,而这是决定其平衡的某种东西。因为,归根结底,从任何视角来看,都需建立某种平衡。但我感兴趣的是发现在某个环境中确立的是什么样的平衡,是'谁'决定着这种平衡。我正在研究乌拉迪亚的环境。归根结底,我这样做完全是出于自己的职业,我认为这是一种对于大自然的研究。"

克洛伊库转过身来,背对着窗,凝视着维科尔·安蒂姆,等待着他的反应,给人的印象是十分关注他的看法。因为他初来乍到,能够对他不寻常的研究活动说几句不偏不倚的公道话。维科尔·安蒂姆有一刻怀疑他表里不一,好像是一个圈套,或许克洛伊库想发现他是怎样看自己的为人。这个小个子教师头发稀疏,呈淡黄色,眼睛浑圆,犹如鸟类,用近乎纯真的神情望着他,特别是那软绵绵的说话声音,从中偶尔可以辨别出青年时代的音调。维科尔·安蒂姆回答说,或许这是对自然的一种研究,但不仅如此。坦诚地说,维科尔·安蒂姆十分好奇克洛伊库究竟得出了什么样的结论,猜想克洛伊库研究这种封闭环境已经很久,或许可以说得出若干结论。

克洛伊库突然离开窗口,似乎有什么事情使他感到不安,随即出人意料地邀请维科尔·安蒂姆到他家里一起喝杯咖啡。这并非是什么了不得的事,但毕竟是他的家,而不是一个研究机构。维科尔·安蒂姆明白他害怕，试着推说下次再去为好，并解释说必须去见领导，了解自己的教学课程，再说也必须履行例行手续。然而，克洛伊库抓住他的手臂说：

"算了吧，教师先生，并非如此，离开学还有段时间。再说校长现在也不在这儿，去了科马纳，还需几个月才能回来，或许在此期间他放弃再回这儿了。米赫尔恰努正代替着他的职位。这一位始终代替校长的职位，我都不知道真正的校长是什么样的。"他情不自禁地开始笑起来。

而维科尔·安蒂姆不解地问道：

"'放弃再回这儿'是什么意思？"

克洛伊库开始推着他走向办公室门口：

"嗨，在路上再给你解释。很简单，从我到乌拉迪亚这儿至今，已经换了两个校长，一位待的时间很长，大约有十年吧，是个精力充沛的人。我们每星期接到四五次指令，一般都是纪律性的规定，通过电话传达，而拉丁语教师米赫尔恰努在校长的电话响时，总是在电话机旁，好像有一种特殊的感觉，能预感到电话通话。有一次，我们与巴沙利加工程师和科帕丘中尉一起喝酒，米赫尔恰努突然向工程师要秘书办公室钥匙，说是校长过几分钟将从科马纳来电话。当然，没有人相信他。巴沙利加工程师不仅拒绝了他，而且提醒他注意这样的想法很怪，别伤了朋友们的胃口。第二天，米赫尔恰努赌气没有来，告诉我们说接到了来自科马纳的一个电话。米赫尔恰努说这些事情的时候，话音里带着某种金属的铿锵声，似乎在宣告自己的预言得到了证实。这种想法令人不寒而栗。一段时间之后，老校长被更换了。米赫尔恰努告诉我们说，其中的原因出在研究工作的某些麻烦，或者类似的某些事情，而新校长宽容得多。更确切地说，米赫尔恰努好几个月都没有收到任何指示。"

他们重又走上了镇中大街，中午时分周围没有什么人。克洛伊库似乎恢复了昨夜的活力，加上各种动作比画着给维科尔·安蒂姆讲述某幢建筑或者节日期间种植的一些树木的历史，渐渐地走到了一栋木瓦盖顶的房子面前。那是一栋农家的房舍，四周爬满庇护和滋养着乌拉迪亚和附近乡镇的茁壮的葡萄藤。这样的房子自然进不了大建筑的行列，但也不能看作用秸秆、泥土和包装箱的木板垒起来的棚户。

在维科尔·安蒂姆进入的房间里，可以看到盖着玻璃罩的许多大盒子。盒子的底部铺着一层毛毡，上面用彩色大头针钉着几百只可能已经脆化的干蝴蝶，周围洒了一圈灰色的粉末。那些彩色大头针很可能也是从他采购软布料衣服的同一家烟店里买来的。维科尔·安蒂姆坐在一张嘎吱作响的柳木椅子上，随之起身跟着克洛伊库细看标本。这时，维科尔·安蒂姆不由得感到似乎被许许多多双闪烁着深邃的彩色虹膜的眼睛注视着，再度体验到学生时代坐着敞篷汽车在一大片麦田中间穿行，看到一束束罂粟花和亚麻在密集的金黄色麦穗间随风摆动，令他激动不已同样情感。

"您这儿很美，"维科尔·安蒂姆说，"好似生活在广阔的田野里。"

克洛伊库递给他一个军用红色洋铁皮茶缸——水井边上用一根细链子与井栏连在一起的那种缸子，里面装着依然香气扑鼻的曼特宁咖啡。

"一个幻想，教师先生，只是一个幻想，但很美好，确实，仿佛自己在广阔的原野上遐想。因为我生活在乌拉迪亚这个地方，需要这样的幻想。坦白地对您讲，我既不知道伸展在山坡那边的原野究竟是什么样的，也不知道附近的什么地方是否真的存在原野。教师先生，您将会发现，在乌拉迪亚这个地方，你会有许多愿望。"

维科尔·安蒂姆没有碰咖啡，猜想可能太甜，而且实际上他感到饿了，就像您经历了一段时间的剧烈恶心之后有了吃东西的胃口。

"但我只在这里留一段非常短的时间，或许比您设想的更短，怎么对您解释呢？是因为我的未婚妻。她留在首都，我来这儿只是暂时搞错了，不久就会纠正。不过，我们还是不讨论这件事情吧。我有充分的理由认为，这不会令您高兴。"

克洛伊库坐在他对面，胳膊肘支在桌子上，眼睛望着他的洋铁皮茶缸，用食指拨着茶缸把转动，很想对维科尔·安蒂姆说，自己也有充分的理由认为，如果提出相反的看法，也会引起他的不快。这样就势必造成彼此关系紧张，而这是自己不愿意做的事情。尤其是现在，在他们也一起喝了一杯葡萄酒，彼此显得很融洽之后。就他个人观点而言，维科尔·安蒂姆来到乌拉迪亚可能为已经确立的平衡带来某种改变。他意味着改变的可能性，仅此而已。

但克洛伊库什么也没有对维科尔·安蒂姆说，继续任凭他观看覆盖着墙壁的干蝴蝶翅膀，对蝶类存在的这些象征惊叹不已，等待着他记起在学校办公室开始的讨论。他有足够的耐心等待，就像五月的金龟子等待三年的漫长岁月才能有几天飞翔时间到来一样，怀着同样的愉悦，同样的狂热——期望飞离地球的一切生物的天然力量的狂热。

"所以，您，自然教师克洛伊库，进行'封闭自然环境'研究，更确切地说，是对乌拉迪亚自然环境的研究……"

维科尔·安蒂姆将后背重重地靠在椅背上，椅子发出了沉重的嘎嘎的声音，几乎是在呻吟。他很高兴面对彩色斑点覆盖着的墙壁舒展开自己的身体，仿佛身处于一片庄稼地里，不由得深深吸了口气，强烈地感到旧木头的气味，夹杂着轻微的福尔马林的刺鼻味，注视着心不在焉的克洛伊库。他诡异地觉得自己身处超然物外的某种境界，超脱于一切事件、物体、气味之上，超脱于这个"自然环境"之上，或者更确切地说，置身其外。正因为如此，他现在有权嘲讽或者说宽容地看着这个自然教师克洛伊库。克洛伊库和这整幢房子，还有他的全部生物标本的收藏，特别是他的恐惧，犹如真正的洪灾暴发前夕，害怕淹没田鼠和仓鼠窝时的那种惊慌。在学校的楼里，在那间像受到管制的少年舞厅一般的办公室里，笼罩着克洛伊库的恐惧或许只是他生存在这儿，生存在这个被清香扑鼻、甜蜜而忧郁的葡萄园覆盖着的巨大鸟笼里的控制不住的突然表露，如同维科尔·安蒂姆只是作为一个过客所感觉到的那样。有时透过卡特琳娜别墅的哥特式尖形窗户凝望乌拉迪亚，维科尔·安蒂姆心头不由得泛起一种幻象，觉得自己生活在一个用粗大的银线编织成的大鸟笼里。

克洛伊库专注地看着维科尔·安蒂姆,近乎在进行仔细审察,仿佛对维科尔·安蒂姆的真诚表示怀疑,不由得对维科尔·安蒂姆说,他需要他的善意,他应该理解自己——归根到底自己是一个处于无人可以长时间交流状态中的科学家,现在或许有些胆大妄为,当然很快将平静下来,但相信自己面前是另一个科学家……维科尔·安蒂姆察觉克洛伊库正试图收回自己的断言,终于相信在他的行为里确实存在某种令他感到不安的东西,而自己毕竟希望发现关于乌拉迪亚和生活在这儿的人们的某些细节。他既对这个世界感兴趣,也对钉在墙上的标本感兴趣,何况当现在发现这个自然教师心里隐藏着某些东西之后,巴沙利加工程师的话使他感到更加不安。他考虑还是沉默为好,继续观看着用擦拭得极其干净,直至闪闪发光的玻璃罩着的昆虫翅膀和粉末,听任克洛伊库自说自话。尽管他相信自己不可能始终保持沉默,但这次交谈的诱惑力很大,特别是因为这样的场合看来是独一无二、不可或失的。

"一切开始于十多年前,当时我像您一样,徒步走进了乌拉迪亚,手里提着硬麻布箱子,告别了科马纳。必须对你说,今天科马纳的存在对我来说似乎是不现实的。如果没有米赫尔恰努的电话,以及巴沙利加一年一度发往著名的法布里丘斯酒窖的货运,响起酒瓶的叮当之声和发动机的噪音,特别是如果没有您出现在这个房间里,以及对于我来说如此陌生的您的外表,您的如此震惊的神情,尤其是我更多地直觉到您的乡愁,那么科马纳这个城市至多只是书本上读到的模糊记忆。或者甚至不止如此。我之所以说一切从十多年前开始,是因为我有了自己投入一场个人探险的信念。这场探险一旦结束,就不允许我再回到普通的生活,回到我来到这儿之前的生活。早从第一年开始,我就明白自己回到城市即使不是不可能,也将十分困难。当我不能见到任何人时,我有了这种信念,但您应该明白,教师先生,没有任何人能够真正沿着我们来到此地的同一条路回去,不论是坐车穿越或者迈开双脚徒步走回去,都从未有过。坦白地说,有五六年的时间我竭力想揭露葡萄酒运输的真相,但没有任何人知道在哪一天夜里车队将去科马纳,即使是巴沙利加工程师也不能准确说出时间。这样经过五六次,我在梦里也听到酒瓶的叮叮当当的响声。对这儿的镇中大街,我避而远之,总是猜想车队正在行驶,却一再错过了与神秘的车队相遇,直到第二天才发现车队已经离开乌拉迪亚。最初,在两三次失败之后,也就是说已经过去了两三年之后,我相信一切只是一场闹剧。到后来,虽然一系列的失败使我气馁,但我终于重新开始相信失败只是因为自己运气不好,因为没有睡好,或者是因为自己心里没有足够的献身精神,或者是没有看见车队的愿望。我之所以开始重新相信有车队的存在,相信它们确实从乌拉迪亚出发,只是因为即使自己相信有确凿的证据表明无非是一场闹剧之时,依然顽固地保持着车队出发的感觉。这儿,乌拉迪亚的世界最终缩小为一小圈人,如果他们最初是纯粹偶然相遇,但随着时间的推移,最终把偶然看作命定。我带着一半标本收藏来到这儿。如您所见,它们主要是从较小的个人藏品中收集来的,或者是从因战争而被毁的公共博物馆中抢救出来的样本。我认为,对它们进行保护的愿望是我决定来到此地的因素之一。我从一位近乎失明或者更确切地说近乎发疯的教授那里知道,在任何一个蝴蝶藏馆,任何一个严肃的鳞翅目昆虫藏馆,丽蛱蝶族是不可或缺的。那是一种像儿童手掌一样大的蝴蝶,有一对红色的翅膀,呈阴郁的暗红色,另两个前翅则是淡紫色的,触角上有三个白色斑点。它并非是一种稀有蝴蝶,但也不是一般品种,是很难捕获的一种蝴蝶。老教授常说:'丽蛱蝶族与灾害的临近同时消失。'在风和日丽的日子,您可以看到满山遍野的丽蛱蝶飞舞。您会对它们习以为常,就像您看见罂粟花习以为常一样,但突然一下子消失了,直至人们的记忆也经历了对它们印象模糊的过程,以至丽蛱蝶族连同它的历史和现状全部消失殆尽。在风暴之前,大洪灾或者泥石流灾害之前,总是会发生这样的事情。没有人再记得丽蛱蝶族,而它们成群地密集地飞舞在我们头顶上,翱翔远去……我来到这儿时,压根儿没有想过能够发现丽蛱蝶族。实际上,我是寻找一个完全安静的地方,或许不止如此,是要寻找一个能够生存的地方。所以,在最初几年,那时我还没有发现'封闭自然环境'的有趣问题，而附近的花园也还没有使我感到不安，只是期待蝶群从天空下降到我的居所顶上，用它们的柔软的翅膀，随着它们的每个动作洒落下来的像花粉一样的绒毛，堵塞住房顶的窟窿，用它们的像毡子一样柔软，像老人的皮肤一样透明的翅膜保护平静和安宁。"

"如此说来，我可以从您所讲的一切中推断，您的期待落空了。"

克洛伊库近乎仇恨地瞪着维科尔·安蒂姆。这个人的插话毫无想象力，甚至表明刚才表现出的聆听兴趣至少是表面装出来的，即使并非因缺乏智力，而是由于情感深处的冷漠而完全缺乏理解力。他站起身来，抓住维科尔·安蒂姆的衣袖，近乎粗暴地把他拉到挂在墙上的镜框旁边，指着几排蝴蝶标本说："这些是乌拉迪亚这儿的。所有的都是一样的，或者近乎一样的。"他指着一排翅膀呈现近似米色的淡棕色昆虫，"这些，是我最初几年搜集的，而这些是今年夏天搜集的。"他指着另几个深棕色，看起来更像红色的标本说："所有的都可以看作丽蛱蝶族。可以这样说，但并非如此。它们只是变异的标本。有同样的形态，但颜色只是原色退化的结果。这些丽蛱蝶成群飞舞在我们上空，以生长在乌拉迪亚的葡萄园的葡萄花粉为食，但这些蝴蝶并非真正的丽蛱蝶族。"他用手指敲着浅绿色的玻璃框，用指甲一个劲儿敲着。"我或许有机会在这儿，在生长着洋姜和红醋栗丛的这个花园里发现一只真正的丽蛱蝶……"

维科尔·安蒂姆很想在这一刻离开。他明白，从克洛伊库教师晦涩和影射的说话风格来看，是把见不到这种奇特的鳞翅目昆虫归咎于他，尽管他直至这一天之前根本不知道这类昆虫的存在。他来到乌拉迪亚，打破了多年来已经确立的平衡。据克洛伊库说，这种平衡产生了类似真丽蛱蝶族的蝴蝶。或许慢慢地会有真的丽蛱蝶来到，或许克洛伊库更相信将会习惯于现在这样以假乱真的状态。而克洛伊库的恐惧来自维科尔·安蒂姆在乌拉迪亚的出现，很可能惊扰了这些居住于此的昆虫居民，迫使它们远离而去。他不仅带着恶意的快感，而且多少有些残忍地对克洛伊库说：

"据我看,这个关于丽蛱蝶族的整个故事确实只是一个故事。在任何情况下,人们的幸福,即使是这儿的人们的幸福,并非取决于一只蝴蝶是否存在,不论是丽蛱蝶还是其他什么。我还想给您说,任何平衡都通过吐故纳新在重组中。或许这个新的因素将创造那种实在的平衡,成为真丽蛱蝶的祖国。尽管您害怕这个新因素,害怕得竟然讲不清楚究竟怕什么。"

维科尔·安蒂姆说完些话后,注意地看着罩上了一层薄雾的克洛伊库的眼睛深处。他的话使克洛伊库困惑不安。但克洛伊库似乎明白了维科尔·安蒂姆的漠不关心的态度,于是走到门口,敲开了门,让花园里的椴桲的甜丝丝的味道,夹杂着葡萄叶、铁线莲的奇特清香飘进屋里。

"当我们在房子背后的野生花园里漫步时,时时遇到科帕丘中尉,总是见他将每只手的大拇指塞在皮带里。他久久看着我,然后耸耸肩。有一天,他拦住我,对我说道:'没有人阻止您在花园里游荡,寻找没有人看见过的那些蝴蝶。不过,别以为不能阻止您。'我不知道该对他说什么,所以科帕丘中尉说了和您刚才同样的话。那时我不知道说什么,但现在您已经见到了我的收藏,特别是您可以想象一只丽蛱蝶是什么样的。我要提醒您注意,丽蛱蝶从来不会带来幸福,而只是与幸福同时存在,只是象征幸福的一个符号。仅此而已。至少自然课老教授坚持这样说。人们尽可以说他是疯子,因为他既然眼睛瞎了,就不可能亲眼看见到处是丽蛱蝶飞舞的原野。"

维科尔·安蒂姆很想说觉得自己受到了侮辱,但似乎说不出口。在跨过门槛,走上铺着石块的小路前,他终于不得不对克洛伊库说:"您说得有理,正如人们所说,真理常常寓于不可理解的荒诞事物之中。"他从一个石块跳到另一个石块,跳跃着离开了克洛伊库的家,心里却预感到自己肯定还会回到这间房子里来,即使只是为了了解开克洛伊库为什么继续隐瞒邀请他到家里来,对他讲述自己的收藏和长着血红翅膀的奇异蝴蝶——丽蛱蝶族故事的真实动机。

第四章

疗养院与科马纳这个小城——或者说城市——同名，却有天壤之别。像吉鲁·拉瓦克一样，从主干公路来的任何人迎面见到的楼群，就是所谓"工会别墅"，风格模糊，类似阿尔卑斯山大多数度假村，从楼里飘来食堂剩菜——土豆或者煮卷心菜的味道，四周是乱扔在草地上的四散的脏餐巾纸，还有一个"夏季露天酒吧"，油腻腻的黑色的护栏，旁边码着一摞摞啤酒和矿泉水瓶箱子，而几百米外，就在游泳池边上，则是他早在阿尔迪亚尔就预定好的旅行家饭店。饭店有十层，圆形的阳台，木结构桁架，带窗台的窗户，一副土里土气的模样，颇为出人意料，好在他不会住得很久。

"我们不负责供应正餐，同志！"前台接待顺口甩出这么一句话来。

吉鲁·拉瓦克一脸疑问地看着他。在这缺乏睡眠的沙哑音调中故意表现出来的冷漠背后可能隐藏着，无非是头天值班至今的疲惫，从他浮肿的眼泡便可一眼看出。

"您可以搞一张工会优待卡，那肥佬财大气粗。"前台接待在说这话的同时，从头发上掉下一颗头皮屑，落在衣领上，亮晶晶的颇像鱼鳞。"我们这儿供应有点困难，只有冻鱼，可能还有点熏制食品，情况就是这样……"

吉鲁·拉瓦克差点笑歪嘴，嘴皮子却依然利索，不输于人：

"我们自有办法解决，罗马尼亚没有任何人饿死嘛。我们自有办法找这儿的工会解决，一瓶伏特加什么的，俄国佬的，有吗？"

前台接待做了一个明显迎合的手势：

"请去酒吧,就在前厅,找那个小伙。货不多,不过还有点存货,先生……"

拉瓦克把手伸进口袋,指尖触到了一张被揉得皱巴巴的钞票,心里想着,"该是十列伊,或许是二十五列伊",不经意地把钞票放在破旧的前台边上。他已经很久没有做过这样的事情,所以立刻转身离去,仿佛羞于接受——为什么?——对方的感谢。但身后并未传来甚至一声含糊的感谢,好似有什么东西推动他想回过头去看上一眼,至少可以得到前台接待的一个友好表示。于是,他转过身去,见到的却只是死鱼眼似的浑圆眼睛迷迷瞪瞪地闪烁。他深感在自己和这个国企职工之间仿佛隔着一层透明的玻璃隔板。国企职工接待他是按条文照章办事,而非出于本愿。他莞尔一笑,仿佛自己做了什么错事,心里甚至确实暗自想道:"或许只是一张十列伊的钞票,而不是二十五列伊,最好留下一百列伊;见他妈的鬼,他比我更有钱;我不会白给任何人哪怕是一分钱。"在付伏特加酒钱之前,拉瓦克本以为自己有足够的钱,但付完钱,特别是在一摇手,表示不要找回的两毛零钱时,发现自己的口袋底近乎空空如也,简直令人不可思议。音响开到了极限,酒吧空荡荡的。靠街的玻璃窗上,用刺眼和吓人的橙黄色和绿色画了几棵棕榈、一头骆驼、三个喝咖啡的土耳其女人。没有任何人走过拉瓦克面前。这是晒日光浴和令人感到无聊的时间,伏特加味道不正,应该给自己订一个计划。拉瓦克早已告诉科维尔·安蒂姆午后抵达疗养院:"想来他正晕头转向地在饭店找我,在前台打听呢。"咽下最后一滴酒后,拉瓦克不由得皱起了眉头。"什么'水晶牌',浪得虚名,掺了多少水,淡而无味。"

最好还是上楼回房间等着。如果科维尔·安蒂姆不来,那么明天早晨他将到真正的科马纳滋一圈,打听一下怎么才能抵达乌拉迪亚,到那个家伙的山洼老窝里去找他。唯一可能令人害怕的事情是自己或许受骗了。科维尔·安蒂姆的来信无非是一封普通信件而已,而邀请很可能就像荒野里的一声号叫,只是呐喊给自己听的。这种事情可能很少见,但在科维尔·安蒂姆身上,任何事情都有可能发生。这样的事在这个家伙的眼里似乎再正常不过。科维尔·安蒂姆去乌拉迪亚工作便是一个证明。他明知自己的未婚妻塔吉扬娜想尽办法,力图把他弄回布加勒斯特,甚至还准备给他生一个孩子,只是为了推动他做出一个姿态,仅此而已,并非是什么了不起的大事,只是一个表达亲善的姿态,譬如说或有可能提出某种要求,请求接见等等。但科维尔·安蒂姆竟然心安理得地充当什么"使徒",甚至在最初几年对塔吉扬娜写给他的信概不回复,而在那么多年后,写信给在阿尔迪亚尔的他这个朋友,描绘富有"异国情调"、难以言表的自己的有趣生活,真令人难以忍受。而就其为人而言,却再正常不过。

"老伙计,"维科尔·安蒂姆用蘸水钢笔和自造的化学铅笔芯调制成的紫色墨水给他写道,"我越来越相信,每个人由于其气质不同,都对史书所写的'社会制度'或多或少表现出某种天然倾向。遗憾的是,或者说所幸的是,绝大多数人选择了封建主义,并非是任何种类的封建主义,而是早期的封建主义。试看周围,特别是你自己,就可发现有人听你的话——由此知道你想要什么,包括服从、奴颜婢膝、逊位、投降——所产生的快感。你没有观察到两个不相识的人之间最常用的称谓是'首长''首长先生'吗?首长即是一个家庭的父亲,一个好领主,我们国家的一个好贵族,善待一切人,条件只有一个——他必须了解自己的庄园里正在发生的事情。他是唯一能做出决定的人。绝大多数情况下,世人满足于此。可能,仅仅是可能,根本不关心。你知道,我既不造反,也不搞阴谋诡计。这样的情况是正常的,因为,不知你是否还记得,我是马克思主义者。一切无不发生于必然王国,我们所面对的现实也是如此。请注意我的表述!乃是我们所建构的实在。除了其内在的变革,我们不可能改变任何事物。在乌拉迪亚这儿,我明白一切实际上就是我们'一切'不作为。我们应该为自己留下点什么!重要的是你知道保存什么。我相信自己有所发现。如果你来看一看这里的异国情调,我将会告诉你究竟发现了什么。你将在一生中第一次见到实际上只是自己感知的东西。在你方便的时候,请来乌拉迪亚吧。你将亲眼见到几乎一切皆是可能的。这是因为他们依然几乎没有做一切事情。我给你写的看来好像一个玩笑，但不止如此，甚至是一场赌博。"

再往下写的无非是给一个老朋友的书信中的那些惯常的鸡毛蒜皮琐事，但对这个朋友你几乎已经一无所知，甚至不知他心里是否还存留以往感情的残痕。维科尔·安蒂姆的信好似扔进大海的一个信息漂流瓶，只是从第一刻开始，伴随而来的不是希望，而是淡漠——如果找到了，当然很好；但如果找不到，也很好。而现在，自己离他，离这个孤僻的、失意的朋友很近。说来奇怪，在那封信之前，在他们两个人之间，如果要问谁是一个失意者，维科尔·安蒂姆似乎根本扯不上边，包裹着他的沉默并非意味着成功，却也并非失败的信号，而是表明他生性几乎从不着急。一切随缘，未来爱怎么样就怎么样吧！

吉鲁·拉瓦克走进房间，把海员旅行袋扔在衣柜里，等到晚些时候再打开它，或许根本用不着打开。他将绕开车站，走到那个破破烂烂的集镇。路途得好几天，究竟几天呢？一天，两天，在一个假期中白白损失一两天，既不是第一次，也不是最后一次。他走上公路，一直跋涉到有人愿意让他搭车。通往海边的道路是开放的，但谁知道，度过一个真正的假期会遇到这么多困惑，这么多麻烦。在淋浴的水流下，他看着镜子里的自己有些变形的躯体，已经不复是他想象的样子了，多了几个脂肪堆积区——由于年龄和新的职位，躯体出现了松散慵懒的迹象。"哎，吉鲁大叔，力衰体弱，虚胖老朽！"他扭动了几下脖子，想看到自己的颈项，确实胖了，无须多言，头发更稀少，更粗糙了，肩膀更圆了，腹部的赘肉更笨重，近乎耷拉着。他打开浴室的窗，蒸汽的水雾很浓重，透过水雾看见了太阳。他向西望去，让水流顺着背淌下，手掌支撑在窗边的潮湿的水泥墙上，不由得回想起许多年前的情景：

"多么奇怪！当年从浴室窗户看外面的阳光时，身靠梯子站立着，面前是窗子，再前面是另一扇窗，远处才是太阳。我双臂支撑在建筑物的后墙上，灰浆贴着我的脚，背后有一百个，或者甚至一百五十个姑娘看着我贴在墙上的身体。她们舒展开整个身子躺在地上，直接沐浴在阳光下,不像我隔着好几个房间和窗户才见到阳光。"

他顿时感到姑娘们的目光正在一毫米一毫米地审视着他,借助想象力剥去了他的皮肤,凸显出他的每一块肌肉,每一根筋骨,每一条动脉和静脉。那是他当时看得相当淡漠的生命证明。他总是那么淡漠,低头看去,只见梯迪·凯雷凯什大叔坐在草地的墙基上,正在吃香肠和面包,咬了一口蒜头。那是单日,而双日他吃西红柿酱煎鱼。大叔安静地吃了一个多小时,很少对他讲什么,好像把说话也咀嚼掉了。大学女生宿舍院子的露台出了点问题。他们搬来了梯子、灰浆桶、泥瓦工具、几袋水泥和石膏粉,准备修理旧建筑的墙体。一堵被雨水侵蚀的墙,墙头上的砖掉落了,近乎一个废墟。实际上是一件完全不划算的活计,以"维修"的名目交了下来,所花费的劳动和时间胜过一项真正的建筑工程。这是他的命运,进入了梯迪·凯雷凯什大叔的建工队,"承担苦活儿",原因是多斯皮内斯库工长不能容忍他,见他上过中学,却来干"非熟练工"的活儿,从一开始就容不下他。在他来队的第二天,多斯皮内斯库工长指着一个用来提水倒进石灰坑的破桶,对他说:

"一边干活去,装什么傻,赶紧拿上那个桶。放下你那臭架子,工地上的饭不是那么好吃的。"

两天后,他提着一个新桶,替换会把一半的水漏在路上的旧桶,却惹怒了这个工长。多斯皮内斯库一见到他提着新桶,就开始像疯了似的吼道:自己再也忍受不了中学生大少爷的厚颜无耻;这儿是一个干脏活的普通场所,你还是换一个队,或者换个工地为好,最好从工地上滚开,谁知道会不会有一天可能有块砖头掉下来,落在你头上,砸到了还得做工长的担负责任;你想想,连劳动保护规章都不知道,马上去找领导,要求调换,别惹人讨厌。这时,梯迪·凯雷凯什大叔插话说:

"算了,多斯皮内斯库,算了,我带他一起搞维修。你建个巡回作业队,你知道在我这儿工资微不足道,计件补贴是基础。嗨,中学嘛,我的青春坟墓——阴郁的凯雷凯什也知道这种行话,从哪里知道的？——我来把你培养成人！"

新桶被留了下来，成为队里的装备，而他开始同梯迪·凯雷凯什大叔一起消磨时间，干着所谓"遮盖"的活儿。过了一段时间，梯迪大叔给他讲解了这一行的潜规，其中不少是他独家掌握的秘闻。多斯皮内斯库作业队的真正劳动开始于完成计划后的几个小时，那时全队聚集在号称"双肺"的小卖部门前。从那儿开始，全队方显本色，个个神色凝重，比其他任何时刻更加严肃，更加卖力投入工作，向只有多斯皮内斯库知道的某处公寓或者别墅进发，将它们粉刷、修缮一新，干一切应该干的活儿，使它们呈现出人间美宅的气派。在这些地方，他们玩命干活，动作简练有力，谁也不哼哼唧唧唱什么小曲，从提兜里拿出工作服，套在城市装束的衣服上。一切都做了仔细分工，一夜在两三处宅邸移动，轮替着干各种活计，不浪费一刻时间。至于材料嘛，都是从工地上偷的。

"哎，中学生，你以为多斯皮内斯库想有两只眼睛盯着他后脑勺吗？你既不会干活，又不会偷东西，还自作聪明。你像只马……马身上的马蝇——连这个也不如。你只会沉默和摇手。你也像我一样干吧，娶个老婆，回家待着，伸直身子躺着，张嘴望着天花板，再下个小崽子，两张一百列伊钞票的工资，外加娱乐。嗨，快去把西红柿酱煎鱼拿来，今天是开荤日，明天是斋戒日，外加香肠。"

梯迪·凯雷凯什大叔也非善类，而是一个十足的泼皮，没有任何神圣之处可言。这种人对他有什么用处？有好几次，他吃惊地发现梯迪大叔从他挂在钉子上的裤子口袋里掏走所剩无几的最后几张钞票，然后带着失望的表情，抖搂着赤褐色的纸币说：

"哦，中学生，你就有这么几个子儿？你他妈见鬼用钱干什么去了，乱吃乱花，在什么地方鬼混挥霍……你就用这么几个子儿臊我。听着，下次多留点，免得我生气。"

他随手把钱分成同等数目的两份："喏，给你点儿压压口袋，别说你的梯迪大叔小气。"他把剩下的钱塞进了后口袋，满是红毛的圆脸上贴着狡黠的微笑，眉毛宛似两条长满雀斑的扭曲的毛虫，把另一份递给吉鲁。"拿着，带点压口袋，今晚我同老婆有活动。"他做了个游泳姿势，本想说个淫荡下流的笑话，但只是令人觉得厌恶。"哈哈哈，瞧你那样。嗨，走吧，干吗像不认得门的小牛犊似的？"吉鲁走了。归根结底，梯迪·凯雷凯什大叔还是挺可爱的。

当时，吉鲁从开着的浴室窗子向外看着，那是一栋旧房子，铜锅炉闪着紫红色的光，隔板上放着一排盐瓶、彩色的软管和小瓶。他从来没有见过如此耀眼的浴室，犹如在电影里，或者更确切地说，像在模特之家用链子与桌面拴在一起的德文杂志的广告里看到那样。门是开着的，隔着门厅可以看见外面有一个西向的露台。阳光几乎直接照在他的脸上，看上去好似一个黄油的圆盘，立即会在保护露台的帘子下融化。

"嗨，中学生，你在那儿看见什么了？"梯迪·凯雷凯什大叔咕咕哝哝地问道。

吉鲁没有回答，感到皮肤贴在墙壁的凸起颗粒上凉凉的，很舒服。他的脸发烫，相当奇怪。阳光通过不熟识的房子，仿佛透过一面放大镜恰好凝聚在他的面颊上。

"嗨，你在那儿看见什么了？我动不了啦。你看，她们一个又一个，全都像蜥蜴一样躺在石头上，还跷起了脚，好像在骑自行车。啊，上帝保佑，今晚老子非揉碎了我的奥克图查不可，把她揉得粉碎。听着，中学生，把她揉成碎片，揉成粉末！"随后，在一声长长的叹息之后，只听见梯迪·凯雷凯什大叔平静地咕哝着，似乎什么也没有说。

他们来女生宿舍院里干活已经好几天了。第一天没有发生什么特别的情况，梯迪·凯雷凯什大叔在几处修剪过的花丛里打转，擦擦自己的鼻子，挖挖耳朵，往手掌上吐几口吐沫，挽起袖子，叹了口气，一屁股坐在几乎四散的沙子和石灰堆旁，所幸沙子和石灰都卸在树荫下。

"好吧，现在让咱们吃饭。嗨，中学生，怎么还抄着手无动于衷地戳着，赶快到那边去，动手撕开香肠包，或者小心打开西红柿酱煎鱼的盒子——太可怕了，肯定有一天只要看着它就会恶心。"

吉鲁·拉瓦克带着某种痛苦回忆着当时的光景。他困难地等待着一个机会，脱掉上衣，半光着身体，即使感觉到苍蝇在他周围开始嗡嗡乱飞，也感到快乐。即使疲劳侵袭着他，浑身被汗水湿透，他也感觉到这是自己强壮、充满活力和健康的一种标志。或许一切都是由这个习惯开始。他来到这个遍地是卵石和草丛，有几个用石灰水刷白的砖头围着的花坛点缀的院子，犹如进了军营，目不斜视，不敢左顾右盼。他顾忌什么？这是他劳动的场地，他尽可光着膀子，登上梯子，有时直爬到房檐上，调整边角上的瓦和砖。从那儿可以俯视房顶，果树梢，天窗，阁楼气窗——没有玻璃或者金属线网的鸽舍。瓦管被雨水浸泡成黑色，或者磨成暗红色，好似不能愈合的伤口。这可怕的情景使人倒胃，所以他总是向更高处看去，眺望那些高高的塔楼。由于灼热的空气在眼前起伏波动，看上去它们好似与穹顶身首分离。出于完全不同的动机，他来到了那个城市。经过一段时间之后，他终于平静了下来，坐在爬高用的瓦匠梯上，觉得脚上的皮肤刺痒，因受到黏上石灰而变硬的裤子和梯子的刺激。他摇一摇头，甩掉头发上的泥沙和混凝土屑，眯缝着眼，脸迎着阳光的照射，听着梯迪·凯雷凯什大叔讲话。这位大叔每天都要给他传授应该如何解决生活中难题的经验："你有点傻，别看你上过中学。"这是每次即兴讲座的开篇，伴随的是两种类型的咀嚼声，一种是"消费"香肠的吧嗒吧嗒的咂嘴声，另一种是吃西红柿酱煎鱼的哼哼唧唧的剔刺声，"你有点傻，我也不太看好你会变聪明。首先的首先，你在工地上，也就是在我们这儿要寻求什么。到这儿来的都是刻板的乡下人，他们也有自己的目的，是为了装满钱包，然后回家娶个老婆。至于我嘛，那是另一回事。"大叔总是要补这么一句："我是冲着多拿补贴来的，然后回家干……老婆。请原谅我说粗话。"

确实，他要寻求什么？当然，他可以在其他地方过得很好，当个记工员、定额统计员、门房。不，他不是乡下人，有些工作岗位只适合农民，尽管所有的人归根结底都是农民，但有些人懂得怎么生存，然后搬进城市。大学入学考试的经验并不可悲,但结果是他没有进入准入者的行列。或许,他知识不够丰富,或者知识相当丰富,却不懂得应该懂得的事情。一句话,落榜了。他留下的唯一记忆是口试的考官友善的——假装友善,甚至是卑鄙的——表现。考官在给他打分之前,久久地审视着笔试分数的名单,当在相当长的名单中段大约找到他的名字时,以一种和善的宽容态度向他要了准考证,显得很真诚地对他说:

"你在可以得到最高分的少数人之列。我喜欢你的想法。"

在见到自己并没有跻身准入者的行列之后,他才理解教授为什么如此开放,连得到最高分的学生也榜上无名。这就是说,教授知道一切,早知道吉鲁·拉瓦克没有任何机会,所以故作正直大度。他在发布榜单的布告栏前一直待到深夜。旁边人头攒动,人们时而成群结队聚拢过来,时而在沉重的叹息声中像蒲公英的绒毛一样四散而去。一辆辆小轿车停在人行道边,大多是黑色的,传来车门的碰撞声,喝足了汽油的发动机噪音犹如激动得噎住的喉咙一样,唯一能挤出的一句话是:"好的,妈咪,我早说十拿九稳嘛。"他厌烦地在柏油马路上拖动着双脚。柏油路还相当热,你尽可以躺在上面,让众人踏过你的身体,你睁着的眼睛,你紧紧咬着的牙齿,不发出一声呻吟:

"哎,好吧,你们榜上有名,而我是名列获得最高分的少数人之一。这或许足以作为补偿。"

实际上,他得不到任何补偿,而必须做出某种决定。喝酒买醉或是一个解决办法,但夜已经很深。于是,第二天他去了劳动局,表示选择去工地干活。为什么要去工地,他也无从解释。或许他当时头脑患了特殊的"工地"幻想症,因为这很接近"真正的无产阶级",重体力劳动,但清清白白,颇具英雄主义色彩,等等。如果并非如此,那么或许是因为他没有对任何人说过"也曾经考过大学"的事。这个问题在大约八个月后被发现。当时不知怎么回事,秘书处的人打听到了他的行踪,于是通知他可以去拿走报名档案,那儿的办公时间为"八至十六时,除星期一和星期六外"。如果说在此之前多斯皮内斯库工长对他即使说不上怀疑，也多少有点谨慎，那么在那张倒霉的明信片之后，他的生活变成了地狱。所幸的是梯迪·凯雷凯什大叔将他收入自己的"卵翼"下，透过工程队的内部调配把他抽调出来。在多斯皮内斯库歇斯底里大发作的影响下，工程队不能再干私活，可那是人们在工地上浪费时间的唯一严肃动机。最初，由于不理解多斯皮内斯库暴跳如雷的原因，他竭尽全力完成每天的定额，对自己说这样就不再会有人指责他，但心里很清楚因为像他这样的一个人会拖累大家，"毁了"他们的收入。每晚，他觉得手掌疼痛如裂，皮肤不能贴着肌肉，肌腱肿胀。极度的疲劳从脚开始，虚脱的第一个信号是小腿肌肉不由自主地细微颤抖。他看着它们一跳一跳地抽搐，仿佛不是他自己的体肤，而像一只半潜入池塘的大青蛙的喉囊，马上就要呱呱地高叫，但受到了什么东西惊吓，欲叫又止。他尤其害怕触碰自己，想象任何动作都会引起难以忍受的剧痛，可能会开始吼叫。当然，情况绝非那样糟糕。在工地工作的不是只有他一个人，生命中第一次裸手搬砖或者运石灰的也不是只有他一个人。他曾有过手套，但早就不见了，天知道是不是梯迪大叔拿去保管了。或许最终他已经习惯于多斯皮内斯库的处事方式，或者说多斯皮内斯库对待他的方式，即便下午或者夜里抓他的差，故意"折腾"他，也算不上什么了不得的事。

　　他不由得在淋浴的冲刷下独自笑起来。经过那么长的时间，多斯皮内斯库"组织"的事情同他所知道的事情相比，简直是儿戏。他，吉鲁·拉瓦克，外号"新筛子"，因为他无懈可击，给人的印象是如书本上写的那样尽了自己的义务。他再一次对着镜子注视自己，确实，确实是发胖了，应该骑自行车，尽管在城市里骑车一不留神就可能钻到公共汽车肚子底下去。胖了，谢顶了，虽不太严重，但现实毕竟是现实。梯迪·凯雷凯什大叔曾经很明确地对他说过，在建工技术监督员食堂吃饭，长不了肚子。奇迹却出现了，大叔的大腿、肚子和整个腹部高高隆起，宛若挂在脖子上的一个装满土豆的提兜。你根本不敢相信他居然能拿到与工资一样多的孩子补贴。

　　那儿，在语言系女生宿舍院子里，吉鲁·拉瓦克生命中第二次突然感觉到生存膨胀的时刻，完全突如其来。生命天然延伸了，实际上不是延伸，而是生命的连接，是少年时代自我意识觉醒时刻的正常和良好的连接，天然的延续。

这一次，他在自己身上发现了不同以往所知的另一种状态，不再伴随有迷乱，以及没有预料到的困惑，如早年因索莱拉而引发的那种感受，而是出现了一种过度兴奋的晕眩，对自己的躯体，特别是对支撑着墙体上檐的双臂力量的自信。他相信自己能够推动墙檐，漂浮在房顶之上，一直飞到在灼热的柏油和阳光蒸腾的气雾下若隐若现、朦胧不清、断续扭曲的塔楼上。

梯迪·凯雷凯什大叔在梯子下嘟嘟囔囔地说：

"嗨，中学生，见你的鬼，你以为我不知道你那泛黄的倭瓜脑袋里装着什么坏水？你以为我不知道吗？"

吉鲁·拉瓦克几乎笑着问道：

"你知道是什么？梯迪大叔，是什么？嗨，说吧，我倒也很想知道你是怎么看我的。你迟疑什么，马上说嘛！"

而梯迪·凯雷凯什大叔依然从头重复自己的话：

"见你的鬼，你太自以为是，就是这样。太自以为了不起，就是这样！"

奇怪的是梯迪·凯雷凯什大叔不说一句让人听明白的话，只是咕咕哝哝地自言自语，手指抓着纸，或者把空盒子扔到墙上：

"你看着吧，自以为了不起的倭瓜！你以为怎么地，你白白这么看着我。瞧瞧你自己的脖子这么拧着，心思全不在书上。你父母掏钱让你来上学，小心别拧断了自己的脖子。瞧你这个可怜的家伙。告诉你，这很不好，不会有好下场的，不会有出路的。男人嘛，从上帝把他留在世界上那一天起，就得学会躲开女人的眼睛，那是魔鬼的眼睛！必须告诉你学会这一点，一生一世别忘记，是梯迪·凯雷凯什大叔给你说的！我得去干一瓶葡萄汽酒，觉得有点难受，热得受不了，让人干得像老玉米棒子，哪个正常的人都得垮。"

梯迪·凯雷凯什大叔摇摇晃晃地走开去，就像大家所说的那样，每迈一步都怕失去平衡点的大肚子把他翻倒在地。

吉鲁·拉瓦克几次慢慢地回到梯子顶头，听凭阳光照射着自己的颈项。他的双肩的热度迅猛上升，不由自主地感觉到自己的双臂只需做一个简单的动作就能飞翔遨游。这种感觉越来越变得令人难以相信地现实化了。校舍的露台就在他前面几十米外，处于同一水平线上。水泥地上铺着黑条纹的灰色或紫褐色的毯子，姑娘们大多穿着大花长睡裙，有的穿着泳衣，躺在阳光下阅读，手掌支着下巴。空气中，这儿那儿荡漾着脂粉的气息。

她们头顶上，是王国时期建筑的旧墙和顶楼，颇为古怪的窗户上装饰着石膏雕塑的爱神、女神立柱，一串串葡萄和橡树叶，曾漆成淡黄色，现在已经褪色，只剩下栗色的底纹，正如周围的旧楼一样。他逐一窥视着她们，由于太费力，脸庞不由得皱了起来。他竭力想看清她们，但很难分辨清楚。这或许是因为她们距离较远；或许是因为他自己熬夜太多，在四十瓦的灯泡下看书，而且怕房东察觉发怒，还用被子遮挡着；也或许是因为浪费时间，不知为什么无谓地熬夜，而不安稳地睡觉或者去干私活挣钱。他一点也看不清她们，只看见一些色点，以及扎在头顶上的头发造成的阴影。他看不见她们，但相当清晰地听见她们的声音，听见她们在说话，却不明白她们在说什么，而只感觉到她们也正在注视着自己。一个多星期之前，他和梯迪·凯雷凯什大叔的出现引起了显然的骚动，嗡嗡嘤嘤的议论不绝于耳，好似撩拨了一群聚集在花园里的一个树杈上的蜜蜂。或能猜想到她们在露台上议论什么。天气既热又令人腻味，夏天正在敲门，可能离大考还有几天，之后就是暑假。假期里，只要你愿意，可以不再做任何事情，绝对什么也不做。但恰恰在这一个星期里，有一天梯迪·凯雷凯什大叔心情很好，是个吃罐头食品的日子。吉鲁·拉瓦克早已十分明确地向大叔解释过自己应该得到的与个人的自我相比较，根本微不足道，但突然出现了没有预料到的意外。

"我说，吉鲁，"梯迪大叔喊着吉鲁的名字，似乎特别满足，故意用搜肠刮肚找出来的农村粗口来激怒他，"我说，吉鲁，我等着再过十五年，然后就回到圣迪奥安老家。如果还要过日子，为什么提心吊胆地爬上脚手架，而不想一想自己的亲人们？我应该做个看家护院的守门人，做一个女子中学的值夜守门人，或者一个宿舍的守门人。瞧，最好就在这儿。"他用折刀把指着保安室的橙黄色的门。"白天在花园里，割割草，修剪修剪果树。夜里安静，和平，有什么可偷的。你说，有什么还可以偷。上帝帮助得到的，都是自愿赐予的。嘿，嘿，嘿……不是这样吗？你瞧瞧，躺在太阳底下的是些什么货色？一等一的货色？老林里的野生果子，嘿，嘿，嘿……"他看了看宿舍内院，修剪过的灌木丛翠绿一片，那是仲春最确凿的信号。"瞧，那一个，你太需要了。嗨，中学生，你太喜欢捆住自己的头脑，也不怕脑袋疼！整天把鼻子伸进书本里，而夜里，嘿，嘿，嘿，哼哼唧唧的，嘿，嘿，嘿……"如果深究，或许就会发现那声音因为鼻子肥厚而像咩叫似的"嘿，嘿"，对于大肚皮撅起几厘米高的梯迪·凯雷凯什大叔意味着什么，但用另外两声"嘿，嘿"来强调语义背后，可以窥见或是别有用心。梯迪·凯雷凯什大叔早就开始在工作服口袋里翻寻，时而说笑，时而一脸严肃，在口袋上细心地比画着，不惜耗费整整一个工作日，其含意不外乎是默默喊着"嗨，加油"的口号，尽管他丝毫不关心与足球相关的种种本地悲剧。他所做的无非是在许多人身上都能观察到的所谓的"随众情绪"。这些人白天在城里辛苦干活，为的是晚上回家时能在自行车把上挂一个面包，在后行李架上绑一只冻鸡。他们排着一字长蛇阵在公路边上艰难骑行，而过往的汽车常常开亮大灯，刺眼的强光照得他们顿觉眼前一片漆黑。在惊吓之余，他们不由得咬牙切齿，大声骂娘，特别是在听见像他们一样农民出身的司机冲他们骂骂咧咧地大声吆喝的时候。

"啊呀，见他妈鬼，"梯迪大叔高叫道，"我又把钱包落在住所了。"他从工作服的裂口伸出手指，指一指早已破了的口袋："吉鲁，赶快动身，去搞一瓶乳清酒、一瓶黑麦酒，否则我们会消化不良。你也想尝尝吧。"他用那只空着的手举起依然臭烘烘的空饭盒，撮着嘴唇，仿佛是要强调滋味的美妙。吉鲁·拉瓦克感到十分恶心，不得不用唾液浸润上颚，从梯子高处向下吐了口唾沫，吧嗒了一下嘴唇和舌头，注视着下面的白色斑点，直至消失。对梯迪大叔说什么，解释什么？即使值得解释，他难道能够用语言说明自己所感觉到的东西，自己认为必须要说，必须要指出的东西吗？他又瞥了一眼露台，有个姑娘起身跪在地上，散开了头发，正在用手指在头上梳理。他把手掌蜷成灰勺的形状，做了一个不明不白的姿势，仿佛想在姑娘心里印上他的形象，使她同自己连在一起，至少在去食品商店之前。这是一个小小的卑鄙伎俩，目的是"在姑娘们心里插根引信"，其实他不怎么在乎她们。至少在这之前，他是这样想的。但出现了没有预料到的意外，他瞬间血脉膨胀，即刻冲动，宛若童年时代那一刻一样。

"你说，你为什么注视我？是因为我的帽子？"她用指尖碰了一下草帽翘起的宽边，那熟草的颜色与其说是金黄，倒不如说更像古铜。如果他是彻底诚实的，就应该承认："是因为帽子，我再也没有见过任何人戴着这样的帽子在城里溜达。"有乡土气息，又不太浓厚；用三指宽的红色绸带作为装饰，绸带头一直垂到脸颊前，在那样的夏日特别刺痒皮肤。但这或许意味着让他明白其中的奥妙，无非是一种土耳其式效应，如同鸟儿展开双翅，在阳光下闪耀自己的羽毛，是为了引人注意，而他觉得还不止于此。他甚至也喜欢她不戴帽子。但如果她不戴帽子，他或许不会那么专注地看着她。"噢，不，不是因为草帽。她的眼睛，就是眼睛，有着某种奇特的东西，颜色，线条。是因为她的眼睛。"他只说了一半假话。确实，她有一双颜色和线条非同一般的眼睛，呈灰色，更接近于铅的颜色，虹膜较小，约占五分之一，被眼睑覆盖着。但这是后来才观察到的，首先注视的只是帽子。

他在摆满醋瓶和犬蔷薇果酱罐的食品店里排着队，为梯迪·凯雷凯什大叔拿了一盒番茄酱煎鱼，真是令人恐怖的东西。为了止住恶心，他又买了四分之一升的小瓶开胃酒或者利口酒，反正都一样，只是标签不同而已。他排着队，慢腾腾地向着付款机走去。付款机不断吱吱嘎嘎、噼噼啪啪地作响，犹如轮船上的绞盘马达一样。就在这时，在出口方向的黏着斑斑点点食油和面粉残迹的柜台那边，她出现在他面前，那么迷人，那么桀骜，带着明显的冷漠表情，使得一切——整个甜食区的花色蛋糕、柠檬酸和咖啡代用品货架都黯然失色。她衣着老式，头戴来自另一个世纪和另一个世界的帽子。后来她告诉他说：

"我知道自己与法国姑娘的打扮相似。一个法国姑娘大致应该这样出现在我们的城市里。"

她下身穿着一条腰上打褶的宽松裙子，暗绿与米色相结合，上身的宽袖衬衣在腕关节处收紧，胸前别着一枚血红色的珊瑚圆形胸针，实际上是一段未经加工的珊瑚枝，一小块红宝石。在这整个组合中，它构成生命的唯一象征。他在她对面停下步来，肘上挂着装酒瓶和罐头的筐子，站在离她不到两步的地方，目不转睛地注视着她，好似看着什么完全不可思议的怪物。实际上，确实如此。他不明白在一个小区食品店里，从哪里冒出这样一个女人，更确切地说是这样一个姑娘——至多不过二十二三岁，而且为什么恰恰在他对面站住了，是为了能让他细看，为了使他震惊，抬不动双脚和眼睛？而她依然靠着甜食区的柜台站在那里，眼睛一眨不眨，看着一个陌生人像一根木桩似的站在她面前，忘记了应有的所有礼貌，却并不表示吃惊或者不满，因为他的目光里充满好奇，或许甚至是某种勇气，尽管通常这叫作厚颜无耻。

"把筐子放在那儿不好吗？"她指着一摞油腻腻的蓝色塑料筐对他说，"否则你会拎着它走到街上去，后面就会有售货员姑娘追着你大声呵斥。我就发生过这样的事情。对她们来说，这是一种快乐的游戏。啊，还有什么事情比追在你这样的人背后大声呵斥更快乐呢？"

直到这时，他才如梦初醒，走过去把塑料筐扔在一堆筐子顶上，把洋铁皮罐头塞进口袋，把酒瓶塞进另一个口袋，但露在外面的酒瓶颈颇使他恼火，因为只有老酒鬼才这样带着酒瓶——他们等不得酒馆开门，从早到晚随身备用。

他重新回到她面前，此时更是举步维艰。他必须做个姿态，说点什么，但结果还是由她打破了尴尬局面：

"你说，为什么这么看着我？是因为我的帽子吗？"

他略感轻松地舒了口气说："噢，不，是因为你的眼睛。"

他们走出商店。在门口，她突然提出一个用梯迪·凯雷凯什大叔的话来说叫作"踩住鱼尾巴"的问题：

"你总是光着膀子干活，是知道我们在瞧着你的时候才这么做？"

他开始笑起来："这么说，你是特地跑来的。看见我来了，来迎我的。小姐，我明白了，你真是来迎我的！"

他们在空纸箱之间走了几步，纸箱里只剩下几个矿泉水瓶的碎片和标签。她戳了一下他的黏着水泥污斑的胳膊说：

"你知道，我没有看见你出来。只是听见姑娘们说，你出来为同事买食品了。你知道，我们有人会读唇语，我们知道你们之间说的全部内容。那个姑娘好可怜，小时候得了一种怪病，几乎全聋了。你都想象不到，她说话不同于正常人，略微生硬一点，没有办法。我听见她们怎么对你评头品足、嚼舌根，就跑来了。这并无任何含义，根本谈不上什么义务，既不是你的义务，也不是我的义务。我想更贴近地看到你。如果我讲她们的故事，会很可怕！"

他感到困惑不解。她显得十分洒脱，瞧着他的神态如同在看博物馆里的一个展品或者橱窗里的一件物品，时而靠近，时而退远，改变着观察的位置，有一刻甚至给人的印象是似乎闭上了眼睛，正如你从不适当的距离观赏某种东西时所做的那样。他丝毫也不明白她究竟想从自己这儿得到什么，不由疑问道："你会讲什么故事，讲给谁听？"

他们走到大街中间，发现其他男人也回头盯着她看，其实这早在她如此穿着打扮时就已经料到。

"你是特地到商店里来看我的？"

姑娘把头侧向一边：

"哦，你以为呢？我直接来到这儿，因为想仔细看一看你。想了解自己是真的喜欢，抑或只是一种距离效应的幻觉。你感兴趣吗？"

吉鲁·拉瓦克那一天心烦意乱，很不平静，即使是对梯迪大叔也闭口不谈商店里发生的一切。在走近宿舍之前,姑娘给他讲了女学生之间如何拿他当作疯狂取乐的对象,如何在露台上分分秒秒盯着他,交头接耳地通报对面房子后墙边发生的种种见闻。

"天那么热,又那么美,一点儿也燃不起我们学习的热情。"她似乎颇有歉意地讲述这段故事。其实并非如此,无非是一个无足挂齿的小小玩笑,起因是他骑马般跨梯而立,用抹子抹平砖头之间的灰浆,像一个剪影,一个从电影海报上抠下的剪影贴在墙上。而她们没有什么趣事打发时间,所以无聊地观察他,以她们的方式争相吸引他的注意。他知道,怎么会不知道呢?她们在露台上注视着他,但同他有何相干?她们自有她们的命运、学校、考试,以及"光明的前途"。一个月或者两个月后,她们都将离开,去往不知何处,而他依然在这儿,与梯迪·凯雷凯什大叔和多斯皮内斯库为伍,与这帮懒虫和干私活的家伙组成的整个施工队绑在一起,整夜奔忙着轮番粉刷房子,有的用石灰刷,有的用油漆涂。

"哦,你不知道,有几个女生爱上了你!真的爱你。夜里梦见你,而早晨,当你来时,她们守候着,争先见到你。我想她们因为你连学习也抛开了。或许,她们即使闭着眼睛也能给你画像,至少是半身像,知道吗?"

在她向宿舍走去时,他十分注意地观察着她。她并非毫无吸引力,即使不穿这身有点奇怪的衣服也是如此。当然,她是一个青春少女,或许正在诱惑着他。他自问:"你有勇气吗?"他觉得自己从未有过那么勇敢。为什么不呢?他清楚地觉得她对他毫不设防,或者说毫不矜持。

"或许能画吧,我没有试过,但或许能画。我叫奥尔佳。"她那么突然地向他伸出了手。他不由得有点惊慌,嗫嗫嚅嚅地说:"吉鲁,吉鲁·拉瓦克。"

他的手掌很粗糙,沾满水泥,而她的小手掌在空中停留了片刻,似乎有点犹豫,然后突然轻轻抚摸了一下他的脸庞,仿佛是他自己的脸庞突然跳动了一下。"你为什么这样做?"他咕哝道,艰难地挣扎着，克制浮现上脸颊的红晕，感到颈项紧张得发痛。他手心触到了酒瓶颈，不禁怒上心头，开始责怪他自己和梯迪·凯雷凯什大叔。自己真是个小丑，一个笨蛋，每天给另一个更大的笨蛋——大腹便便、满身油腻的无耻小人带香肠或者鱼罐头，而这个女大学生用尽种种计谋，只是为了抚摸他。

"感觉到吗？"奥尔佳问他，"感觉到我多么激动吗？我的手指发冷。我根本不敢相信自己会抚摸你。仿佛我的手臂伸出了将近五十米，从躺在露台上的我们到你们的那堵墙。"她开始笑起来："那是一个相当难以想象的奇特画面，你很难理解，像在水族馆里一样。"

他试图偷偷地扔掉酒瓶，用手心捏着，藏到了背后并用眼睛寻找着什么地方有窗台、橱窗边框，或者栅栏横木。他再也不会给梯迪·凯雷凯什大叔带任何东西，让大叔的孩子补贴全都见鬼去吧！

"怎么像在水族馆里一样？"他被自己粗粝、沙哑的声音吓了一跳，可能是那些多年来吸进气管的砖头和水泥灰造成的。

"当我们在露台上注视你时，我们之间好像隔着一堵玻璃墙，透明，但不可穿越，形象也可能稍许变形，仿佛水构成了一面透镜，不是吗？"他表示同意。"当然，像一面透镜，造成变形，那样我们就会更加喜欢你？"奥尔佳嘻嘻地窃笑，完全是窃笑。"不，不能这么说。瞧，我们走近宿舍了。我将重新躺在露台上，而你贴着墙壁。我当然喜欢，现在更加喜欢了，一个活生生的你，一个正在呼吸的你。你不觉得我唐突吗？"她没有让他回答，实际上是期待他会说"不，怎么会呢"！她继续说道："像在水族馆里，因为事实上沟通是不可能的。我觉得我们生活在两个不同的世界。你在空气中，我在水中，或者相反，随你怎么选。如果我们试图彼此说点什么，或许实际上是不可能的。我们只能相互注视。透过玻璃，直视着眼睛，或许可以透过嘴的动作了解点什么，仅此而已。在水族馆里就是这样的，你没有观察到吗？"

他应该告诉她，自己从来没有去过水族馆。而且，归根结底，玻璃墙两边很可能是同样的事物，同样是水，或者同样是空气。正因为如此，他们才能在食品店相会。"食品店相会"似乎很可笑，却是真实的。不过，他没有说出自己的想法，而是做了更为实际得多的反应："瞧，你到宿舍了，我们什么时候还能见面？我很希望我们能够见面。请你相信我，我十分高兴。"这些话无非是陈词滥调，一种自动的反应，却大有收获。

奥尔佳做了一个极度不满的手势："哈，你以为呐，现在我已经抓住了你，你能这么容易摆脱？……嗨，赶紧走吧，告诉你，每天我都会注视你，当……当你脱掉衬衣的时候。"她甚至用指尖戳了戳他的一个纽扣。

他浑身一激灵。只是一个简单的动作，却极度煽情。承载着真情，这是他之前想也不敢想的。

"哎，告诉我，什么时候？什么地方？什么时候？"

奥尔佳整了整帽子，饰带在她的脸颊旁飘舞。

"我会找你的，当你需要我的时候。我会来的，别担心。就像我说的，我时时像在水族馆里那样注视着你。我还会给你起一个名字——'科学家'。现在我走了，别担心，只要你愿意，我就会去找你。你没有感觉到吗？"

他越来越难于爬到靠在墙上的梯子高处干活，感到肩上有一种有形的压力。那就是在食品店里相遇的姑娘的目光，以至许多事情在一个星期里发生了变化。第一件事情是，他在墙头上磨磨蹭蹭干了不到一个小时的活，就像一个自动机器人一样走下梯子，几秒钟内快速穿上衣服说：

"梯迪大叔，我去给你买吃的。"

起初，梯迪·凯雷凯什大叔很高兴，但后来发现他过了五六个小时才回来，不由得破口大骂起来，威胁说要把他退回给多斯皮内斯库。他耸耸肩说：

"梯迪大叔，这是干什么，你还是管好自己的事情为好。你应该懂得什么叫作人剥削人，现在时代不同了。"

实际上，他正受着饥饿的煎熬，因为当时奥尔佳正在外面大街上摆弄着帽子等他。从那一刻起，他似乎换了一种活法，仿若生活在另一个城市里，过着另一种日子。第二件事情发生在十分平静的奥尔佳从用小勺尖舀起苹果馅饼的最后一点碎渣之后。她吃得从未有过的那么专心，然后抬起眼睛，用略带嘶哑的声音对他说，渴望同他上床。

"你千万别胡思乱想。"她赶紧补上一句，"我只是感到自己再也耐不住了，看见你在梯子上的模样，再也忍不住了，必须爱抚你，哪怕只是用指尖碰一下。你懂吗？"她笑了起来，在金属镶板的桌面下抓住了他的手。整个咖啡馆里空荡荡的，没有其他人，连桌布也没有铺上，只有他们两个人，桌上摆着加上了奶油的咖啡和苹果馅饼。他们可以在那儿待到任何时候，因为实际上大家也完全忘记了他们的存在。

"你以前也这样做过吗？"他问她。而奥尔佳用手掌遮住了脸，或许感觉到自己的脸正在发烧。在她迟疑回答的几秒钟间，他相当恼火地责问自己是否有权用这种方式对她说话，为什么对她的过去感兴趣。同他相关的一切开始于他们相识的时刻，或者甚至更晚。

"不，没有这样做过。但现在我认为这样做是最好和最正确的。如果你要问我'为什么'，我不知道怎么回答你。最好不要再问我。或许你应该明白这是独一无二的献身，任何人也没有享受过这样的待遇。"她开始独自笑起来，或许是在笑自己说话的夸张，或许是在笑自己的处境。她猛然站起身来，差点把桌子打翻。"干吗呢，你不着急？我，如果处于你的地位，不会再胡思乱想什么，不走吗？"

他感到自己与其说是惊异，倒不如说是困惑。她的言语和姿态铿锵有力，掷地有声，形成一种迫使他无力抵抗的压力。他不再有丝毫自控力，不知所措。这是他身上从来没有发生过的事情。在大街上，沉默地走了几步后，他感觉到了一种相互羞于面对的危险。奥尔佳猛地冲到马路中间，开始喊叫"的士，的士"，挥着帽子，做出夸张的手势。帽子上的飘带飞舞着，宛若慢镜头放映的电影画面。坐进出租汽车的座椅，她才恢复了平静。

"去哪儿？"司机问道。

"哪儿?"奥尔佳重复了两三次。"嗨,傻小子,你住在哪儿?"

直到看见司机惊异又奇怪的眼光后,他才从牙齿缝里咕咕哝哝地说出了房东的地址。唯一使他担忧的是,他们必须穿过厨房,而这时候,房东老两口正蜷缩在炉子旁边,不知所措地瞧着正在滚开的牛奶,眼见溢到炉盖上,发出吱吱的响声,一串串鸽子蛋一般大小的气泡在炉盖上滚动。事情确实这样发生了,房东老两口惊异得睁大了眼睛,因为从来没有见过他在那个时间回来。

奥尔佳抢在他前面说道:"你们好,我是吉鲁的未婚妻。我想他也带过什么人来。要知道,无论如何,我是他唯一、真正的未婚妻。"她开始笑起来,笑得那样富有感染力,以至两个老人也咧嘴模模糊糊地微笑了一下。"我们会相处得很好的。我对你们说肯定会这样的,我们不可能不相互理解。"她顿了顿,"我是说我和你们,哈哈哈。"这次老人们真正笑出声了,而就在那一刻,牛奶流进了火里。他们消失在通向他房间的小厅里。烧煳的牛奶味也随之从旧木门的缝隙里飘进来。在小厅的两扇门之间,奥尔佳粗暴地——这是最适合当时情景的词——猛推他一把,将他推到墙上,而把自己的整个身躯紧贴在他身上,耻骨顶着他的腹部。他感到她那根浑圆而坚硬的骨头紧压着他的裤腰,然后慢慢向下滑动。与此同时,她的热吻印满了他的脸庞和下巴,直至咬住他的双唇。他的嘴唇干涩而粗粝。然后,她一个上滑的动作,把嘴凑到他的耳根旁喃喃低语道:

"噢,我的傻小子,难道你没有感觉到我多么想同你上床?"

他轻轻地挣脱开,仿佛害怕发出响声,青涩稚气依然未灭。屋外传来老媪唠唠叨叨的喊叫,她可能正在擦拭炉盖:

"唉,从四点钟就守着,让你把牛奶从火上移开,从四点钟就开始了。你在做什么,连看着火你都不会,从四点差一刻就……"

片刻间,他真真切切地感觉到自己仿佛身处另一个城市的另一个瞬间,或许是因为这片刻的欢愉。他此后将一切置之度外,不再顾忌同梯迪·凯雷凯什大叔,同工地,同他周围的人们的种种纠葛。如果说初遇奥尔佳是他真正的生命延续片刻,使他重新回味起故乡城堡的楼梯和索莱拉的汗味——总是骑着自行车的索莱拉汗味里夹着淡淡的清香,那是当时只用过码头牌肥皂的他所不知道的香皂的气息——此时的片刻使他把近乎无望的希望寄托在奥尔佳身上,相信他们的路遇绝非偶然。该来到的正如注定那样来到了,出人意料而又不可抗拒,像一片乌云一样覆盖着他,像疾风暴雨一样裹挟着他。

"你这儿,真是……真是……真是太不可思议了!"看见小房间里惊人的杂乱,奥尔佳几乎高兴得尖叫起来。靠墙摆着的一个个书箱,在铁路边的茨冈人旧货摊上花两三个列伊淘来的青铜和皮革古董,形状极其赏心悦目的各种树棍和石头,塞满一屋。在脱衣服时,她先把帽子挂在门上的一个钉子上,那里原本挂着一幅《国家地理》杂志的拉萨及其附近地区专刊的图片。图片上除了天蓝色的山岭,看不见任何东西——无论怎么瞧,除了蜿蜒曲折而排列有序的温煦、荒漠的巅峰,别无他物。她的衬衣随即从手上缓慢地飞了出去,盖在一座断颈的铜钟上,其余的衣服和鞋袜之类的小玩意儿散落在地板上,组成令人目眩的一个个白色斑点,至少当时他们觉得是那样。奥尔佳不停地说着什么,或许只是为了掩饰自己的激动。

"这个屏风是从哪儿弄来的?"她用骸骨指着一幅风俗画问道。这是一幅近乎德国人所说的"吉特稀",即等而下之的低俗涂鸦之作,画面上是几个猎狮人在一块蒲草地里。旁边是另一幅画,画着几个被羊蹄半兽半人的森林之神追赶的水仙女、美人鱼。第三幅画描绘的是苏丹宫廷里的一场劫掠,以及整个宫廷卫队,包括愤怒的阿拉伯人用手枪射击弯腰抱着马脖子的骑者的场面。"是古董,对吧?你的所有这些物件都古色古香,很有气派,却这么杂乱。原谅我这么说,但我找不出其他的词。这全因为你是单身,不是吗?"她摇摇晃晃地从他的脸上跨过去,围着屏风转了一圈。"干吗呐,你不过来吗?遗憾的是这一面没有画,你不想把它转过来吗?"

趁她看不见自己的当口,他脱掉了衣服,听着她在离自己不到一米处呼呼地喘气,同时看着水仙女、美人鱼,不禁噗地笑出声来。这些画作都很低俗,毫无价值,但奥尔佳除了口口声声赞美叫好,说乱堆在一起是孤独的表现之外，找不出其他话头。

稍后，已经到了吃午饭的时分，杂烩菜的香味透过小厅，从门底下飘了进来。此时，他才开口问她，为什么做了这一切，是否满足。奥尔佳问他能不能抽烟，他说可以。可惜不能开窗，因为窗户正对着大街，对面是一个电话亭。如果以后还来他这儿，可以敲敲窗，可以从窗口直接爬进来，不必打扰房东老两口。

"我会来，会再来。我喜欢这儿。"她用手指摸摸他的额头，"你出汗了，可能着凉了，请病假吧，待在家里。你愿意待在家里吗？"

他随口说道："愿意，当然愿意，不过谁也不会给我着凉病假的。"

奥尔佳忍不住开了一个不很高明的玩笑，说："哎，着凉，体温上升，发烧了。亲爱的，发烧了，把手伸出来。"她抓住他的手腕，贴在自己的肚子上："感受一下，一个炸药包。"然后转过脸来对着他，用一种毋庸置疑的严肃神情看着他，声音清亮地对他说："我还会来，会跳窗进来，做你想要的一切。从现在开始，已经做好准备，我说话算数！"

她确实言而有信，实践了自己的承诺，几乎每天来到他这儿，用一个硬币敲敲窗，小心翼翼地打开窗子，避免发出嘎嘎的响声，特别是不能使灰泥掉落下来。像整幢房子一样，窗户也已破旧不堪，形同废墟。

"我来打个电话，但没有钥匙，不允许我进屋思考一下？"奥尔佳相当暧昧地笑着说，然后瞥了一眼左右两边，迅速冲进屋里。人行道只比窗台矮一点点，房子周围的泥土随着岁月的积累越堆越高。她飞奔着冲过来勾住他的脖子，差点把他撞倒在屏风上。"你不觉得我好像是从那里走出来的吗？你瞧。"她指着排列相当松散的一群水仙女对他说，"瞧，看见了吗？这儿有一个空位，或许是我的位子。我在那儿待了一阵子。现在你瞧，我在这儿。"

他或许应该告诉她，她说得很对。她早已经说过那么多次，那么充满自信，所以他最终只能表示同意，出于真心地同意，而不是开玩笑，但现在的问题远比少年时代同库什马鲁律师的女儿所玩的游戏严重得多。他注意到一个细节，那就是近在身边的房东老两口从奥尔佳来到的那一刻起就整天进行窥视，甚至就在他们为奥尔佳让路的那一刻起，就组织了一场名副其实的闹剧，又是敲敲打打，又是咳嗽，在小厅里拖着拖鞋噼噼啪啪地走来走去，把瓶瓶罐罐弄得叮当作响，背贴在门上搓来搓去。他可以发誓说房东老两口在偷听和窃笑，咬耳朵说着天知道什么下流闲话。而另一个细节是，奥尔佳毫不恼火，对房东老两口的存在丝毫也不觉得尴尬，非但如此，而且觉得她对任何棘手的事情处理得越来越得心应手，颇为自由自在，并提出各种各样的创意，尽量表现得开放性感，且时不时从喉头发出富有刺激性的小声尖叫。最后，他终于下决心问道：

"他们没有惹你生气吗？他们是一群猪，是猪。他们知道你在这儿，知道这儿发生的一切，所以在小厅里走来走去。我想他们把椅子搬到了门口。这两个令人讨厌的老家伙。或者像我所说的，是的，你知道得很清楚。对，是色鬼，两只癞蛤蟆，癞蛤蟆！"

奥尔佳躺在他身边，臂肘支着身体，乳峰顶着被单，犹如在《国家地理》杂志上见到过的一尊埃及雕像。噢，不，不是雕像，而只是一幅画，一个半身像，同她的乳房没有任何关系。瞧她的脸蛋多么漂亮，鹅蛋形的脸庞上长着一对瞳仁黝黑的眸子和挺直的鼻子，弯弯的嘴唇何其丰满。一幅法尤姆肖像①，"不复存在的美女肖像"，确实如此。

"你为什么发怒，傻小子，将来的日子长着呐。一天，一个月，一年，他们也许不在了，压根儿不在了。你懂得压根儿不在了是什么意思吗？就是不复存在了，甚至在人们的记忆里也不复存在了。消……失……了！你以为他们在胡乱编排我们，在那个阴暗的小厅里不断窃窃私语议论我们吗？根本不是！他们是在臆想他们自己，在回忆自己的过去。仅此而已。他们有权做想做的一切，有权回忆自己的

---

① 法尤姆肖像系公元一至四世纪埃及殡葬肖像，在埃及各地墓葬中均有发现，但以法尤姆地区为最多。死者的头像有的画在木板上，放在木乃伊脸部的包布下，有的画在裹尸的亚麻布上。

往事。我为什么要生气？不管是因为我们，或者是想带着他们最美好的印象消失，都是好事。最后的印象会在'那边'伴随着你。如果存在'那边'的话，我可以肯定这种最后印象会伴随你。你不相信吗？"

她或许说得有理，但他不能承认她说得对。有时他甚至听见他们为了能抓住最微弱的动作，贴在门上像哮喘病人似的呼噜呼噜的呼吸声。这令他作呕。他很想突然推门而出，把他们撞倒在地，但一想到可能会发生的无休止的争吵，哇哇的乱嚷乱叫，或许还会把他揪到片警那儿告状，只得作罢。他虽然对自己说只是"暂时"作罢，但知道自己已永远不会付诸行动。

"你今天注视我了吗？我们还有一点活，很快就会结束，所以你还是尽可能多瞧瞧吧！"他半开玩笑地说，得知随着他们的工程接近尾声，所有的女学生都陷入一种相当明显的焦躁不安状态，无不更加急切地注视着他，心头不由得感到洋洋自得。

"她们知道吗？"奥尔佳久久地望着天花板，然后摇摇头，"不，她们不知道。一旦知道，不啻是一个炸弹。"

"你什么时候告诉她们？"他感到十分奇怪的是她似乎有点冷淡，又有点矫揉造作，其中还夹杂着一种撒娇的意味。

"实际上，你能告诉她们什么？这是一个秘密。无论怎么说，不存在向所有人公开的问题。"她把自己的一个膝盖蜷着抬起来，开始轻轻地摇晃着，像是一个上足了发条的玩偶的一只胳膊在摇晃，"你将会见到，怎么说呢，难道你不明白现在不再有退路了吗？我必须沉默。如果你像其他人一样的男人，那么将会开始干各种各样的蠢事。我把自己的嘴管得很紧，将会保持沉默……但事实上我不能这样做。要知道，我们那里的姑娘们爱死你了。她们还做了一张排名表，记录你看哪个姑娘最多。我们还有裁判。"

他忍俊不禁地扑哧一声笑了起来：

"我不看任何人。有时候回头，只是，只是为了能看见你。但在露台上，你不戴帽子。从我那儿看去，所有的姑娘都是一个模样。都很有派，没得说，但都一样。她们怎么议论我，是好，是坏？"

奥尔佳拉拉杂杂地给他讲了每天晚上在房间里和走廊上的大概情景，尽管事实上考试很快临近，但不再有什么重要意义。"反正我们都会通过的，祖国需要乡村教师。"大家都会去农村，当然大多数会去，但无论如何，所有人都将受到挫折，只是有人少点儿，有人多点儿。我们知道这一点，牢记在头脑里。所以他骑着梯子出现就像一个避雷针，不必惊奇，就是如此，一根缓解年年月月积累起来的全部压力的避雷针。特别是在这最后关头，所有姑娘都焦躁不已，简直有点歇斯底里，为一些鸡毛蒜皮的事吵架。

"你也这样吗？"

奥尔佳从床上下来，开始穿上衣服："不，我不是这样。当你无能为力，觉得不行的时候，才发脾气骂人。我永远是成功者。我受到的教育要求我永远成为赢家。这一次，我又赢了，你看见了吧？如果我不再有办法，如果到了这个地步，我就完蛋了。从来没有发生过这样的事情，像飞上了树的小母鸡一样掉下来，沉迷于……"她没有说出后面的词来，也许是"性爱"，也许是"爱情"，或者其他什么。她没有说，开始单脚蹦蹦跳跳地寻找一只鞋。鞋掉在一个生锈发黑的银盘里了，银盘被故意扭曲了形状，生怕有人认出来。究其原因很可能原本是偷来的，最终以十分低廉的价格进入了旧货市场。找到鞋后，她背靠一大捆书坐下，手拿盘子转动着，用手指敲敲，银盘发出尖锐的响声。

她感叹道："你瞧，好像是我们家里的东西，从我妈的柜子里拿出来的一样。"她把银盘举到灯光下，用指甲抠着黑色的污痕，想看清楚究竟是脏东西还是氧化物。"或许真是我们家的。我们有七个或者八个一样的盘子。你知道我想不到，无论如何也想不到竟在你这儿找到了这么一件东西……"

于是，他起身跪着，两只胳膊肘依傍着屏风。这场面可能颇为滑稽，很像在集市上。奥尔佳重又笑起来："天哪，我还没有穿上衣服呐，你这样……我不知道怎么对你说。"她终于穿上鞋，站起身来，用手掌拍打着自己的裙子。"有点皱了，你瞧我这样子，如果我妈看见我现在这么邋遢，我会羞愧得无地自容，恨不得一头钻进地里。"她再次用手指敲着银盘，"因为它，勾起了我的记忆。在你这儿发现纯属我孩提时代的物件，实在是太奇怪了。各种托盘、餐具架，全都是由蓝光闪闪的白银制作的。红木的大餐桌，笨重的弧形桌腿，像一条母水牛。有点开裂的靠背椅，结实的皮椅背上钉着大铜钉。旧地毯和所有的家具都像陷入泥潭的牛群，动弹不得，却还有着呼吸。啊，什么样的房子，你无从知晓。有阁楼、地窖、露台和花园，甚至还有内梯，而今你只有在电影里才能见到。你可能观赏着那些玻璃橱柜而流连忘返，但我最喜欢待在女仆的房间里。"

"你们家还有过女仆？这对我来说是没有听说过的新闻，真不敢想象。"他本想表示讽刺，但光着身体，靠在集市上淘来的这些拙劣的画屏上，无论如何也做不到。

奥尔佳走到门边，从钉子上取下帽子，在戴上之前，目光在从地理杂志上剪下来的西藏图片上停留了几分钟。这是一个分外紧张的时刻，尤其是想到要问她的问题时，他不由得激动得变了音，感到自己的喉咙已经被钳子钳住了："你看，看见那儿有什么特别的东西吗？看见人、房子、动物了吗？"他所以这样问，只因为当年在家乡的城堡里，在图片上的天蓝色的山岭间没有看见任何东西。

但他没有能得到即使是一句话的回应。奥尔佳带着胜利者的讽刺表情转过身来说："难道我同你上了床就意味着我没有过女仆吗？我有过，亲爱的傻小子。她拉着我的手送我上学，还背着我的食品背包。每天有黄油面包和两个苹果。当时我还比较小，只记得这些。有一天，祖父把我接走，带到乡下。他举起我的双脚，把我放在他的肩上，让我放眼注视周围。'看见了吧，'祖父对我说，'从红房子到小树林，这全部土地应该都是属于你的。你看清楚了。'他对我说，当他把我放下，坐在地上时，打了我两巴掌，害得我有段时间出门不得不在脸上敷一块湿手绢。'别忘记，这片土地原本应该属于你！'请相信我，土地确很多很多，挨那两巴掌值得，可以令我永志不忘。所以,我的爱人,我同你上床,是因为我愿意,因为我无法遏制自己的欲望。我相信你并不那么理解这意味着什么,但你千万别再那么无奈,别再被迫获取爱。即使发生了已经发生的一切,也丝毫改变不了我的过去。"然后,在短暂的停顿之后,她又以缓解的口吻说:"也改变不了你的过去。事情就是这样。如果你愿意,可以不陪我走。我还是从窗口跳出去,别破坏了房东老两口的兴致。"她捏紧拳头在门板上擂了两下:"我走了,亲爱的二老。今天的戏文结束了!"

他告诉她等一等,几分钟就穿好衣服,说是梯迪·凯雷凯什大叔正在等他。大叔答应同他一起去喝酒,讨论天知道什么事。最近梯迪·凯雷凯什大叔好像有点疲劳,但没有办法,活必须结束。

"什么时候?"她极其关切地问他。

"这个星期,可能是星期五。无论如何,星期六我们就不再来了,是发工资的日子。大家都去买醉,星期二之前荒无人烟。所以,如果你还愿意来的话,我们能有几天只属于我们俩的时光。"

奥尔佳顺手拍了拍他的脸说:

"别犯傻!我当然会来。我没有对你说过就此结束了,只是谁知你是不是无耻小人?"

他脸色变得煞白,觉得指尖很痛:

"你想说什么,无耻小人是什么意思?"

奥尔佳又整了整帽子说:"算了吧,你心知肚明,你们这些生性孤僻的人。身边收罗了这么多东西的人,不再需要任何人。一段时间或许有这样的需要。但大多维持的时间很短,一个星期,两个星期,就结束了。我们走吗?"她自己打开了窗,但动作相当笨拙,把灰泥碰碎,掉落在茶炊上,致使茶炊滴滴答答往地板上漏水,发出宛如雨水落在房顶上的声音。

"你说什么傻话,我怎么会抛弃你,怎么会厌烦你?在你突然扑进我的怀抱之后,难道我现在还有什么对不起你的吗?你说,嗨,你说,还有吗?"

这时,不知为什么奥尔佳开始惨淡一笑,仿佛是从她的细密和整齐的牙齿缝中硬挤出来似的。两天后，她拉着他的手，把他带到了女生宿舍。所有的姑娘都打扮得漂漂亮亮地聚集在门厅里，好似过节一般。

"怎么回事？"他问道。

奥尔佳解说道，会议结束了，继续有点小小余兴，不是告别，只是让大家乐一乐。离分配还有相当长的时间，到那时才真的结束。当他走进漆成深红色的木板装饰的门厅——一间有点破旧的老房子时，感到她们的好奇犹如春风拂面。他停在门口，似乎在等待已经在她们胸中躁动的"啊"的一声惊叫向他迎面扑来。但奥尔佳抢前他一步，用他认不出的、近乎超然的声音，好像在通知一列火车离站似的，对她们说：

"姑娘们，我很高兴通知你们，我今天结婚。我向你们介绍我的丈夫吉鲁先生。"

直到这时候他才感觉到惊讶或者说困惑的氛围，不得不被牵着手走到她们中间。在他的周围，乱哄哄的交谈开始了。他不可能受人注意，因为他跟在奥尔佳身后。奥尔佳一手拿着在这有点土里土气的门厅里显得不很协调的帽子，一手拉着他在姑娘们的队伍中穿行，而姑娘们带着惊异、好奇，甚至某种放肆的阴暗心理注视着他：近看原来他是这副模样！在听见有人忽然大声喊话之前，一切都很正常，一切都很完美。喊话的是一个金发胖女人，大脸盘，整张脸上只有一缕缕卷发颇为显眼。这是她在盥洗间的镜子前花了长时间的成果。她说话时用小舌发卷舌音，为了让所有的人听见，声音比正常说话大得多：

"我地（的）进（亲）爱的，单（但）我恁（认）为你太夸张了。你不迎（应）该结婚，无非是一个玩笑，不是吗？姑娘闷（们），既（只）是个玩笑，一个游戏！"

他先是感觉到奥尔佳的手发凉，把他的腕关节似乎抓得越来越紧，随后她的指甲扎进了皮肤，直至流血。他很想大吼一声，对那个肥婆说："或许曾经只是一个玩笑，但现在不再是玩笑。你这个蠢婆娘。"但他无权这样说。该轮到奥尔佳说话了。奥尔佳转脸对他说：

"我口渴,想同你一起喝杯啤酒。嗨,咱们走,离开这儿。"她踏着缓慢得近乎拖着的脚步走出去,周围突然一下子变得很安静,只听见她的鞋掌摩擦地板的咯咯声。

"今晚我们有个舞会。阿格罗的小伙子们来,别忘了。"有人贴近她的耳朵对她说。奥尔佳点点头:"我知道,我知道,今晚,阿格罗的小伙子们来。"

他们没有喝啤酒,而是在郊区的几条街上溜达。那是一个很糟糕的地区,有许多流浪狗,满地灰尘。可能是运过牲口而散发着粪臭的卡车在这里不断穿行,有人喊他们快躲开,只见一桶脏水就在他们眼前倒进了运河。果树蒙上了一层厚厚的尘土,天也仿佛更快地暗了下来。

"现在我们怎么办?"他问她,丝毫也不知道她会怎样回答。

"不知道,我再也不知道。我完全糊涂了。你听见了有人说只不过是个玩笑,你听得很清楚。而我,像个傻女人……"然后,奥尔佳果真像傻子似的,开始哭起来。在一连串的抽抽搭搭的哭声中,他听见她说:"如果我妈发现了,肯定会很悲伤。请你相信我,她肯定会很悲伤。"当时他真想扇她两记耳光,把她扔在那个满地尘土的贫民区,扔在那条用石子和柏油修修补补的曲折长街上。

"嗨,咱们回家吧。"他搂住她的肩膀,强拉她靠拢自己,调整步子同他相一致,"嗨,咱们回家吧,明天去办手续领证。"在他说出这些话后,他感觉到奥尔佳浑身一激灵。不过,当得知第二天要迈出人生如此重要的一步时,又有谁不满心激动呢?

然后,有一天早晨,当他独自醒来时,第一瞬间就明白发生了什么。奥尔佳走了。她是从窗子出去的,如同被关在像他的房间那样的笼子里的任何一只鸟儿所做的一样,只是在门上留下了挂着的帽子和夹在飘带上的一封短笺,上面写道:"亲爱的傻小子,当然是一个玩笑。即便我过于认真地看待它。我在任何情况下每次都成功地成为赢家——英语所说的 the winner 的唯一途径,就是过于认真地做事。我把帽子留给你,它很像下面图片上的这些滑稽矮人戴的帽子。他们在天蓝色的山岭间寻找着什么？实际上，我给你留下了帽子和你的水仙女屏风上的第三个空位。而我留下的只有回忆，我将能记起的一切。现在我离你而去，由此表明任何玩笑都应该了结。奥尔佳。"他用两个手指拿起装饰着红飘带的帽子，无论怎么看图片，除了无数单调的郁郁葱葱的山岭，分辨不出任何其他东西。或许是因为图片是半透明的，如她所说，仿佛隔着一个水族箱的玻璃来观看。他把帽子戴在头上，闻着温馨的香味，在屏风对面的椅子上坐了下来。水仙女、美人鱼和羊角羊蹄半人半兽的森林之神都各在其位，而第三个水仙女像同其他画像没有任何区别。稍后，他把屏风折起来，扔进了垃圾箱，而把所有的旧货塞进一只纸箱里，并在此后的第一个星期日带到了铁路边的集市上。在那儿，他发现了梯迪·凯雷凯什大叔，真有点邪门儿！梯迪大叔总共给了他一百列伊，拿走了纸箱，把满满一纸箱旧货扔进了白天黑夜冒着黑烟、散发着臭气的大垃圾沟里，告诫他道：

"我说，小伙子，你真是见鬼了，多斯皮内斯库恨不得吃了你。你连工资也不去领。小心，他要把你打发到齐姆尼恰，去搞什么重建工程。我亲眼看到你如何在河岸边拉着那只小雌猫的尾巴！你长点脑子，已进入这工人阶级队伍，就别去碰那些女学生。娶一个属于我们的女人，快马加鞭造出几个小人来！"

对于奥尔佳，他又去学生宿舍寻找过，但所有人都去布加勒斯特接受分配了，谁也无法知道每个毕业生将去国家的哪个角落。

"但您为什么要问？"女管理员，一个头顶上挽着个滑稽的发髻的矮胖女人含沙射影地问，"您莫非是她亲戚？"

最初一瞬间，他不知道怎样说，随后一字一顿地回答道：

"是至亲。同志，我们已经结婚。"

走出门之前，他依然听见这个女人在发表评论：

"这些人真是太不负责任。我们的黄金时代青年，我还能说什么。他们已经结了婚，却彼此根本什么也不了解，来宿舍管理处打听。这世界真是疯了！"

在此之后，他平静了下来，横下心来将这个玩笑推进到底。多斯皮内斯库果真把他打发到了齐姆尼恰，最让他高兴不过了！至少在那儿他可以头上戴着奥尔佳的帽子平静地溜达，因为谁也没有闲工夫对此表示惊讶，只有时间睡觉，吃饭，呼吸。

* * *

洗完澡后，吉鲁·拉瓦克在房间里无所事事地转悠，试了试顶灯，只有一盏还亮，于是点亮了门厅灯，打开了电视机。电视机开始像吹笛子似的嘘嘘乱叫乱跳，收音机不响。他又在没有拨号盘的电话机前停留了片刻，怎么回事……唉，在联系去乌拉迪亚，找到维科尔·安蒂姆，来到这儿之前，已经过去了半天时间，或许通过乡村网络什么也沟通不了，一根杆上搭着两条线……他走到阳台上，主要是想见见自己的邻居，觉得迫切需要同周围随便什么人交谈几句闲话，仅此而已。右边没有人住，门关着，窗也关着，窗帘紧闭。左边是一大堆玩具和晾晒在那里的裤衩、袜子，以及凌乱扔在花盆里的彩色石子儿，犹如一地鸡毛，但也无人影。使他感到满意的是，他能从居住的这一层楼的高度观赏科马纳疗养院。他手掌撑着松散的水泥护墙，由于胶合云母板开裂，护墙到处折射出闪光。风景不错，他不敢相信身处这个国家的一端，竟然一面有阳光明媚的平原环绕，另一面则是无尽的山岭，犹如因衰老和干枯而开裂的大地背脊。在这些山岭间藏着安蒂姆的乌拉迪亚，很小，蜷缩着，如同栖息在自己的洞穴里的一只野兽。你以为它是死的，但它还在呼吸，心脏还在突突跳动，有血有肉，有心有脾，有愁肠有仇恨。大约几百米开外处，隐约可以看到一个湖，犹如一条硕大无比的鱼的鳞甲，间或投射出一道雾蒙蒙的蓝色闪光，传来一阵平缓的嘈杂声，宛似蜂巢里的嗡嗡振翅声。那是像他一样或者通过工会来治疗风湿症的人们，在那个时刻躺在阳光下，浑身涂满用桶从池塘中间挖来的黑泥，直涂至脖子。如果不是时时飘来的一阵阵熟悉的香气，空气似乎是凝滞不动的。那是烧土豆和起司通心粉的味道，工会食堂就在附近。

"无论怎么捂紧自己的口袋，那个地方我是绝不会去的！"他几乎大声脱口说出来，随后惊异地瞧着自己泛出红晕的手掌，在水泥护墙的棱边上握得太紧了，小石子掐进了肉里。"别在这儿傻发神经了，吉鲁大叔。走吧，照管好你自己吧。"但像是出现了什么魔法，他在注视着长长的栗树林荫路时，觉得依稀看见了奥尔佳。如果不是她，又有谁在这么多年后戴着一顶帽子？太像她了，一样的身材，一样的步态，虽然步子稍有点不那么平稳，但或者是提着旅行兜的缘故。显而易见，她是朝主干公路走去，正是他来这儿的那条路。刹那间，他觉得自己的身体僵化了，再也不能离开阳台冷冰冰的粗糙边缘，只有头脑还在运转。他尽管有点凌乱，但还在运转。他注视得越久，越相信那就是她，奥尔佳。他根本不关注自己的眼睛已经疲劳，每秒钟她都在远去，而在她的身影周围甚至早已出现了一团雾晕，离得这么远。这是很自然的事情，只是感到必须频频眨眼，因为意外发现的全部兴奋聚集在瞳孔里，瞳孔边缘已经变成正在分离的两个极细极薄的环。他离开了阳台，终于回到了房间里，走到房间中央就决定跑出去追她，相信只需几十秒的时间就可以办到几年没有做到的事情，可以重新找到她，现在只需几十秒的时间就可以实现。他越想越觉得这件事情很可靠，不由得用手指理了理自己的头发，觉得湿漉漉的："否则自己不会此时在这儿有这样的回忆，发生这样的回忆，当然是因为她就在近旁。"他不再像习惯的那样等待电梯。当需要技术的时候，奥尔佳很冷淡，因为她总是这样。他沿着铜条固定的地毯边缘，几乎是顺着楼梯光亮的圆扶手滑下楼去，咚咚咚地跑着穿过空荡荡的门厅，很想从那儿就高喊"奥尔佳……佳……佳，奥……奥……奥……尔……佳……佳……佳"，却在出口处，十分猛烈地与一个圆乎乎的男子撞了个满怀。此人不胖，但圆乎乎的，留着汤姆·琼斯那样的颊须，甚至长得与这位威尔士矿工流行歌手很相像。听见此人在他耳边的吼叫声，他再也不能挪动一步，觉得被对方紧紧搂住，几乎被抱离了地面。

"你到哪儿去，捣蛋鬼，到哪儿去？几乎把我穿透了，把我当奶豆腐吗！"

他从对方的肩膀上方望去,在林荫道尽头依然隐约可以看到奥尔佳纤细瘦弱的倩影,心头不由得思忖道:"如果她是偶然走上公路,我就追上去。如果有人在那儿等着她,一切就结束了。"

"对不起,请您原谅。我想自己看见了多年来在寻找的一个人,走得太急。请您原谅。"

他的耳边响起那个人的哈哈大笑声,他闻到了葡萄酒和"刚刮过脸"的剃须水的轻微气味。

"你还往那儿跑,捣蛋鬼,没见我在这儿吗?你找到我了!"

他后退一步。眼前站着的正是安蒂姆,维科尔·安蒂姆,正满脸乐开了花,眼含泪花审视着吉鲁·拉瓦克。维科尔·安蒂姆似乎略微有点胖,但他自己随着时间的过去也丰满了。维科尔·安蒂姆身穿一套西服,内衬背心,打着领带,一条手帕插在前胸口袋里,活脱是一个"找了好几年"的那个安蒂姆。吉鲁·拉瓦克绝望地指着近玉米地边的路尽头,对安蒂姆说道:"我想我看见我的妻子了。噢,我的前妻。你知道,也戴着那顶帽子。我是说一顶一样的帽子。我从楼上看见了她,正在我想着她的时候,不知道怎么就看见了她。原谅我,在门厅里等我一会儿。"他在口袋里摸索着,掏出了一瓶伏特加。"我去追她,稍后见,半个小时。请你原谅我,理解我。那么多年了,现在突然一下子见到了你和她,我必须做点什么……"

安蒂姆也放眼顺着林荫道望去:

"说真的,我没看见任何人。我想是你的感觉,想必是思念过度。吉鲁,过度……"

拉瓦克想绕过安蒂姆,把手放在他肩上说:

"我去追她,马上就回来,我向你保证。不能不见到她,她戴着一顶大檐帽。我想也有红飘带。我很了解她,只有她才这样打扮,而我在齐姆尼恰的时候也见鬼地戴过她的帽子。我想她还有一个旅行袋,一个提兜。我在楼上看得真真切切,肯定是她。"

维科尔·安蒂姆紧紧抱住他的肩膀:

"嗨,吉鲁,你疯了,怎么会是她?如果是戴着帽子和旅行提兜,只可能是安杜查,是从乌拉迪亚来的。我们一起来到科马纳,然后她说到疗养院串个门,或许想找点日常用品。你知道我们供应很差,连鬼也不会到乌拉迪亚来,给我们供应牙膏或者锡比乌萨拉米香肠。这儿不一样,只要有关系,还能搞到。安静点,根本不是你妻子,而是亚当的安杜查。我知道她,很熟。她的妹妹是我们学校的学生,而她的老父亲,全乌拉迪亚都认识他。算了吧,傻小子,那是幻觉。嗨,让咱们把这瓶伏特加一扫而光,一醉方休,没齿难忘!"

他把吉鲁·拉瓦克几乎抱离地面,推进了门厅,而吉鲁·拉瓦克透过自动门的玻璃还向外注视了片刻,再也看不见任何东西。

"她戴着只有奥尔佳才会戴的帽子。我相信你理解我,有宽大的帽檐,草编的,有红色飘带,大约两指宽……"

维科尔·安蒂姆拿起酒杯,举到眼睛前:"丢开这破事,吉鲁。很高兴我们见面了,你不知道我有多么高兴。我会给你讲所有的故事。看来,你带来了最美好的一天。或许你已经带来了!为了使你平静下来,我告诉你,安杜查确实有这样一顶帽子,但她很少戴。我也不知道今天她怎么就想着戴上了,从去年就没看见她戴过。不过有点差别,飘带不是红的,而是蓝的。有点差别,不是吗?"他一口干了杯,然后红着脸叹息道:"就是这样!几乎像你想象的一样,但有点差异,飘带是蓝色的。一切会继续不请自来。就像克洛伊库的蝴蝶。啊,多好,你来了,恰好在今天。哎,我好像回到了家。"

他又连干了两杯,暗自下决心一醉方休,比来到乌拉迪亚第一天更开怀畅饮。他走近吉鲁·拉瓦克,高兴得想吻这个童年好友的秃顶:"我们老了,但心灵在挣扎着,依然保持年轻。"

吉鲁·拉瓦克只是"哼"了一声,或许是满心赞赏,或许是极度讽刺。那个女人究竟要去哪里,又将到达哪里?不过两个小时之前,他还觉得她是自己失踪了那么多年的妻子,转眼间却又被说成不是他的妻子,难道这真能使他信服吗?!

第五章

维科尔·安蒂姆手里拿着信,上楼去见 K. F. 夫人,满怀着欢快的激情,或许是因为他收到了来自塔吉扬娜的第一封信,也可能只是因为他现在孤独一人身在异乡,拿着残留着手指印和模糊的邮戳、脏兮兮的对折信封,感到迫切需要找人表达喜悦之情。他早在走廊那头就看见了这封信,看来好似房门前的一个光斑,于是轻轻地走近去,仿佛想保护它,把它当作一片花瓣一样捧在手心里,好几次反复地大声读着背面的地址,"P. 塔吉扬娜,利马大街 17 号",没有城市名,但这是不言而喻的。他只到过塔吉扬娜家里一次。她的父亲是一位高官,但作为父亲的存在,只有在变成沙龙的一间间大厅里才感觉到。

他坐在 K. F. 夫人对面,膝盖上放着满是塔吉扬娜圆润字迹的折叠的淡蓝色信纸,等待米鲁娜推着小车离开。小车上放着没有动过的几盘菜,只有牛奶杯是半空的。这表明是一顿迟到的晚餐。K. F. 夫人像以往一样,蜷缩在陈旧的安乐椅中,目不转睛地盯着他,却不露出她那似冰河一般深不可测的蓝色眸子背后任何一点东西。她是如此孤独,如此坚强地保持着自己的孤独,以致维科尔·安蒂姆突然感到后悔。他来到楼上,决心至少给她读一读这封信的结尾,从中毫无疑问可以明白"那儿"正在办理一切必要的手续,以纠正致使他来到乌拉迪亚的文书的错误。他发现自己试图向老太太证明不久将离开这儿,至今所发生的一切是一个误会的想法,片刻之间变得十分可笑和尴尬。难道真的发生过什么吗?不,无非是他阳光明媚的命运的一丝微澜。他惊异于自己突然以完全不同的另一个视角来看待乌拉迪亚的世界,仿佛它突然离得远了。他与其他人之间隔着一面美妙的透镜,拉开了距离。这种感觉一直维持到米鲁娜推着胶轮小车走出这个椭圆形房间之前的几分钟。K. F. 夫人的在场，或者这一层楼的高度，突然感染了他。从这里可以看到各种建筑，葡萄园、花园、周围的山坡，甚至包括安杜查的家。他的手指拿起软软的信纸，用指尖寻找着塔吉扬娜应该在纸上留下的痕迹，觉得感悟到自己生活在其中的孤独的力量来自何方。

"夫人，我想自己偶然找到了通往谢尔班·潘格拉蒂亲王机场的路。"

他说这些话是想尽量避而不谈这次来访的真正用意。米鲁娜轻轻关上门走了出去，没有说一句话，而她离开后留下的沉默，使他平静下来。或许这是他来访的第二个动机。他以为自己确实发现了跨越葡萄园的顽固的绿线，到达保护乌拉迪亚并把它与世界隔离的山峰外面的道路。K. F. 夫人似蓝色湖水的目光深不可测，看不出任何动情，但维科尔·安蒂姆注意到自己的话唤醒了她的兴趣。于是，他调整坐姿，同时将塔吉扬娜的信藏到自己衣襟底下，唯恐她反应平静和冷淡，表示实际上不想接待他。她并拢两个手指，放在额头上："噢，是的，机场。说实话，我从来没有看见过。"她只是抿着嘴唇微微一笑，脸颊的肌肉丝毫未动。"我没有去看。现在不再关注。人嘛，就是这样，教师先生，或许你也知道这件事情……"沉默片刻后，K. F. 夫人用手指指着他说："从书本上，当然是从书本上。"

K. F. 夫人从安乐椅里站起身来。她很少这样做，很少很少，所以维科尔·安蒂姆一见她站起来，就惊呆了，尤为惊奇的是她走路的姿态，走得很慢，似乎把动作分解开了，但依然像惯常那样优雅，尽管显得衰老体弱，给人的印象仿佛在做第一个动作时就会垮下，瓦解成碎片。但老太太拒绝搀扶，打开门时又回头看了一眼安乐椅。

"先生，请你伴随我。"

他跟随她一直走到走廊尽头，惊奇地发现那儿有一个原来的书房，散发着霉味和白色书封面皮子返潮的气味。房间里只有两把椅子，是用黄色的木材制作的，高靠背，笔直，依然保持着光泽。两把椅子面对面摆放,一把在房间中央,另一把在一幅画下面,但画只剩下镀金的结实画框,以及几缕画布。

K. F. 夫人坐了下来,但并未示意维科尔·安蒂姆坐下。他只得困惑地站在空画框边上的那把椅子面前,刚做了一个表示要坐下的动作,却被老太太制止道:

"不。"

她这一声制止是那么严厉,以致维科尔·安蒂姆惊叫起来。于是K. F. 夫人又补充道:

"那儿不能坐,教师先生。我允许你坐在地板上,但那儿不能坐。谢尔班亲王正坐在那儿。"

维科尔·安蒂姆发现老太太用错了动词时态,用的是现在进行时,但未置评论,坐在了空椅子旁边,右边齐太阳穴高处是被灰尘覆盖的画框的一个角,很大,上面漆着花卉装饰纹。

"你知道吗?我的飞行员是突然来到的。连一个电报也没有给我发。我不知道你是否经历过,但按一般人的行事方式,先要发一个电报。"

K. F. 夫人用的是一种教学口吻,似乎想让维科尔·安蒂姆完全明白她所讲的一切。她做得那么明显,以致身为教师的维科尔·安蒂姆瞬间觉得自己处于一种低人一等的地位。那是只有上了年岁的人通过他们垂范后世的特有优越感才能制造的一种状态。但他带着始终如一的强烈兴趣,听她讲完故事,相信这将能帮助他在这个世界的最隐蔽角落里不断挣扎。

谢尔班·潘格拉蒂没有预先告知自己的到来。但在他抵达乌拉迪亚的前几天,她浑身发热,指尖感到轻微刺痛:

"教师先生,难道你从来没有感觉到过这种类型的发热吗?"

不等维科尔·安蒂姆回答,或者对他的回答压根儿不感兴趣,她兀自讲着。在亲王到达这儿之前,发生了最奇怪的事情。他在附近的什么地方盘旋,但因为有雾而不能降落。那天,她有一种可怕的心态,感到必定会发生什么,等待她的机体承受某种强烈的冲击,如同棉花荚内部爆出迷人的白色棉絮时所发生的场景那样。但爆炸,嗯,是的,爆炸并没有发生。第二天,当葡萄园的一个看守人对她说"确实听到过某种响声"时,她明白了自己为什么发烧,当然是神意的安排,只有在亲王来到乌拉迪亚时才出现。

"我亲爱的朋友,"K.F. 夫人这样称呼安蒂姆不认识的那个飞行员,"为我建造了这个'沙列',这个山地木屋。你应该看到这是一幢真正的山地木屋。"维科尔·安蒂姆点点头,尽管从来没有看见过什么山地木屋,但不打算拂她的意。"但是,先生,我不认为你能想象在得到这样一幢房屋时你心里所产生的感情。当时我不理解亲王,反而怨恨他——那是我怨恨他的唯一一件事情——认为他做这样的投资是为了将我同他捆绑在一起,使我远离外面的世界。"

维科尔·安蒂姆感到十分惊奇,K.F. 夫人竟然有同他一样的观察事物的方式,将整个居所与内心感受和外部世界联系起来。他本以为那是他的发现,既清晰明了,又富有说服力。或许是源于他来此地不久,特别是他毫不动摇地坚信自己将会离开这个地方。那么她呢?她,当时特别是现在,富有悟性,觉悟到了同样的事情。房间一下子变得狭小,他悉心倾听着她那轻轻滚动着的话语,而她的重音和卷舌音"r",是无法模仿的。

"夫人,据我理解,您在这儿的存在……"他没有继续说下去,因为发觉他所说的一切无非是证明自己还不成熟。

他难以言表地希望自己不仅被接纳,而且被看作这幢房子的一个具有平等权利的居住者。在他的脑海里,这幢房子是一个奇异的世外孤岛,隐藏在另一个孤岛体内。

K.F. 夫人似乎没有听见,或者根本没有认真听他开头的说话,用维科尔·安蒂姆称之为冷漠的同样语调继续讲着。

"我想可以给你讲一个你可能感兴趣的细节。我是想说,你作为专家可能感兴趣。有一个时期,这幢房子每天消费十公斤天然蜡。"

维科尔·安蒂姆惊讶地看着她。

"我不明白为什么自己必须作为专家感兴趣?夫人,我是历史学家,是历史教师。"

K. F. 夫人将自己的指尖折叠成表示宽容的形状:

"什么为什么,你不是一个历史教师。我是想说,也就是唯物主义者吗?"

他本想莞尔微笑,因为老太太可笑地重复"我是想说"这个口头语,用一种过时的方式来表示她理解某些新态势和新事物。但他忍住了,实际上他依旧感到,她把他召到这个房间里来并非为了从他嘴里发现什么,而是为了向他做一个告白,正如他以往认识乌拉迪亚的某个人时多次发生的那样。或许是存在于许多地方的潜意识中的一个习俗。

"这就是说整个别墅整天点着灯。我生活中有一段时间在躲避黑暗。请你别以为我害怕,噢,不,单纯是想远离黑暗。当黑暗降临时,'他'也在这儿,我就清楚感觉到不再能准确地控制自己的身体,如四肢、臂膀。其中没有任何阴暗的东西,只是不知道自己还是否有控制自我的权利。于是,我寻求尽量远离黑暗。"

"也就是说亲王的到来只使您感到厌烦。坦白地说,我常常怀疑围绕您流传的一个传说是否可能有一个现实的基础。夫人,我不能相信您在这儿的出现是一个奇特观念的果实。是的,果实,我想自己用了准确的表述。如果确实如此,那么意味着爱情不是人的一种情感,而是一种状态。一种你能在其中生存的状态,有着一些人刻意隐匿而很少向他人暴露的属性。夫人,这不正常,有悖天性。"

他知道自己所说的一切无非是狡辩,实际上并没有严肃地思考K. F. 夫人离群索居的生存状态。在他看来,她与谢尔班·潘格拉蒂的爱情故事是杜撰的,目的无非是增加故事的原创性特色,或许是乌拉迪亚人为了丰富自己的历史而编造出来的,些许色彩或能创造美感,但用冗长的反复咀嚼某些观念的老调来叙述一切,以为这样将在可信度的严格领域里能更进一步,结果适得其反。

"先是来了一辆盖着草席的马车,从晚上就传来吱吱嘎嘎的噪声,直到早晨才到达别墅门前。马车从科马纳方向来。在半途右侧的什么地方，可能是去利瓦迪亚的那个方向，有几个池塘和芦苇丛。有人从马车里小心翼翼地卸下两个篓子——我听了个大概——两个装满依然是活的淡青色的小龙虾，头上裹着荨麻和牛蒡。篓子散发着强烈的池塘和淤泥味，所以这儿的空气不一样，池塘的这股清风突然散发开，人们从而知道卡特琳娜别墅正在举办宴会。在乌拉迪亚这个地方，在这幢房子外面，常常举办各种宴会。当我独自待着的时候，我等待着他，现在不知道当时我是否真的在等待他，从这扇窗子望着贵族们的房子，可以逐个知道各家的命名日和其他事件。教师先生，人们喝得酩酊大醉，但有一个细节，那就是这儿只喝香槟，不是法国香槟，确是真正的香槟，但不是法国香槟。突然一片安静，除了小钥匙的叮当响声，再听不见其他声音。啊，香槟真是极品之物，葡萄酒的真正气泡！"

"我想您一定知道，这儿只喝葡萄汽酒。夫人，或许这是一个源于那个时代的习惯，您不这么想吗？"

K. F. 夫人看来颇感兴趣：

"所以说，是香槟，我根本不知道还在喝香槟！"

维科尔·安蒂姆起初想反驳她说"不是香槟，而是葡萄汽酒"，但 K. F. 夫人目光中的赞赏之情是如此真诚，以至他被与人为善的想法征服了。

"还有一口大锅，那是一件极妙的东西。在房子背后生着火，是一种开放的大灶，锅是铜制的，闪闪发光，明亮得我不相信你能想象，我每个月都用一块猫皮擦拭它。如果有人敲击它，就会发出一种富有乐感的悠长的嗡嗡声，犹如敲击铜钟。事实上，这是很自然的事情。它是铜制的，是用铜敲打成的，而不是铸造的，就像铜钟一样。在大锅里煮小龙虾，是谢尔班的一大乐趣。当他想赶宾客走时，他就把大锅翻倒在花园中间，敲打被烟熏黑的锅底。谢尔班说，君士坦丁堡的土耳其近卫步兵起义时，也是这么做的。我始终对他说，他出身自君士坦丁堡的法纳尔贵族门第。他不仅同意，而且有几次穿着打扮的模样让人觉得好像生活在君士坦丁堡的佩拉区。谢尔班·潘格拉蒂是一个富有原创精神的人,一个独特的人!他来到乌拉迪亚比季节的改变更令人强烈地感受到。我不能不说,自己急不可待地等待着他,尽管笼罩着我的烦躁不安,常常是出于恐惧。"

"恐惧?"维科尔·安蒂姆问道,确实觉得很惊奇,"为什么恐惧?"

"当时我不知道为什么,但现在,经过那么多年之后,我开始察觉到了。我想你是不会理解的,就像当年我也不理解一样。谢尔班亲王一年来几次。他有一辆单座的标致跑车,戴着皮护框的眼镜,穿一件叫作魔鬼皮的奇特面料的衬衣,看起来很像运动员,其实不是。他总是四月末来到这儿,每年九月初最后一次离开。"

"夫人,坦诚地说,我找不出什么不可理解的东西。我想在这个地方,您的独身生活可能会引起关注。"

K. F. 夫人重又只是抿嘴微微一笑道:

"年轻人,你是个喜剧演员。也许你说得有道理。我亲爱的朋友当时大约来了三个星期,然后突然离开了,对我说有紧急的事情召他回首都。他从来不说别的。那时正是伊塔诺·巴尔博热衷于搞他的飞行探险的迷人计划时候。我想谢尔班亲王很想同这个意大利空军元帅一起飞行,所以常常不在这儿。我想是在做准备,环球飞行要求他做出牺牲。一连好几年,你知道岁月飞逝,当时我并没有发现自己为什么恐惧。最终表明,我是唯恐他的到来或成为最后诀别,不再有下一次;或许是害怕他的到来成为我的生活毫无价值的证明,当时我还那么年轻;或许是害怕至今一直不了解的某些事情……那是在八月末,发生了没有比此更倒霉的事情。亲王在乌拉迪亚待了将近一个夏季,组织过几次了不起的狩猎,当时猎狐是名副其实的时尚活动,男男女女都骑着马来临。靠近山坡的花园边缘并没有围墙,形成环绕别墅的一条几百米开阔的腰带。当然有许多荆棘丛、小片的树林,面向葡萄酒榨房那边有几处断崖,为策马奔驰增添了某种魅力。几家马行都饲养着两三匹猎狐专用的马。这些马的鬃毛都经过修剪,截断了尾巴,再配上高高的马鞍。人人穿着花格子马裤。亲王大多是进行组织,而非热衷于打猎。他喜欢待在队列的背后，爬上几十米的山坡高处，从那儿，在纵横交错的葡萄藤中间观看狩猎队伍的狂奔。当狐狸的尖声狂叫即将传到我们耳边时，他就喊道：'听，听。'我们真的听见了尖叫声，但我觉得他丝毫也没有怕的迹象，而只是那个时刻到处浮现着的一种激奋，随同马蹄下的尘埃，马的刺鼻气味，鸭舌帽底下露出来的一绺绺头发一起飞扬着。这并非意味着每次必定猎杀一只狐。这样骑马奔跑连续几个小时，是为了增加胃口，但在山坡上，亲王和我从那儿观赏着美景，风景太迷人了！马从荆棘丛上面一跃而过，在最后一刻避开了一棵树；人们躬身紧贴马脖子，从高处看去仿佛已经与马融为一体。这些迅速移动的黑点似乎变成正在寻找逃路，无谓挣扎着的真正猎物。'在我们那里，在航空学界，'亲王如此说，虽然他只是一个业余爱好者，'你必须习惯于孤独。在天空中，你不可相信地上的真的存在人、房子、动物。一切都只是五颜六色的斑点。如果看见有什么东西在运动，你必定置若罔闻，因为实际上它是在爬行，而你在飞。'我们放松了缰绳，任两匹马低头信步走着。我还记得，我那匹马的吐沫染白了马嚼子。看着亲王那双悉心保养的修长的手，我想自己必须说它们很漂亮。我的亲爱的朋友甚至没有报以微笑，他放开了缰绳，转动着自己的手，注意地看着，确实应该说它们很漂亮，于是他说了一件令我印象深刻的事情，至今我依然不能从自己的记忆中消除他的音色：'手必须是修长和神经质的。敏感，神经质，反应敏捷。'他转动着手指，仿佛是要恢复它们的感觉，又补充道：'当你飞行时，是将生命捏在自己的手心里。'我相信自己当时想抚摸他白皙的皮肤。他的皮肤是那样白，以至看上去仿佛是淡蓝色的，我甚至会想亲吻他纤细的手腕。现在想来，亲王对此表示怀疑，所以奇怪地看着我。'我们此时在地上。'他说，用靴刺踢了一下马。马徐缓地跑起来，跟随在二三十个意犹未尽的猎人后面。猎人们沉醉于葡萄园的强烈清香，耳边嘘嘘作响的空气，牲口的迅速跳跃之中。我跟随其后，差点碰到他的身体，而亲王并没有回头看我，用手掌轻轻拍拍马脖子，马打了个喷鼻，信步行走着。经过一个多小时，我们才追上其他人。在我们穿行于蔓草和一片片小树林，越过纵横交织的荆棘丛的整段时间里，我只想着一件事情：如果他现在离开，还会来吗？我们之间存在着某种奇怪的东西。他为我建造了这幢'山地木屋'，每年来看我几次，从来不在冬季来。我对自己说是因为太冷，发动机可能发生故障，或者是诸如此类的事情。原因是如此正当，所以一次春季之前的来访甚至不可能在我的幻想中发生。他的一举一动像是一个保护人，但我觉得他需要我。世界大战已经过去了十多年，那是在春天，确切地说是一九三……年五月十九日，那天夜里发生了一场可怕的暴风雨，但不在乌拉迪亚这儿，而是在附近伸展于山岭边缘的高原上。这儿是一片沉默和不安，或能推动你去鲁莽行事。远处传来在陡坡山梁上滑动的暴风雨的号叫。一切都很干燥，饱含静电，空气很沉重，但整夜没有下一滴雨。当时我住在哈里顿——就像传说中那样写的——别墅的一个顶楼上，那是克拉玛附近唯一的一幢建筑。那一夜，我第一次感到浑身发热——后来成为每当亲王来到乌拉迪亚时每每侵袭我的症状。从半夜开始，我不得不待在打开的窗户前，感到在房间里憋闷，勉强控制着自己。这是一个沉重的词，青年先生，强忍着不解开自己的衬衣纽扣。是的，我预感到一小股新鲜空气流。实际上是我累了，我闭上眼，眼睑剧烈刺痛着我。当我闭上眼时，一团紫雾开始笼罩着我。我感到想到街上去，确切地说，是想到房子前面的花园里走走的强烈愿望。我闻到百合花和一种叫作夜来香的白色小花的香气，但我觉得好像从一扇半开的门窥见了一只百宝箱闪闪发光的边角，仅此而已。我赤脚跑下楼。青年先生，我生平第一次这样做。许多年后，当我穿过花园时，我用脚掌直接接触泥土，如只有女人们才懂得做的那样，我站在大街中间，赤着双脚，只穿着一件衬衣，嘴唇发干，明白必定将发生什么事情。我等待着。这时，亲王从黑暗中出现了，从野生葡萄覆盖着的陡坡上走下来，在他之前可能没有任何人踏入过那里稠密的荆棘丛。他手里拿着皮飞行帽和眼镜。那圆形的宽边大眼镜宛如一头不知名的野兽的眼睛。他微笑着径直向我走来，被划破的额头上淌下一串鲜血，直滴到眉毛上。那高高的个子，修长的身材，风度之优雅，似乎只有他才配具备。在离我几步远处，他停住步，毫不惊异地看着我。我不由得觉得闻到了雨的气息，离我们很近很近。于是，我对他说：'到里面去。上楼去，到里面去，我觉得快下雨了。'亲王回答道：'我想你说得对，要下雨了，没错，要下雨了。'我走在前面，亲王离我一步之遥跟在背后。我清晰地听到雨点清脆而猛烈地降落到地上。我不敢回头，用手捂紧了衬衣，缩着脖子和肩膀，仿佛雨水的整个重量或在下一刻将把我压垮。我慢慢地边走边等待着，背后传来富有节奏的雨声。雨点打在穿越花园的小路石板上的噼噼啪啪的刺耳响声，但什么也没有发生。在哈里顿别墅阳台下的楼梯上，我扭转身去。亲王慢吞吞地跟过来，飞行帽在腿边来回摆动着，而在他背后，雨稠密地下着，似乎被内在的漫射光环照射得十分透亮。雨下得如此稠密和深沉，以至看不见其他任何东西，水流紧随在亲王的身后。我相信这样的降雨突然袭击一个人，很可能将他置于死地，但他慢条斯理地走着，毫无惧色，于是我觉得他必须快步赶上我。"

K. F. 夫人突然停止了讲述，维科尔·安蒂姆不由得疑问地望着她。他看见她脸上泛起轻微的红晕，从他坐的地板上仰望，老太太的容貌显示出的轮廓，让人猜想到她年轻时的美丽。

"请原谅我，年轻人，但我刚才开始给你讲的完全是题外的一些事情了。当时，是在猎狐，有完全不同的经历。虽然是最后一晚，但亲王早就告诉大家第二天一早离开。他习惯于天不亮就离家，免得有人看见。在克拉玛背后的荆棘丛中有一条通往机场的路，没有任何人看见过他是怎样离开的。他的飞机停在山坡的那一边，起飞的时候，听不到声音。嗯，好吧，虽然在那一夜将离开，但他还是接受了哈里顿，蓬皮利乌·哈里顿——粮商和马匹爱好者的邀请。或许不应该去，但很奇怪，蓬皮利乌·哈里顿自己从利瓦迪亚的那些池塘里带回来了几满筐小龙虾。这是除谢尔班亲王之外的一个人第一次做出这样的举动。这幢房子我是熟悉的，有一段时间我独自住过所有的房间。这是在我来乌拉迪亚后的最初几年，后来不得不搬到顶楼上。哈里顿只在夏季住在那儿,但显而易见,在我想从底下搬到楼上那几天该多么打扰他。他来得突然,喜欢看到房间整理得有条不紊。他常常这样说:'在一个睡觉的地方,最快意的事情是重又找到了回家的气氛。'我们虽然各自住在十来间房间里,但每次都不能不感觉到另一个人的存在。哈里顿虽然装出一副不凡的模样,教师先生,请原谅我那么直率地对你说,其实他只是一个农民,一个没有教养的粗人。初见时看不出来,只是他那内在的气质暴露了他的本来面目。一场真正的屠杀。我不想给你讲细节,因为我感到恐怖。"

维科尔·安蒂姆发现 K. F. 夫人有独特的讲故事的方式。当然,他很想揭示有关她的传说的某些事情。这种传说与日俱增,取代了她的位置,离她越来越远,使她只剩下一个形象,或许这件事情也促使巴沙利加和科帕丘感到不安。K. F. 夫人的形象再也不可能有任何价值,她的生活在某个时刻突然改变了轨迹,更准确地说是消失了,就像一条河到达石灰岩地区时一样。就她现在的生活而言,无论怎么努力,即使增加某种"传说生活"的成分,想不改变是徒劳的。维科尔·安蒂姆相信自己理解这件事情,所以他设想老太太放弃了。老太太以这种方式讲述真假参半的故事,从而可能发觉自己被卷进了传说的不确定的边缘。因此,他并不关注关于谢尔班·潘格拉蒂、哈里顿,乃至她本人的真相,那只是探究那个他所不认识的世界的某些碎片的小小波澜,对于那个世界,不但是她,而且包括乌拉迪亚的其他所有人,无不疑团丛生。所以,只得用传说来代替这个世界。

"天气很热,哈里顿将饭桌摆在花园里。别墅背后的这个花园甚至伸展到克拉玛山坡上。他在葡萄园中间营造了一个空间,用几片经过修剪的小树丛围起来加以保护,那是一种英国式的活护栏,处处是一种恐怖的氛围。哈里顿常常说,为了维护这些东西,花了大笔钱财。他一时糊涂或者虚荣才这样做,结果却很好。只有在那儿,是的,只有在那儿,你才能找到一个地方,逃避浸透酸味的空气,那是葡萄霉菌、须蔓的味道。教师先生,我不知道你是不是觉察到,但在乌拉迪亚就是这样。你别忘记,那时候有几个疯子认为这儿的空气有某种神秘的特性。时时有一种东西缠绕着所有人，噢，怎么说呢，那是一种不能克制的生活的贪欲。坦率地对你说，我从来看不出诸如此类的'释放'有什么价值，但很奇怪，亲王也乐此不疲，每次都来参加。"

"您没有想过或许它们甚至是有意策划的？"

维科尔·安蒂姆之所以提出这个问题，是因为真诚地相信这能引起她注意事情没有被看到的一面，因此他甚至感到满心兴奋，就像许多青年觉得自己突然抓住问题要害时所体验到的那样。

K. F. 夫人冷冷地说：

"这是只有小孩子和那个神经衰弱的家伙相信的故事，那个像你一样的教师，嗯嗯……"

"夫人，是克洛伊库吗？"

"正是他，克洛伊库。"

维科尔·安蒂姆不禁莞尔一笑。这是一个他很久前读到的土耳其人的名字，还没有听见有人提起过并依然相信此人未能得到赏识。

然后是片刻的沉默。维科尔·安蒂姆觉得老太太失去了故事线索，正试图重拾记忆，但当说第一个词的时候，K. F. 夫人做了一个宽容的手势：

"年轻人，不是言语，而是时间，时间是难以重新找回来的……当时天很热，我赤脚直接站在泥土地上，青草还是软软的。哈里顿把一个带扩音喇叭的留声机藏在一片小树丛背后，安排一个人摇留声机手柄。他时时走过去，瞧着换唱片的人别过于兴奋而把唱针弄断了。放的都是时髦的探戈舞曲，《假面舞会》，《别了，孩子们》，《我生命的伙伴》，等等。而他评论道，或许更多的是自说自话。这种异国情调没有丁点儿'阿根廷'牛栏的风味，半钱不值。哈里顿很殷勤，尽量做到像他这样一个人物能够做到的一切，周旋于受邀宾客之间，一再劝大家开怀畅饮。他这样说道，'请用，请您随意享用。'所有人都饥肠辘辘，但没有人坐下来。一天的追逐猎物刺激他们精神振奋，更喜欢双脚立地，挤在从木制餐桌到小树丛的多刺绿色边缘之间的一个狭小空间里。后来，当葡萄酒端上来时，哈里顿几乎走到每个人身边，请他们坐下来。我看着他用手心推着他们走向椅子，却还是不能说服他们落座。依我看来，这个宴会实际上师出无名，谁也没有这种雅兴，所有人都觉得自己突然间筋疲力尽，一些人或许会喝醉，所以除了对于我和谢尔班之外，没有任何意义。哈里顿疲于招待那一堆男男女女，必须按他的想象，办成一个告别晚宴，因为他觉得舍此不可。在所有的人中间，应该只有亲王和我觉得心情舒畅。不过，现在该讲当时发生的令人震惊的事件了。我说令人震惊，是因为事关这个哈里顿。当时，一个大盆端到了亲王面前。年轻人，我想你可以想象，一大盆满得冒尖的小龙虾冒着灼热的蒸汽，虽然是在夏天，但在那个时代意味着什么，自然是可以想见的，而除了这个大盆再也看不见其他任何东西。这时，哈里顿邀请我跳舞。我正赤着脚，那是一种放松自己的方式，而哈里顿看见我想穿上鞋，立即阻止我并做出了一个出人意料的姿态。当时我觉得十分吓人，但现在不再这么想了。青年先生，你能想到吗？哈里顿脱掉了鞋。他也不声不响地光了脚，看来是早就有这种爱好。然后，走近隐藏留声机的小树林，用一根树枝触了触转动摇柄的人说：'你放上那张《假面舞会》唱片。别让它停，一遍，两遍！我同小姐跳舞。'我比他高，所以能从他肩膀上看到周围的一切。"维科尔·安蒂姆这才注意到，K. F. 夫人确实是一个高个子女人，或者更确切地说，曾经是这样，因为现在她坐在那张摇摇欲坠的安乐椅里，很难设想她有多高。"没有人再跳舞，但我不能说他们在看我们。哈里顿拖动了几条电灯线，因为原来是按照一张奇怪的蓝图，更确切地说是没有任何蓝图而布线的，整个围栏上灯光闪烁。我们俩都光着脚，根本听不见脚步声。哈里顿同我保持一定距离，直至现在我也不清楚这是他的跳舞方式抑或故意要显示他的邀请纯粹是出于好客的礼貌。绝大多数宾客都在大饱口福，没有工夫看我们。端上来了鱼、野味、乳酪和香槟，一切都以可怕的大杂烩的方式掺和在一起。只有亲王独享着一大盆砖红色的水煮小龙虾。他迅速去掉虾钳，掰成两半，扔掉头上不好吃的部分，而哈里顿虽然带着我起舞，却始终让我能看得见谢尔班的一举一动。他这样做或许是为了能同我交谈。我突然听见他说道：'小姐，亲王什么时候走？'我回答道：'为什么他应该走？为什么他现在应该走？'哈里顿只跳了几步，然后看着我说：'怎么，您以为我是傻子？'我对他莞尔一笑，很想对他说你只是一个毫无品位的人，说你是傻子，有点过分。但哈里顿重复说道：'怎么，您以为我是傻子？小姐，到时候了，您的亲王也是一只候鸟，一到九月，就扑棱扑棱，准备起飞了！'哈里顿说的是事实，亲王从来不留到九月一号之后，但直至那时，我不认为他的离去有什么固定的日期。音乐是富有暗示性的，你知道探戈是什么样的，阿根廷，充满激情的国家……确实如此，你知道吗？最初是在男人之间跳的。"

"不知道，夫人，但这有什么重要意义吗？"

"噢，没有，年轻人，没有……当时哈里顿对我说：'哎，小姐，您没有察觉五月、六月、七月、八月，不多不少。'我十分吃惊：'那又怎么了，您知道亲王是驾驶飞机来的，或许现在是最好的飞行时间。'哈里顿轻轻一笑，轻得只有我能感觉到他在笑：'听您说的，五月，竟然是适合飞行的月份！五月应该是最不适合飞行的月份，这一点您原本应该知道的。但它是吃小龙虾最好的月份。''吃小龙虾？'他迅速反驳我说：'五月的小龙虾是最好的。特别是利瓦迪亚小龙虾。五月的利瓦迪亚小龙虾真是最棒的。'当时我突然停住了舞步，哈里顿终于使我醒悟了。'这么说，亲王来这儿是为了小龙虾？如您所说，为了小龙虾，五月，六月，七月，八月。'我的脸色或许变化很大，于是哈里顿靠近我，他身上散发着汗味、马味、鞣制的皮子味。'小姐，请跳舞，当然不只是为了小龙虾。但我必须告诉您，我看您并不知道大家都知道的事情。谢尔班·潘格拉蒂正在忍受着痛苦。他身患重病，很严重，所以他竭力隐瞒。您看他的手。'我突然用一个不合节拍的动作转过身去，看着谢尔班·潘格拉蒂如何把红色的虾壳扔进肩膀后面的小树丛里。'您看见他的手了吗？'我看见亲王的手修长、灵巧、神经质和如此优雅，以至手指上没有留下任何污垢的痕迹。'看见那双优美的手了吗？您仔细看着，到时候可能不再像现在这样优美了。谢尔班·潘格拉蒂亲王患有蓝氏症。'当哈里顿告诉我谢尔班·潘格拉蒂患有蓝氏症时，我想大约有十秒钟自己感到晕头转向，不由自主地靠在他的肩膀上。哈里顿用指尖推开我：'不必这样恐惧，只是一种手上的病症。但病根不在手上，而在皮肤。是一种罕见的病，是像他这样一个人或不可避免遭受的一种病痛。由此甚至出现了一个令人感兴趣的问题。在一段时间里，这个人手指上有着无可比拟的强大力量，感觉到控制自如，动作十分迅速和准确。这种状态可能保持一个月、两个月、一年、三年、四年，或许更长时间。突然，他会感到手指僵直，或者干脆不再能控制。亲爱的小姐，这是在几秒钟之间突然发作的，或许现在就发作。'当时我惊恐地回过头去，我相信，自己的目光或许会使任何人担忧，但没有人看见我。只有亲王给我做了个手势。说不出有多燥热，酸溜溜的葡萄汁的刺鼻气味也似乎突然钻了进来。我对哈里顿说道：'能叫人关掉几盏灯吗？现在这样让人感到很累。'他耸耸肩：'如果您愿意……'他向那个负责摇留声机手柄的服务员喊道：'嗨，关掉两三盏灯！'当时我试图争取时间。哈里顿告诉我的是一件坏事，他甚至毫不掩饰作为第一个人告诉我关于蓝氏症的某种快感。'这与五月、六月、七月、八月又有什么关系？我想您是要嘲弄我，先生！我们在跳探戈，您本应该对我鞠躬致意，甚至献殷勤，但这不符合您的性格。''噢，小姐，让我们抛开这些问题吧，您还假装不知道吗？嘿，嘿，您真不知道，您不知道只有在没有病毒的月份才能吃小龙虾？设想一下五月、六月、七月、八月。没有任何病毒的踪迹。小龙虾的病毒！'这一次我开始笑起来。'这种蓝氏症与小龙虾有什么关系？好吧，就算他不是为了我，而是为了那种令人恶心的怪物来的，但这同他的病有什么关系？'哈里顿突然站住了：'我们别再跳了，小姐。我可能会踩着您的脚趾。我赤着脚，有辱斯文。众所周知，凡是吃利瓦迪亚小龙虾的人如果吃得太多，就会得一种四肢麻痹的病，很轻的病，至多是手发僵。亲王认为是可以救治的，就像种牛痘一样，把病毒强制植入他体内,使他习惯,延长过度兴奋状态,较慢侵入神经将退化的部位。这就是一切,小姐。还有一件事。您是乌拉迪亚发现这个秘密的最后一个人。我们所有人都知道亲王是为此才来这儿的。'我跟在他身后,在重新到达桌子前几步远处,问他道:'您为什么告诉我,哈里顿先生,为什么告诉我?'他转过身来,显得很平静——年轻人,试想一下,很平静,就像有人要一杯水喝一样——对我说道:'因为,小姐,一年有十二个月。还有一月、二月、三月、四月,而九月马上就要来临,然后是十月、十一月、十二月。这些月份是最漫长的。所以我要告诉您,尊敬的小姐,有关五月、六月、七月和八月的一些事情。'于是,我要求亲王立即离开这个卑鄙小人的花园,但亲王另有看法:'少安毋躁,我亲爱的,你刚同他跳过舞,别忘了,你和他都光着脚。这是大家有目共睹的,甚至看得很清楚。我想他对你说了一些粗鲁的话,但我无权冤冤相报,同他交恶。他曾经那么殷勤地邀请我!试想一下,他昨天夜里就专门派人到利瓦迪亚去。毕竟是尽力了,不是吗?'我默默地点头同意,留了下来。那天夜里的宴会持续了很长时间,我没有勇气问亲王是否真有蓝氏症病史。拂晓时分,亲王将我领到大门前,就是这扇大门前,当时也是这个样子,突然对我说他必须走了。我从来没有问过他,也没有强留过他,所以当时也没有那样做。我站在大门口,直至目送他消失在街角,踏上通往克拉玛背后,再向上翻过山坡的道路。恰好在一个小时后,开始下雨了。那是九月的第一天,所以是一场秋雨。我决心不再等待谢尔班·潘格拉蒂。这意味着一桩新闻。我坚信哈里顿在撒谎,但事情的发展终于使我心烦意乱。'但愿不是真的,却又是明摆着的。'你看,教师先生,从一开始我就逃脱不了主宰着这幢宅子的力量通过神秘的道路做出的安排,不论我怎么努力挣扎。"

"我不明白,夫人,我丝毫也不明白!"

"当然,没有任何事情能一下子就了然的。但可以察觉某些蛛丝马迹。我与亲王之间的事情对于乌拉迪亚这样的一个世界来说,或许太过复杂。我和亲王,不会因此感到困扰,但其他人,他们觉得受到了打击、惊吓和侵犯。年轻人，你不相信吗？你不相信？"

维科尔·安蒂姆强忍着没有笑出声来。老太太的这种妄自尊大实在太可笑了。他也住在同一幢宅子里，可能比其他人更清楚了解老太太在所有人面前演出的这场可笑闹剧的要旨，只是在他面前达到了可谓登峰造极的地步。他站起身来，必须去进步饭馆一趟，借口要去拿点东西，其实是希望在那儿遇见米赫尔恰努或者甚至是巴沙利加。他觉得自己被一种无法解释的可笑状态包围着，想同他人分享一个十分重要的信息，结果是来听她讲可笑的故事；他仿佛需要一种支持，一种最起码的理解。无论如何，他觉得眼下的情况颇为滑稽，终于站起身来。

"请原谅我，夫人，我还是不能理解，很久之前经历的事情实在很难理解……"

老太太垂下了头，而在维科尔·安蒂姆走到门口时，听见了她深沉的声音，却没有抬头：

"你依然不告诉我吗？"

维科尔·安蒂姆摆出一副宽容大度的姿态，但她继续说道：

"你不告诉我为什么到这儿来吗？或许你会告诉我点什么，对你很重要的事情。"

维科尔·安蒂姆再次困惑地站住了。

"我想告诉您什么？在这儿，任何事情都不可能是重要的。您能原谅我告辞吗？"

"走吧，走吧，年轻的先生，请原谅我，我只是直觉到，以为你收到了一封信。请你原谅我。所以给你讲了这些鸡毛蒜皮的事情。我相信你收到了一封信。"

维科尔·安蒂姆急忙穿过了走廊，跳着疾步走下楼梯，每一步都觉得信纸在塞窣作响。走到街上，他站住了。不知道要到哪里去。已经是深夜时分，果然闻到了略带酸味的蜜汁味，很浓，有点刺鼻，或许很好闻，但太浓太浓了。他缩着肩，天很凉，秋已经主宰大地。卡特琳娜别墅耸立在他背后，宛若一艘被遗弃的巨舰，所有的灯光都已经熄灭。

＊　＊　＊

几天后，巴沙利加来到维科尔·安蒂姆那儿，对他说道：

"老师，我邀请你打猎。"

维科尔·安蒂姆正在办公室里，等待收获期过去。他觉得离冬天有一段长时间的准备期。冬天结束了那些短暂而鲜活的气息，将乌拉迪亚的金色景致包裹在伤感的死亡冷雾之中。冬天还没有走近，也不想走近，而是徘徊在山坡那边的某个地方，用青紫色的雾气摧残着绿茵和白色的针状茅草。从落叶中升腾起一种甜蜜和自控的慵懒，弥漫着与腐烂的气味同时出现的缓慢解体过程。近几天来，阳光似乎总是在房顶上飘浮。他正处于一种逐渐兴奋的状态，预感到冬天实际上或只是一种从结尾固有的消沉过渡到焦躁的不确定状态，是因预感到突然变得温暖和充满果汁的春天即将来临而引发的不甚轻松的病态。

正因为如此，他觉得巴沙利加工程师在这个季节，在他内心莫名所以的这个时期，邀请他去打猎的建议至少是奇怪的；在这个季节，整个集镇空无一人——人们，更确切地说，所有生物在第一线灰白的曙光刚刚露头，还没有通过其他任何迹象预告是否整天阳光明媚的时候，就离家出发了。但为了掩饰自己的困惑，他近乎匆忙地说："我去。"但片刻后，他察觉自己答应得太快，难免令人生疑："打兔子，不是吗？我只想去猎兔，但我没有任何武器，任何……"

巴沙利加打断了他的话，站在门框里，不往里走一步，不依旁任何东西，两手插在短大衣口袋里，穿着靴子的双脚僵直地站立着，脸上看不出任何表情，只在嘴角的皱纹里流露出一种看来是抛向所有人的故作大度的神情。

"猎兔，老师，猎兔。至于武器，你不必操心，科帕丘中尉也去。我不明白你为什么提到武器，打猎并非所有人都有武器的。至少并非所有的时候都需要。"他把一只手从口袋里抽出来，脸上掠过一丝浅笑，"现在我走了，还有事，明天五点钟我来找你。记着，穿上靴子。"他转过身去,传来他在空荡荡的走廊上走了几步的声音之后,重又响起了工程师的话音:"傍晚五点,老师。记好了!"

维科尔·安蒂姆在一种奇怪的激动状态中度过了夜晚,巴沙利加工程师的邀请本身有着他所不知道的冒险的迹象。这吸引着他,有可能或多或少改变时日的平静进程。他早早地熄了灯,但睡着得很晚,听着从到处是细细的裂缝的天花板上传来的米鲁娜笨拙地推着的小车轮子放大了的噪音,一只盘子打碎的清脆响声,没有任何人说话。卡特琳娜别墅实际上永远沉浸在大院的沉默之中,只听得见家具、蟋蟀和老鼠的声音。他很想上楼去看 K. F. 夫人,交谈几句,即使不说什么具体的事情,但他必须经过那些使他不安的寂静的房间,于是走近窗口,爬上窗台,在那儿一直坐到将近拂晓,内心不得不承认工程师的建议使他如坐针毡。他处于一种低烧的状态,连声说"Reisefieber,Reisefieber",是一个含义为"旅行前的激动"的德语词。他认为很适合自己此时的心情,而在他眼前的大片野葡萄、玫瑰花和各种夜间开放的花丛里,也传来反常的响声。工程师的建议,以及安杜查在乌拉迪亚的出现,是唯一使他觉得满心不平静的喜悦的事情,吸引他去探险未知的世界。尤其是像安杜查的出现,一切发生得那么突然,仿佛一切都是早就安排好的,他只是预感到这些事情包含着对自己具有特殊意义的某种因素。

他朝学校走去,其实根本不必去教室露面,因为所有的学生都分散在围绕镇子的山坡上的葡萄园里,或许他本不可能发现那个乌拉迪亚唯一与葡萄园不相干,或者更准确地说,不愿与这种诱人的植物捆绑在一起的家庭的存在。如果不是克洛伊库偶然对他说一个人待在办公室里腻烦毫无意思,既然到学校里来了,最好也遵守时间,而维科尔·安蒂姆当时不解地看着他,心想为谁遵守时间,为墙壁遵守时间?克洛伊库喜欢激怒维科尔·安蒂姆,很乐意听他铿锵有力的话音。

于是,克洛伊库指着在校门口与安杜查会面的她的妹妹说:

"她所有的时间都来学校。或许不正常,但她来了,就像我们一样,所有的时间都来,好像是来自我们方面的!"

当时维科尔·安蒂姆想问克洛伊库"来自我们方面"是什么意思,但或许出于让孤独的克洛伊库有点小小的满足感的愿望,他没有说出口,而这使他觉得自己仿佛大度地做了件天大的好事。他发觉安杜查的目光正在透过窗户寻找克洛伊库,或许是为了表示感谢,或许是给他传递信息,表明自己的存在。但与她目光对视的不是自然教师的浑圆的眼睛,而是他自己。刹那间,维科尔·安蒂姆眼前一片漆黑,随后不知为什么觉得浑身燥热。不错,那是发自人的本性的一种热量。维科尔·安蒂姆不由得假想那个女人,安杜查,很高兴看见他,便急忙对克洛伊库说:

"我想她喜欢我,从她的目光中感觉到她喜欢我。她的目光很热切。你怎么说,老师,她喜欢我吗?"

克洛伊库耸耸肩,他的像飞禽一样的眼睛很平静:

"我不知道怎么说。她的高兴毋宁说是因为看见还有其他人在这儿,我不是她妹妹的唯一的教师。"

克洛伊库离开窗口的缓慢动作使维科尔·安蒂姆感到吃惊。他也在窗口停留了一会儿,注视着安杜查和克洛伊库的学生两个身影一路走去。她们走在道路中间,文雅轻盈。在一群狗疯狂撞击围栏的时候,她们毫不惊慌。狗群并不狂吠,而是低沉地呜呜叫着,只有沉闷的撞击声不断回响。

安杜查每天来接送她的妹妹,碰巧这段时间有几天克洛伊库不在学校,没有他的课程。但她们来了,走在马路中间,一步也不偏离。维科尔·安蒂姆发现自己实际上是在守候安杜查。他来到学校,坐在窗边,心不在焉地望着堆满砖头的院子,用石灰划出的路的边沿,光秃秃的洋槐树,漫不经心地回答着自然教师的问话。他等待着突然抓住她那娴静的目光。他相信,她的目光早就开始在寻找他。这是不言而喻的。她小心翼翼地拧动大门把手,然后才通过栅栏,永远在同样的地方找到他,把目光投向他。仅此而已。但这简单的一瞥,却闪耀着比眼睛更内在的心灵之光。那墨绿的光泽,宛若六月青翠的葡萄叶,或者至少他有这样的感觉。

在第一次相遇安杜查如此娴静的目光的几天后,维科尔·安蒂姆不无懊恼地发现,自己不再满足于在窗角边浑身燥热地等待她的出现,而开始踏着乌拉迪亚大街小巷的软绵绵的尘土跟踪她,只在听见克洛伊库的学生说话时才停下脚步来。

"今天比哪一天都冷。教师先生讲了树叶的事儿。我什么也不明白,但讲得很精彩。"她停下不再说话。她们走路扬起的灰尘让人不安稳,钻进了鼻孔,堵塞了嘴。

安杜查消失在一扇大门背后,没有望他一眼。这使他疑惑不定。毫无疑问,她似乎每一步都想回头看一眼,肯定想,但没有做。她没有躲避在铁条围栏里挣扎的牧犬们的攻击,那么为什么要回头看呢?即使一切进展得很正常,在她关上大门,应该回头看一眼背后的世界的那一刻,她也没有看他一眼。在镇子的尽头,临时屠宰场外边的那个大花园,似乎"粘贴"在乌拉迪亚的天然躯体上,所有的窗户都钉上了木条。葡萄园褐绿色的景致对人们来说已经习以为常,所以当你看到灰色的大麻和浑浊的白色玉米透过漆成墨黑的高大围栏木桩摇曳晃动,会感到强烈不安,恍若在一个强壮和健康的女人的肢体上发现了一个肿瘤。

乌拉迪亚在午后是荒凉的。当时维科尔·安蒂姆正在穿越一条条胡同,抱着希望而又无奈地寻求安杜查在他的生活中究竟扮演什么角色,而他的生活就像秋天的时光,平静而慵懒,隐藏着比他所能设想的更大的危险。他慢慢地发现,自己不但能够面对以前认为可耻的许多事情,而且凡此种种甚至给予他一种莫名的快感。或许这来自这些事情内在的丑恶。之所以这样说,是因为个别被视为丑恶的事情此前曾吸引过他,尽管他原则上厌恶它们。

当他独自从镇子边远的那一头回来时,他像安杜查一样走在马路中间,只是用眼梢环顾站在家门口的人。他们大多用粗大的手掌支着下巴,一个挨着一个坐在没有油漆过的横木上。他匆匆看他们一眼,点点头回答他们的致意。他们过分夸张的礼节包含着太多好奇和讽刺的意味。他在路中间走着,但见到一辆辆马车和一队队男子背着手在左边或者右边行进,不由得感到身体的每一根纤维都在战栗。这些人身穿掉了纽扣的半军事化制服,肩膀和领口上留着肩章和领章的印痕。他不清楚自己为什么要在路中间招摇过市,但他是为了控制自己的情绪才这样做的,因此想来是一件好事。只在他清楚发现所有的人都自动为他让路,几乎不问为什么这样做时,才猜测——只是猜测——只有他察觉他们在为他让路。他这样走着,在进步饭馆门前遇见了科帕丘中尉,或者说不定这个家伙是在此等候他。

"我们进去?"维科尔·安蒂姆以一种讨好的神情问道。

"我不进去,不能进,正是值勤时间。"

维科尔·安蒂姆开始大笑道:

"哎,算了吧,至于这样吗?什么值勤时间。嗨,先生,我请你喝一杯葡萄汽酒。"

科帕丘怀疑地看着他,紧紧抿着总是泛着红光,仿佛永远想吃肥肉的厚嘴唇:

"如果你坚持……"

随后他就坐到了桌边,维科尔·安蒂姆不再说话。科帕丘自己把酒倒在杯里,慢悠悠地嘬着,可以看得出他喜欢让葡萄酒渗进上颚,嘬了几口之后用手掌抹抹嘴,时而呻吟一声,或许是出于快感,而当他觉得喝够了时,转过身来,对着维科尔·安蒂姆喊道:

"嗨,说吧!"

维科尔·安蒂姆惊异地望着他,显得好像很困惑,但他的惊异来自内心觉察到科帕丘中尉似乎早就料到他想了解什么事情。

科帕丘中尉似乎出于疏忽,用手肘碰倒了一个杯子。杯子碎成了几大块。维科尔·安蒂姆显然是出于本能的反应弯下腰去,但科帕丘制止他道:"别管,你刚才在胡同中间溜达,现在又弯腰去捡这破杯子!别再吧唧你的嘴了,不行,老师,不行。别管,自有人来收拾,你最好还是告诉我为什么请我喝酒。"突然,他改变了腔调:"当我喝酒时,就不是在值勤。但当我坐在这桌子边上时,那就是另一回事，等着你来问我。"

维科尔·安蒂姆很清楚自己想向科帕丘中尉打听什么。他早已有意识地做了一切，已经陷得太深，没有退路了，所以他寻求让自己更加坚定，更加清醒，不能为情所累。是的，他想到的就是这个词：情感。于是他问道：

"谁家住在屠宰场那边？"

他眼望着中尉背后的什么地方，在柜台后面的彩色标签中间寻找着能帮他解围的一个词或者一种色调，并没有看见科帕丘惊异得鼓起了嘴。

"你说什么？屠宰场那边的人家！不错，不错，老师，一点也不错，不过或许很糟糕。我劝你千万别插足。在你之前，其他人已经试过，但及时退出了。我劝你千万别插足。"

科帕丘要了杯矿泉水，喝了后继续在鼻子里咕咕哝哝地说着什么，仿佛这个问题很费思考，或者使他真诚地感到极度担忧。

维科尔·安蒂姆重复着问题，好像没有听见中尉的话，一心想找到答案，然后离开这儿，但察觉在这种局面下自己不可能坚持太久，不可能继续进行涉及安杜查的对话。

"马克森齐乌·亚当，老头，鳏夫；安杜查·亚当，大女儿；阿丽蒂娜·亚当，小女儿。我想老头儿有点疯，但这不重要。或许只是装疯。独来独往，离群索居，尽管没有人这么说过，但看来他们不需要我们。"

维科尔·安蒂姆不明白：

"怎么不需要我们？说得具体点，他们不需要谁？"

科帕丘解开了领子上的风纪扣，开始流汗了。

"先生，这葡萄汽酒太棒了。是这么回事，没有人见过他们到乌拉迪亚来买这买那。一个月来一次，付该付的钱；两个月去一次科马纳买这买那。仅此而已。鬼知道他们是怎么活的。据我看，这么说吧，他们既任性妄为，又生性狡猾，还装疯卖傻。公然挑战，老师，就是这样，公然挑战！我只对工程师说过这话。现在我对你说，因为我不想让你惹麻烦。与这些公然挑战的人混在一起,绝不会有什么好下场。"

"工程师怎么说?巴沙利加工程师对这个问题怎么说?"

维科尔·安蒂姆其实意识到,安杜查的目光,她每天的目光,不是投向他——维科尔·安蒂姆老师的,而是投向她从其中走过而不触动任何东西的整个世界。或许她平静地认为所有人都可能对她怀有恶意,但压不倒她敢于我行我素的力量。

"工程师嘛,能说什么,只是点点头,也许表示同意,也许表示不同意。无论如何,这是我的职权范围内的一个问题。他不想影响我,你是知道的,但现在我站在这儿,站着并等待着。应该有事发生了。看那个小姑娘阿丽蒂姆上学来了,你可以从她嘴里发现详情。"

科帕丘在说这句具有多重含意的话时,口气里带着要与他合谋从小姑娘嘴里套话的腔调,因此维科尔·安蒂姆觉得必须就此止步。科帕丘中尉是一个善于为自己谋利而剥夺他人自由的老手。

在他们分手时,科帕丘中尉走了几步后在他背后喊道:"差点忘了告诉你,如果你那么关心,那么我只能给你说不值当,你去问一问克洛伊库老师。关于亚当一家,他知道得相当多。"他开始笑起来:"克洛伊库只关心这些事,研究蝴蝶和亚当一家,好嘛!"随即他哈哈大笑,笑得那样开朗、真诚、感人。

至于克洛伊库,维科尔·安蒂姆没有去询问。虽然他是到这位自然教师住处造访过的唯一的一个人,而且一起守在空荡荡的学校里,从而多了一层亲近感,却说不上知心——他心里怀疑此人有某种两面性格,说不好究竟有什么具体表征——但有一种感觉促使他有所保留。与科帕丘中尉,则是另一回事。此人或许是一个危险人物,但正因为如此才吸引他,让他体验到在"捉迷藏"之类的所有儿童游戏中的那种近乎迷人的慑服力和认知力,感到像夜晚的飞蛾扑火一样被吸引——或许隐藏着危险,但觉得值得近身一试。

他没有去问克洛伊库,而是开始窥探,直接窥探亚当家的花园,住房,阴暗和高大的木棚,但他所选的时间却最为奇特,是在拂晓时分,一直守到安杜查打开大门,把书包背到她妹妹肩上之时。

他惊奇地发现,在围绕花园的黑色木栅栏后面可谓别有洞天。那是他来到乌拉迪亚之后早已忘记的另一个世界。他没有考虑在玉米丛中可能发生的一切,怀着不可遏制的欲望闯了进去,仿佛感觉到热面包的香味钻入了鼻孔。他快步走着,听任脸颊和双手被干玉米叶划得伤痕累累,被卷曲、发黄的豌豆和南瓜蔓缠绕得磕磕碰碰,被未摘的玉米棒子须缠住衣袖和裤子,甚至极想脱掉鞋子,赤足感受一下被种子和树叶覆盖着的干燥泥土。亚当家的花园实际上是一片被分成许多小块的农田。维科尔·安蒂姆的农业知识虽然微不足道,但他发觉一切都是按照不同目的种植的,与乌拉迪亚居民的正常需要相违。大麻的浅绿色与土豆叶相邻,亚麻伸展至油菜覆盖着的一小块田地中间,而油菜的淡褐色颇为撩人,茎如棍状,高脚、大叶。田地四周被密集的树木包围着,树枝上挂着顽强攀爬着生长的茎蔓和须藤,以及饱含汁液的沉甸甸的果实。在花园的整个地块上没有本地家家都种的葡萄,也完全没有花花草草和灌木丛,一切都修剪和培植得仔细和精心得令人叫绝。虽然说不清这样的想法究竟从何而来,但维科尔·安蒂姆还是觉得确实如此。他走近一排类似栅栏一样的木条建起来的棚子,顶上盖着油毡,直接立在泥土地上。一些地方因此可以看到腐朽而倒下的木条造成的裂口。棚子门只用一根弯曲的钉子锁着。从外面看,棚子里面阴暗而模糊不清,有着一种已经消失的真正农家残余的氛围,木条边上冒出了锋利的丝丝细草。维科尔·安蒂姆看见一只没有壳的蜗牛爬上一根横木,后面留下一条亮晶晶的长线,周围一片宁静。

他逐个走进木棚,一切都反常地简单和原始。织布机,处理大麻的碎麻机,染布桶,洋葱叶和核桃悉心地码在一只装满结实的粗布的箱子旁,上面摆着一串串洋葱和红辣椒,弥漫着亚麻油的香味,混合着在池塘里沤过的大麻气味,甜丝丝的,像所有正在腐烂的木头一样。一段段金属线,一块块鞣制过的皮子,一堆堆刨花、旧纸,一个个装着种子的小口袋随处可见,排列有序,挂在牢牢钉在木墙上的几十个或者几百个钉子上。所有这一切表明仅仅依靠花园的出产度日，需要付出多么惊人的努力，而浪费的劳动和才能远远超过了任何结果，一切好像停留在创世时代，相当多的精力和自我控制毅力全部付之东流。作为历史教师的维科尔·安蒂姆不由得对这个地方的孤独，这些人的甘于寂寞，不惜任何代价自给自足的前所未见的执著感到震惊不已。他用指尖触了触放在一个角落里的粗呢和天蓝色厚呢，用眼睛扫了一下扔在地上的木头和残余的皮子，大抵出于教课的分类习惯随口说道，"封闭的自然经济"，随后体味到了这几个词的真正意义，这些阴暗的木棚的真实状态，不禁摇头苦笑，惊叹道：

"唉，谁会相信竟然还存在封闭的自然经济！"

他不由得想起了科帕丘中尉对他说的关于克洛伊库的评论：只关注不存在的蝴蝶和亚当一家。他并不认为中尉知道什么是封闭的自然经济，尤其是这种经济竟然可能存在于这儿的木棚里，但他意识到科帕丘中尉确实是一个可怕的家伙，居然直觉到克洛伊库同等程度地关注蝴蝶和这些阴暗的木棚。

对于他来说，这个地方已经没有任何东西是秘密的，所以他无须再躲躲藏藏，平静地走出了木棚，听任门半开着，径直朝大门口走去。他心里很希望遇见个把人，能够说上几句话。他再也控制不住自己，觉得不能把亚当家花园给他的印象独自留在头脑里。但乌拉迪亚像惯常一样，在清晨的这个时刻是荒凉的。

在路中间，他遇见了安杜查，从远处就一眼认出了她，急忙走到她跟前。此时的心态推动他越过横在正常会晤中间的一切障碍。走了几步之后，他觉得两肩之间剧痛起来，仿佛自己的脖子僵直了，知道自己是过于激动了。他的脑子迅速转动着，几十个词句掠过脑海，突然醒悟到自己已经站在她面前了，一时间手足无措，慌忙把两只手插进衣服口袋，大拇指却露在了外面。安杜查慢慢停住了脚步，似乎是想躲开他，在等待他站到旁边让路。她直视着他的眼睛，好似蛇注视着鸟。维科尔·安蒂姆沉默着，除了面前这个女人的深邃大瞳孔之外，两眼看不见其他东西，最后的几步显然是不自觉地挪动的。他清楚地感觉到,自己实际上深入了一条像核桃树叶颜色一般的湛蓝的溪流,下一个动作将是旋转。这种感觉他是那样清楚和强烈,以致已经觉得头晕和恶心。他站着不动,摆脱不了像被催眠似的迷迷糊糊的状态,只觉得大拇指触到的衣服接口处加厚的布料边缘又粗又硬,脸颊边飞过一只小虫子,不知什么地方传来发动机的轰鸣,但他不能移动自己的视线,仿佛已经被吸进了安杜查目光的湛蓝而迷人的深底。

安杜查眼睛一眨不眨,也不对他说一句话,用手轻轻地推了他一把。历史教师的身体不由得摇晃了一下,慢慢地,慢得惊人地扭转身去,摇摇晃晃,仿佛是要跪下,躺在满是尘土的路上,却一丝尘土也没有扬起。他从那儿,从地上看见她双脚没有触及地面径直离去,没有触动一丝青草和尘土。后来他看着自己没有沾上尘土的干净衣服而意识到,自己并非受到轻慢,而是受到了惩罚,因为他竟敢擅自闯入亚当家花园的玉米地和小树林,用他那习惯于乌拉迪亚日常生活的凡夫俗子的眼睛,窥探用油毡覆盖着的那些木棚里的另一个世界的暗室。

那一夜,他不能入睡,意识到科帕丘中尉说得很对,从其一切作为来看,亚当是在挑战乌拉迪亚的生活方式,而且很大胆。这也开始刺激了他,看来他的生活至今也是这样苟且偷安,似乎理所当然地入乡随俗,在这个如此不习惯的地方随波逐流。

一天在不知不觉中过去了。下午五点钟左右,维科尔·安蒂姆觉得一种名副其实的焦躁缠绕着自己。无论如何,工程师的建议是一个不寻常的举动,仿佛把他从一种晕眩状态中拯救出来。这种状态虽然使他感到舒服,却是一个既快乐又极其危险的陷阱。他站在门背后,透过门上的玻璃望去,山墙上的马赛克在落日的余晖下闪烁,而他身背后宽大的门厅变得更加空旷。穿着从克洛伊库那儿借来的高筒靴看起来有点滑稽,他在开口去借这双用米赫尔恰努的话来说穿着在花园里追逐"小虫子"的靴子时,心就缩成了一团,实在是勉为其难,因为他想象穿胶鞋或许已成为他脆弱的身体本身的组成部分,也是只有他能想象的世界的组成部分。在这个世界里,人们碌碌无为,到处

充斥着毛毛虫,葡萄园,原始的生活方式。但是,他还是拿了靴子,安慰克洛伊库道:

"同事,别担心,我不会撕裂、损坏它们的。我们坐汽车去。"

当时,克洛伊库好像抓住了反对这场冒险的理由,用两个手指提着靴子递给他道:

"这不是打猎,而是他妈的游乐,坐汽车去!"

维科尔·安蒂姆开始笑道:

"算了,先生,文明嘛,我们不再是狩猎、打鱼和刨树根者,像尼安德特人那样。"

他等待着巴沙利加,并不去想象这次狩猎本身将出现什么样的场面。

"嘎斯"车停在大门前。他听见了鸣笛声,慢吞吞地走出去,心里仿佛在对自己说不必着急。他感觉到了脑后 K. F. 夫人的目光,但没有转过身去。这已经习以为常。克洛伊库的靴子稍大了一点,维科尔·安蒂姆每走一步都发出脚滑动的声音。他小心避免被四散在石块中间的刺扎着。他从后门爬上车。巴沙利加开车,胸脯靠在方向盘上,回头微笑着看了他一眼。科帕丘坐在他前面,穿着便装,如果在别的场合或许认不出他,现在是一副好好先生的样子,拘谨和善。维科尔·安蒂姆不复看到中尉在工作日穿着制服时的那种自制和从容的神态,一丝一毫也看不到。科帕丘膝盖上放着一支长筒猎枪,看见历史教师注意地看着枪,但并不伸手,便用手掌拍拍幽幽发光的深色木枪把说:

"比利时造。在客厅里白白浪费时间多么可惜,不是吗?"

维科尔·安蒂姆点点头,认为他说的是卡特琳娜别墅许多荒废的客厅之一,或许真是如此。当汽车驶向隐没在路尽头的旧贵族的葡萄酒作坊时,他禁不住感到惊异。巴沙利加听见他说话,并不回过头来,而是用手掌拍了拍车身,以此来吸引他的视线,随后对他说道:

"我们在这儿试一试,光线相当充足,你会看得比较清楚,可以不必担心地开枪射击。"车前进了几十米后,他又开口道:"只是别打着人。那就麻烦了,老师,出了这种事,连科帕丘也救不了你啦。"

巴沙利加闷声笑着,用手掌拍了拍一个绿色的时速表。车突然停下了,看来碰到了富有弹性的葡萄丛和灌木丛。而在下车前,工程师从座椅底下取出了一支卡宾枪,或许是军用的,型号较旧。一件重兵器,毫无疑问,但那不是用来猎兔的。兔子必须在奔跑中射击,用猎枪散弹排射。维科尔·安蒂姆在一本书中这样读到过,而且依然坚信他读到的知识,所以在现实中发现他的书本世界带给他的点滴东西有用时,不由得十分高兴。

他们让维科尔·安蒂姆第一个下车。环顾周围,已经来到了一个平缓的山谷里,坡脊看起来很远,十分清新,没有灌木丛,只有一片草丛覆盖着。他根本没有想到过,在乌拉迪亚竟然还有这么一块地方,没有任何人试着种上葡萄,特别是坡地又那么平整。巴沙利加关上了发动机。维科尔·安蒂姆跳进草地的时候听见他突然打了个嗝,随后"啪"的一声关上了车门。科帕丘紧跟在巴沙利加后面,两个人走到他身边,眯着眼观望山谷的那些难以捉摸的陡坡。

"应该开垦耕作,"科帕丘说道,"在耕地上猎兔多好,先生!"

巴沙利加摇摇手说:

"别唠叨,我知道。老师,怎么样,你拿卡宾枪还是比利时造?"

维科尔·安蒂姆望着靠在汽车前轮上的两件武器,觉得军用枪支很重,枪管里有着某种杀人的煞气,所以指着猎枪说:"猎枪吧,我想它更合适些。"他停顿片刻:"而且,用猎枪更帅气。"

巴沙利加走过去,把猎枪与卡宾枪分开,将猎枪挂在肘弯上走过来,同时在口袋里寻找子弹,给了维科尔·安蒂姆两颗,浅黄色的,很硬,子弹盒上贴着粉红色标签。随后,巴沙利加说道:

"咱们走。"

科帕丘将卡宾枪背在肩上,弯下腰去,拿起一根干树枝,拍了一下车前盖说:

"走!"

维科尔·安蒂姆将枪管对着地面,倒背着枪,向灌木丛进发,心想在那个地方不会有任何野兽,自己也从来没有见过真正荒野上的兔子。实际上,他也根本不相信这种动物能与自己存在于同一个世界。他漫不经心地走着,听任蓝色的麝香飞廉①勾住裤子,同时透过靴子的软橡胶感受到荆棘的刺和尖的刺激。夜晚降临了,但还有余光。那种清晰的光一下子消失了,让位于昏暗,而非漆黑一团。

坡上弥漫着湿土、树叶、树皮的强烈气味。巴沙利加拦住维科尔·安蒂姆说:

"我和科帕丘中尉向右穿过小树丛。老师,你一直往前走,如果到山坡中间附近还没有发现任何猎物,就往回走。到时就会有所发现。"

巴沙利加又给了他四颗子弹。他把子弹塞进了自己口袋,沉甸甸的,令人高兴又心境平静。直等到工程师和中尉消失在右边的什么地方,他才出发,心想很快就会抵达目的地。他其实很想到山顶走一走,即使到不了山顶,至少也要到达工程师对他说的地方。由于是单独一个人,他在山坡上几乎奔跑起来,一路上比想象中更多磕磕碰碰。他弯腰走着,拨开小树丛的绿色枝条,避开一个个蚂蚁窝,不一会儿,就觉得脸上发烧,颧骨周围刺痛,汗流到了嘴唇上。他感到呼吸困难,空气稀薄,虽然这是一个金黄色的甜蜜和煦的秋日。直到清楚地听见自己的喘息声盖过了脚步声时,他才停下步来。低头望去,他已经走了相当多的路,勉强能分辨出茁壮的绿叶中的孤零零的汽车。抬头向上看时,他却吃惊地发现连半山腰还没有到达。他慢慢继续走去,想调整呼吸,但似乎很困难,于是竭力保持平稳。耳边只有靴子走在草地上吱吱嘎嘎的响声,以及空气进入张开的嘴,在喉头受阻的声音,他多么想听见除此之外的噪音。他先是错将一根白色的细树干当作瞄准目标,随后又对着一个小山冈瞄准,再后则对准了一个赤褐色的小树丛。待走到它们面前,他产生了一种奇怪的感觉,汽车

---

① 此处的"麝香飞廉"应是飞廉的一种。飞廉为野生草本植物,有刺,形似蓟,据说可以入药。

在谷底也同样变得模糊不清,而向上到山顶依然还离得那么远。他心想自己到达了一个奇怪的地方,距离在这儿似乎没有价值,而一旦超越了它的一个边界,任何移动、任何距离只对于其机体来说才存在,实际上却不存在界限。或许必须到达另一个边界并超越它,才能走,才能衡量、比较。但当他的行走、他的移动已经陷入这个迷阵的阴影中时,如何才能抵达那儿?他几乎确信这个奇怪的狭长地带的存在,心头不免涌起担忧的波澜:"我还能回得去吗?"此时,他察觉自己已经不可能爬上坡顶,即使在这个很容易接近的地点,因为他已经想着往回走,担心自己回不到乌拉迪亚。他停住脚步,朝巴沙利加和科帕丘在其中消失的小树林望去,看见一个紫褐色斑点正在往下跑,是一只兔子,一只害他走了那么多路的兔子,于是举枪便射。枪的反冲力、火药的刺鼻气味使他深受震撼,可惜没有打中,也许是离得太远,或者没有瞄准。他又举了几次枪,感受到同样的欢快的男子汉气概,脸贴在温热的木制枪柄上,手指放在扳机扣上,感受着枪的力量。他自己的力量即刻爆发。他情不自禁,又举枪朝刚才走过的那根白色的细木杆连发两枪。他朝下走去,用指尖摸摸白桦树的潮湿的伤口,打中了,打中了,而且打得很出色!他拉开枪栓,弹壳跳到脚边,钢枪管是热的,再装上弹药。他慢吞吞继续走去。看来,巴沙利加说得很有道理。

他听见山上远处有人在喊他。巴沙利加和科帕丘快步走来,脚后跟使劲支撑着地面,避免滑倒。科帕丘手拿着卡宾枪,颇像一个参加演习的士兵,嘴里喊道:

"老师,嗨,老师,打中了吗?"

他摇摇手,但脸上没有丝毫懊恼的神情,甚至表现得很心满意足,乐于装出一副猎人的模样。巴沙利加开始笑起来:

"我怎么给你说来着,不行,先生,不行。"

片刻之后,科帕丘也笑了起来,而维科尔·安蒂姆不明白他们为什么笑得那么开心,走到他们面前,几乎也是笑着说:

"生平第一次,生平第一次就失败,要是一只愚蠢的兔子就好了!"

巴沙利加接过话:

"就是嘛,但愿如此,就是嘛。"

他们朝山下走去,维科尔·安蒂姆打完了口袋里的所有子弹,相信最终将打中从一片灌木丛的潮湿的掩体里突然窜出来的一个紫褐色斑点,但又觉得什么也没有打中。巴沙利加对他说道:

"我们把它们从灌木丛中惊出来了。打,先生,小心,这是支很精密的枪。"

维科尔·安蒂姆又要了子弹,整个山谷充斥着他的猎枪的轰鸣。他发觉无论是比利时造或者他的自信,都帮不了自己打中从黑暗中跳出来再回到黑暗中的那些野兽。

到达汽车旁时已是深夜,眼睛已经习惯于分辨事物的线条,但毕竟是黑夜。他坐在汽车后座上,把枪放在两膝之间,鼻孔里弥漫着尘土的刺鼻气味。巴沙利加示意科帕丘上车坐到他身边:

"把卡宾枪放在膝盖上。"

科帕丘爬上车道:

"一切准备完毕,上路……"

工程师转过身来对维科尔·安蒂姆说道:

"碰巧,老师,见鬼,总会碰到这样的问题。"

汽车挂上挡,开着大灯启动了。维科尔·安蒂姆丝毫也没有听懂巴沙利加的话。巴沙利加把车驶向右边的什么地方,借着灯光在桤木林中搜寻,突然一个转弯,开始爬坡向上驶去。那是一条废弃的路,毋宁说只是过去的路的痕迹,大马力的汽车也只能一米一米吃力地前进。然后,路变宽了,稍后越过了灌木丛,山坡显得比较平坦,上面覆盖着蚂蚁窝、树桩和衰草。他们向山坡的上沿爬去,车开得很慢,但很稳。巴沙利加看着左边,科帕丘看着右边。维科尔·安蒂姆听见科帕丘对工程师耳语道:

"慢点,再慢点。"

于是,他在车灯光下也看见了一只兔子双脚木然呆立着,听着汽车发动机的轰鸣,在强光的照射下变盲了。这只兔子像他射击过的其他兔子一样,也是紫褐色的,或许就是那群兔子中的一员,现在却木然站着,可以看见它耳朵尖上的一缕缕毛。一道蓝光像一轮光环包围着它,使它瘫痪了。科帕丘拿起卡宾枪,响起扳机撞击的清脆声。科帕丘开火了。兔子绝望地向上和向右一跃,传来一声像小狗一样的惨叫。维科尔·安蒂姆看见野兔的两条后腿又挣扎了一下。科帕丘对他说道:

"你下去把它拿上来,小心别弄脏你衣服。"

维科尔·安蒂姆下车走近倒下的野兔,看得清清楚楚它的黑眼睛是睁着的。他抓住兔子耳朵提了起来。分量很重,兔子脚触及地面。他就这样拖着走到车前。当把兔子扔进车里时,响起了撞在金属上的沉闷声音。巴沙利加喊道:

"快上来,老师,还没完结!"

他上车蜷缩在科帕丘背后。科帕丘重又在卡宾枪里装上了子弹。他很高兴最终不会没有打到猎物空手而归,但不知道会打到那么多兔子,连他也分到了一只,心里很满意。他开始注意被车灯照亮的狭长地带的边缘,好几次惊跳起来,但巴沙利加摇着头说道:

"好好坐着,转弯,灌木丛……"

维科尔·安蒂姆很激动,甚至忘记了白天的冒险失败,认为打猎刚刚开始,不由得高兴起来。就这样,在汽车惊人的灯光的迷惑下,对在发动机富有魔力的轰鸣下呆立着的兔子,科帕丘开枪击中了六只。

车里已经装满,以至维科尔·安蒂姆脚尖碰到了最后一只兔子,而且在回家的路上几次撞到了它,觉得这只兔子似乎盯上他了,变得有点怪异,心想着生命在这种情况下如何缓慢地渐渐离开了肉体。当兔子倒下时,死亡并没有完全发生,而只是开始,在这最后的路途上渐告完成。

在路途上,巴沙利加告诉维科尔·安蒂姆经常发生这种情况:"有绝招的高手赢得自己应得的东西。兔子逃跑时,猎手站着,你看见的情况就是如此；在这之后，情况正相反。你看见了全部情景。"他隔肩向他伸出了大拇指："如果你进入了兔子的圈套，就失去了时间，而其他人则失去更多，常常发生这样的事情。如果你诱惑他们进入你的圈套，它们就失去自己的皮肉。"

巴沙利加摁着喇叭，只是为了让自己保持清醒，而科帕丘开始吹起口哨来。车到达了卡特琳娜别墅门前，维科尔·安蒂姆把比利时造递给中尉：

"简直太精彩了，我压根儿没想到！"

巴沙利加点点头：

"我也这样想，老师，很有教益，非常精彩，不是吗？"

科帕丘补上了一句"晚安"或者其他什么话。当汽车倒车掉头，从散开的苫布里掉下了全部六只兔子，落在小街的尘土里时，维科尔·安蒂姆尚未打开别墅的大门。他怔住了，看着大门前的黑色的兔子躯体，不知道说什么好，而科帕丘提起苫布的一角说道："巴沙利加工程师送的一份小小礼物。他说你可以随意处理它们，甚至赠给别人。"他使了个眼色，继续说："好慷慨的巴沙利加工程师！听着，他说归根结底应该是很有教益的。关于设计圈套猎兔的问题，那是他的风格。我说你根本用不着感激他。"随后他望着天空说："很晚了，老师，但很愉快，不是吗？"

维科尔·安蒂姆没有回答，独自站在大门前，呆呆看着科帕丘用卡宾枪射杀的六只兔子。克洛伊库借给他的靴子湿了，或是被汗水浸湿的，或是进了水。他浑身觉得很疲惫。科帕丘用手掌拍拍篷布说：

"再见，别见怪，你尽可以心安理得，没有人会说什么。一份小礼物，老师，可以说一文不值。在乌拉迪亚这儿，怎么对你说呢……"

汽车绝尘而去，以致维科尔·安蒂姆没有听见科帕丘说话的结尾，在乌拉迪亚……究竟什么意思？留下一片宁静，是只有在这样的小镇上，当仲秋来临，所有的蟋蟀已经绝迹之时才有的宁静。

维科尔·安蒂姆用了两个小时，才把六只兔子全部藏在一所废弃的房子的贮藏室里。这样的房子在小镇的这个部分有很多。

一想到一两天后,一群狗将发现这些兔子,街上将见到东一块西一块的褐色兔皮,他不由得不寒而栗。

他觉得浑身疲乏,和衣躺下就睡着了。第二天将近中午醒来时,他心里暗下结论,断定打猎会使你疲劳得不再对以往觉得十分厌恶的事情敏感。譬如说,射杀一只等待你的兔子。它用两只脚站立着,被你的出现惊扰得呆若木鸡,瘫痪了似的想搞明白究竟发生了什么。临近午餐时分,他把靴子还给克洛伊库。当克洛伊库问他昨天猎兔的情形时,他只是敷衍了事地回答,并非出于不满,而是出于对昨天生活的一种奇怪的回避:

"很有教益,还能怎么样,很有教益。"

克洛伊库拿起靴子,用一张报纸包了起来。当维科尔·安蒂姆离开时,克洛伊库对他说道:

"应该是这样,同事,我想就是这样。因为拉丁语教师米赫尔恰努几年前也去打过猎。当我问他经过时,他也如此回答。归根结底,打猎就打猎嘛,仅此而已。"

维科尔·安蒂姆早已走出了门,也许根本就没有听见他说什么。

* * *

后来,突然出现了雾。维科尔·安蒂姆见到雾怎样在山谷和山坡起伏的背脊上流动。第一波浓密的雾团像精梳的白色羊毛球一样,一米一米地笼罩住葡萄园和胡同的入口。他正从办公室走向油灰抹得很结实但油漆得很糟的门边,不由得停住了单调的步子,手掌撑在窗台上,从院子的上方眺望着雾袭来的云山那边。无意中,他发现克洛伊库正站在半开着的学校大门背后,双手深插在口袋里,瑟瑟发抖的脖子紧贴着黑色大衣的湿漉漉的领子。大衣虽然是旧的,但翻新过一回,所以显得像新的一样。看来,克洛伊库在那儿可能已经站了很久,因此一个肩膀靠着一根柱子,等待着那白色的雾海包裹住他。维科尔·安蒂姆觉得很高兴,不是只有他孤零零一个人在观察雾的凶险进攻。雾海的流动虽然缓慢，却无疑是向着他们袭来。他们一起清楚地见证自己如何被包围。他甚至很想打开窗子喊他的名字："克洛伊库，嗨，克洛伊库。"但这只是出于惺惺相惜。他可以这样做，办公室里只有他一个人，而且确信将是这种状态的最后一天。当他扭动玻璃门把手，迈着沉重的步子，吹着鸟叫似的口哨时，突然明白事实上自己是因为另一件事情感到高兴。在克洛伊库身上，他找到了可以讲述自己冒险故事的对象。冒险这个词虽然使他不安，心头咯噔了一下，但他要一吐为快的，确实是几天来自己的冒险经历。

* * *

安杜查在一片鹅莓树丛背后找到了维科尔·安蒂姆。他身体蜷缩着，掌心托着下巴，手肘支在膝盖上。她来得那么轻捷，以至于能清晰地听见他的身体在颤抖——那是寒冷引起的冲击，密集而轻微的震颤。他一直在那儿注视着亚当家黑洞洞的窗户，期望有一盏灯将奇迹般地点亮，能给他一点帮助，但究竟帮助他做什么，他自己也不清楚。灯并没有亮，而在他背后出现了安杜查。安杜查注视着他，并不那么吃惊，倒是充满怜悯。她心怀博大而宽容。维科尔·安蒂姆慢慢地站起来，克制不住自己的颤抖，脚上湿漉漉的，裤子上粘着几丝草，全湿透了。他用手抚摸着自己的脸颊，仿佛想清除掉令人烦恼的蜘蛛网丝，牙齿用力咬住下嘴唇，以至感觉到血的咸味。

"只在这儿，在我们家，才觉得冷。"安杜查对他说。

维科尔·安蒂姆很清楚只是在亚当家的花园里才这么寒意彻骨。那是他们孤独的另一种表征。他手臂交叉，抱着自己的肩膀，点点头。这样湿漉漉地受寒挨冻，待在没有任何明确的权利进入的一个地方，他觉得十分无助、羞愧，尤其是在这个自己的闹剧的见证者的面前。他本能地希望安杜查立即消失，以便他好像什么事也没有发生过那样走上回乌拉迪亚的路，心里不由得突然发觉乌拉迪亚变成了自己的家乡，只有在那儿才有安全感。但是，安杜查非但没有消失，而且对他说应该活动活动，走一走，身上就会暖和起来。实际上他的身体与其说是冻僵了，倒不如说是麻木了。这时，他早把希望她消失的想法忘到九霄云外。安杜查说道：

"并非那么冷，好好看一看，就会发觉并不冷。"

他看一看周围，感到身上确实暖和了，但随后又失去了平静，发觉只是看着好像暖和，实际上并没有感觉到。这强加了他相信事情不妙的预感。

"希望你不要生气，我们不能进屋去。"安杜查用下巴指一指那个漆黑的斑点说，"我父亲睡了，我的妹妹也睡了。"她开始笑起来："无论如何，不是一个合适的访问时间。"

维科尔·安蒂姆试图克制住肌肉的微颤。

"无论如何，无此奢望，"他不愿意，或者几乎不愿意地说道，"特别是在你们这儿，在这个时间。"

安杜查多少有点轻蔑地看着他说："当然，在你现在的处境下，只能同意我，即使有点夸大其词，尽管你根本没有这样的愿望。"然后，她改变了语气，近乎开玩笑地说："如果你愿意，我可以领你参观我们的农场。"片刻后又说道："一个王国。你能看到的超过你的想象。这是毫无疑问的，确实是一个王国。"

"我是一个历史教师，因此熟知什么叫作王国。但现在我能做什么？"

"请吧，这是我要你做的。走吧！"

安杜查走在前面，沿着房子的墙根溜边穿行，用指尖摸索着灰泥的硬颗粒。维科尔·安蒂姆走到房背后的一个角落处，突然在那儿停住了，觉得有什么东西使他不安，让他回忆起一些熟悉但现在不再了解的地方。安杜查惊异地转过身来问道：

"怎么了，碰着钉子了？怎么了？"

他简单地做了个手势说：

"这儿散发着某种香味，有什么很特别的东西。是的，很特别！燕麦，就是燕麦，是燕麦！"

安杜查开始笑起来，仿佛一点也不理解，所以才笑，但随后用半屈半伸的手指塞住自己的嘴：

"燕麦，教师先生，干燕麦。你好像是从这儿离开的，不是吗？告诉我，不是这样吗？"

他没有点头，但也没有移动，深深吸了口气，然后垂肩叹息，看来心里的寒意逐渐平息了。

"夏天我喜欢在燕麦地里行走，很软，像毛皮一样，而且湿漉漉的。"

"赤足？"

维科尔·安蒂姆看见远处有一个斑点，呈彩虹色，上面似乎绘着一条条直线。他猜想那是花园尽头。

"为什么赤足？我从来没有赤足在燕麦地里走。如果那样走，燕麦就既不柔软，也不潮湿了。"

维科尔·安蒂姆努力辨认着这个地方。白天他曾经来过这儿，探查过木棚和房屋周围，但现在一切似乎都改变了。他与安杜查的交谈没有任何规律，他不知道自己应该离还是留下，不知道她有什么用意，特别是心里不再明白自己为什么要到亚当家的花园里来。

"那儿是什么？"维科尔·安蒂姆指着花园尽头的磷火发出的一条条光带问道。

安杜查走在前面，有工夫观察如何避开坠落在小径上的石头和树枝，做着从他们第一次相遇时他就熟悉的动作，给人的感觉是无须触动障碍就能一跃而过。她的动作是那样熟练，会使人产生一种错觉，以为她脸上有一股气浪能挪走一切。在那一刻，她像是在飞。"只有飞才能产生这样的气流。"维科尔·安蒂姆暗自想道，不由得加快了脚步，几乎在奔跑，只有这样才能赶上她。他沉重的脚步声回响着，脚趾头时时撞在石块或者铁皮钉上。他们突然进入了淡蓝色的弱光区，上面是半埋在土里的一间老房子的屋顶，无力地发射出暗淡的光波。四壁由几根插在泥地里的圆木支撑着，房檐几乎触及地面，地衣和青苔长得比男人的手掌还厚，布满周围。但从房檐波浪形的边沿，从房顶的篷布上发出的磷火亮光，使这个建筑看起来近乎一个土墩，上面覆盖着维科尔·安蒂姆不认识的植物，长得很大，马上将变成一个缠绕在一起的巨大绿线团。

"这是什么？"他的问话听起来声音有点压抑。安杜查走到他身边，回答时那么贴近，以至他的脸颊上几乎感觉到她呼出的热气：

"我们的家。第一所住房，我没有在里面住过，甚至从来没有进去过。不准人进去，可能马上就要倒塌了。我的曾祖在这儿住过，我的父亲也住过，我想他现在是忍痛割爱，做出巨大牺牲。你看，周围寸草不生，我想这是一种特殊努力的见证，但他不会拆除它。"

维科尔·安蒂姆注意地观察着周围，确实是一个地上光秃秃的区域，软绵绵的苔藓几乎伸展到他脚下，但它们周围的土地是光秃秃的。他很想问安杜查为什么，为什么房子周围寸草不生。那真是一间房子吗？为什么墙壁周围那么荒芜？但她继续说道：

"实际上，你知道，我认为自己是家里能想到——或者说是能设想这间房子可能倒塌的第一个人。我想周围寸草不生是因为房子太旧。太旧太旧。你怎么想，不是吗？"

维科尔·安蒂姆顺口回答道："这也是一种解释，姑且说因古旧所致。但你们，你们亚当家，你们不同于乌拉迪亚的所有人，所以尽可以认为因为古旧而寸草不生。但我认为其中包含着危险、恐惧。"与此前不同，他直呼安杜查的姓。

"我没有想到这一点。只想到或许会倒塌。为什么，凭什么，你这样说？你同我们，同乌拉迪亚没有任何瓜葛。你，还有那个在玻璃后面窥视的老太太。"

"谁？K. F. 夫人吗？"维科尔·安蒂姆对安杜查的话感到十分吃惊和关注。在此之前没有任何人，包括他自己在内，从未想过在他与K. F. 夫人之间除了住在同一屋檐下，还有其他更多的瓜葛。"或许吧。你可以说出自己的看法。但老太太见多识广，阅人无数，且每个人各有不同的看法。你不相信吗？"

"或许我说的是蠢话，但这个 K. F. 老太婆是一个真正的巫婆，而我不是。"

维科尔·安蒂姆用掌心拍了拍安杜查：

"什么，什么，你再说一遍，你说她是巫婆？"

他开始咬着牙低沉地笑道：

"这是个严重的问题。听着，小姐，巫婆！"

安杜查等着维科尔·安蒂姆把话说完：

"这个词不是我说的，我想自己也不太清楚是什么意思，是克洛伊库教师先生说的。我听见他这样说，巴沙利加工程师当时也在场。"

维科尔·安蒂姆显得很惊奇：

"你也在那儿？好像你是这么说的，你竟然听见他说这个词，巫婆！"

安杜查在几乎埋进地下的房子边缘发出的磷火光下注视着他，脸色苍白而美丽。

"我不在那儿，但我听见他说了。"

维科尔·安蒂姆嘴里发出一声"啊哈"，沉默片刻后说道：

"你不想进去吗？里面也许更暖和一点。"

他并不觉得冷，但就这样说了。

安杜查没有回答，但当他用手掌去推用铁皮加固、几乎插进地里、被泥土覆盖着的门时，她没反对。维科尔·安蒂姆停步，觉得安杜查没有跟随他。他试图在漆黑的屋里分辨出什么来，但只有轻微的潮气扑面迎来，散发出黑土的气味。他紧眯着眼，但只见门槛那边一团漆黑，深不见底的黑暗仿佛能把一切吞没，绝不吐出点滴。维科尔·安蒂姆等待着自己适应着黑暗环境，不想深入这无底洞穴，因为这意味着末日来临，一想到或许已经一百年没有任何人走近这儿，心里不由得十分不安。时间就这样过去了，他站在门槛边，弯着腰，似乎害怕进去，而她在他背后，不敢探问或者鼓励。什么也看不见，或者说他没有办法看见任何东西。于是，他突然转过身来，把她推到一边，从房顶边缘抠下一把覆盖着那种发光的原始植物的泥土。安杜查默默跟随着他，维科尔·安蒂姆看来下定了决心，而她也不愿挡他的路。他往里走了一步，脚底下觉得木头软绵绵的，将一把磷光闪烁的苔藓举过头顶,但在屋里的黑暗中唯一能见到的东西只有他自己抓着几缕苔藓的手指。苔藓已经被捏扁压碎。那是世界的这个地区最脆弱的植物之一。

安杜查始终留在屋外。当维科尔·安蒂姆转过身来,从里面注视她时,看见她的侧影在淡蓝色的磷火光下是那么轻盈、美丽,令人心动,不由得想到克洛伊库对她观察得很细,但评价并非同样恰当。他觉得屋里空荡荡的,什么也没有,只有黑暗,于是走了出来。背后,一块被已经腐烂的地板的噪音震裂的泥土簌簌掉落下来。

"我们走吧。"维科尔·安蒂姆说道。

安杜查点头同意,但并非回到房子那边,而是向前走去,朝坡上的花园尽头进发。

时间过得飞快,已经将近拂晓,草地湿漉漉的。安杜查轻轻走着,不发出一点声响,说话时并不回头看别人能否听得见,也不管维科尔·安蒂姆是否在听。

"你看见的那间房子是我父亲马克森齐乌·亚当不愿与乌拉迪亚的一般人混同的作品之一。"

"不愿与乌拉迪亚的一般人混同,这是什么意思?"这个问题很难回答,维科尔·安蒂姆期待着答案。他只想发现关于她父亲的若干细节,如他在安杜查的眼光里感觉到的那样。

"我不知道,应该是他觉得美好的那样吧。他觉得美好,我们也就觉得美好。K. F. 夫人和我们亚当家,在乌拉迪亚没有自己的地位。巴沙利加工程师先生和科帕丘,以及克洛伊库教师和其他人,还包括你,"当她说"你"时,停顿思考了片刻,"清楚地知道我们是另类。但我认为只有 K. F. 这个老太婆才是可能搅浑水的那个人。我们只想让自己平静地生活。你初来乍到,我不想问你,为什么不让我们平静地生活?"

维科尔·安蒂姆在背后几乎大声喊道:

"在乌拉迪亚这儿,大家都愿你们平静地生活。谁跟谁都没有仇!"

姑娘停止了几分钟，好像脚步悬空在草地上，周围已经出现了荆棘。荆棘丛仿佛堵住了花园朝坡脊延伸的通道。当她重新行动时，朝维科尔·安蒂姆转过身来：

"你，你也让我们平静吗？让我平静吗？"

她不眨眼地凝视着他，眸子黯淡无光，像蒙上了蒸汽的两面镜子，虽然天依然很黑。维科尔·安蒂姆无言以对，用脚踢着地面——地面很硬，已经板结。

"最初，我以为你在窥探我们。这是新鲜事，工程师和其他人没有这样做过。事情的发展是另一个样子，我以为是。怎么说呢，是一个创举，克洛伊库老师的主意。但并不轻松。"

维科尔·安蒂姆绝望地接过她的话：

"当然，不轻松，没有人窥探你们。这是一个误会，肯定是个误会。"

"咱们走吧，走到上面，稍微再走上去一点，到高地上去。"

"啊哈，咱们到机场去。"维科尔·安蒂姆说道，更多是出于显示自己并非完全陌生的想法。

安杜查开始笑道：

"哎，这是个好主意，你也想确认究竟是不是存在吗？你坦白告诉我，你想亲眼看到机场，是因为你只是怀疑它是不是存在，还是怀疑整个故事？"

他回答说，不，只是为了去看一看，就像任何一个人想亲眼见到只听说过存在的东西一样，这不等于他怀疑某件事情。想了解你相信的事情，是人之常情。

安杜查重又在荆棘丛中前行。荆棘丛越来越密，使人觉得会撕破她宽大的长裙，但或许只是一种错觉而已。维科尔·安蒂姆努力跟着她的脚步走，以为这样爬坡可能更轻松些。一团团乳白色的雾时时从山脊那边升腾起来，向下飘到他们眼前。于是，他努力忍住咳嗽，压制着自己，觉得胸口很闷，咽喉刺疼。

"我想问你，你是怎么在花园里找到我的？我很清楚，所有人都睡了,灯也熄了。这是件我不明白的事情。"

"或许你应该问自己,为什么我会容忍你来到我的花园里。这应该是需要问的事情。我熟知你现在所在的地方,可以闭着眼来到这儿。你颤抖得那么厉害,我完全可以听得见。你有点可笑。"突然,她转过身来:"因此我来了,你有点可笑。其他所有人都那样复杂,我必须花许多时间才能理解他们。今天夜里,你可能会死。这十分清楚和明白,你却置之度外。没有比这更好的证据足以说明你是一个滑稽可笑的人。我在乌拉迪亚生活了二十多年,没见过这样的事情,没发现过比这更愚蠢的事情。"

维科尔·安蒂姆竭力保持微笑道:"哦,别再说了,实际上并非如此,不是那么容易死人的。有点彻骨的凉意,仅此而已,现在连这也感觉不到了。嗨,别再说了,太夸张了。"他摇摇手,与其说试图解释,倒不如说要说服她。

"在这个花园里,有其他的东西比寒气更快地杀死你。"她望着他,神色与此前大有不同,两眼牢牢盯着他,锐利、冷静、严酷,犹如山猫盯着自己的猎物。"在马克森齐乌·亚当的花园里,夜里可能有比寒冷更快地致人死命的其他东西。"她接着又马上说,"到更高处来,我们一起往上爬。现在开始更困难了。"当他上来时,她又补充道:"我们日出之前赶到那儿。据说太阳升起的时候,有些东西丧失了力量。"

"哪些东西?"

"不知道是哪些,但我们如果及时赶到,一切都充满力量。我祖母从乌拉迪亚逃到这儿的花园里,是因为她做了一个梦,梦见自己贴在房子的墙上,不能动弹,手指上长出了叶子。她伸着分叉的手指站在阳光下,血液全都流进了叶子。在这场梦后,她逃出来,生活在这老房子里。从那时候开始,这个花园就不长葡萄了。几年前,有一根葡萄藤越过了围栏,马上干枯和硬化了,甚至不能烧化。父亲和我都尝试过,但没有成功。我想这仿佛天方夜谭,却是真的。"

"为什么你容忍我?"他用了她说过的同一个词,因为他觉得确实如此,"你本应该对我说离开。"

"待到上面后,我再告诉你。"

在此之后,只听见安杜查平静的呼吸声,而维科尔·安蒂姆向上爬着,小心翼翼地看着自己的脚艰难地在荆棘丛中寻找落点。应该天亮了,但因为有雾,还看不见地平线的红色边缘,夜里漫射的光被另一种冉冉升起的更加强烈的光取代了。

"在到达山上之前,我想给你说点儿事。非常重要的事!"

安杜查转身面向他。她确实很美,美得让人不敢相信是真的。

"愿洗耳恭听,请讲!"

她真的停了下来,神情严肃地注视着他。

"我真希望我们没有相遇。我想我们每个人都有自己的生活道路。现在我们相遇了,但必须记住我们各有自己的生活道路。"维科尔·安蒂姆感到身处险境,似乎卷入了一个陷阱,除非脱胎换骨,变成另一类人,才能脱身——要逃走,就不得不变成一个卑鄙无耻的小人。他很尴尬,不太有信心讲这些话,但他毕竟讲了出来,并期望着安杜查的反应。

安杜查垂着眼睑,喃喃说道:

"当然,每个人都有自己的道路。"然后,用指尖戳了戳他的肩膀,"克洛伊库老师也这样说。"

他似乎很庆幸地突然问道:

"克洛伊库老师什么时候说的?"

"什么时候说的并不重要。但他相信这一点。你没有发现吗?克洛伊库是很令人信服的。"

她开始向上爬去,躲避着荆棘和麝香飞廉。

"我还要给你说,你不要太思念我。"

维科尔·安蒂姆竭力想把这些话从后面送进安杜查耳内,但她急着快步走向山坡的边缘,以至他没能弄清她的真实想法。其实不是她不应该过多思念他,而是恰恰相反。他内心真的害怕这场游戏,姑且说还是一场游戏。他唯一担忧的是千万不能受任何东西束缚,不断告诫自己，安杜查归根结底不属于这个小镇，煞费苦心地寻求种种说辞，但最终一咬牙，试图追赶上她。她的身影越来越难于同天空的景色分离。天空似乎正在下沉，取代着大地、山脊。她消失了。当重新找到她的时候，她已经躺在霜染的潮湿草地上，眯缝着眼望着他。天已经大亮，她面前伸展着一个波浪起伏的褐色海洋，那是贫瘠的丘陵，另一种荒野，包围着乌拉迪亚。

"哎，你说，看见这儿有什么机场吗？在这穷山沟里能有机场吗？"

"穷山沟"这个词让他说不出有多么难受，但再贴切不过。地上布满窟窿，更确切地说是到处坑坑洼洼，椭圆形的坑里长着茎很坚硬的野草，混杂着各种不知名的植物，仿佛在山下的乌拉迪亚容纳不下的一切都逃到了这片荒原上。

空气一开始回暖，风就随之而起。风不断刮着，越来越猛，他不由得问道：

"告诉我，你知道为什么刮风吗？"

"哎，问得好！你还可以问我其他问题！"

她声音里带着嘲讽，他居然提出"为什么刮风"这样的问题。维科尔·安蒂姆觉得，她很清楚他为什么要问这个问题，却喜欢拿他的尴尬神情打趣，正如在下面花园里所做的那样。他感到自己的脸又发起烧来，重又体验到当时他冻得发抖，控制不住自己的牙齿和肌肉战栗的痛苦时刻。突然，他跪倒在她身边，刹那之间相信她希望他这样做。他跪着，手伸进了地面和她的肩膀之间。当感觉到沙沙发响的干草时，他不由得大吃一惊，周围的一切无不充满潮湿。安杜查专注地凝视着他，眼睛一眨不眨。只听见她在叫"老师，老师"，随后是一片宁静。他们享受着在这长满野草的高地上的孤独，或许只有从他们身旁吹过的风的哨音乃是比这孤独更加明显的事实。维科尔·安蒂姆柔情满怀，感到人在孤独的时候是那么奇怪。他之所以意识到自己的存在，而且不同于他物，正因为他觉得自己的下巴、颈项和眼睑被一股暖流包裹着。他俯下身去，但安杜查重又叫道"老师，老师"。

他愣住了,睁大眼惊异地看着她,不明白究竟发生了什么。在此之前他也对已经发生的一切毫不理解,但并未使他不安,但此时的情景更使他摸不着头脑,因此备感沮丧。

"安杜查,怎么啦?"

"你所有的时间总是教课,现在也在教课。你对我说别思念你,是出于怜悯才这样说。你不想使我感到痛苦,而你,老师,你怎么办?"

维科尔·安蒂姆就这样弯着腰,不解地注视着她,最终她却以这种态度看待他,难道真是这样吗?他看着安杜查的脸,觉得不可理解,就像不理解过去一夜发生的任何事情一样,但现在是他被惹恼的唯一时刻。他觉得现在有足够的时间细细地注视她脸庞的线条,以至可以在任何时候立即回想起来,就像那些我们往往已经忘怀的最亲近的人的面貌一样。同样,他也有足够的时间摆脱她,不再同她接近。安杜查直觉到了他的想法。令他感到意外的是,她将手掌放在了他的颈项上。她的手掌是滚烫的,所以周围的草变干了。

"老师,别再找我了。"她用手指绺着他的相当长而不太经心梳理的头发,"当你一定需要我的时候,我会来的。"她把他拉到自己的嘴边,只是为了对他说:"昨天晚上你有需要,所以我来了。"

她一闪,瞬间站了起来,而维科尔·安蒂姆依然继续跪着,带着几乎麻木的表情看着面前的野草。草是干的,很干很干,而在她的背躺过的地方,有几丝野草变成了绿色。他踮着脚尖,抬起脚后跟扭动身体,怅然若失地望着安杜查,觉得如鲠在喉,可怕的诅咒几乎冲口而出。他不由得站立起来,用手心使劲搓着下巴,差点搓出血来,最终却只用脚尖跺了跺地。

风越刮越大,安杜查走远了。维科尔·安蒂姆好不容易才听见她在说:

"我们必须下山了,风会刮得更大,这儿的山上永远如此!"

阵风撩起她的长裙,贴在身上,维科尔·安蒂姆毫不掩饰地望着她的脚喊道:

"你的脚好漂亮,你先下。"

安杜查开始笑起来,耸耸肩,到达坡下之前,几次回头对他说:"实际上,如果比谁的脚漂亮,那么应该你先下。"

他看了她一眼,笑着问道:

"明显吗?"

他们在荆棘丛中间分手。他向公路走去,而她走向覆盖着苔藓的老屋。在分开前,维科尔·安蒂姆忽然发现她用饱含着赞赏的目光对他说:

"真的,你的脚好漂亮。我们约定了,在这个花园里你不再有什么东西可寻找。当你需要我时,我自会来到。"

维科尔·安蒂姆朝着公路往下走了才十米或者十五米,一阵彻骨的疼痛侵袭着他的左臀,随后是右臀,同时几乎全身麻木了,直至不由自主地滚倒在路上,不得不用手爬行。他在公路边上躺了一个多小时,茫然望着几个农民向他嘲讽地打招呼:

"早上好,教师先生,请先走,走吗?"

也许他们做得对,他的模样很像刚到乌拉迪亚第一天喝了一夜葡萄汽酒之后的情景。从那时开始,他就想告诉克洛伊库某些事情。一想到此,他立刻成功地站了起来,仿佛什么事也没有发生。在抵达学校之前,他坚信任何人,包括克洛伊库在内,都不会相信他将告诉他们的某些细节,但这只是最初的想法,后来逐渐觉得有必要核实,揭开秘密。难道不正是克洛伊库说安杜查是"巫婆"吗?这正是他赖以佐证的证据,足以证明一切正常的不可或缺的证据。

但促使维科尔·安蒂姆把克洛伊库当作一个无话不谈的密友的原因不在于此,并非是与人分享一连串事件,特别是近来控制着他的激情的需要,而是太多的与安杜查相关的事情缺乏正常的逻辑解释的困惑,或者更确切地说是危险。

在收到塔吉扬娜来信后几天,维科尔·安蒂姆决定回复她。为了那一晚,他做了长时间准备,破天荒决绝地回绝了米赫尔恰努"在我们知识分子之间欢度愉快的一晚"的邀请,并且假装没有看到楼上半开着的门——K. F. 夫人以这种方式表明准备接受他的到访。

维科尔·安蒂姆坐在摆满旧家具的房间窗前。他不打算在乌拉迪亚买什么，因为想到从这儿搬运出去是何等困难，当然不是眼下马上搬家，但或许有一天会这样做。透过玻璃窗可以看见那些熟识的东西，令他意识到在这熟识中隐藏着多少危险。住处一片宁静，在他的房间的寂静中，偶尔传来的只有木器的啪啪干裂声，以及给 K. F. 夫人送十分简单的晚餐的小车轮子轻微的震动声。他特别不情愿坐到桌子前，更确切地说是坐到一个桌角边。桌子的其余地方都被旧书、作业本、几个长了绿锈斑的铜制墨水壶和烛台、一个藏书柜占据了。他之所以不情愿坐下来，主要是因为自己找不到适合的语气，能让塔吉扬娜明白他在此地的特殊处境。如果她的信在他初来此地时收到，那么一切会很简单，或者近乎简单。他拒绝留在乌拉迪亚这个地方。这明显地存在于他的态度和思想中，营造了他的处境。但是现在发生了某种事情，尽管他也说不清究竟是什么事情，或许是空气，或许是葡萄藤须的轻微酸味，甚至或许是自然教师的悲剧形象。正是这个同事给他追述了在此度过的时光的最遥远印象。实际上，他知道不是这些事情改变了他，而是 K. F. 夫人在他们每次的交谈中试图驾驭他的那份执著（？），以及安杜查的完全出人意料的游戏（或者是冒险?）。但是，无论在这种或那种情况下，他觉得自己只是一个牺牲品，所以拒不承认，而在各种人和事中寻找他的变化——无可怀疑的变化原因。

将近深夜一点钟，他终于写了信的第一行，"我亲爱的塔吉扬娜"。在写完这几个字之后，他感到一股强烈的冲动在胸中涌动，喉头被一股令人窒息的热流淹没。他觉得孤独，不，不止于此，而是觉得自己被遗弃。此刻，用玄武岩石块铺砌的街道，以及锻铁制造的院墙大门在两棵像院子尽头的房子一样古老的冷杉隐蔽下的景象，变得十分强烈和痛苦。他觉得自己可以不计较她的沉默。此前她没有注意到他们俩之间的距离有多么遥远，或者甚至是她的来信也只是一时冲动随手撕下来的一页日记。确实，这一天她在思念他，日记的全文即是证明：

"V. A. 具有完备的讽刺精神，比每天在学院遇见的任何一个人更多愁善感。直至现在，由于他不在身边，我才发觉他对于我是多么重要。我一个人呆坐着，不由得想到只是因为 V. A.，才存在围绕我的一切。今天，我同 C. 教授交谈。他说只有一件事情使他感到幸福：他的能力在任何情况下得到承认。我也正是如此。或许这是因 V. A. 之故。我需要 V. A.，必须为我保护他。"

日记到此结束，塔吉扬娜用蓝铅笔补充道：

"我亲爱的'维安'，今天我是这样想你，再会。"

"除了告诉你我正在回忆往事，我将不会给你写这儿发生的一切。我相信这是围绕我的所有事件中的唯一真实的事情。其原因在于只有在回忆中才出现觅求现实的愿望。甚至只有通过回忆，现实才被接受。太理论化了，不是吗？现实生活乃是有着我们童年时嘎嘣嘎嘣嚼着的香草饼干味道的东西。无论我怎么寻找，也没有找到与儿时一样的淡黄色的硬硬的小饼干。也许没有人再对这种东西感兴趣了。这封信似乎应该是一封情书。我觉得，只有怀着这样的感情来读，它才可能是这样一封信。我亲爱的塔吉扬娜……"维科尔·安蒂姆终于又写下了这些他觉得越来越积压在胸的词句。实际上它们是唯一应该送达位于利马大街的她家里的东西，需要添加的只是氛围（他就是这样想的）。他觉得不能再继续写下去了。他脑海里清楚地记得她的房间，一整面玻璃墙，实际上是一个封闭的露台，由淡色的厚帷幕保护着。那是她母亲的品位。她母亲是一位并不外露的内向女性，刚性的脸庞线条中透出某种病态，确实美丽、庄重，富有教养。整幢别墅只留下塔吉扬娜一个人，她的父母去锡纳亚的某个地方——大概是去普雷迪亚尔出席一个官方宴会。他在自己的宿舍房间里和衣躺在床上，浑身燥热得几乎爆炸了，但依然不动声色地忍耐着，知道有人将会来叫他。果然，门房走上楼来，在走廊上大声喊道："历史'少爷'，有人找。"他知道是她的电话。他飞奔着跑下楼梯，电话间开着。一个粗鲁的家伙离电话听筒一米远大声咆哮着，吵得满屋都是他的声音,造成严重干扰。塔吉扬娜在那一头听着那个家伙在电话听筒边上所说的一切,但不加评论,一言不发地静听着整个前厅都听得见的猪号叫一般的脏话。而他刚拿起听筒说一声"喂",她就打断道:"二十分钟后我在家里等你。"他在别墅门前转了大约五分钟,觉得最好是提前见面,但还是等足电话中约定的二十分钟后才走进去。

维科尔·安蒂姆清楚地感到,自己的脸庞正像那时一样发烧。这是他在那儿将近二十四个小时的状态。塔吉扬娜同他一起住在一间宽大和豪华得让他难以适应的房间里。直至现在,当展开回忆之时,他才真正理解塔吉扬娜当时的说话和姿态的深刻含义。塔吉扬娜事先没有对他说,就定下了他们这一夜同居的明确规则。那是最难熬的一夜,听见她从房间的另一角传来均匀和平静的呼吸声,他却不敢越雷池一步,只觉得脸庞泛起一阵阵潮红燥热。翌日早晨,塔吉扬娜很自然地对他说:"你应该走了,我的家人要回来了。他们不可能理解。"她说得如此坦然,他只得点头同意。令他真正感到幸福的是,塔吉扬娜送他去公共汽车站,光脚穿着家常的便鞋,双手紧抱着身上的夹克衫。他知道在她的针织衫下只有很薄的一件内衣,薄得几乎不存在一样,可以窥见她的皮肤。当登上公共汽车,回头望时,他惊奇地发现了她的目光。于是他明白,虽然他们之间没有发生任何事情,却如已经发生了一切。他情不自禁地感到被一种激荡的、神经质的愉悦包围着,使他可以不计较任何事情——实际上进入了一种难于理解的忘我状态,可惜当时没有出现足以证明这种状态的时机。

现在,维科尔·安蒂姆对着信纸迟疑不决,或许是被纸上开头的几个字震惊了,没有勇气在完全理解它们的力量和品味之前再添加任何词句,他发觉自己回忆在利马大街的别墅里度过的那一天时感到特别激动,心里明白他的爱情眼看就会成为自己在乌拉迪亚这儿的日常生活变得不可忍受的原因之一。这种激情浓度极高,恍若喉头泛起的一股酸水,围困着他的太阳穴和眼睛。他突然摇摇头,很怕眼泪夺眶而出,一种孤独无奈感也油然而生。他在信纸上加了几行思念之类的闲话后——也许是真话——突然从桌旁站起来,走近窗前。直至面对这儿那儿黏着污斑的玻璃窗时,才察觉是一股莫名的力量推动他站起来。有几分钟,他很困惑,把一切归咎于自己的神经质,或者说过度兴奋,但随后平静了下来。一种特殊的感觉告诉他,门外,或者甚至更近的什么地方有人来了。他转过身来,背对窗子,瞧着门,向前走去,开始有点犹豫,随后似乎下定了决心,轻轻地不发出任何声音,走到门边,突然一下拉开了门。门外是光线很弱的空荡荡的走廊,但有一个人影使他感到困惑。他解释不了自己是怎么感觉到她的,但她确实存在。他在门厅里寻找着,然后打开了入口的门,弄得门上的彩绘玻璃叮当作响,心想将会像通常他来迟时那样听见 K. F. 夫人的话音,"即使人不值钱,至少也得尊重安静",但没有任何回应。爬满葡萄藤的院子散发着杂草、泥土的清香,风带来了飘忽的轻烟和狗吠。大门关着,在微弱的光线下,分辨不清任何痕迹、任何人影。他很希望对自己的这种"敏感"不产生怀疑,很希望确实有什么人来过。但一切是那么平静,以至如果留在外面更长时间,在热浪的阴影下,或许能听见廊檐下的穿堂风的嘘嘘响声。他回到别墅里,小心地关上了所有的门,否则第二天早晨就会听见米鲁娜嘟嘟囔囔的抱怨,或者甚至 K. F. 夫人用法语朗读关于良好教养的名言。当他进入自己的房间时,他在桌子和椅子前停留了很久。存在着某种模糊不清的东西。他看了看信,随后看了看椅子、书籍,用手摸了摸桌面,满是灰尘。有人把书推向了一边,可能是为了透光,留下了痕迹。他坐在椅子上,同时用手指沿着灰尘的拖痕向前推进,在桌腿边的地板上看见了一个淡红的斑点。斑点近乎发黑,但主要是因为颜色的鲜明而非光线的原因,保存着鲜血的色调。他弯下腰去,以这种姿势待了几分钟。地上有一块头巾,一块乌拉迪亚的姑娘们在收获季节戴的头巾,但这块头巾是安杜查的,只有她才会喜欢这样的色调,那是亚当家的塞得满满的木棚里生长的植物的颜色。因此,确实是她到过这里。他应该回想起他们分手时她对他说的话,但他没有那样做。他也没有对克洛伊库讲这些事,而是讲了完全不相干的其他事情,而且在讲的时候密切注视着对方,务求辨明当他以这种或那种方式提到安杜查时,克洛伊库的真实反应。

* * *

维科尔·安蒂姆感到冷空气吹打着他的脸颊,空中弥漫着白桦树皮的清香,是从哪里传来的?还有核桃仁的香味。用不着再喊自然教师的名字,因为这一位早就听见了窗子的吱吱嘎嘎的响声;现在正向学校走来,手插在口袋里,始终是不慌不忙的神情。他等着克洛伊库,直至对方走进教室,然后转身背对着光,感到脖子上凉飕飕的,冷风钻进了领子,不由得愉快地抱着自己的肩膀,但克洛伊库嘟嘟囔囔地说道:"关了,先生,关了窗子,小心别冻僵了。"维科尔·安蒂姆不情愿地关上了窗,心里想着那一堆几乎是湿的白杨和鹅耳枥①,劈的柴越来越少——校工用得比通常快得多。他摇摇头,脑海里开始漫无目的地寻找那些无用的琐事,实际上应该对克洛伊库讲有关安杜查的事情,不是讲自己如何看待她,而只是顺口提到,为的是看到克洛伊库如何像被一个冰块击中额头一样原形毕露。这是肯定无疑的。至于为什么说像被冰块击中一样,是因为不久将下雪吗?

"老师,我想不久我们将忙着工作了。"他朝肩后指了指雾蒙蒙的天空,"空闲时间结束了!"

克洛伊库坐在一张长凳上,低眉顺眼,阴郁地看着他,而维科尔·安蒂姆觉得很难这样开始:"告诉你,安杜查……"但他毕竟这样做了,却发觉自己说话的口气那么平静,不由得连他本人也感到可怕:"安杜查几天前同我约会了,你知道吗?"

克洛伊库注视着他,神态并不比平常有多大不同,但终究是一个事件。维科尔·安蒂姆举起手,仿佛要做一个继续讲的姿态,却突然转过身去,面向窗子。他这样站着,背对自然教师,感到克洛伊库的目光盯着他的颈项。这使他颇为高兴,正是一语中的的证明。他缓慢

---

① 鹅耳枥为桦木科乔木植物,其有些种类较坚硬,纹理致密美观,可用于制作家具、小工具及农具等。

地转过身来,以便有时间把目光移开,假装注视着地板缝里一长条烂泥痕。

"是的,甚至在大学期间也没有过的一次约会。"

克洛伊库罕见地舔着自己的嘴唇,两眼死死盯着他,仿佛想从他的嘴的动作中发现事情的真相,不相信他言之凿凿的冷静口气。

"实际上,不是一个约会,是她来到了我那儿。我正在工作,写一封发往首都的信。听我说,一封写给那儿一个重要人物的信。突然,安杜查敲我的窗子。她从窗口跳了进来。请你设想一下,竟然从窗口跳进来,在我那儿一直待到早晨,待到第二天晚上。晚上,当我回家时,她不在了,不过可以肯定,刚离开不久。"

他停嘴不说了,等待克洛伊库问:"后来呢?"但克洛伊库继续用舌尖舔着嘴唇,或许是浑身发烧。维科尔·安蒂姆专注地看着他,开始不知所措地在长凳前来回走着,挖空心思想找到更加肯定、更加有说服力、更加放肆的语气。

"啊哈,对了,我们整夜只交谈了几句话。请你理解我,这是一个完全不同寻常的约会,"他扑哧一声大笑起来,"风流一夜情……"

克洛伊库的脸庞变得煞白,神情严峻。这对于像他这样一个人来说很令人感到意外。维科尔·安蒂姆听见他咬着牙低声说道:"你没有足够的理由说这样的事,没有足够的理由!"声音低沉,却分外清晰。

第六章

维科尔·安蒂姆心怀毫不隐讳自己的惊奇和赞赏之情，注视着这个老朋友，而对方却一反常态，表现得煞是激动不安，原因并非是他们俩再度相见时隔太久，而是由于一段回忆——对方原来的妻子与安杜查相当相像。确实，安杜查可能使任何一个男人神魂颠倒。他本人就是一个很好的证明，但吉鲁·拉瓦克并不认识她。实际上对于吉鲁来说，她根本不存在。

"算了吧，老兄，别再那么烦躁，让咱们再喝一瓶伏特加，一切就烟消云散了。听我的！"

他笨拙地站起身来，差点把黑中带红的塑料桌子打翻，而当他转过身来时，笑得嘴几乎豁到耳边：

"还记得'领巾问题'吗？你说，还记得吗？"他笑得浑身发抖，差点把手里拿着的酒杯翻倒在地。

吉鲁·拉瓦克发觉，他这个老友的手指甲似乎未加修剪，总的来说维科尔·安蒂姆显得有点邋遢，或许是由于发亮的上衣，特别是纽扣前面和袖肘上的油光使人产生这样的感觉。他记得，记得非常清楚，不过不太明白为什么恰恰是维科尔·安蒂姆提起这件事。随着时间流逝，这件属于"愚蠢"类的事情也早已成为历史，但在发生的当时，他的情感有着别样滋味，实际上很令人恐惧。在很长一段时间里，他在半夜三点钟惊醒，大喊大叫或者喃喃说着天晓得什么意思的呓语："我想说的不是这……"虽然在"领巾问题"发生那一刻，从他嘴里冒出来的正是这含义很普通的几个词。

那是在十二月末，没下雪，仿佛是从剥落的墙壁中冒出来的潮湿的寒气笼罩着一切，无论是在黑色的花园里，长满苔藓和地衣的廊檐下，还是在学校的楼道里，油毡盖顶、只有一节车厢宽的他们的家里，莫不如此。临近十二月末跻身第一梯队的少先队员行列，是件了不起的大事，令人觉得无比光荣，可以说是压倒一切的荣誉，所以吉鲁·拉瓦克花了两个星期的时间苦读抄在一张卡片上的"誓词"。卡片上只剩下一厘米见方的空白，没有绘上图案和染上色彩。各种旗帜、星星、树叶、军号和火炬，有一刻他的脑子里甚至出现了画几辆坦克或者交叉的长枪的想法，而维科尔·安蒂姆是用这类影像涂满作业本最后几页的高手，但吉鲁·拉瓦克放弃了这样的念头，觉得没有足够的象征性图像。尽管能把"誓词"倒背如流，甚至连标点符号也记得滚瓜烂熟，能通过抑扬顿挫的声调来突出重点，吉鲁·拉瓦克却在那天下午还是结结巴巴念不成句，突然绝望地觉得口干舌燥。他像一条被扔进了草丛的鱼一样使劲活动上颚，大口咽气，想使气息变得顺畅，以至觉得好像在吞一块面包或者一口水。他竭尽全力想回复正常，结果却张大了嘴，只从喉咙里冒出几声呃呃的喉音，破坏了整个入队典礼。最后，他含糊不清地念了"誓词"，却不像其他人那样眼睛对准队旗杆的金色枪尖，而是使劲念了两个星期来涂得花花绿绿的卡片上的模糊不清的字母。当他走到街上清醒过来时，每走两三步就摸一摸大衣上的领巾扣，生怕领巾不翼而飞。走到半路上，他终于明白别无他法：要么解开脖子上的扣，至少能看到像兔子的两只耳朵一样的领巾的两个角，要么把领巾戴在大衣外面。这样就能保证看见它存在，而且让大家都能看到。当然，他选择了第二种方案，把领巾结在了大衣领上。大衣有点小，是两年前买的，变得十分灰暗，尤其是缝口上。他就这样来到了维科尔·安蒂姆家里，而未顾及他的这个发小未能进入第一批少先队的行列。或许正因为如此，他才来显摆一下。他敲敲院子里的厨房门，透过玻璃窗看见维科尔·安蒂姆正在极不耐烦地敲核桃，头脑里想着的当然是随后要组织的新年唱喜歌活动，以及随之而来的一系列麻烦问题，譬如说皮子、马鬃、木桶、鞭子、名单和路线啦，等等，而首先应该去唱的当然是有钱的人家。他敲了敲门，虽然没有听见任何请进的回应，依然壮着胆推开了有点变形的门，满脸显示出一个幸运儿的自豪感。维科尔·安蒂姆停住手，大喊着，让正在炉子旁埋头干活的他的母亲回过头来：

"快看，'少先队员'吉鲁来了。"

他许久都记得自己在膝盖前双手捧着书包，像捧着个大包袱似的站在门槛上，可能是因为紧张而脸色显得苍白，抿着嘴唇，咬紧颚骨，期待他人充满赞叹的祝贺。维科尔·安蒂姆的母亲回过身来，抖掉手掌上的面粉，随后用有淡紫花纹的围裙擦擦手：

"噢，这么说，小宝贝入队了。好样的，祝贺你，我没什么可说的，只是想问你为什么将领巾戴在大衣上？这是规定吗？"

在响彻咚咚的鼓点声和军号声的入队典礼那一刻之前，他的懵懵懂懂的头脑里究竟在想些什么，他从来也没有理清过。但"这是规定吗？"这句有点讽刺、惊异和不相信的附加问话，使他全盘否定了自己。他憎恶趴在像圣经似的画满图画的卡片上的两个星期，为在此之前一个小时里自己口干舌燥，结结巴巴说不出话来，双手发抖感到羞愧难当。但在另一种神圣的傲慢，与不请自来地走进关着的厨房时不同的另一种傲慢的刺激和推动下，吉鲁·拉瓦克故作不经心地说道：

"嗯，没有什么规定，今天戴在脖子上，明天丢在床底下，不像您想的那样。"

维科尔·安蒂姆的母亲眨眨眼，一瞬间显得很惊异，随后仿佛觉得后悔刚才的问话，用手理一理头发，突然显得好像年老了十岁，对维科尔·安蒂姆说核桃已经砸够，可以到外面去干自己的事了，最后终于对吉鲁·拉瓦克说：

"当然不是我想的那样。你成为少先队员是件好事，意味着你是个榜样。"

或许那整个下午留下的只有被吸收进少先队的激动。几天后，当维科尔·安蒂姆对新年期间到亲朋好友处挨家挨户唱喜歌贺年的收入进行"结算"，在绝对平均分配对于他们来说是天文数字，足以每人

买一个两节黑色长狩猎电筒的现金后,他两眼无辜而天真无邪地望着吉鲁·拉瓦克,伸出手对他说道:

"现在你再给我一半的钱,我还想买一个口琴。你知道,我会吹口琴。如果你愿意,我教你,所以我需要一个口琴。我在书店里看见一个捷克产的,还有变调器!"

吉鲁·拉瓦克像被马蜂蜇了似的跳起来:

"嗨,安蒂,怎么能给你。给了你,我就买不了手电筒了。我们过去在一起,永远在一起。不能给你钱!"

维科尔·安蒂姆慢慢地收起钱,那是一大堆零钱,因此俩人都做了个小口袋,用带子结在手腕上。

"好……吧,如果是这样,我就去辅导员那儿,告诉她就在入队那天你来我们家说了些什么。"维科尔·安蒂姆说完这话,就肆无忌惮地慢吞吞地走出了房间。

不到一个小时之后,吉鲁·拉瓦克来到了维科尔·安蒂姆家里。因为维科尔·安蒂姆还没有回家,他就将一小口袋零钱交给了他的母亲,并告诉她,是维科尔·安蒂姆忘记在厨房里的。然后一切照常,好像什么事也没有发生过一样。

* * *

"记得,我还记得。但口琴还在吗?"

维科尔·安蒂姆用伏特加浸润着嘴唇,撇撇嘴说:

"哎,吉鲁,已经坏了,买了以后马上就坏了。次货。实际上现在我也不再吹了,浪费时间。不过,在乌拉迪亚,一旦心烦,也把树叶当笛子吹!噢,吉鲁,关于沃拉迪亚,你知道些什么?你在工地上溜达,监督人家干活,进行建设,见到各种各样的人,通过生活学会你想做的事情。但教师的命运不同,完全不同。首先,所干的一切丝毫也不受人注意。无论怎么任劳任怨或者披肝沥胆,一切都是白费!一旦命运不济,到了乌拉迪亚,那就再也无所作为。唯一能做的事情就是打盹。你怎么说?"

吉鲁·拉瓦克把满满的一杯酒从面前推开,仿佛不想再喝了:

"你说打盹,难道只是打盹吗?可是,你信上给我写的是另外的事情,要我去那儿见识一下那个古怪的老太太。这是你的原话,名叫'卡艾夫'的,对,就是这个名字,'卡艾夫'。现在怎么说只有打盹了?"

"K. F. 夫人去世了。就在几天前,死了。或者……总之,不再活着了。最终与乌拉迪亚告别了。明白吗?最……终!现在,一切都掌握在巴沙利加的魔掌中。即使是科帕丘,也不再能办事了。或许他也不想干了。他们是亲密的朋友。无论是克洛伊库,或者米赫尔恰努,没有任何人愿意做任何事情。K. F. 夫人走了,不久或许卡特琳娜别墅也将倒塌。葡萄有着魔幻的力量,能够摧毁任何一堵墙壁,穿透柏油马路。像一辆坦克,只是更有耐力。"

他说话中提到了科帕丘和米赫尔恰努,但心里并无把握,实际上不能肯定他们是否曾经在工程师吩咐或者示意他们做的事情之外,另有打算,但把他们与科帕丘拉在一起是为了壮大声势,加深印象。尽管有点添油加醋,但吉鲁·拉瓦克哪里知道他们是何许人,以及科帕丘或者米赫尔恰努有何价值。之所以提到他们,是因为列出名单意味着加重分量。即使只是为了使自己相信在乌拉迪亚失去了一切,再也没有任何理由继续留在那里,最终能够像第一天就希望的那样离开,提及他们也未尝不是件好事。K. F. 夫人之死,或者更确切地说是她的消失,产生了完全出乎意料的结果。从他开始,包括所有的人,无不觉得这个事件颇为怪异,似乎在一步踩空之后,全力要保持平衡的同时,大家都清醒——在这个词的本来意义上——过来了,谁也不再去想"怎么到了那儿"这个问题。在米赫尔恰努和科帕丘中尉的脸上,甚至在克洛伊库满脸皱纹的皱褶里,都可以看到一种混合着痛苦和如释重负的轻快感的奇怪表情。"我们的老太太走了,K. F. 夫人走了,"在真诚的遗憾之外,可以窥见另一种感情——孩提的欣喜,"终于不再需要我们承担责任了。"诚然,K. F. 夫人没有要求任何人做任何事情,但所有人都觉得有责任关注她的存在,从而与巴沙利加工程师对立，即便是在没有人看见时，他们独自在房间的阴暗角落里时，用嘴角上一个意味深长的微笑来表达。但是，一切结束了，连同那累人的自我监控，人们不再需要费尽心机力求避免直言一切——一切的一切，为这个过时的可笑老太太也保留一点东西——她的青春时代的不幸往事的回忆。维科尔·安蒂姆看着他们，明白发生了某种虽不可弥补，却有益于人的事件。但究竟发生了什么，他无从揭晓，因为他来乌拉迪亚的时间太短，而且在所有人当中，他毕竟与 K. F. 夫人最亲近。正因为如此，即使 K. F. 夫人去世时他并不在场，也能对任何一个问他的人说，他当时在场，知道一切，听见了她的遗言。随着这种信念的加强，他在自己的心里创造了一幅惊人细微的图画。最初，这幅图画是微型的，不甚清晰，像一只小虫子一样爬动着，随后变得越来越大，越来越清晰，越来越强烈。逐渐，仿佛往一个金色气球里吹气，画面膨胀着，占据了他的全部注意力，控制了他，最终也把他包裹了进去，把他安放在楼上房间的一个角落里，让他再一次看到 K. F. 夫人死亡的过程，尽管实际上他是第一次见到这个场面。他一整天在胡同里溜达，机械地回应着依傍在大门口或者坐在长凳上的人们的致意。他们交头接耳，究竟在议论什么？当然是老太太之死。他很怕一旦回到家躺在床上，将看到一切。直至那天下午，他从公墓回来之初，出现在脑海里的只是各种声音、活动的片段，但在那一天他就知道一切行将结束，房间将空旷得像抛锚在这儿的一艘舰只一样，而他最终将知道几天前发生的事情的细节。

最后，没有办法，他只得向卡特琳娜别墅走去，对肯定将要发生的事情多少有点害怕，又感到有点刺激。当到达门前时，他轻松地深深吸了口气。房间里，自然教师正在等他，而无论自然教师对他说什么，无非是敷衍搪塞。他希望这样的敷衍搪塞，是很明白的，但不明白的是他为什么害怕看到楼上 K. F. 夫人发生的事情。

"发生了什么事情？"他问克洛伊库，无非是出于一种近乎忘却的习惯。

在乌拉迪亚，一切事情在具备相当规模之前，无论发生什么都不可能是大事，因此给人的感觉是无论对人对事最好避免刨根问底。提示一下，浅尝辄止，这就足够了。

克洛伊库坐在一张安乐椅边棱上，几乎消失在黑暗里。维科尔·安蒂姆壮着胆子来到这儿，走进历史教师的房间，但没有把各种杂物推开点亮灯。当然，克洛伊库端坐在那张举世无双的笨重的安乐椅上。那是令人印象深刻的一套旧家具的剩物，很适合乡下的胆怯而爱面子的来客。他迅速站起来，姿态里带着些许迫不及待的神色：

"不，没有发生任何事情，只是突然感到心烦。你没有感到今晚过于平静吗？你怎么看，不觉得吗？"

维科尔·安蒂姆从自然教师的声音里分辨出一股绝望和祈求的可笑波浪，所以几乎没有完全明白"过于平静"究竟是什么意思，就随口同意道：

"你说得对，我也感觉到有点不对劲，连风也不刮，或许暴风雨即将来临。我想大家期待暴风雨时就是这样的。"他在某本书上读到过，没有任何理由不相信。

克洛伊库依然站着，右手插在衣服口袋里，因此衣服下摆向下垂着，纽扣是解开的。维科尔·安蒂姆惊奇地发现，自然教师别着领带别针，尽管由于反光，他的领带已经不再有清楚的颜色。

"奇怪，不是吗？我还从未来拜访过你。你去过我那儿一次，我压根儿还没有来过你这儿。我们照理应该更密切地相互拜访，多多交谈。我有许多想法，必须对人说！你理解我吗？"

维科尔·安蒂姆努力表示理解，实际上却觉得十分蹊跷。克洛伊库如此突然和非同寻常的来访，而且一动不动地端坐在安乐椅里或许已经几个小时，使他失去了刚刚找到的平衡，确实让他感到恼怒。他打开灯，更加清楚地看到克洛伊库那么不修边幅，那么迷茫。是的，迷茫，或许是一个更接近于克洛伊库状态的词。克洛伊库脸色苍白，黑眼圈很大，可能独自用洋铁皮杯喝了一整夜酒，可以想见他的牙齿是如何碰撞着洋铁皮杯子嘎嘎作响。"犯了焦虑症，到这儿来倒苦水了。"克洛伊库紧咬着嘴唇，满脸皱纹。维科尔·安蒂姆发觉他的这个朋友似乎已经很老很老，或者更确切地说，老了许多。或许，昏黄的灯光是罪魁祸首，可能是这样。

"你说得对，当然是这样，我们应该更多地交谈，更多地见面。但你知道，如果你事先做出计划，便不会有任何结果。"

"对，确实如此，所以我这样事先不说就来了，"克洛伊库的声音里带着孩子般的快乐——以为摆脱了大人的顽童所表现出那种快乐，"来说说话。我突然感到十分孤独。这很可怕。"他望着敦实的维科尔·安蒂姆，仿佛想找到某种稳定感："于是，想到了你。"

克洛伊库直觉到，来访的决定性时刻到了，觉得似乎不可阻挡，也找不到妥协的解决办法。

"你住得不错。你压根儿没说过自己生活在这老古董的房子里。"他假装颇有兴味地审视着桌上的一堆书，变形和古怪的家具，黏着压扁的飞虫痕迹的墙壁。"嗯，是的，你很洒脱，但事实上你并不关心。"他慢慢扭动着身体，用手在衣服口袋里乱戳，重新用祈求的口气说道："你确实不关心吗？"

维科尔·安蒂姆比较年轻，懂得摆脱困境的唯一路径是说他言之有理，并且让他说完一切。克洛伊库正是为此来到卡特琳娜别墅。他有话要说，一个人自说自话，不管是否有人理解，实际上心里很紧张，又因过于平静、孤独，使满脑子的想法、词句很少考虑以后将会发生什么，只在意眼前想要卸掉包袱，减轻思想负担，轻松地呼一口气。正是为了这一切，克洛伊库才选择了维科尔·安蒂姆，选择了他和这个地方，可以无所顾忌地说任何事情。这是出于偶然，抑或出于本能，有谁知道呢？在维科尔·安蒂姆看来，如此已经足以看出他的朋友克洛伊库选择了最容易的解决办法，至少从他的观点来看是这样。

克洛伊库不再在主人面前走来走去，而是怀疑地看着那张安乐椅，只见它似乎很轻易地呈螺旋状旋转，行将散架而变成一堆尘土和刨花；里面的弹簧剧烈跳动着，椅面布也被撕扯成碎片，发出悦耳的声音，仿佛需要有人坐在上面才能安定下来。于是他又坐了上去，两只脚伸着，故意做出懒洋洋的姿态，摇晃着鞋尖：

"好吧，让咱们现在坐下来。"他并没有把手从衣服口袋里抽出来，似乎已经养成习惯，不要完全袒露一切，正是出于这样的目的，才战战兢兢地坐在破烂的安乐椅里。安乐椅虽旧，却是 K. F. 夫人的飞行员在完全不同的另一个时代克服困难、富有挑战性地运来的一整套豪华家具的残余。

"你必须多多少少听我说，老弟……"

使维科尔·安蒂姆吃惊的并不是这一声"老弟"——不管是讽刺还是真情，有谁还能了解克洛伊库，尤其是在给他讲了自己与安杜查的"冒险"故事之后——而是自然教师极其害怕通常没有人听他说话，没有人注意他的事实。这大多是真实的，但他不能设想自己会有这样的自我意识，会认真反思这个事实。他一直暗暗嫉妒克洛伊库富有激情，而他自己……并非是因为他无能，而是因为根本没有激情。他看不见能借以立足于乌拉迪亚的任何途径，因为他相信激情必须首先有自己的地位，一个能够表达、生长、变得强烈的场所，他能够控制的空间。他想离开乌拉迪亚——这算不上什么激情，至多是一个有充足理由的愿望。与安杜查的相遇在他心中引发的只是好奇，正如在 K. F. 夫人那儿的经历一样，其中包含着许多秘密和谜，但试问有什么地方和环境不隐藏着这样的事情呢？而克洛伊库有他自己的理想，有促使他留在这儿的希望，相信最终将在这儿发现他奇妙的蝴蝶——丽蛱蝶的执着信念。可以认为克洛伊库是一个满足于既有东西的人，具有科学的激情。他的这个收藏是如此奇特，有着如此细微的差异的紫红颜色，但毕竟没有一只是真正的丽蛱蝶，为未来保留着那么大的空间！谁曾想克洛伊库突然表白，他迫切希望别人听他诉说，得到信任！

"我很想抽一支烟，你知道吗？是的，是的，确实如此，抽一支呛人的烈性烟！"

当克洛伊库非常有自信时，是个很了不起的人。他颇为富态地靠在那张旧安乐椅背上，让人很惊异他的踏实自信从何而来。他眼里带着一种狡黠的闪光望着维科尔·安蒂姆,但一切都是伪装的,只是一种故作姿态的悲情。

"当初我来到乌拉迪亚时,每天抽两包烟,国民牌、美丽牌,并非是因为这两个牌子的烟好,而是味道比较烈……它们到处可以找到,无论是在科马纳,或者斯特拉达·马雷的小烟店里都有。在这之后,我戒了。你知道……是为了科研活动。如果抽烟,是不能同昆虫和植物打交道的!我不能确定你是否察觉,在乌拉迪亚没有任何人抽烟。"

维科尔·安蒂姆默默地点点头。他也不抽烟,从来没有抽过烟,但片刻之后,又提出异议说:

"科帕丘抽烟。我亲眼见过他抽烟。抽得不太多,但毕竟也是抽烟!"

"噢,是的,但科帕丘是另一回事,完全是另一回事。他总是在行动,是一个很有意思的人。他不能不抽烟,因为这是他个性的组成部分!"瞬间,他抛开了明显假装的口气,直视着维科尔·安蒂姆的眼睛,缓慢而有力地说道:"我从来没有什么个性。也不想有个性。"

维科尔·安蒂姆克制着自己不表示反对,至少是出于礼貌也应该这样做,而克洛伊库充满信心,并非是对他的这个朋友,而是对他自己。

"始终如此,"自然教师继续说道,"我甘愿默默无闻。如我所说,这是我所作所为遵循的第一守则。我许久不知道这是我之所愿。要知道,在孩提和青年时代,人们行为怪诞,故作姿态,在很久之后,或许要经过许多年的时日之后,才懂得为什么是以这样的方式,而不是以另一种方式行事。在这个决定性的阶段,你选择的命运绝对是出于偶然。其中的原因在于太注重琐事。你发现大家耻笑你,是因为你长得较胖,或者只是因为他们必须耻笑某件事情,而你也对此习以为常了。于是,你开始并继续这样行事,以致当别人笑你时,会泰然处之。没有人耻笑过我,有人耻笑你吗?"

维科尔·安蒂姆觉得克洛伊库的嘴变成了一个鼓鼓囊囊的口袋,

嘴唇紧紧抿着，随后又像平常那样撅起嘴唇——同这样的人说话值得吗？

"不，所有人都耻笑别人，笑某人长着蓝眼睛，笑另一个人长着绿眼睛。我们害怕周围的人，所以才嘲笑任何鸡毛蒜皮的事，甚至连打个喷嚏，也觉得可笑，实际上是出于害怕，或者是为了克服恐惧。不过，现在从哪里得知……"

"我是不在意这些人之一。当分帮踢足球时，球队队长们逐个挑选小伙子，而我总是落在最后。那时一片静默，静得出奇，以至可以听见其他人的呼吸声，一个个都跃跃欲试，准备你追我逐地向球扑去，却因为我而不能这样做。我仰望着天空，似乎期待下雨。其实，我压根儿不想踢足球，但不得不踢，因为大家都喜欢踢足球。要知道，如果不踢，那就与众不同，会引起大家对我的注意。尽管如此，他们不想要我，我也不愿踢。最后，有个队长大声喊道：'我们出球和场地！'另一个队长没有办法，只得选我。你明白吗？只能选我！"

外面开始下雨了，很突然，既没有雷声，也没有闪电，雨点单调地刷刷落下，花园里的嘈杂声被淹没在窗台边镀锌落水管的哗哗流水声中。

"你担当什么角色？我是想说，踢什么位置？"

"总是踢后卫。这来自英语'back'。不过那时我不知道这是一个外来名词，还以为是一个土耳其词。我站在守门员前面，有人接近球门时，便近乎绝望地冲过去踢他的脚。有时能成功地阻挡他，甚至把球抢过来。当出现这种情况时，我不知道随后怎么办，感到双肩之间有股强大的压力，脖子紧张得发僵，口干舌燥，只听见有人冲我大喊大叫，或许是叫我传球，迈开腿跑动，谁知道他们在喊什么。我惊恐地看着球，用全身力气踢过去，带起了黑色的泥土和草皮。球翻滚着，歪七扭八地飞出界外。我觉得庆幸，并没有非分之想，只要能摆脱它就足够了。好吧，这是我踢足球的情形。但一般说，我不太靠前，也不太落后。并非故意如此，顺其自然而已。很晚我才发觉这是一个非常微妙和难以解决的问题。自然界叫作拟态、适应。"

"你什么时候发觉这一点的,更确切地说,你什么时候开始变成故意的拟态者的?要知道做某件事情正是为了适应,不是吗?"

克洛伊库没有回答。其实是让人明白他清楚地知道自己何时第一次这样做,但不太想说。

"归根结底,你连一支烟也没有吗?"

"没有,一支烟也没有。不过,如果你一定要抽,我到楼上 K. F. 夫人的房间里去找一支。我没有见过她抽烟,但或许有烟。从她那儿,可以期待有这种东西。或许是一种很久以前已经干了的烟叶卷的香烟。怎么样?"

克洛伊库突然活跃了起来:

"算了,不需要,我就是说说罢了,是为了消磨时间。即使有,你也找不到。还是坐着听我讲吧。在来到乌拉迪亚这儿之前,我第一次发生的事情。"

他注意地观察着维科尔·安蒂姆,似乎想从这个比他年轻的同事脸上发现极其惊诧的表情,从而以无比快乐的口气对这个朋友说:"是的,年轻人,我也是从外地到乌拉迪亚来的。这儿存在的一切都是从外地带来的,巴沙利加、科帕丘、米赫尔恰努,所有人都是从外地来的。"他之所以要这样说,只是想看到维科尔·安蒂姆会在瞬间卑躬屈膝,至少是在想象中,看到这个年轻人将显示出的完全不同的另一种模样,发现自己原本是同所有人一样的凡人。克洛伊库很想窃笑,但强忍着,尽管很难,毕竟还是忍住了,开口说道:

"怎么对你说……"

维科尔·安蒂姆不想再听他唠叨。偶尔传到维科尔·安蒂姆耳朵里的只有断断续续的只言片语,克洛伊库设想的对话语调此时已经完全沉浸在他对大学时代的回忆中。像所有这类回忆一样,在自由主义的光环笼罩下,夹带着或多或少的粗野放肆。维科尔·安蒂姆早已熟知,要讲的故事无非是有个女人,或许是一个女同事,当然是第一美人,克洛伊库同她相恋相爱,只差结婚,但在最后一刻克洛伊库醒悟到自己不能成为一个如此美丽的女人的丈夫。

他之所以不再听克洛伊库唠叨，是因为认真地看待自然教师的孤独。这种孤独是多么可怕，致使克洛伊库在时隔那么久之后不请自来，到他家里造访并讲述这些鸡毛蒜皮的琐事。那是很久很久以前发生的事情，难道真的发生过？一切都隐藏在自然教师封闭的记忆里，随着时光的推移获得了特殊的价值，促使他庆幸当时是这样发生的，而不是另一种形态，最终证明了他在乌拉迪亚这儿的整个生活是何等正确。克洛伊库自以为不同于其他人，拒不构建自己的未来或者过去。这绝非祥兆。而他，维科尔·安蒂姆难道不能说服这个朋友相信这一点吗？如何能解释诸如此类的事情，即使他本人也难确保自己走上同样的道路。K. F. 夫人也是这样，只不过在楼上表现不同，她只是揭示自己的过去，一切在以往展开的过程中无不经过精心筹划和构建。因此是可信的，否则就难以理解为什么老太太在面对他的一举一动中都那么威严和自信，特别难以理解的是为什么巴沙利加和科帕丘对她那么仇恨，几乎势不两立，非要证明她顽固不化不可。

雨突然停了，就像开始下时一样。到处攀缘的葡萄叶，犹如一个个卷筒，随着每一阵风的吹动，每一只鸟的飞行，聚集在叶子里的雨水滚落下来，在坑坑洼洼的水泥地上发出滴答滴答的响声。

"不错，这是第一次。那么第二次呢，什么时候是第二次？"

克洛伊库怀疑地看着他，脸上显得失望，夹杂着疑惑。维科尔·安蒂姆对他的倾诉毫无反应，惊人地冷漠。他不能理解怎么会这样。有一刻，他以为维科尔·安蒂姆没有听明白，但对方的目光很清醒，机敏而明亮，对后面的陈述充满好奇。于是他反击道：

"当然，还有后续的故事。但你哪儿来的这么大好奇心，除了好奇就没有其他情趣了？没有任何人比科帕丘，还有巴沙利加更善良了。他在像今天一样的大雨中来看望了我……这是又一个证明，毫无疑问是又一个证明。"

难道克洛伊库已经忘记了今天在他来之前，还没有下雨？维科尔·安蒂姆本应该当面揭穿他，但没有勇气，随后又觉得不是有否勇气的问题，而是一种巧妙的处理问题的智慧，我们古老而又高明的智慧。

"第二次有所不同,是……很长时间之后。我必须逐渐学会怎样做才能习惯孤独和保持冷静。巴沙利加当时比较年轻,而科帕丘还没有来乌拉迪亚。当时是一个过渡期,老的退休离岗了,科帕丘还没有来,大概是这么回事。从办事的进程来看,根本不需要他,我是想说,不一定要需要他。巴沙利加工程师当时那么年轻,充满干劲,那么热爱生活,所以让人觉得不需要来一个科帕丘。大约有两三个星期,我也住在此地,但不是这个房间,而是在楼上,一个窗户对着背后花园的房间,从一个小露台直接走下木梯,不会遇见任何人。任何时候想来就来,想走就走。那个女人还没有这么老,时不时到镇上溜达,手拿一顶紫色遮阳伞。而且,你想象一下,她还穿着一条内藏支撑架的老式裙子,尽管很可笑,但在乌拉迪亚没有见任何人笑她。大家习以为常了,见怪不怪。"

"或者是不知道时尚已经改变了!"维科尔·安蒂姆插话道,多半是为了表示对所讲的故事很感兴趣。

"当然,压根儿就不知道时尚改变了多少次。那时,K. F. 夫人还未透露关于她的飞行员的任何故事,但这并非意味着没有传说在街头巷尾中流传。亲爱的同事,人们都在谈论,谈论得比现在更多。现在多半成为一种习惯。当有人回忆起她,或许至多加上一句'K. F. 夫人与她的飞行员亲王之间的爱情多伟大'之类的话。仅此而已,不会有再多的话。但当时则是完全另一回事。我仿佛眼前依然看见她默默地走过,微微皱着眉头,一只手拿着一方绣着花押字的花边白手帕,另一只手拿着遮阳伞。那好似一首巡洋舰,文绉绉一点说,就是在周围掀起一阵波浪,令人觉得仿佛在冲击你的胸膛,抑制你的呼吸。她对我微微一笑,虽然嘴角上勾勒出的形状毋宁说是优雅地撇了撇嘴。我现在不知道怎么说好,要知道,我们曾经是同住的房客。我搬走之后,她不认识我了。她在我身旁走过,好似路过一丛麝香飞廉或者一个栅栏一样。现在想来,我当时是多么可笑,竭力想用自己的敬意来引起她注意,在离她十米远的地方脱帽,为了说话清晰,清了清嗓子，战战兢兢地说：'夫人，吻您的手。'而她连手里的遮阳伞也没有摇动一下。每次都是这样，直至有一天巴沙利加工程师在街中央拦住我说：'你干什么这么卑躬屈膝的，没看见夫人在发出挑战吗？'工程师就是这样对我说的，'夫人在发出挑战'。于是我也察觉到了。"

"但是，归根结底，你为什么要向她致敬？可以肯定，在那幢大宅里你们难得遇见一回，主要是在街上像两个陌生人一样相遇。"

"我从来没有想过，那是我认为本质上很自然的礼仪。我不知道……或许因为我总是听见周围的人提到她时说：'噢，夫人，同夫人相处不一样哟。'每次当人们想贬斥某个人傲慢时都如此说。在巴沙利加同我谈话后，我决定搬家。这并非是因为觉得楼上的小屋不好，而只是为了证明我是一个堂堂正正的人。你会对我说事实正相反。是吗？那时候，我相信由于同 K.F. 夫人相邻，没有足够的自由。确实是这样，我觉得低人一等很可笑，但还是继续奴颜婢膝地向她致敬。别害怕这个词，年轻人，既然做出了这种牺牲，我为何还要进行选择呢？因为巴沙利加，还有米赫尔恰努等其他人都对我侧目而视，表示惊异和不信任。因此，在一天早晨，很早很早，我将铺盖卷在毛毯里，把科学图书塞在枕头和衣服中间，把床单粗硬的四角交叉结紧往身上一背，腋下夹着标本盒，走到了街上，但并不确切知道要往哪里去。我拖着双脚在街上的尘埃里走了相当长时间，颈项、后背被包袱压得很疼，跟你说句实话，觉得简直难以忍受。既然还没有完全清醒，那么为什么这样做？为什么？这是我当时应该及时提出的问题，丝毫不能迟疑。幸好是大清早，没有人在身边经过，向我虚情假意和讽刺地问好，说些'早安，教师先生'，或者'幸会'、'您好'之类的话，而我也不得不忍受他们的目光直刺我的脸颊和脑门……恰恰在此时，我遇到了巴沙利加。那么一大早他为什么在镇里闲逛，我至今也不明白！他突然走到我面前，张开了双臂，好像要阻拦或者帮助我，谁知道呢？他对我说道：'我敢打赌，你不知往哪里去！'或许我的神情很悲伤，工程师不禁笑了起来，拍拍我的肩膀，好像我的包袱还不够重！……'来吧，跟我走，克洛伊库。嗨，跟我走，亲爱的克洛伊库,你会找到需要的东西。'确实,他找到了,似乎一点儿也不难。自从有了别处新的利益吸引,镇子似乎空了,从此我独自睡在家里,什么时候想睡就睡,想起就起……"

"请原谅我,你像我这样住在这里,不是一样吗?"

克洛伊库不解地看着他,频频眨着眼,然后摇摇头说:"不,怎么会一样呢?这儿还有老太太。在那儿,我是一个人独住。我习惯于此,习惯于独自生活。实际上,你压根儿不懂得独处。令人心烦意乱的不是宁静,而是寂寞。我从卧室走到前厅,再从前厅走到厨房,听着自己的脚步声,树叶的沙沙响声,却依然心烦意乱。手肘支在膝盖上,手掌托着下巴,在标本藏品柜前面待几小时,直看得脑袋发晕,于是仰面躺下睡着了。在睡着前,我讨厌可能会到我这儿来的所有人,尽管我没有这样做,但如果在那一刻有人推门进来,我肯定会厌恶他。"他沉默了片刻,又尴尬地转圜道:"但这并非等于说你不应该时时到我那儿做客。我们应该多多交谈,多多讲述……"

维科尔·安蒂姆以其惯常的单刀直入的口气说道:

"谈到这类事情的时候,一般都把面前的人排除在外,但毕竟发生了什么事情吧,否则阁下不会到曾经是你的故居这儿来。特别是在你给我讲了这些故事之后,这样的造访只能在非常的环境下进行。直说吧,我压根儿不感到诧异,我甚至觉得自己正在走近一个完全特别的时刻,我是这样想的。"

克洛伊库的脸庞顿时放出光彩,皮肤变得好像羊皮纸一样光滑,皱纹变平了,形成连贯的线条。他的头颅内仿佛有一个淡黄色的火炬在燃烧发光。

"我知道,啊哈,如果我没有搞错的话,那么这是又一个证明。不可能搞错,我为什么自欺欺人?"他热泪盈眶:"新发现近在眼前,或许我已经发现了!"

他慢慢地把手从衣服口袋里抽出来,伸到灯下。一个一个伸开指甲很窄的淡黄色的长手指,仿佛在打开一个鸟笼的栅栏,手心里呈现出一个像血块一样的东西,带着轻微损伤的翅膀——是一只蝴蝶。

"噢，天啊，莫非，真的是……"

克洛伊库在他惊奇得瞪大了的眼睛前来回移动着手掌，开始在鼻子里哼哼唧唧地吟唱起来，显得尤为可笑：”对，太对了，就是丽蛱蝶！"他高兴得手舞足蹈，忘记了自己在什么地方，而且忘记了维科尔·安蒂姆并非是一个会在一只已经掉光了粉尘的蝴蝶面前失去冷静的人，即使面对的真的是一只丽蛱蝶。

"什么时候逮到的，你说什么时候逮到的？"

克洛伊库同样慢慢地蜷起了手掌，唯恐损伤了他执着地寻找了那么多年的脆弱的飞虫。

"在为老太太送葬后第二天。第二天，我在街上随意溜达，实话对你说，当时疯狂地想着喝点儿什么。我溜达着，无所事事地睁大眼睛四处张望，等待夜幕降临，到进步饭馆去串门。这时，我看见就在栅栏横木上——你明白吗——就在一根栅栏的横木上，众目睽睽之下，'她'静静地待着，好像拦路等着我。"

维科尔·安蒂姆很不相信地看着克洛伊库。自然教师所说的远超出了常识的界限，至少是从他生活在乌拉迪亚开始学到的常识界限，或许是一种挑衅，不过自然教师接下去将怎么讲？他压根儿不能相信，克洛伊库老师这样突然地找到了真正的丽蛱蝶。要么是克洛伊库给他讲过的丽蛱蝶出现和消失的故事纯属虚构，要么是他此时在他面前胡说八道。

"老师，"他试着用更学究气的口吻说道，"你确定'他'，嗯，是'她'？"

克洛伊库再一次将握着的拳头直伸到他的眼睛底下，慢慢地松开手指说：

"看着，仔细看着，这样的宝贝千年难得见一回，正是'她'！"

维科尔·安蒂姆如克洛伊库嘱咐的那样，仔细审视着自然教师手心里的蝴蝶。看来真是丽蛱蝶，非常像在他这个朋友家里看到的藏品标本，无论是形状、体积、图案、颜色，都很像，但颜色是之前没有见到过的，那么致密、浓厚，一种除了在自然教师的想象中令人不相信其存在的紫红，只有丽蛱蝶所独有的，所以，颜色、形状、体积、图案……不容许他有过多的迟疑，克洛伊库的手开始颤抖起来，因为疲劳、紧张、激动：“哎，你怎么说，我说得对不对？”他将身体的重心从一只脚换到另一脚。

"对……我相信你说的有道理，确实是稀世之宝……但请原谅我，我压根儿高兴不起来。我们应该到镇上去，一醉方休，为了……为了幸运……多傻，啊，多蠢，但就是这样，为了我们的幸运一醉方休。在我们的周围，终于重新出现，不，终于出现了，这样说更正确些，幸运之蝶——丽蛱蝶。不过我要说另一件事，这是你见过的唯一的蝴蝶吗？"

克洛伊库惊异地看着他，浑圆的眼睛里闪烁着怀疑，像在课堂上似的摇摇头：

"出乎我的意料，我敢发誓，真出乎我意料，我一直认为你是一个科学家，尽管有独特的个性，但对于科学家来说，这成为其问题吗？你说，这成为其问题吗！我找到了一只，还是一百只，这重要吗？丽蛱蝶存在着，丽蛱蝶重新存在着，就在这儿，就在周围！其余的都是无足轻重的日常问题。经过一天、一个月、一年，我们将厌烦什么计数啊，保护啊。噢，我将调整自己的标本收藏，多么美好，编制成若干完整的系列。清一色的丽蛱蝶族系列。你想象一下，整面墙上排列着一个又一个完整的系列，将是全世界独一无二的。我毫不夸张，独一无二的！你又要问我找到了一只还是许多只……"

这时，维科尔·安蒂姆头脑里掠过一个念头，虽然看来十分荒谬，却忍不住问道：

"很好，但你把这些系列摆放在哪儿？清一色的系列，而墙上被原来的标本藏品，怎么说呢，不同品种的蝴蝶标本占满了。那么你说，把这些系列摆放在哪儿？"

克洛伊库又把拳头放进了上衣口袋里，仿佛要把珍贵的战利品保护起来，隐藏得严严实实，免遭天知道什么威胁。

"不，这不是问题，已经做好了准备。原来的标本收藏结束了，我把它们废了，把它们变成灰烬！我一找到'她'，我就直接走回家里，打开收藏盒盖，不用手，而是用扫帚把它们扫到地上。啊，你真应该看一看它们如何变成碎片，灰飞烟灭。翅膀和触角，头和尾，一切的一切，犹如一阵彩色的龙卷风，害得我咳得喘不过气来，以为自己会窒息倒下，急忙打开门窗，放新鲜空气进来，一切都被风卷到外面消散了。告诉你，就像一场早雪，落下来就融化了，仿佛什么也未曾存在过，仿佛在我的标本盒里从来也没有过任何东西。如果你来看，连它们的残痕也见不到了。一切很明亮，干干净净，像新的一样。所以，有的是空闲的地方。我必须做一个计划，开始系统地工作。但有一件事是肯定无疑的：一旦出现了一个范本，'她'一定将会来到，最初是几只，然后是成群结队，越来越大的群体。太妙了，不是吗？"

　　维科尔·安蒂姆不由得感到心惊肉跳。克洛伊库这么做不仅是一个错误，而且简直是一个不幸，是不可弥补的。他的目光寻找着能让自己坐定下来的椅子，必须让自己静下心来，不能面向那个幸福得满脸红光的人——如果拳头里握着一只丽蛱蝶，有谁会不感到幸福？——而是看着另一个方向，终于转过身去背对自然教师，两手交叉抱着胸。他应该揍这个头脑简单的傻瓜，刮他一个响亮的耳光——简直是个白痴，不知道什么是真理——应该直击他的脸，打掉他几颗牙齿，揍扁他的鼻子，揍得他满脸红肿，比被汗水湿透的他的拳头里的不幸飞虫更红。

　　"你干了什么傻事！我亲爱的克洛伊库。"这口气恰如巴沙利加工程师从第一天开始对克洛伊库说话时的模样，"唉，倒霉蛋，你干了什么傻事？你毁了原来的藏品，把你所有的蝴蝶全都化为灰烬。那是你一生的劳动。傻啊，你捣烂了它们之后，现在你怎么知道你手里的蝴蝶是不是自己期望的东西？你如何能科学地、客观地判断不是一个变种，而确实是你寻找的丽蛱蝶呢？"

　　他背对着克洛伊库，不愿转过身去看到克洛伊库脸色正在变得苍白，竭力抓住开始时坐在那里的桌子边沿。他之所以不愿看，是因为他觉得仿佛听见自己的内心像一扇挡风玻璃窗一样轰然倒下，摔成一堆碎片。他始终没有转过身去，即使在听见克洛伊库在地板上拖着双脚的脚步声，门嘎吱嘎吱的开启声，以及鞋踏在铺着马赛克的门厅里的噪音和大门的撞击声时，也端坐不动。在这空旷的屋子里，一切声音都被放大了。他似乎应该随后走出去，对克洛伊库说："老师，你也并非那样无知，幸福只有通过比较才存在，人只有失去了幸福才感觉它的可贵。因此，我们没有必要提出幸福与否的问题。"但他毕竟没有走出去，因为依然不能确定当说到"失去"一词时，自己是否事实上想到的是 K. F. 夫人。在他的心里，这个老太太的去世仍然是压倒一切地位的事件，不仅仅是对他具有一定的影响，而是有着压倒一切的份量。有一件事情是确定无疑的，那就是他再留在乌拉迪亚已经没有多少事情可做，而剩下要做的只是期望满足他个人的一个意愿：发现老太太死亡的真相。现在离此已经非常近，所以他觉得自己躺在床上，把各种设想汇集起来，稍加集中，就足以回到楼上的房间里，找到或能从中证明一切的地方。必须回到过去，寻找其他任何人觉得荒谬的东西。那么又怎样在时间上倒回去，特别是在一个你没有待过的地方？尽管不知道怎么办，但第一次想到这样的现象时，他丝毫也没有感到不安，甚至认为一切肯定会成功，只是将要看到的究竟是什么，使他觉得没有把握。如果能使迟钝的克洛伊库毁掉整个收藏，那么事情绝非无足轻重！在走向床铺的短短间歇里，他在记忆中搜索着自 K. F. 夫人葬礼以来脑海里像一棵植物一样生长起来的自己的房间、空间和时间，一个问题油然而生：克洛伊库由于什么原因毁了藏品，是出于高兴，还是恐惧？无论如何，看见克洛伊库这般模样，看见他在兴奋中隐藏着自己的恐惧，维科尔·安蒂姆就不再害怕看见老太太在最后时刻究竟发生了什么。

* * *

"嗨，小伙子，听我说，安蒂，你太不仗义了，大老远地把我叫到这个世界的尽头来，只是为了告诉我，实际上酒馆已经关门，葡萄酒变酸了。"

在片刻尴尬的沉默之后，维科尔·安蒂姆相当虚情假意地叹口气说：

"唉，情况就是如此，随你怎么说。你刚才以为恰恰在科马纳这儿遇见了你老婆。我叫你来就是为了这事，叫你来正是要告诉你什么是子虚乌有的东西。而你却相反，在那么多年后，遇见了你漂亮——当然应该是漂亮的，否则你不会娶她——的老婆，而且居然就在你有幸下榻的饭店门口。你也太会编故事了。你说吧，你总是随心所欲编故事，我再也不知道该信你哪句话……"

吉鲁·拉瓦克无缘无故地颇感不安："嗯，是这么回事，我说咱们出去喝他妈个够，到城里去。用这国产伏特加消消暑，所幸是掺了水的，否则，谁知道会怎么样。我们也不再像自己想象的那么年轻了……"看见维科尔开始舔嘴唇，他忍俊不禁地笑起来："算了吧，什么狗屁身份，你属于工人阶级，你背负着它。"他觉得有钱真好，虽然按照科马纳浴场的标准，钱不是很多，但尽可吃喝无虑。

主要是在维科尔·安蒂姆面前必须显得大方，同其他人在一起，吉鲁·拉瓦克是不会这样做的。他从来觉得，手里捏着满把的脏兮兮软纸币，把它们扔在桌子上，只是为了证明某种自由、满足、骄傲，实在是一种愚不可及的虚荣。但与维科尔·安蒂姆在一起则另当别论，情感是最好的庇护所。归根结底，他，倒霉蛋吉鲁·拉瓦克，可以无忧无虑地把手插在口袋里，让维科尔·安蒂姆感到高兴，感到安逸。但有人准备付账时，安逸感总会适时而至，宛若站在铜像头顶上的一只鸟，看起来似乎可望而不可即，但毕竟还是存在着。

他们走到饭店前面，沉默地往前走了几十米，直至主林荫道，酷热烧灼着他们的颈项，使他们感到晕眩，随后一阵凉风从湖面吹来，夹杂着一股淤泥和腐烂植物的混合气味。

"最好在这儿遇到她，现在你也在场。如果机遇巧合。我和童年时代的老朋友一起巧遇我的前妻奥尔佳，那就太好了。不，怎么说呢，事实上她依然是我妻子，我们根本没有正式离婚。我们三个人面对面在科马纳浴场，就在饭店边上！一场千金难买的会面，而你根本不知道。噢，也无从知道自己起了多么重要的作用！"

维科尔·安蒂姆草草做了几个醒脑的动作，好像一个年迈的体育教师，头脑里的动作比实际活动更重要。

"我，会有什么重要作用？好嘛，我压根儿不认识她，而被拉进三人一起大吃大喝的欢宴，最后由我买单，或许可以搞到一只鸡，做烤鸡吃，甚至还能弄到几个中国制造的压缩火腿罐头——如果切开放在平底煎锅上一煎，那是绝色美味，否则太油腻了。确实，干这种事，我很在行，至于其他的事情，我干不了，一点也不懂！"维科尔·安蒂姆开始更加激奋，双臂在头顶上和身体两侧胡乱舞动着。"这酷暑加上伏特加，真要热死人，我至今搞不懂德国佬，他们狂饮李子烧酒，然后咕咚一声跳进水里，开始像爬坡的火车头一样呼哧呼哧大喘气。"他故作冷淡、迟钝和令人烦躁的样子，其实是很想发现吉鲁妻子的内情。终于忍不住，他偷偷窥视着吉鲁·拉瓦克说："你为什么说可能很可怕？"

很久没有得到回答。他们沉默地穿过了几条柏油小路，又在工会大食堂旁走过，此时从那里飘散出来的是一股股蒸汽热浪，正在煮着的通心粉待到晚餐上桌时将变得又凉又硬，就像加了盐的微苦的乳酪，如同玻璃板一般亮晶晶的。穿着工作服的几个女人在搬运空啤酒箱，一根一头尖的铜棍不断拨旺着烤炉里的柴火，扬起阵阵灰云。

"她们为什么都这样丑？"吉鲁指着一群穿着白圆点印花的粉红色浴衣的女人问道。这是专门为为期两周的科马纳河滨浴场狂欢节购置的新浴衣，经过熨烫，所有人手里都提着同样的黑色提兜，上面在几棵大线条白描的冷杉下印着一行烫金的字："摩尔多瓦明珠欢迎你！"

维科尔·安蒂姆抬眼草草看了她们一眼，从远处看去她们好像都患有蜂窝组织炎和肝脏的种种隐蔽疾病。

"她们皮肤白，太白，都是刚来的。过几天会比较顺眼一点，或者你会比较习惯一点。"

穿过了整个疗养院,他们找到了一小块阴凉地,到达了接近吉鲁·拉瓦克曾经走过的玉米田的场所。尽管不刮风,却仍然传来不断的飒飒声,仿佛有人在他们耳朵近旁搓着手指。

"你瞧,我经过这儿时,记起了我们当年在城堡里玩耍的时光。两者之间几乎没有任何联系,或许只是因为光线的缘故。如果现在重新走过,或许会想起另外的事情。"

"或许你不会回忆起任何事情,常常是这样。最好还是给我说说你老婆的事情吧。"

维科尔·安蒂姆怒其不争,不进行任何抵抗,最终吉鲁会给他讲述注定成为孤家寡人的全部故事,他太软弱了。或许这是他以前没有注意到吉鲁的性格使然。真情大概就是如此,否则吉鲁的头脑里不会有这样的想法。

"这么说,你们就这样彻底分手了,无可挽回了?"

维科尔·安蒂姆真诚地表示关注,或许不只是好奇。他的朋友经历了许多事情,也就是说,结过婚,又分手了,希望重遇自己的妻子,即使偶遇也好,而他……则完全不同,没有任何故事,在乌拉迪亚浪费了那么多年,甚至连恋爱也失败了。难道你能爱像安杜查这样的姑娘?她是个疯子,完完全全的疯子,疯子和巫婆。看来那儿的所有人都是疯子,他信上就是怎么写的。理论上说就是如此,值得写一封关于乌拉迪亚发生的一切的信,但没有人会认真看待,至多会说你在编虚构的故事;或者你累了,得了狂想症,有某种心理情结。或许事实本身也并非是人所共知的事情。人所共知,有谁见证,面对的又是什么?世界四分五裂,过去是这样,未来也是这样,被惨烈的悲剧震裂为碎片,死亡的达数百万之众,并非只有一个他想知道其生命是怎样结束的老太太。确实,关于老太太死亡的原因,他不掌握任何证据,但或许是不可证明的。一场台风、一场龙卷风掀起的海浪,使得许多海港、城市、岛屿,连同一切生物瞬间消失,而海浪本身也具有生命。它的生命是单纯的,无关乎那些消失的生命。

"我们确实分手了。可能是永久分手了。但你哪里想得到,连我也搞不清是什么原因。记着,不存在任何原因,至少我不知道有什么原因。或许我再找一找,能发现点什么。我不能保证,但或许……"

维科尔·安蒂姆疑惑不解地看着他:

"我说,吉鲁,即使那么长时间之后你们重逢,你也不能发现你们为什么分手?这真是令人摸不着头脑。好吧,即使你说是这样,至少应该知道事情是怎么发生的,其中必有蹊跷。像大家所说的,在这个过程中出现了某种新的因素,使你警惕,令你不安,不可能是女人任性的问题,话不投机,就不辞而别。不可能,真的!"

吉鲁·拉瓦克不得不从头开始给维科尔·安蒂姆讲述一切故事,包括女生宿舍院子,被雨水侵蚀的房屋后墙,梯迪·凯雷凯什大叔的鱼罐头,他与奥尔佳在街角食品店里的邂逅,特别是奥尔佳的帽子,现在已经破损并在齐姆尼恰的工地上沾上了石灰斑点的那顶帽子,等等。总之,开头的全部故事,但这并不重要,并非是这些导致他,或者导致他们分手。多么痛苦的分离,当你从梦中醒来,发现屋子空荡荡的,仿佛从来就没有任何人住过。留下的只有一顶帽子,占据着回忆的空间。无论他怎么努力,随着时间的推移,不得不承认实际上剩下的唯有一个愿望——重新见到奥尔佳,他要亲口问她:"做这一切究竟是为什么?"在这个愿望中自然也包含着些许性欲、情爱,如魔鬼所说,无论如何,内心有一种欲望和需要,渴望用指尖触摸她的乳头,听她像一只被击中的兔子一样挣扎着呻吟。但一个愿望不等于一个回忆,也不是回忆所能代替得了的。他傻乎乎地重复着,维科尔·安蒂姆却无从理解。

"一个愿望不是回忆所能取代得了的。是的,这大概是问题所在。我所剩的只有一个愿望和一顶帽子。当然,最终如此。你说得对,并非话不投机,就不辞而别,但差不多就是如此。尤其不能理解的是,我察觉一切是如何破损、断裂的,仿佛看着一块布磨损起褶,变得稀薄、脱线、拉毛。你看,就是这样,眼见着一切在蜕变,最终清醒过来时一无所有,空空如也,身边只有两小块布头,是两小块,而不是一块。不可理解的是,我亲眼看到,心里明白,知道将会出现的结果,却无所作为,好像自己没有看到,是一个旁观者。正是这样,还不满一个月,我就感觉到正在发生变化。你应该明白,正在慢慢地改变,但这是理所当然的。你或许不相信我,但在床上我察觉她开始变成'另一个人'。我不知道究竟是好还是坏,但肯定是'另一个人'。我沉默着,装作没有察觉,并不在意,回到家里进入小房间时,已经累得好像要断裂一样。这是我花一半的工资租的房子,里面只有一张床,一根挂着她的裙子的铁丝,还有一大堆用绳子捆着的书籍,就像在城堡里的那个老头那里一样……"

"哪个老头?"维科尔·安蒂姆打断他的话问道。

"还有哪个,就是臆造自己有一个仆人的老头。当时我们差点全都被炸飞上天……"

"啊哈!"维科尔·安蒂姆抢过话头说,"又想从你的问题讲起?我认为都已经讲过了!我说,抛开你的童年回忆吧,我们的童年真可能有那么多共同点吗?还是说说进了小房间之后到底发生了什么?"

吉鲁·拉瓦克觉得很恼火,用指尖捏住耳垂,开始搓起来,直搓至发红,仿佛被蚊子叮了一口:

"当然,可能不一样……"

他已经第三次或者第四次试图给维科尔·安蒂姆详细讲述与城堡阁楼上的老头见面的故事,却每次都遭到维科尔·安蒂姆的怀疑,犹如撞在一面透明的玻璃墙上。但这并不妨碍他看望维科尔·安蒂姆,做出各种姿态,抱有他们是最亲近的幻想,尽管维科尔·安蒂姆并不领情。第一次这样做时,维科尔·安蒂姆用令他发怵的神情看着他,更确切地说,使他感到脑袋发胀,眼睛受压,头痛难忍。"我说,吉鲁,说话严肃点,怎么可能在我们这条街上存在这种事情?"于是,他不得不向维科尔·安蒂姆证明千真万确是事实,告诉维科尔·安蒂姆两三个星期之前,他大着胆子从直通露台的漆黑内梯爬了上去,而那里自然没有发现任何东西,只有蜘蛛网、凋落的树叶、几根乱缠在一起的电话线、鸽子羽毛和垃圾——很多垃圾,散发着令人作呕和犯晕的臭气。后来,当他再次试图给维科尔·安蒂姆回忆关于民警和在城堡院子的破旧仓库里找到的地雷或者反坦克雷的故事时,维科尔·安蒂姆喜形于色:"当然,吉鲁,差点把我们像一帮小傻瓜似的给消灭了。报纸上或许会这样写:《战争的悲剧后果》。而我们在天上,展开天使般的小翅膀,飞翔在阅读关于我们的报道的人们的头顶上,让他们一定回忆起吉鲁·拉瓦克和维科尔·安蒂姆两个像聪明和美丽的天使一样的男孩。"但当他试图进一步深入话题,问维科尔·安蒂姆:"我同索莱拉下来时,你们在水泥地上看着什么——噢,你还记得她吗?就是那个骑着自行车,两个坚挺的乳头顶着T恤颇为显露的姑娘,律师的女儿——当时你们同民警一起那么惊愕地看着什么。"维科尔·安蒂姆又用那种引起他强烈头痛的姿态看着他:"什么也没有看。我们看什么,像傻瓜一样看着差点把我们送上天,使我们变成小天使的那块土地。就是这样,别无其他,请别再开始讲你的老头,小心我刮你两记耳光,用地毯把你裹回家去。"有什么东西使得维科尔·安蒂姆拒绝接触这个主题。你看,随着时间的推移,他的童年时代最重要的事件变成了一个主题。他抗拒谈论这个主题的态度是顽固的,毫无道理,近乎荒谬。

"当我们进入小房间时,她突然一惊,如果手里拿着东西,肯定会撒手掉在地上。我家里的所有杯碗都已经打碎,我手里拿着的是塑料盘子,否则只能直接从锅里吃饭。她很震惊,瞪圆了眼睛瞧着我,仿佛是第一次看见我。我相信,如果当时我手里不是拿着钥匙,她不会允许我进屋。起初是必须经过几秒钟,后来达到整整几分钟,她才说出话来,但每次都这样说:'啊……是你……我吓了一跳,连你也不认识了。'你明白吗?太可怕了。一个星期后,我在街上喊她,她没有回头。我喊她,可为什么只是喊呢?于是我加快脚步,但她却装作没有听见。我跑着追赶自己的妻子。当我赶上她时,她那么厌烦地望着我,以至我觉得好像她直接在我脸上打了一巴掌并开始吼叫起来。我对她说:'奥尔佳,亲爱的奥尔佳,你怎么了?我喊你,整条街都听见了,但你头也不回地一直往前走。'你猜她说什么?她说,如果有人在街上喊她,她是不会回头的。总之,她是一个贵妇,不会在街上与不认识的人搭讪的。其实，我只是想告诉她我要去买面包，会晚一点回来——在那个钟点不是有许多地狱般的收尾工作，就是手头只有不值一文的烂炉灰砖。当然，在给她解释之后，她开始对我微笑，好像那时才记起是我。要知道，前一夜我还与她同枕共眠。你应该明白，她是个真正的女人，不开玩笑。或许因为我觉得她变成了另外一个人，同一个新人相处有一种特别的感觉，怎么说呢，令人振奋。"

维科尔·安蒂姆开始笑起来，摇头晃脑地说：

"当然，令人振奋，就像你刚吃了春药外加巧克力。哈哈哈，你说的，令人振奋。"

"就像我说的那样，从那时还没有过去二十四小时。哈，怎么给你解释呢，她就先是愤怒地注视着我，随后转为疑问和开玩笑的眼光，最后在我闭嘴之后对我说：'干吗这么大叫大嚷的，我会买面包的，我不认识你，行了，完事了吧。我不知道你是怎么啦，吃多了，活儿干多了？我不知道再怎么说，但你是陌生人。'我想她是病了，或许怀孕了。这种状态会出现各种各样的反应，机体发生了某种变化，你不再是一个人，而是两个人，一切都变了样，但并非如此。她像此前一样，是完好的单独一个人，只是不再记得我。如果现在我们在街上相遇，必须告诉她我的姓名。她原本是知道的，但单凭长相、衣着，还有我的姿态，她不记得我了。这种状况一直维持到有一天我明白一切结束了，因此当把我发配到齐姆尼恰去时，我没有太强硬地反抗，无非是要么生活在同一个城市，要么相隔五百公里，反正两个人已成陌路。当然，如果你问她姓名，她会给你说：'奥尔佳·拉瓦克，已婚，丈夫是某某。那么多年她时而犯病，时而好转，但不能把我从一群男子中分辨出来，屡试屡败。两个月后，我必须用更多的时间使她相信我是她的丈夫。偶尔有一天我们能像两个相识的人，或者像已经结婚的人那样待在一起。你看，事情就是这样。在我从齐姆尼恰回来后，她消失了，到布加勒斯特去听命分配，而从那儿天知道去了什么地方。"

"你没有去打听,寻找她的踪迹?或许并没有完全消失,这是可能的,一段过渡期,谁知道呢。一种病,不是一种病吗?"

吉鲁·拉瓦克以为,这是最后尝试讲述他所知道的城堡阁楼上的老人的全部故事的好时机,可以在不到一个小时的时间里实现那么多年未了的心愿。

"谈不上什么病,而是单单忘记了我,不记得我了。我早就变成了一个'图巴'——幻人。事实上,从一开始我就是一个'图巴',她早就在女生宿舍露台上望着毗邻的房子墙壁时,就这样认为和臆想了。在我们第一次相遇的当时,只有我们俩,实际上似乎只有她独自存在。她只是同她自己相遇。我不知道说明白了没有。而在此之后,逐渐地,那个臆想中的她越来越模糊,越来越难识别,最后变成了'我'。对于我,她压根儿不知是何人。你我从不认识自己不知道的东西。"

他很满意用这种方式对维科尔·安蒂姆讲述了一切,那么长时间都未能说出的一切。维科尔·安蒂姆走进玉米地里,掰了几片像抹布一样的白色叶子,用指甲掐了掐:

"还需要一两个星期,就可以煮着美美吃一顿,撑得肚皮圆鼓鼓的像个大水桶。嗯,这么说,一切都完了,实际上根本不存在和解的途径,因为你无从和解。像一般所说的,不存在对象。你说的故事似乎很浪漫,噢,不,有点虚无缥缈,但如果你说发生在你身上,我倾向于……"

维科尔·安蒂姆从玉米地里走出来,挽住吉鲁的手臂,仿佛是想安慰吉鲁,天知道是什么样的柔情控制了他。但走了不到十步,他用手掌拍拍额头,一步跳到吉鲁面前,大喊道:

"无赖、谎话专家,又在我面前卖假药!为了让我相信你,中间插入了你老婆的事,但这是你关于那个臆想自己有个仆人的老头的故事,你把它安在自己老婆身上,胡编乱造。你是个卑鄙小人。这就是你的本来面目。而我,对你十分同情,觉得你陷入了没有出路的窘境,非同一般,但你却谎话连篇,装傻充愣!实际上,你想干吗,想从我嘴里知道什么？是想知道为什么我不让你对我说，对我重复关于城堡阁楼上的那个老头的蠢话？为什么我甚至现在就想揍你？为什么我不愿听那个故事？别忘了我胖了，你也一样，我们是两个可笑的家伙，但两个可笑的家伙也会打得头破血流。"

在对着吉鲁·拉瓦克大喊大叫的同时，维科尔·安蒂姆的脸气得通红，双眼充血，声音也近乎沙哑了。他先是抓住吉鲁·拉瓦克的衣领，而吉鲁·拉瓦克极其惊异地看着自己的老朋友，他怎么会无缘无故地如此暴怒。自己无非是告诉了他一件真事，确实，最后又偷偷加进了关于那个老人的整个故事，但一切都很自然，并非只是一个庸俗的玩笑，更不是虚荣心作怪，或者童年回忆的残余。

"你既然已经来到了这儿，那么我必须对你阐明，告诉你我为什么不感兴趣，为什么不愿听你讲述关于城堡阁楼上老头的故事的细节、解释、回忆。因为我在你之前就认识他。是的，现在告诉你，我在你之前就到过楼上，到过阁楼里。我答应老人不告诉任何人、任何事情。我确实也没有对任何人说过任何事情，但这无济于事。你也发现了他，对此我一无所知，但就在我面前，他从楼上坠落下来，先是看见他躺在水泥地上，接着听见轰隆一声爆炸，好像是撞击之后的回声。他慢慢地扭转着肢体，试图看着我的眼睛。我感觉到他在寻找我的视线，而我害怕回应他。我想到他暗淡的眼睛，我就害怕再去注视他。因为我想象着，你知道，想象着他的惨状，身体断裂了，骨头从裂开的皮肤里露了出来，从那么高的楼上坠落下来不是开玩笑。当我终于把视线回转过来时，我用手掌捂住嘴，免得惊叫和呕吐。老人已经完全收缩、消散。你也看见的，你肯定也看见的。当时我就知道你是罪魁祸首，因为你很惊恐，脸色因奔跑而涨得通红。你是跑着下楼的，希望能在他消失之前见到他，你知道他将消失吗？"

吉鲁·拉瓦克脸色苍白，向边上走了一步。

"不，我不知道，我从哪里知道？"他抢先朝公路走去，不太肯定随后怎么办，但只想与维科尔·安蒂姆面对面站着，"但你知道吗？从何知道的？"

吉鲁·拉瓦克听见背后传来声音道：

"我知道。他给我说过：'当我死亡时，会很幸福地消失。不想留下任何痕迹，免得他人说：瞧，一个死人，可怜的家伙。'我记住了。"

吉鲁·拉瓦克很恼火，维科尔·安蒂姆超过了他，比他知道更多自以为生命中关键事件的内情。

"但照片，那张有高原山岭的照片，他给你看了吗？"

维科尔·安蒂姆从后面赶上他：

"没有，他没有给我看任何照片。你愿意我们现在就一起去乌拉迪亚吗？"

吉鲁·拉瓦克突然高兴起来：

"走，现在就去。要知道，那张照片很有意思。你压根儿想象不到，先是看不到任何东西，随后……"

吉鲁·拉瓦克停住话头，以维科尔·安蒂姆的狡猾，你从不知道他什么时候说的是谎言，什么时候说的是真话，但不尽然如此。常言道时过境迁，事情已经过去了那么多年，随着时间的推移，负面的特征不断加深，变成占主导性格的因素。吉鲁·拉瓦克调整步伐，随着他的朋友努力前行，希望尽快抵达国道，在那儿找到一辆顺道的汽车，能搭便车走一段通往乌拉迪亚的较为平整的道路。他们就这样穿过了整块玉米地，伴随他们的是一群密集的苍蝇，嗡嗡叫着盘旋飞舞，仿佛一团驱不散的厚积乌云。

第七章

　　同他金色肩章底板上闪闪发亮的两颗银星相比，科帕丘中尉的年龄显然太大了些。在这个时代，他至少应该是上尉，或者至多是被遗忘了的晋升的大尉。他肚子有点鼓，已经谢顶，生性狡诈，或许甚至是由于尚未知晓的原因而变成很凶残的密探，进行轮番逼供的老手，但所有这一切在乌拉迪亚这儿并不适合。他的中尉军衔得来偶然。科马纳或者甚至是首都的某个人认为，在服役那么多年后，代替一笔丰厚的奖金，或者甚至作为一种特殊的姿态，士官科帕丘应该从军士序列晋升到军官序列。有很长一段时间，科帕丘认为这只是巴沙利加工程师的一个玩笑，不论是善意的或者恶意的。其原因是有一段时间，工程师遇到他时，不是惯常地随便打个招呼，而是冲着他说，"瞧我们的中尉"，而且在工程师嘴里，"我们的中尉"听起来好像"青年中尉"，也就是"我们的小嫩瓜、愣头青、红玫瑰和小鲜肉中尉"。但是，这种感情奔放的表现没有维持多久，因为在乌拉迪亚，没有任何人能够发现称谓的微妙内涵，除了 K. F. 夫人之外，而她并不进入舆论圈。科帕丘认为，巴沙利加如果没有成功的把握，是从来不会开这种隐蔽玩笑的，所以排除了巴沙利加为他的晋升出手干预了某个远方机关做出决定的可能性。

　　科帕丘与工程师同时来到乌拉迪亚。随着时间推移，他树立了这样一个形象：这个镇子的屋檐内外发生的一切，无不与他的生活乃至他的日常某些姿态有着或多或少的直接联系，他的一举一动都具有重要分量和意义。科帕丘中尉不能相信自己属于权力欲可以取代一切其他天然本性的那种人，更不能相信，从某种角度来说，他所做的一切不再意味着只是为了遵守法律，从而保护乌拉迪亚居民的和平生活。长期以来，他视为自己小小满足的秘密源泉的职业操守，促使他要求自己严格尊重法律，由此而达到所做的一切是为了在每时每刻和一举一动中证明获得满足的无限可能性，而不仅仅是走向满足的小小一步。

科帕丘中尉与巴沙利加工程师的友谊是在无形中构建起来的，犹如在旧房子的阁楼上突然出现的生长在过于干燥的木梁上的半圆形菌类，或者是挂上即使一连多少年没有一只昆虫被缠住过的密密的蜘蛛网。科帕丘第一次会见工程师是在共同决定现场搜查卡特琳娜别墅的前几天，两人都认为这样做只会对他们有百利而无一害。科帕丘中尉决定搜查时带上工程师，以免产生不愉快的议论。此类议论往往丝毫不讲礼貌，却充满刺激人的细节，就像每次一个男人独自进入一个单身女人房里时发生的那样，不管这个男人是否是公共权力的代表。

当时，科帕丘中尉觉得进入卡特琳娜别墅搜查是绝对必要的，认为每一家在其角落和秘密所在，都存在可能找到证据的地方，即使这些证据不足以成为引导他——科帕丘士官破获不可想象的重大阴谋的线索。而在他近乎青少年时期的幻想中，一想象到自己壮烈乃至风雅地死去的场景，就像风靡一时的美国牛仔演员汤姆·麦克斯在一场不明不白的斗殴中发生的那样，就激动不已。由于这样的想象顽固地跟随着他并具有了最怪异的特性，他或是梦见自己突然独自醒来，被一群歹徒包围着——这些歹徒经过精心伪装，完全混同于城市的和平居民和暂住人员——便不由得产生了一个令他恐怖的想法，觉得只有一种精神品质使他有别于其他人；或是梦见自己是脸朝下倒在草地上的第一人，草地上散发着三叶草香味，长着开花的苜蓿，而他满胸窟窿，成为最近一次斗殴中第一个倒下的牺牲者。这样的梦从星期日一直做到星期一。由于这个原因，直至很晚他才意识到，在乌拉迪亚进行第一次单独侦查前几天，巴沙利加工程师出现在他必经的路上并非偶然。后来，他像现在一样坐着，敞开了制服的两个风纪扣，脚蹬在另一张圆靠背椅上，愉快地掸着靴子上覆盖的一层浅黄色灰土，眺望此时融化在远方薄雾中的群山的平滑边缘，终于得出结论认为，侦查卡特琳娜别墅一无所获，对他毫无好处；不仅如此，甚至导致了他的生活状况严重恶化，以至被迫不得不权衡自己每个行动的价值。在许多年后，他则面对那种青年暴力行为时也需掂量再三，因为生活确实就是如此。围绕着卡特琳娜别墅和那个 K.F. 夫人的是沉默和宁静，从未受到冲击着周围的世界的任何一个浪头触动的日常生活，特别是那些传说的光环，尽管如此不合情理，却岿然不动地屹立于构成乌拉迪亚的习惯势力之中。这使科帕丘感到惊奇，从居住于这个小镇的最初几个月开始就刺激着他。而且他在很短的时间内毫不吃惊地发觉，巴沙利加工程师也像他一样困惑。之所以毫不吃惊，是因为较早来到乌拉迪亚而一直留在这里的只有他和工程师两个人，其他人早就离开了此地，而且，如果不算米赫尔恰努和克洛伊库那两个教师，那么只有他们俩是在此工作最久的。米赫尔恰努堪称无耻之尤，能代一切课，从拉丁语到数学无所不能，并以独特的方式占据着校长的职位，杜撰出海底电报和电话命令来掩盖自己的老朽无能。克洛伊库是一个怪物。他多次在没有栅栏的花园里遇见此人，经常看到此人一动不动地潜伏在节疤很多的葡萄藤中，仿佛是从一段树干的接缝中生长出来似的，被葡萄叶遮盖着，散发出野草强烈的刺鼻气味。这两个教师无声无息地来到了这儿。有一段时间他打趣地想，他们或许是在夜深人静时出现的，像霜或者窗台上的水滴一样，随即消失，消散在其他一切人中间，消散在房子和葡萄园里，忽然获得了为人效仿的一般古董的光泽。

在住进今天依然住着的同一幢建筑之后，已经过去了多年相同而无事发生的时光，至少在他看来是这样。他早就开始了对一些可能掩护"可疑分子"的隐蔽处所进行排查行动，因为这些可疑分子的存在是毋庸置疑的。因此，他走遍了长满野草和粗壮葡萄藤的所有园子，转遍了小镇的所有山坡丘陵，除了偶尔能遇到克洛伊库老师，看不到其他任何东西。经过尘土飞扬和虫子丛生的整整一个夏天之后，他踏遍了无数大园子的荆棘丛，已经累得筋疲力尽，而所获的发现只有一点，那就是任何一个人如果想隐藏在乌拉迪亚镇的周边地区，尽可不必有任何担忧——那里的小路纵横交错，还有许多隐蔽的洞穴，里面只有死狗，早已腐烂，所以不再有臭味，而只剩下细细的白骨；除此之外，还能见到偶然滚进蕨类植物和生命力强大的苦接骨木丛的石头和洋铁皮的残骸。

科帕丘在满身被划破的伤口黏着饱满的植物酸汁，疲惫地回来时，遇见了工程师。他向工程师打招呼。或者更确切地说，是他回应对方的招呼。其实工程师大多只是点点头表示一下，那是常见的动作，或许没有一天见不到。他们俩都过着单身生活。他住在邮局大厦里，睡在一张沙发上，沙发上覆盖的棕色皮面的垫子散发出薰衣草的香味，而房间里的另一件家具却带着学校附近街角上一家几乎荒废的药房的特殊气味。工程师住在克拉玛大厦里。这是乌拉迪亚唯一的一家企业，多半是科马纳城的某位大佬率性投资的产物，因为能够用硬葡萄酿制的所有葡萄酒虽然看似某种异国产品，其实是在普通人家的院子里或者仓库里制作的。制酒之时，水蒸气浓重地升腾在镇子的上空，一队队大雁和野鸭尖叫着在周围盘旋，徘徊游荡，从好似与山坡相接的天空的这一端到那一端来回飞翔，随后一声哀鸣，随同被一种前所未有的惊恐感——末日的感觉震落的灰色羽毛一起，一只接着一只地掉进烟囱里，跌落在木桶上。

正是工程师促使他注意漂浮在卡特琳娜别墅周围的传说，这发生在他感到难以言说的疲惫的时候。当时他累得犹如围猎的人和狗在灌木丛里经过一长段追逐之后体验到的那种感觉，口吐白沫，心狂跳得好似一只被枪击中胸膛的山鹬，仿佛要从喉咙口冲出来，而当突然在开阔的原野上清醒过来时，却发觉周围一片宁静。最初，工程师要他注意附近的什么地方存在着一个机场，或许并非是一个具备控制塔、风速仪的名副其实的机场，或者甚至没有用石灰划出的"T"字形降落标志，但无论如何是一个能够接纳一架飞行器的场地。就他个人而言，并不知道这个机场可能在何处，而只知道很久以前就存在了，原话就是这么说的。所谓很久以前，大概是指一年至二十年之前，谢尔班·潘格拉蒂，一个亲王之类的美男子，长着一头卷发，是希腊爱琴海的利姆诺斯岛的糖果商、三代世袭瓦拉儿亚亲王家族的后裔，每年来到乌拉迪亚这儿，却没有任何人当面见过他，仿佛完全消失在爬满常春藤和葡萄枝的墙的后面。工程师对于这个飞来之人的插足何等恐惧！乌拉迪亚的人们只知道此人何时来到和何时离开，那发动机的嗡嗡响声更像驱赶乌鸦的风车儿的喧闹，而不是完全十分不可思议的一个现代发明——飞机的轰鸣。科帕丘记得，犹如在一个大厅看了一场电影，灯光在不经意间渐渐地熄灭，从而使各种形象连同它们的细部变得逼真清晰。迷雾和危险来自光，因此每当他躺在学校一间教室里，注视着黏着飞虫和潮气的斑点的银幕时，总是有一种轻微的不安侵袭他，尽管在那里放映的只有奇迹般弄到的几部旧电影，并一再反复，角色也搞混了，却没有任何人提出抗议。所以，他带着同样的不安回想起最初自己曾经问工程师：“为什么告诉我这件事？”他是带着某种挑衅的口吻问的。他很不喜欢其他人看透他在各处花园里溜达的用意，觉得自己的心情正如同抵达山坡顶上的一群追逐猎物的人和狗一样，满腔怒火，两眼充血，气喘吁吁，准备向任何生物扑过去，不管它们是多么可怜。他内心积聚着一股被愤怒乃至憎恨控制的力量，还没有找到发泄的对象。在一定程度上，他自己也害怕这种状态。科帕丘丝毫也不喜欢工程师知道一切，或许每天早晨工程师都在跟踪他，监视着他如何深入各家园子的半开垦的荆棘丛中，走进山坡的沟沟壑壑——那里的土地即使在正午也依然被凝聚在叶下的潮气浸润着，擅长远距离跳跃的蜥蜴好似漂浮在长满霉菌的横倒在地的刺槐树干上，而这霉菌的气味比连年来铺展在地上的一层层葡萄叶，以及半藏在葡萄树干上构建洞穴里的猫、狗和鼹鼠尸体的气味好闻得多；或许是在夜晚跟踪他，监视着他如何回到自己凄凉的房间里，闻着枪油、鞋油和干燥纸张气味，以及构成一间属于国家的公用性住房特点的种种杂味。

"你为什么告诉我这件事？"他问道。

工程师不眨眼地回答说：

"因为，对于乌拉迪亚这儿的许多人来说，飞机场确实存在。那么，对于我们来说，它也必须存在。"

科帕丘惊讶地看着工程师，思忖着"对于我们来说"，究竟是什么意思？但他什么也没有问，即使到现在也不能说清楚为什么当时没有问工程师为何自认为他们俩是连在一起的，为什么认为有些事情超越了他科帕丘的视听，而且面对这些事情他们必须站在一起。他当时没有问工程师，到后来就越来越困难了。寻找飞机场整整一个月，连星期日也搭上之后，科帕丘到工程师家里，问他是否相信飞机场的故事，是否真的相信。工程师穿着一条卡其布短裤，一件有不少破洞的运动衫，有点不解地看着他，为自己衣冠不整表示歉意，要求允许他去起居室换一身衣服。几分钟后，工程师穿着可能是惯常穿的定制的条纹衣服，配上一件蓝、红、绿三色小方块印花衬衫，走了回来，猛看上去使人觉得宛如面对的是一条蜥蜴。工程师以非常自然的口吻对他说：

"我们走吧！"

科帕丘明白他们必须到卡特琳娜别墅去。他认为这是有一定道理的，必须调查清楚一切。他们应该首先查明真相，澄清什么是臆造，什么是真实的两个人。他当时心情很激动。那是他的第一次侦查，以前他从来没有进入过他人的住宅，而在乌拉迪亚，这个住宅受到某种尊敬。每次路经它门前时，他都体验到这种感觉，或许是因为笼罩着它的孤独，也或许是因为它不是一个普通的别墅，而冠有一个名字：一个名字意味着有别于普通人的一种地位。

工程师一路上不停嘴地讲着，讲得很快。科帕丘觉得，工程师是想令人信服，表明自己极其企望进入"那儿"。尽管他的话语背后或许隐藏着某种意图，但科帕丘当时并不在意。他本人也极想深入"内部"，看一看这个 K. F. 夫人的真实面貌。整个城市都可能在议论这个女人，却不能有一字触犯她，即使是含糊的影射也不允许。她似乎只是为了一个男人的喜欢而存在，而没有任何人，或者几乎没有任何人看见过这个男人。他春天来到这儿，初秋离开，没有任何人看见过,却早就听说过他。在推测他居住在别墅里的整个期间,这个小镇的上空漂浮着一股撩人的芳香,没有人再大惊小怪地谈论一群群夜蛾为何深夜猛烈撞击着玻璃窗,扑向丁香和夜来香花丛,好似发了疯一样,最终像皮肤上的疱疹一样躺倒在葡萄园的泥地上,由此而发生了一场植物的无声战斗。各种植物穿越不生长任何东西的夯实的道路,突然在一个院子或者花园里疯长出来,翌日大多变成了杀手。夜间的各种飞禽和狗,无目的地游荡着,猛撞在栅栏和围墙上,用力之大致使第二天清早有人或会发现因撞在房檐、墙壁上倒毙的蝙蝠和灰色的猫头鹰,或者带血的一块块毛皮。而人们,尤其是男人,带着某种欲近不能的恨意窥伺着女人,满心的欲火和冲动,色迷迷地眯眼看着她们,舌尖不停地舔着干燥的嘴唇。

科帕丘在无尽头的各家花园里巡游时听说了所有这一切,说不好是从什么地方、什么人或者什么时候听说的,但每天都意识到自己又知道了一个有关那个从未见过的谢尔班·潘格拉蒂亲王和卡特琳娜别墅的故事。

"据我看,卡特琳娜别墅和它的女主人是一大'问题'。"工程师特意强调"问题"这个词,给予了它非同寻常的份量,使之载荷不为人知的意义。这使科帕丘感到不安。"当然,还存在其他种种问题,但这是一个特殊的问题,挡着我们的路。不能无限地容忍这种情况。"

科帕丘略感惊异地问道:

"什么情况?"

但工程师仿佛没有听见似的继续说道:"必须一劳永逸地确立我们——你和我坚信的明确规则。而这个贵族老巢,"他居然使用了"贵族老巢"这个词。"挡着我们的路。无论是你或者我,都无法从外部清除掉它。这个别墅及其女主人通过其简单的存在构成一个对立面,成为一股对抗力量,干扰走向安宁的正常之路。他们就像一个太高的岩石峭壁,妖风四起,从来不可能被雪覆盖,而岩石的尖利及其颜色象征着暴力。不仅如此,他们在广袤宁静的雪原深处,或者像人们所说的,在积雪永恒不断的地层下进行破坏。因此,我们必须深入内部，走进这幢幽灵建筑的围墙。"

在离入口几步远处，科帕丘察觉自己并没有进入这幢建筑的任何合法借口。他对工程师说，自己当然很想进入这幢建筑，认识一下K. F. 夫人，但你很难用几句话解释为什么要走进那儿，而且也没有任何合法的理由。如果法规必须不惜任何代价加以尊重，那么他们进入那儿毋宁说是一个违法的姿态，而不是对法规的支持。

工程师突然停住步，再次惊讶地转过身来，久久地注视着他。稍后，他以一种不容反对的口吻对科帕丘说：

"很好，但这意味着你根本没有明白我一路上对你说的话，不只是现在。说到理由，我们掌握着远超出个人的好奇和不安的理由。存在一个不受政府控制的机场，与我们的世界没有任何联系，甚至有一个敌视这个世界的动机的人多年来在这幢建筑里找到了庇护所。此人突然消失，甚至很可能投敌。所有这些难道不能成为进入这幢建筑的严肃理由吗？它现在干扰着我们，而且任何时候都可能使我们不得安宁。"

不等科帕丘回答，巴沙利加工程师就走进了当时业已破落的院子，只见野玫瑰躺倒在狭窄的水泥人行道上，常春藤和葡萄藤杂乱地共生着，看来已经很久没有人进来过。

科帕丘直至很晚才明白，侦查卡特琳娜别墅实际上意味着巴沙利加工程师在一场暗斗中赢得了第一分，或许是最重要的得分。这场暗斗从来没有挑明过，或许因此显得那么冷酷和毫不容情。巴沙利加的功劳在于，当他——科帕丘，津津乐道于自己的邻里是一个能得心应手地掌控一切事情的头面人物之时，工程师就推断出这场暗斗的存在。卡特琳娜别墅逐渐失去人们的关注，就像一次旅行被人逐渐淡忘一样。克拉玛的存在开始引起他的惊奇，意识到整个乌拉迪亚的生计所依赖的这家企业掌控在工程师的手里，仿佛是握在他手心里的一枚鸽子蛋，而巴沙利加也力求引起人们注意这样一个事实：克拉玛就像握在一个不忌讳做任何事情的男子手里的一枚鸽子蛋，只要他想做，就可以用手指捏碎这枚蛋。直到此时，科帕丘才察觉在晚秋的那个下午，工程师赢得的那一分的重要性。他觉得自己是近乎被推进别墅的大门门槛的，但并非是被工程师，而是被此前没有过的一种愿望所推动。他不想压制这样的愿望，虽然感觉到好似在一辆挤满了人的汽车里，男男女女都蜷缩着，汗流浃背，皮肤和衣服黏在一起，各种气味杂陈，胸腔感到压迫，或者更确切一点说，就像公共蒸气浴池留下的那种感觉。

后来，科帕丘看到面前那个女人因惊恐而沉默，感到莫名兴奋，庆幸自己能够跻身于亲眼看见她如何露出真实面目的男人的行列，可以仔细地观察她的美貌如何像一个泥塑巨人一样倒塌，或许可以想象垮塌得比这更加迅速、更加痛苦，也可以肆无忌惮地窥视她的身材和她的乳房，无须害怕被他人，或者甚至被她本人发现。她的乳房充满活力，比他巡查的各处花园里的果实更加挺拔。他的这种心理和举动也未引起正在搜查谢尔班·潘格拉蒂信件的工程师的注意。而且，事情还不止于此，为了掩盖自己的卑鄙行径，他还斩钉截铁地说，一切信件都应被没收，以利于侦查。而 K. F. 夫人逆来顺受地接受了一切，既不否认，也不肯定如同儿戏般的种种指控，漫不经心地听着。只是在事后，当他们离开被翻得乱七八糟、开着灯、门窗大开着的别墅时，她才觉得自己受到了莫大的羞辱。她走出房间，站在拼花玻璃门的门槛上，两手垂在依然美丽的身体旁，那是一种走向老年却保持着青年时期体型的女人的美，仿佛两者内在地逐步融为一体，没有往往导致体型无控制地可怕暴涨的那种痉挛。她站在门槛上，注视着小心翼翼地走在玫瑰花丛中，生怕被刺扎着的科帕丘。科帕丘感到后背发凉，不由得缩紧了肩膀，一动不动地停住了脚步，周围是依然保持着绿色的野生灌木丛。他清楚地意识到自己面临着巨大的危险，面对着一件未知而且对于他来说或许永远不可知的事情，这种危险正来自于此。当他回过身去看着依然站在高大的门框里的那个女人时，只见她脸色苍白，双手垂在身体旁，而从她的肩膀前面，颈项与肩膀的结合部，涌起常人难以忍受的孤独的涟漪，徐缓而绵长，没有痛苦，没有忧伤，以至他顿然醒悟到，她不再有任何冀望，也不复能冀望任何东西。

* * *

在很长一段时间里,巴沙利加工程师遇到他时,继续向他表达敬意,无论是在乌拉迪亚的坡形街道上,或者是在进步饭馆里,莫不如此。工程师总是在进步饭馆里独自喝一瓶葡萄汽酒,至多两瓶。他这样做是在迫使其他人也如法炮制,以至在油漆过的木条货架上再也找不到其他任何东西,颇像一个贵族的旧衣柜。直至他,科帕丘,开始像正常所做的那样,按照通常的办事程序不漏过任何事情,对克拉玛企业更加密切的关注之前,巴沙利加都对他颇为尊重。事情的转折开始于他半开玩笑地问这问那,譬如说些"业务是否顺利",或者"哎,有人去你们那儿,去你们的葡萄酒厂吗?没有人去,没有人码放,那儿的人也没有看见葡萄酒"之类的话,其实大多是出于希冀获取居高临下交谈的小小快乐感而发的。从那时起,工程师就不再像之前那样对他嘘寒问暖了,而只是点点头,常常漫不经心地望着左肩后面的什么地方,给人的感觉是他不喜欢再说什么表示敬意的话。科帕丘突然想起,从卡特琳娜别墅搜查到的信件,至今依然在工程师手里。

科帕丘正是通过这些信件发现了一个长达二十多年的爱情故事,最后因谢尔班·潘格拉蒂的消失而突然终结。而当现在思索这种消失时,他从中理解了 K. F. 夫人名副其实的失忆。飞行亲王在其从乌拉迪亚消失之时就被逐出了她的记忆,否则就无法解释包围着,或者更确切地说,保护着她的常人难以忍受的孤独。他从几乎是被巴沙利加推着走进别墅的那一刻起,就理解了这一点。巴沙利加向他详细讲述了 K. F. 夫人发出和收到的情书的细节,侃侃谈来,喜形于色。工程师谈得很细,好像唯恐漏掉了某个细节,甚至注意到了她信中的法语错误,并由此而提出假设,推测 K. F. 夫人无论如何并非出身于真正的名门贵族,因为诸如此类的错误是不能容许的,然后又做出冗长的解释,来说明某个时代的贵族圈内法语的使用情况。经过了那么长时间之后，科帕丘现在还记得，工程师尤其不放过那些早已过时甚至显得滑稽可笑的情感章句。它们体现着浪漫主义时代的风格，回想着另一个时代的爱情，而在他的想象中那是某种模糊的东西，其情景无非是在夏日的花园里，有一个留着小胡子、头戴大礼帽、身穿燕尾服的帅哥，一个金黄头发的美女，眼睛湛蓝细长，身穿前胸绣着白玫瑰的绯红长裙，宛如手工制作的淡色硬封面的华尔兹舞曲手册上的插图。

他告诉工程师，所有这些信件都必须集中到邮局大厦，全部登记归档，而工程师每次被问及是否把信件带来时，总是说忘记了，而作为补偿，给他讲据说是从某些令人脸红的私情细节演绎出来的故事。工程师讲得绘声绘色，颇富表演天才和想象力，以至科帕丘尽管听出工程师的叙事爱好色情的肮脏描述和对人们心灵的窥探，令人觉得可怕，但又无从反驳。他不明白工程师的这种爱好从何而来，因为据他了解，诸如此类的事情是那些掌握了权力的人的偏好——最初并不自觉，随后越来越迷恋于试探如何走向极致而不越界，再往后就成为一种爱好，甚至是最大的爱好，自甘堕落，满嘴淫荡。

乌拉迪亚早就开始不平静，运输的季节临近。那是一年一度向科马纳运送葡萄酒的时节。这件事情从来不是发生在特定的某一天，而是突然有人开始谈论它。随后在很短的时间里，所有的人都好像发烧了一样，焦躁不安，无缘无故地来到街上，夜里开着窗户，在窗户后面待到很晚。传言四起，有人散布说昨夜听见了卡车的声音，在比较晚的时候，或许是很晚的时候，而在镇子的那一头早就听见了，或许听错了，不过也可能是真听见了，但立即遭到住在镇子另一头的人的反驳。这样的事情照例发生在晚春，但也很可能发生在仲夏。没有人知道为什么葡萄酒需在乌拉迪亚的窖里保存那么长时间的原因。这些酒窖在某个荒废的别墅的花园和地下室，或者甚至在某条街道的中间有着出人意料的出口，而卡车每次都从不同的酒窖出口出发。科帕丘起初并不重视这种运输，认为乌拉迪亚居民的不安之所以来自此事，是因为它或许是一个最重要的事件。在收获之后，他们单调平静的生活向往这样的小小热闹。本质上这是无害的，他甚至认为或许是有益的，因为这实际上意味着消耗非侵他性的能量和活力。但随着一年年过去，科帕丘发觉从来没有，绝对是从来没有亲眼看到过这样的运输是怎样进行的。不知不觉中，他开始关注期待运输的那些人的焦躁不安。他们只是预感到卡车出发的时间紧迫，但不清楚任何内情，做着种种虚幻的猜测和假设，听任时间一天天过去，临近仲夏，不再有任何期望。有一个时期，经过长期和细致的观察，他终于在心里产生了对巴沙利加工程师，对他和克拉玛企业的活动的怀疑，但这种怀疑是不能告诉任何人的，因为它更接近于一种情感状态，而非信心。他清楚地知道这一点，虽然相信自己逐步到达了目标，他几次试着与工程师讨论自己的这种心理状态，但每一次巴沙利加都顾左右而言他，转而议论 K. F. 夫人的信件，从而使这些提示看来像他寄予厚望的一种讹诈。

　　在最近一次对工程师种种非同寻常的借口的意义和作用进行研究的前夜，他多次听说运输将在不久甚至马上进行，心里突然觉得自己毫不怀疑运输队将在那一夜出发。整整一个下午，他在镇里的曲折的小巷里徘徊，嗅着洋槐树的油腻腻的难闻气味。乌拉迪亚的居民们对这些生长迅速、每年开花两次的树木投入了名副其实的激情，每年都种下更多的新树苗。这或许是对于到处疯长的葡萄的一种补偿。无所不在的葡萄藤爬满了墙面、柱子，直至顶楼的玻璃隔墙，当然也盘缠在洋槐树上。他不停地溜达着，明显地感觉到一个将会把人热得像核桃一样开裂的夏天开始了。他看着那些站在窗前和门槛旁的人，或者靠在门上向他致意的人，看着这些满怀微妙而不可遏制的超常兴奋的人，确信运输的时间业已临近，就像夏天近在眼前一样。笼罩着他心头的焦躁不安，犹如一次不知道何时结束的长途旅行之前夹杂着恐惧的兴奋。傍晚，科帕丘回到他的办公室，敞开了窗户，像此时一样双脚翘起，放在有几处墨水和枪油污斑的木头桌子上，背靠着一把旧椅子的圆靠背坐着。他这样坐了很久，眼见夜幕在乌拉迪亚上空降临，阳光隐没在他从未翻越过的山坡的那边，听着小镇上平静单调的家家户户的嘈杂声音。在这个小镇里，居住着人，生活着狗，飘浮着炊烟，夏天正在降临，透过家家户户的夏季厨房房顶漫射着热浪。他这样一动不动地枯坐着，渐渐觉得自己的骨头，一根插进了另一根，隐隐作疼，不由得意识到自己老了——衰老就像黑夜的降临一样来到了——听着被他背后的昏黄灯光吸引的蝙蝠杂乱的飞旋声，而在广阔花园的某个角落，蚂蚱在唧唧叫着，那是不同于家里的蟋蟀，不同于在机关单位的旧木器里乱爬，叫声震耳，破坏了那里的宁静——笼罩着整个乌拉迪亚的宁静的昆虫。当时，他很高兴地相信自己是唯一明白了一切的人，却不知如何解释为什么相信自己明白了一切，因为毋宁说只是一种预感，缺乏理性的解释，是这个黑夜的作用。临近拂晓前，可以听见乌拉迪亚的所有窗户在关闭时插上原始的弹簧锁的清脆响声。

正当他，科帕丘中尉，开始认为该是运输车队出发的理想时间之时，从乌拉迪亚的一头传来汽车发动机的噪音，最初是低沉的，好似风筝被风吹得近乎破裂的啪啪响声，随后变得清晰和独特，宛若一只山鸡在有节奏地扑打翅膀。他推倒椅子站了起来，但木器的翻倒声没有能盖住在镇子上空回响的强烈马达声。于是他走到街上，朝着马达声的源头追寻过去。他开始奔跑起来，但受到三月的雨季在那里留下的车辙阻碍，只得放弃奔跑，小心翼翼地选择能快走的街道，离镇中大街的店铺和第一次听见马达声的地方越来越远。现在传来的声音越来越无力，而且似乎是从另一个方向发出的。他又走了一阵，路越来越曲折，直至他醒悟到自己走进了以前贵族的老制酒坊周围已经封堵的死胡同，从那儿再也听不见任何声音。他惊异地回身向镇中心走去，时时顺手从洋槐树枝上摘一把白色的槐花，深深地吸一口气，然后把微甜的槐花慢慢揉碎。他在学校附近停下步来，觉得又清晰地听见了一个发动机轰隆隆的喧闹，或许不是同一个发动机，或许有另一种音色，但确实是汽车发动机的声音，在这个区域的某个地方，只是这一次是在右侧。他转过身去，走上另几条街，久久地徘徊着，竖起耳朵听着像体内的心脏一样突突跳动的发动机的轰鸣，离心事重重的他时近时远。

科帕丘整整一夜在街上踯躅,走到了乌拉迪亚最荒凉和最远的地方,总是晚一刻发现马达的轰鸣来自完全不同的另一个方向,有时好像一个老人的咳嗽声,然后又像一匹疲惫的马,屁股沉没在河水里,抬起鼻子,鼻孔朝天呼哧呼哧喘气,满怀惊恐和欢快地哼哼着。当马达的喘息声从耳边消失时,他返回镇子的中心,那里的街上挤满了关着门的店铺,到处是石块和沟沟坎坎,只有月光依然照亮着地面,但那月色颇为虚幻,就像只在梦里见到的那样。他又这样朝镇子的另一头走去,心头笼罩着无言的绝望。拂晓时分,他感觉到双脚已经被脚下的灌木丛的露水打湿,于是不再往前走,明白自己像所有人一样不可能看到运输车队的实景。他回到办公室,亮着灯躺在木头桌子上,看着在灯周围飞来飞去的红色飞蛾,在他面前撒落下紫色的粉尘。

科帕丘醒来时,看见站在门框里的巴沙利加工程师,依傍着门柱,脸带微笑地注视着他。他似乎休息得很好,眼睛明亮,而在桌子周围的地上,躺着几十只半烧焦的飞蛾,暗红的躯体已经变得近乎黑色。他半抬起身问工程师:

"走了吗?"

工程师先是没有回答,好像是在思考着什么,随后对他说:

"运输队?走了,当然走了。准时出发。"

科帕丘一跃而下,一把抓住工程师的条纹衣服领子。此时他清楚地知道只需稍微用力就可以把这家伙勒死,却慢慢地松开了工程师的翻领,因为对方并没有自卫,而是继续靠门站着,只是眼睛变得很浑浊,仿佛蒙上了一层雾。他贴着巴沙利加的耳朵低声说道:

"你是个十足的无赖。工程师,运输车队根本就不存在,从来就没有过。这种运输是你的捏造,是一桩彻头彻尾的肮脏勾当,彻头彻尾的骗局。我还不清楚这是为什么,但确实如此。"

他放开工程师,主要是为了听对方说些什么,所以并未走开,而是深深地望着对方睁大的瞳孔,但从中分辨不清任何东西。这是始终使他感到的不安之处。

工程师整整衣服,抚平了领子,久久地抚摸着下巴,重新开始脸带微笑，仿佛想潜意识摆脱科帕丘，平静地对他说道：

"那是我的事情，只是我的事情，不管这个运输车队是不是出发了，或者是不是存在。你尽可以随便怎么怀疑，中尉。这儿，乌拉迪亚的人们需要它。正因为他们需要，运输车队每年将存在并将从这儿出发。没有人见过吗？哎，是的，但它存在，它出发，人们心满意足。这构成他们生存的一部分，你不能做任何反对它的事情。所有人依赖着它，一切依赖着它，生与死，白天与黑夜。这是他们觉得自己活着的凭证。"

于是，科帕丘问道：

"除了你，还有什么人见过开车的司机，见过汽车、装货，知道卡车从哪儿来，到哪儿去？"

工程师平静地回答道：

"没有任何人，没有任何其他人。但这并不重要。唯一重要的事情是运输存在着，有一切理由存在，必须存在。乌拉迪亚每年都在进行生产，辛苦劳作，每年都俯首帖耳当牛做马，所以这种运输车队每年都必须出发。明白了么，中尉?！"

科帕丘懂得一切都十分清楚，在他与工程师之间存在着一条鸿沟，从那一刻开始逐步填补，但当然是怀着无情而冷酷的厌恶，而这将日复一日地摧垮他的肉体和心灵。

"那么为什么你还需要 K. F. 夫人？你拥有一切，为什么还需要那些信件？"科帕丘突然问工程师，表面看来与之前说的那些事毫无联系。

工程师不由得惊奇地看着他说：

"有些事情常常从我手指缝间溜走。这是件非常重要的事情，几乎同样是非常强有力的。我不能驾驭它，不能理解它。我相信面对的无非是一个男人和一个女人，我不明白从何而来那么强大的力量。"

"那么现在明白了吗？"

"不。但读着这些信，我觉得好受些。我们中间不存在先知。先知永远生活在另一个世界。我阅读这些信，觉得好受多了。"

科帕丘走出了房间，不再去看工程师的眼睛，除了两个黑点，除了瞳孔的漆黑空间，从中再也发现不了任何东西。他第一次感觉自己是胜利者，肩膀的沉重和胸口的突然疼痛使他明白了这一点。然后一切重新趋于正常，当然只是一段时间，却是一段非常的时间。

这促使科帕丘中尉直至许多年之后才再次拜访巴沙利加工程师。最近一次相遇是历史教师也应邀参加的那场狩猎，而在历史教师抵达前，意想不到的友好氛围中发生的这件事，推动他进行了这次访问。他穿着一身便装，如同在星期日午后去学校和商店门前散步那样，穿着的这身衣服，通常觉得剪裁缝制得十分合身。这是工程师来到乌拉迪亚时，他穿的同一身衣服，也是在卡特琳娜别墅的古董堆里搜查知名的谢尔班·潘格拉蒂的信件时，穿的同一身衣服。在此其间，他发胖了，变老了，但衣服依旧一样耐穿、挺括；虽然肩膀上绷紧了，但从背后看别具一格，令人觉得惬意，给人以信任感。巴沙利加拿走了当时搜到的信件。这个姿态引起科帕丘注意，提醒自己任何行动都需谨言慎行，觉得在他们之间产生了某种冷淡、阴影。在此之前，他不愿招惹工程师，很清楚最好的事情莫过于在路上不遇见任何人。因此有许多次，一看到巴沙利加，他就主动回避，改变路径，不厌其烦地在心里反复默念着在某位成功人士写的一本书中读到的名句："智者退避。"他并不认为自己真的退避，而是对自己说其实只是忍让；而之所以忍让，是因为要让巴沙利加工程师成为乌拉迪亚最重要的人。自己即使做某些事情，也只是为了强调、加强这种事实状态。在去工程师家的路上，科帕丘经过别墅门前时看到里面已经没有任何灯光，沉浸在黑暗里，但看来老太太并没有睡下，而是躲在窗后窥视。他不禁莞尔一笑，用被裤子罩住的皮靴尖踢走一块石子，暗自说道："时光倒转。"这幢巨大的建筑转眼间已经落在他背后，一个想法却突然盘绕在他脑际：这幢别墅既不是为 K. F. 夫人所建，也不是为了她或者天知道何时来的其他人在此能找到栖息场所，而是那个未知人士想在自己路经的世界里留下一个记号，使他，科帕丘，或许还有巴沙利加工程师感到困惑的记号。而且随着时间的推移，他越来越意识到一切变成了一个私人的问题，无论是她本人，或者是这幢建筑和飘浮在其周围的一切，以及种种捕风捉影的故事和传说，归根结底都很可笑。那次狩猎使他相信，维科尔·安蒂姆的为人也使巴沙利加工程师担心。至于他自己，自有对这个青年的看法。但他的印象使事情不仅关系到维科尔·安蒂姆本人，而且关系到这个青年在卡特琳娜别墅住了一段时间之后，还继续住在那儿，且从未向任何人透露过别墅内发生的任何事情。科帕丘觉得，巴沙利加生怕维科尔·安蒂姆与老太太搅和在一起，或者甚至更严重——这个青年被同化，甚至逐渐被改变，接受了这幢别墅所固有的某种不可解释的东西。科帕丘中尉深知自己是一个明白事理的人，所以冷静地看待工程师幼稚却充满信心的行动。多年来，工程师成功地使所有必须信服他的人相信，他，巴沙利加是能够负起整个镇子安宁生存的责任的唯一人选。最初，使科帕丘担心的是工程师对他想揭示关于谢尔班·潘格拉蒂的真相的行动表现出的热情和给予的支持。在那些时日，科帕丘只相信自己，因此是多疑的。工程师亦步亦趋，离开了自己在克拉玛公司办公室里的岗位，同他一起日日夜夜在杂乱的野葡萄丛中搜寻。他们寻找着应该准确地通往谢尔班·潘格拉蒂亲王飞机降落的机场的山路踪迹。他们什么也没有找到，由此科帕丘开始怀疑飘浮在 K. F. 夫人周围的传说，有一段时间对这个神秘飞行员的种种传说不再感兴趣。巴沙利加工程师独自继续侦查，用的是他个人独有的那些方法。科帕丘对这些方法并不信任，却表示宽容。他认为，工程师对老太太的房子，特别是对他日夜在如同镇中大街的橱窗一样巨大的玻璃窗边窥视这个孤独女人的存在所表现出的兴趣，乃是他的罪恶天性使然。除此之外，还有一件事引起他的注意，更确切地说是使他保持谨慎。在所发生的一切事情中，没有任何东西有违常规，件件都同日常的行事方式丝毫不差。尽管多年来没有需要采取行动的事件，但他的直觉，或许是他喜欢吹嘘的独特天才，促使他保持谨慎。

一切始于巴沙利加喝了几瓶葡萄汽酒之后，对着时任代理校长的米赫尔恰努嚷嚷，声音大得连科帕丘也能清楚听见：

"米赫尔恰努，你听我说，亚当的那个小女儿居然这样目中无人吗？居然这样目中无人，一想起她那个样子，哪儿有我容身的地方？"

米赫尔恰努不太明白巴沙利加问话的意思，耸耸肩道：

"目中无人，她怎么目中无人？！一个小丫头片子就是这个样子，仅此而已，既非目中无人，也非低眉顺眼！"

巴沙利加用拳头捶着桌子，显得很满意，近乎笑道：

"哎，你瞧，我也正是这样想。中尉，你怎么说，事情就是这样，祸从天降，说不定落到谁头上，活该他倒霉！他的一生，他的子子孙孙，不再企望有另一种生活。这促使他筑起两米高的篱墙，受到刺激，变成古怪的夜游神。"

科帕丘早就知道巴沙利加与亚当有什么过节，但不明白就里，尤其是不知怎样解决这种间隙。亚当孤身一人，就自己所知养育了两个女儿。但是，他的孤僻在乌拉迪亚是人尽皆知的，没有人愿意费力促使他从中解脱出来。一切如故，他早就有了自己的定位。

"事情常常是这样发生的。必定有人出格，与众不同。"巴沙利加接着说。

科帕丘觉察，巴沙利加在一个未知的领域冒险，近乎是率性而为，而他的指控是如此陈旧，无非是指鹿为马，当时的他很是任性。

"这是个疯子，我告诉你们，是个疯子，会给我们惹麻烦的！"巴沙利加拿起酒杯，透过杯子看着灯光，并不喝酒。

几天后，科帕丘偶然发现亚当的小女儿被学校停学了好几天，据说是因为行为不端。听到这个消息，他不禁笑道：

"巴沙利加这个恶魔，三杯酒下肚，三言两语说事，米赫尔恰努立马暗使阴招。"

后来，关于亚当的公案平息了下来，他的女儿可能也无声无息地回到了学校。而巴沙利加开始迷失于最终证明在乌拉迪亚办事是何等艰难的种种措施和倡议的迷宫之中。这个工程师丝毫也没有减弱自己对谢尔班·潘格拉蒂和 K. F. 夫人这对情侣故事的兴趣，虽然在街上遇见科帕丘时，他似乎觉得颇为尴尬。科帕丘知道，这是因为工程师拿走了查抄到的信件并且假装忘记的缘故。他不愿意因为没有价值的一些废纸而导致公开冲突，猜想那些信上写的无非是一些那个时代习以为常的情感琐事，当时人们真的很热衷于写各种各样的细节，且一旦惊愕地发现诸如此类的东西很容易暴露自己的生活，就不得不烧毁自己的信件。然而，正是这样的细节导致他丧失勇气，而且促使他严肃地思考自己的职权范围，并越来越强烈地意识到，在只有他唯一有权处理的一个问题上，巴沙利加成功地控制了他。尤其是夏天过后，在巴沙利加不是把亚当叫到他在克拉玛公司的小房间里，而是唤至科帕丘和米赫尔恰努也在场的进步饭馆的一个单间里之后，科帕丘就更加注意工程师的行动了。当时，科帕丘正在吃大肉肠，把薄薄的肠衣剥在面前一小块不小心撕裂的报纸上，只用略带酸甜的葡萄汽酒润润嘴唇。巴沙利加与米赫尔恰努用一盒火柴玩着一种儿童游戏，不说一句话，只有火柴盒干巴巴的响声，以及门外的杯子和酒瓶的叮当声，讨厌的烟鬼们的喧哗和咳嗽声。天气还不很热，但感到空气又闷又热，似乎应该开窗。科帕丘不愿做任何表示，这是巴沙利加的夜宴。他慢慢咀嚼着，时不时朝着房门望去。

巴沙利加直到在单间见面之后才告诉他，叫了亚当来这儿：

"我叫那个疯子亚当来谈谈，你有何高见，不打扰你吗？"

科帕丘摇摇头，但没有说事实上他并不赞成巴沙利加这样做。这件事情或许再次表明工程师的某种滥用权力，而且恰恰在他不愿见到的地方碰见工程师做这样的事。

很晚很晚，门被推开了，出现了亚当的古铜色的光头。亚当皱着眉，近乎惊异地看着。他的眉毛很浓，只露出眸子在闪闪发光：

"工程师先生，我能进来吗？"

巴沙利加并未从火柴盒上抬起眼，继续玩着愚蠢透顶的亚的斯亚贝巴游戏：

"别老开着门，烟会吹进来的。"

亚当走进房间，但没有远离门框。巴沙利加用手指甲敲了几下火柴盒：

"我更棒，棒一千倍。老师，不是吗？"

米赫尔恰努笑着说：

"你有技术嘛！你不能与技术作对，亚当，不是这样吗？"

亚当微笑道：

"与技术作对，不，你说得很对，没有什么可说的！"

科帕丘用报纸盖上了肉肠和肠衣，因为巴沙利加在说：

"你闭上嘴，亚当，这个问题你没有发言权！几点了，中尉，你不会生气吧？"

"六点半。"科帕丘边用食指尖撩起袖子边说。他的金属袖扣很有弹性。

"哎，你看，我给你说几点等你？六点，不是吗？六点整。我们叫你来是要给你说点事，对你很重要的事。"巴沙利加用手背把火柴盒推到桌边说。

亚当靠门站着，手贴着被烟熏黄的木门框，额头宽大，强壮的额骨像房檐一样遮挡在眼睛上，或许是因为眉毛浓密之故；四方脸盘，关节突出，大下巴颏，经常想做出微笑的样子，但每每失败，只能时时扭扭脸。

"我对你说六点来，我也有许多事情，有自己的计划，但你六点半才来。"巴沙利加转向米赫尔恰努说："本以为只是我觉得他自作聪明，但他真的是这样想了！怎么说呢，反正是在酒馆里，肯定会等！嗨，老实说吧，你是不是这样想的：去他妈的巴沙利加工程师，我才是更聪明的人！"

于是，科帕丘听到了想不到有机会听到的话。

"我应该说实话，自己就是这么想的。为什么要说谎？我就是这么想的。"亚当说道，但嘴巴似乎并没有张一下。他几乎呼啸着说了这些话，一字一顿，话音清晰中带着焦躁。

"哎，你看，我不该同样这么想吗？你说，我不该同样这么想吗？"巴沙利加对着火柴盒一弹指，火柴盒啪一声落到了地上。"如果我说你来得太早，你还有什么要说的吗？"

亚当看着地上，然后慢腾腾地说："还是那些话，您很清楚，还是那些话。"

米赫尔恰努弯腰从地上捡起火柴盒，显得老态龙钟，气喘咻咻，眼圈周围涨得通红。

"谢谢。"巴沙利加装模作样地说了句法语，重新开始用指甲弹着火柴盒的薄薄的干燥木片。这样过去了几分钟，工程师不看任何人，完全被火柴盒跳动着落在桌面上的样子所吸引。米赫尔恰努每次都嚷道：

"十，十五，零，二十。"用眼睛寻找着他也能伸手弹击的最佳点。

但是，巴沙利加不厌其烦地不断弹击着，神态平静，手上的动作颇为优雅，兴致勃勃。

科帕丘希望亚当赶快离开。他还觉得饿，但看到亚当深邃的目光虽然近乎隐藏在眼眶里，却闪烁着强光——在这双眼睛的逼视下，令人难堪，很难吃得下东西。巴沙利加和亚当两个人说话中透露出的冲突有点奇特，无从解释。工程师毕竟不同于近乎农民的亚当，是另一类人，他们的道路不可能有交集。不过，科帕丘觉得，巴沙利加是顽固寻衅的始作俑者，甚至不惜自取其辱，目的似乎只是为了迫使亚当做出这样那样的反击。

科帕丘注视着亚当，打量着他，搜索着记忆中所知道的关于他的一切，试图从这些细节中揭示招来巴沙利加如此深仇大恨的原因。人们很少见到亚当。他一个月一次或者两次进出挤在镇中大街上的店铺，总是背着同一个口袋，上面绘着"马克森齐乌·亚当"姓名的蓝色大号印刷体字母。走出店铺时，他的口袋里塞满一堆购买的物品，在道路中间朝镇子通往科马纳方向的那一头走去，一路上尘土飞扬，狗吠不断。科帕丘跟踪过他几次，但由于尘土和狗吠，不得不在他背后保持着几十米的距离，直跟到工程师所说的仿佛用重油涂过的木条围篱边上。中尉还没有进过亚当的家里，因为没有任何借口，何况卡特琳娜别墅的故事已经够他受的，再搅进亚当这样一个人的麻烦当中，丝毫也不会让人感到愉快。当然，每次跟踪亚当时，或许已经惹来麻烦了。亚当总是停在大门口，身体依着口袋，而口袋靠着门框，就像现在那样，眼睛注视着他，既不客气地打招呼，也不恶语相加，只是看着。而科帕丘觉得如果要求进屋，或许能得到允许，但他继续朝废弃的屠宰场走去，仿佛想去检查那里是否一切正常，尽管那是不可能有丝毫不正常的一个场所。那时他毕竟是初来乌拉迪亚的新人，正在努力适应之中，期望理清这个小镇的内部结构，力避因此而搅乱了什么。他花了很长时间寻找民事记录，查询在他之前是什么人承担这项工作，心里十分怀疑尽管应该有人曾经在职，但忽视或者忘记了每天的职责所在，以至他不得不几乎到每家每户核实数据资料是否准确。至于亚当家，他没有进去过，或许是因为太远，或许是因为记录在案的最后一个去世者是伊夫琳娜·亚当，马克森齐乌的妻子，安杜查和阿丽蒂娜的母亲。他看到登记的右侧栏时，不由得对名字的这种奇怪集合感到诧异。这不符合当地一般人的习惯。对于亚当一家人，他只是觉得奇怪，仅此而已。在镇上很少见到亚当，而且一旦亚当来到镇上，他好像对于必须在熙来攘往的人群中穿行感到局促不安，所以只在街道中间行走，以免碰见任何人。这又使得科帕丘莫名惊诧。

以往，科帕丘实在是太忙了，一直埋头于整理档案，查看遗弃在一间更像是食品储藏室的小房间里的文件。事实上，他的前任——是否真的存在过？——在那里只保存着几只短颈瓶和几串挂在档案架上的香肠。他或许是太沉迷于 K. F. 夫人的故事，或者是为了不在这个世界尽头的平静和安逸中变傻，而过分夸大了这个故事的意义，以致不相信留在这个世界里的三个亚当在荒野和高围篱中的窒息生活值得关注。那是世界边缘的边缘，独自自我保护着，或许在逐渐融化，心甘情愿地在这世界边缘的宁静的日暮中被遗忘。

他注视着马克森齐乌·亚当，察觉亚当压根儿就不喜欢踏上通往酒馆的这条路，所以耷拉着肩膀站着，手掌攥着油腻腻的门框木柱。这是科帕丘曾经见到过的一种寻求支撑的姿势，而目光又始终那么紧张。所有这一切使人相信,亚当绝对不是愿意同巴沙利加发生冲突的人,但也不是面临威胁就胆怯退缩的孬种,无论是他的话音还是言辞,莫不表明如此。

工程师用手掌盖住了火柴盒:

"你让我怎么办,来得太晚了,真不是时候,现在没有办法了。科帕丘中尉,还有米赫尔恰努老师来了,是个重要问题。你在应该到的时候没有到,我能怎么办?"

亚当只说了一句"你好",就转身要走。在他开门的时候,从大堂里突然传来一阵喧闹,有人在唱歌。巴沙利加几乎扯开嗓子对他喊道:

"下次应该更准时,特别是在有问题要解决的当口!"

亚当头也不回,只是耸耸肩,犹豫地站定了片刻,随后走出去,小心翼翼地关上门,或许是故意拖延时间。

巴沙利加对米赫尔恰努做了个手势说:

"嗨,老师,轮到你了。"

科帕丘决定继续进餐。他觉得有点不痛快,巴沙利加对亚当说"中尉来了",其口气似乎他——工程师叫科帕丘来解决某个刻不容缓的问题,而科帕丘奉命即刻来到了,毫不延误,与亚当不一样。吃完肉肠后,他将报纸团在手心里,顺手扔到房间的一个角落里,一口气喝了一杯酒,然后叹了口气说:

"这个家伙有什么问题?"

巴沙利加没有将眼睛从米赫尔恰努摊着手掌向上抛去的火柴盒上移开,回答道:"没有任何问题。"随后开始笑道:"这家伙居然没有任何问题,不过你怎么说,知道他也有问题不是更好吗?米赫尔恰努,别作弊,小心我削你!他也许在大堂里找我们,有人告诉他我没有来,所以才这么晚找到我们。这是他的问题,他很有想象力。或许还想象着我们还没有来。"

科帕丘察觉,工程师是说"找到我们",但没有提出异议。这合乎他自我感觉良好,出于情感、友情的原因参与办事的方式。

后来，他不止一次，而是一连许多次无意中发现巴沙利加在谈到亚当时，把这个边缘又边缘的人物推向了许多事件的中心，而科帕丘只问过他一次亚当是否也知道这一点。当时，乌拉迪亚下了一个星期的冷雨，最后还下了一场雹子，冰雹大得像尚未成熟的葡萄。那是在九月初，人们的起居依然按照尚未过去的炎热时光的习惯，忽然一天夜里开始下雨了。科帕丘躺在他的铁床上，两只脚翘在漆成绿色的床沿上，眼看着外面突然一片漆黑，大雨滂沱，水流如注，屋檐的排水槽已经容纳不下，时时溢出来，形成一堵黑色的水墙，哗哗地冲击着人行道的水泥地。他觉得浑身发冷。在听见有人敲门时，他正在木箱里寻找角上缝着清点编号大字的毯子。来者是巴沙利加工程师。他浑身湿透，衣服贴着皮肤，额头上一股鲜血从左眼前淌下。巴沙利加站在门边，雨水在他周围形成一个水洼，鞋上沾满黄色淤泥，裤子上挂着许多树叶。

"中尉，"巴沙利加对他说道，"别说是人，就连魔鬼也不能控制大自然。今年的葡萄酒全泡汤了。一切自有定规，但现在你看一下窗外，就可以看到没有任何东西再合规矩。给我一条毛巾、一条毯子，我浑身湿透了。"

他擦着脸上的水，抚摸着额头说：

"你瞧，先生，我几乎尽责倒下！"

科帕丘对他说：

"瞧，狐狸就是这样舔伤口的。"

两个人都不禁笑起来。但巴沙利加首先停住了笑：

"笑吧，笑吧，但麻烦大了。两指厚的冰雹，雨水与土壤的温差至少有十五度。怎么办，多倒霉！"

科帕丘注视着他，试图理解他的话的真意。工程师说的是真正的灾祸，却很平静，甚至有点幸灾乐祸。他从橱柜里拿出一瓶酒，给工程师倒在一个洋铁皮茶缸里。巴沙利加迅速喝了下去：

"好酒，好酒，我以为只有带泡沫的酒才令你心醉……你喜欢含酒精的。中尉，而你什么也不说！"

科帕丘也为自己倒了一杯，一饮而尽，用手擦擦嘴说：
"你说情况很糟？"

"没有比这更糟的了。一切都完蛋了，嫩芽、葡萄，一年的生产。最好是昏睡一年吧，反正已经到了这种地步。或许能出点儿葡萄渣酒，一点儿次货，免得说我们什么也没干。"

"那怎么办？"

"没有关系。"

"怎么没有关系？"

巴沙利加毫不在意地信口说出了"没有关系"这句话，仿佛这样的考验归根结底很合他的意，就像那些面对危险，却早就准备抗击、轻松等待危险的人那样，但求证明自己的长期准备绝非徒劳无功。

"最终，一切都将逢凶化吉。有巴沙利加工程师在，情况归根结底不可能变糟。只是人们应该明白，这个'归根结底'是因为有我们在。嗯，你怎么想，我是吃干饭的？我辛苦劳动，科帕丘，辛苦劳动，做好储备，早有存货，事事关心。甚至可以说，这场雨没有白下，下得正是时候，证明了巴沙利加工程师不是游手好闲之辈，不是一个稻草人。"

科帕丘以为巴沙利加喝醉了，被一茶缸李子酒灌醉了，但事实并非如此。从他的眼神里可以看出他并没有醉，只是达到了某种兴奋状态，必须向人诉说自己是多么辛勤劳动，只是天公作美，提供了这样一个机会，使他如愿得到人们的承认。

在再次从茶缸里喝了口酒后，巴沙利加对科帕丘做了个手势说道："我走了，去看看有没有河堤塌了。咱们雨停了后再见。"他随即冲到屋外，击碎了寒冷的雨幕。从他的身上，一股水汽冒了出来。科帕丘的目光一直跟随着他，直至他的人影消失。

一个星期后，科帕丘遇见了他。巴沙利加在葡萄园里巡视，一切都倒在了地上，有几个人试着把葡萄的须藤扶起来，但大多已经断裂。工程师身上都是湿泥，脏得连眼白都变黑了，一边讲，一边做着手势。人们紧跟在他后面,竭力想听懂这样的环境下或许有用的一切。

看见科帕丘时,巴沙利加向他示意道:

"你好,你好!你没有见过那个马克森齐乌·亚当吗?"

巴沙利加虽然是对科帕丘一个人说话,但声音大得近乎在喊叫,让所有人都能听见。科帕丘摇摇头,工程师随即冲口骂道:

"这个他妈的疯子,在忙什么,像在洞里的耗子一样藏着,对我们大家正在同脱了缰的大自然进行斗争视若无睹?!只顾他自己的甘蓝①和土豆,而我们正在这地方与决定本镇命运的灾害苦战。他,毫不关心,一次、两次看见他在街上像仓鼠一样,背上扛着大口袋……"

然后,工程师用小得几乎听不清的声音继续咕咕哝哝说着什么。科帕丘很清楚,巴沙利加并非偶然提到亚当。当时的情况是那样自然,所以不论他说什么,都会深深印在人们的记忆中,没有人在那一刻会问他所说的话的用意或者真实性。不仅如此,科帕丘清楚地直觉到,巴沙利加很擅长把他自己的真实而有效的努力工作与关于亚当的这些话对立起来,从而通过记忆和情感的曲折途径达到一个明显的效果——巴沙利加是善的化身,而亚当则是恶的化身。科帕丘对此深表怀疑,但除他之外,有谁愿意表示怀疑呢?他没有走近巴沙利加,任凭他消失在忙碌、肮脏、疲惫的人群中,解释着如何挽救这个镇子的生存权,在能够生长的地方移植、栽种或者重新栽种葡萄——他们的生活的真正主宰。巴沙利加从坡脊那儿用手掌指指点点,说明将如何恢复被毁的地块,葡萄园将如何满布各处,一切将如何变得更加美好。巴沙利加的肥厚手掌指着一个浅绿色的斑点——亚当的老窝停留了片刻。他慢慢地移动着,仿佛在擦掉玻璃窗上的水汽,所有的人都看见了这个动作。

在镇上,科帕丘看见亚当背着个口袋,往家里走去,有一刻很想问他如何摆脱目前的处境,但马上中止了。这样的问题毫无意义,而

---

① 甘蓝,也叫卷心菜、洋白菜、高丽菜、椰菜。

言外之意的同情,亚当恐怕不会领情。何况,亚当也并不显得很在乎正在缓慢地移动着的暗流,或将改变他在这个小村的处境,把他从边缘地位推向漩涡的中心。这样的漩涡虽然很小,却因此而极其可怕。巴沙利加正在借助自己的力量,以及人们和环境的推力来搅动这样的纷争漩涡。

几天后,来了一辆装着箱子的卡车。巴沙利加对科帕丘说,箱子是他在中心订购的,一切都将按部就班进行。但是,当晚上应该出发时,司机在克拉玛公司的院子里转着圈,破口大骂起来。身穿制服的科帕丘走近司机。司机一看见他,骂得更凶了。

"公民,怎么了?"科帕丘问道,"火花塞烧着你了,是这事,还是其他事?"

司机把头戴的贝雷帽推到后脑勺上说:

"不,警长先生,请原谅,但比在茨冈人那里更糟!先生,我才离开了一个小时,去喝一口果汁,吃串烤肉,六个箱子就不见了。像是魔法,不可能是别的!而且是我放在驾驶室旁边的六个箱子,是最重要的。"

科帕丘惊异地看着他,明白是丢失了箱子,但为什么是那六个,而不是其他的任意一个?

"装的不都是葡萄藤吗?"

"不,先生,开始是这样,但后来卸下的六个箱子,装上了其他秧苗。甘蓝,西红柿,萝卜,各种绿叶菜蔬,还有……"

科帕丘好不容易才忍住没有惊诧得喊出声来,拍拍司机的肩膀说道:

"算了,先生,谁也别吵了,是需要它们的人拿了。"

他突然转过身去,以免让人看到他的惊异和困惑。当时,他什么也不明白,也不可能明白。直到后来,通过仔细观察巴沙利加,他发现了使他对自己的直觉和天赋失去信心的一件事。巴沙利加在帮助亚当渡过难关。没有这种帮助,亚当或许会像巴沙利加当时在坡脊上用肥厚的手擦拭假想的水汽一样轻易地消失。显然,巴沙利加需要亚当，而归根结底，这个农民也需要巴沙利加。克洛伊库或许会说，这就是"共生"。但在科帕丘看来，毋宁说是一出"闹剧"，其中每个角色嘲弄另一个角色，而他们又联手嘲弄所有看客。而他本人此前无疑只是看客当中的一员。在克拉玛公司的院子里，科帕丘看到那个瘦弱的神经质的司机满头大汗地清点箱子数目，脑海里不禁重温着巴沙利加将自己塑造成乌拉迪亚不可或缺的人物的整个计划，即使对于他来说也是十分惊人的，令他妒忌。这绝对堪称杰作。这是他，科帕丘永远做不到的事。后来，随着时间的推移，他渐渐平静下来，相信巴沙利加所做的一切只是为了求得心灵的安宁。他没有一刻能忘记卡特琳娜别墅，那一幕是他唯一的真正噩梦。看到巴沙利加对新来的历史教师维科尔·安蒂姆的存在那么关注，科帕丘确认了这个事实。

现在，科帕丘决定去工程师那里做一次访问，因为他的夙愿表露的时刻来到了，犹如一条古老的沉船摆脱了淤泥和沙土的重荷，上浮到了接近水面处，几乎可以用肉眼看到。

科帕丘坚信这一点，所以在那么多年后亲自去拜访巴沙利加工程师。巴沙利加住在克拉玛公司第二层的一个房间里，在金属栏杆镶边的一个狭长露台的尽头。从街上看不清工程师房间里是否亮着灯，科帕丘必须穿过用满是污痕和裂缝的木条装饰的狭窄过道。

他在窗前停下脚步来，屋里漆黑。看到打破的玻璃窗上粘着一个原本是蓝色而现在变成黄黑色的纸条，门已经干裂变形，油漆也已剥落，他不由得重又回忆起自己父母的房子，呆呆地注视着外面的暗锁，四四方方，漆黑的颜色，很像普利姆斯鞋油的盒子。他靠着露台栏杆，隔着双扇玻璃窗仔细地观察着。看来工程师不在，或者在里面已经睡下。科帕丘或许应该回去，到进步饭馆去找他，在镇中大街上打听他，但科帕丘不愿这样做，既然已经来到这儿，就不应该再退回去。从露台上可以看见几幢比较突出的房子，周围的葡萄园，甚至窗户，里面当然是老太太依然住着。一片漆黑，月亮出来了，科帕丘不无惊讶地发现，从这儿望去，乌拉迪亚似乎是一个自有其魅力的小城镇，或许只是因为他感到孤独而有点伤感。

他忐忑地试着转动门把手，门随即开了。他刚跨过门槛一步，走进屋里，就从黑暗里传来工程师略带惊异的声音："是你吗，科帕丘？"然后是一声变调的长长的"啊……啊……啊"，重又说道："是你在那儿。"

科帕丘用一种不太自然的语气说道：

"你睡了？如果睡了，我明天再来，再找机会……"

巴沙利加走下床来，更确切地说，是科帕丘猜想他走下床来，因为房间里什么都看不见。他朝房间的深处看去，没有看见任何东西，只听见呼吸声，而且现在听得更清楚了，那是只要活着进行活动的任何一个人都会发出的朦胧的声音。工程师没有请他到里面去，连灯也没有打开。科帕丘知道他不喜欢有人看见他没有穿衣服。许多年之前，巴沙利加年轻的时候就是这样，特别是现在，已经发胖，明显见老，经历了沉积而不流动的乌拉迪亚的宁静生活之后，更忌讳了。他这样停留在门边，身体靠着门框，默认工程师这种奇怪的待客方式。

"我没有睡。太累了，反而睡不着。给你说实话，我正等着。我习惯于在黑暗中待着。你不觉得有酒香吗？酒桶，陈年的酒桶，散发着木头的香味，不是葡萄酒，只是木头。我也习惯于这种香味了。现在很安静。你说，不安静吗？"

"很安静，连蟋蟀的叫声也没有。"

"唉，蟋蟀，到了这儿，连蟋蟀叫声也听不见。在酒厂这儿，好像根本不是住在乌拉迪亚。厚厚的墙壁，石灰，用砖垒起的内院。我很高兴你来了，中尉，很高兴，因为你即使没有看到我，也在想我。"

科帕丘注意地听着他说话，不敢相信巴沙利加工程师突然变得那么富有情感。他期待月光明亮得足以让他在房内分辨出几根线条，尤其期待能对工程师说自己为何而来的合适时机。这样的时机看来终于出现了，工程师对他说道：

"我老了，中尉，或许应该多出去走走，多逛逛公园，多爬爬山，就像大家所说的那样，多运动。你看，在那次打猎之后，我至今还感到骨头散了架似的，彼此错了位。"

科帕丘笑道：

"哈，算了吧，不是这样的，越是抱怨，越是表明无须抱怨。既然说到这些事，你知道那个教师，或者说那个小教员，"他特别喜欢重复说"小教员"这个词，"溜达得相当勤。看来，克洛伊库把那个家伙搞疯了，被植物学迷住了心窍。一天到晚到处溜达、研究、提问，好像……"他突然停住了话头，感到实际上自己是在对一间空屋子说话，站在没有一个外人关注他的一间房子前面，只是自己的一个深藏着的强烈动机促使他站在那儿。"工程师，你在这儿吗？"他满心怀疑地问道。

"在这儿呐，挺好的。我怎么会不在这儿？"从黑暗中传来工程师的话音。

"请原谅我，我也这样说，出于习惯才问。"科帕丘似乎想进行解释，"我肯定这个小教员也在寻找着什么。"

工程师讽刺地反驳道：

"还有谁在寻找什么，中尉？如果你这么办事，那么这儿的所有人都是疯子，都在寻找着什么。或许他也像所有的年轻人一样，溜达着寻找……"他开始笑起来，随即戛然而止，"所以，我才拉上他去打猎，让他也看一看周围的一切，免得像傻子似的白白送死！"

科帕丘觉得工程师正在试探他来访的动机，于是急不可耐地说道：

"工程师，一加一等于二，没错！我来是请你给我那些信件的！"

屋里一片寂静，静得无形中压迫着他的鼓膜，使他想要呐喊，但他克制住了自己。

"你认为那个家伙也在寻找什么？如果事情相当简单，那么我为什么等着你来告诉我。你说他在各处花园里溜达，并非像可怜的克洛伊库那样为了寻找蝴蝶。这就是说他也在寻找谢尔班·潘格拉蒂的踪迹，寻找机场。我没有说错，科帕丘，你说，我说得对吗？我也可以告诉你，他为什么要寻找那个机场。因为那个疯婆子用各种各样的故事塞满了他的脑袋，而所有故事中唯一能寻访的就是机场。这是个严肃的教师，科帕丘，不是像我们所说的小教员。或者，更准确地说，像你所说的小教员。"

科帕丘打断了他的话：

"还有其他的东西，工程师。还有谢尔班·潘格拉蒂的信件？我是来向你要这些信件的。它们也是证据。"

工程师开始窃笑道：

"听着，先生，听着，你没病吧？真是多事之秋！你为什么向我要这些信件？中尉，想用它们干什么，说得具体一点，你想用它们干什么？"

"要读一读，所以向你要。我也想找到机场，至少是它的残留痕迹。你明白我的意思吧，只是一个痕迹，然后就结案。我早就认为一切本来就很平静，无非是一个故事。你应该明白，一个故……事！存在，不存在，是，否。我早就习惯于不再关注，不再怀疑。我认为你也是如此。可是谁知道，那个年轻人来插了一杠子，一切只得从头开始。他迫使我从头开始。不管他愿意，还是不愿意，维科尔·安蒂姆是个杠头。"工程师依然不习惯科帕丘使用的新词。这样的词用得很少，让人感到十分费解。"为了从头开始，我需要这些信件。我为此而来，请你把它们给我。"

工程师用手掌拍了一下自己的光肩膀，可能是在打蚊子。科帕丘没有看见，只听见声音。

"你应该记得我对你说过一次。很早以前，告诉你我读了它们。读了之后，我觉得很好。老朋友，记得吗？你说！"

科帕丘记得很清楚，正是在那一天他决定与工程师相处必须更加谨慎。当时他第一次感觉到他们两人之间要成为朋友，有太多太多的事情需要沟通。

"对，我记得，虽然你丝毫也没有给我留下你觉得愉快的印象。或者更确切地说像我一样不觉得愉快！"

"科帕丘，你看，我那时确实是那种感觉。因为，你应该记得，我不再感兴趣。那些信件是伪造的！如果你有想象力，可以想象到，那些信是老太太自己写的。它们确实是双重人格的杰作，但我确信是她一个人写的。她从未收到过谢尔班·潘格拉蒂的来信。至少在那一捆信件中不存在一封这个飞行员的来信，正如我认为的那样，他这个人也压根儿不存在。你不知道这一点，科帕丘，是吗？"

科帕丘原本意料巴沙利加会对他说，那些信件丢失了，是一些无足轻重的东西，其中不存在任何具体的细节。但他刚刚听见的远超出了想象，脑海中出现的唯一想法就是巴沙利加真是一个绝顶聪明的家伙，这一次也竟然成功地编造出那么惊人的故事，终于又从他的手指间逃脱了。

他还是不死心，想再次向巴沙利加要回那些信件，但工程师似乎猜到了他的意图。

"我再去找它们，特别是把它们交给你，已经没有任何意义。关于机场，信件中未置一词。"然后，工程师突然说道："你干吗，科帕丘，走吗？真要走？无论如何，你来了就好。我也是这么期待的。"

当时，明月高照，十分明亮，科帕丘甚至能看见自己靴尖上的尘土，还有裤脚翻边应该熨熨平，特别是应该用针缝一缝，线脚也许烂了。科帕丘惊异地看到自己的影子在门槛线上突然断裂了，房间里黑暗依旧。看来，房间里的黑暗浓度实在太大，所以月光像遇到一堵磨光的墙一样被反射了回去。从那儿可以看到，他的人影在院子上面的露台围栏边上显得那么清晰，那么明亮。

他从门前离开时，不再吭声，是不是相信房间里在那一刻真的没有任何人了？他心头重复着巴沙利加的话，"我也是这样期待的"，但他不是"这样期待你的"。巴沙利加工程师在黑暗中，在科帕丘走向他家的特殊的黑夜里在等待着什么人？这是一个回答不了的问题，因为从一开始就有太多的假想。他思索着有可能上楼走进那间黑暗房子的所有人。他加快了脚步，因为觉得天空中突然下雨了。虽然有月亮的那部分天空依然很明亮，但雨是从另一个方向过来的，迈着像人一般的步伐缓慢地移动过来，所有的街道上响起了雨点打在瓦片和树叶上的噼噼啪啪的声音。

＊　＊　＊

第二天一清早醒来，他就意识到自己实际上已经做出了决定。或许他的头脑在睡梦中不知不觉地工作着，犹如冰冻状态下的蝌蚪在蛙卵中成熟，突然一个浑身不安静的小动物出现在你眼前，必须曝光卡特琳娜别墅老太太的念头也如此强烈而不容忽视地展现在他的脑海里。那是乌拉迪亚发生的一切的合情合理的延续。确实，就他的看法而言，什么事情也没有发生，但机场事件的出现，以及谢尔班·潘格拉蒂亲王的信件，则是一个荣誉问题。对于科帕丘中尉来说，荣誉是如此重要，无论如何也不能有所损害，不容任何妥协，因为他漫长的服役生涯中不可染上污点或者罩上阴影。他一大早在满处尘土的小街上溜达着，尽管昨夜下了雨，尘土照样软而厚，但无论如何比淤泥——可能像黑色油腻的海洋一样控制着通往原野的整条道路的淤泥——略为好一点。路人们打着充满敬意的招呼。在此地待了那么长时间之后，他懂得如何对个别虚情假意的伪君子用半是真诚的语气，动一动脖子回敬："你……好，大叔。"所有这一切使他感觉良好，帮助他坚信，不管有没有巴沙利加工程师的参与，都将进入卡特琳娜别墅，同老太太做一次全面的长谈，即使在她面前自己有被当作笑柄的风险，也在所不惜——舍此没有其他办法。因此，还是只同她两人之间进行交谈为好，笑柄之类的事情，只有证人在场时才可能传播出去。本能远胜于预见，他与巴沙利加工程师的重要谈话也是在这样的条件下进行的，所以直至那一天，如果仔细审视一下他荣誉的状况，是无可指责的。散步之所以使他感到舒适，是因为实际上他心情很糟，明知应该做什么，却根本无法进行。那是一种混乱的心态，不仅仅是困惑，而是完全意义上的焦虑，面临重大关头之时的焦虑。他面临一个重要时刻，或许是他整个生涯中最重要的时刻，却依然不知如何开始，归根结底是没有勇气去想，不敢开始迈出第一步。他仿佛置身于一个有许多入口的迷宫面前，一切，也就是说能否成功取决于他的选择，可能安然走出来，也可能铩羽而归，或者甚至根本走不出来。因此，他最害怕可能身陷其中的混乱和模糊不清。足以引为教训的是，巴沙利加工程师隐藏在那么多漂亮言辞的背后，所以他尊敬他，但其实并不了解他，而在卡特琳娜别墅二层的客厅里开始和结束的那条新的死胡同面前，他感到万分懊恼。尽管存在这样的风险，他依然决定像亚历山大大帝在戈尔迪乌姆城前挥剑斩断不露头的战车上绑轭的绳结一样，解开这个所谓的"戈尔迪乌姆结"。如米赫尔恰努所说，这是"老太太的网聚集在其中的'戈尔迪乌姆结'"。科帕丘也觉得，从那个楼上，有一张耐心编织起来的无形的网伸展向乌拉迪亚各处。它自行发展着，攀附在房檐和烟囱上，缠绕在所剩无几的光秃秃的树冠上，葡萄园的支架和窗棂上，像蜘蛛网一样，区别只在于这张网是活的，但并非假手编织它的那个人，亦即 K. F. 夫人，而是凭借自身变活和成长，将这个小镇的所有居民捕获到它的深处，尤其令人感到不能理解的是，他们身处这样的空间中倒挺欢乐和忘我。谢尔班亲王与老太太两人之间的爱情故事，青春年华的故事，是难以核实的，宛若一团乱麻，却又如此扣人心弦，以至每当他出现和走近在谈天说地中消磨时间的人群时，发现唯一的谈资无疑是从前的爱情故事。它出现了多不胜数的不同细节，当然全部都是出于臆造。巴沙利加工程师试图通过证据来加以澄清，说是在信件中既没有提及亲王的疾病，也没有谈到这个飞行员通过危险的超低空飞行将半吨多的玫瑰花瓣撒在乌拉迪亚的地面上，更没有描绘种种怪异的气象现象。譬如说亲王住在别墅期间的倾盆大雨，那显然是为他的飞机长时间停靠在这个被遗弃的世界角落里辩护的说辞。但令他担忧的是，引起警惕的不是这些细节，而是乌拉迪亚居民谈论的那个时代，绝大多数人不知道或者年龄太小不能了解对旧时代的怀旧之情，甚至语带某种渴望。这个事实最初不易察觉，随后越来越强烈，尽管无须恐慌，但危险是相当严重的。科帕丘很清楚，这种倾向随着时间的推移益加危险。时间在乌拉迪亚意味着什么？实际的或者想象的过去成为他们生活中唯一的幸福时代，或者是所谓一致信赖的时代，而现在，啊，是多么可怕的时代！一切人的生活意义将倒转。任何人都不再怀有希望，不再向往未来，而将惶恐不安地在过去中寻找唯一的光明、幸福的乐土，于是回忆将成为最重要的事情。整个小镇将凝声屏息，故步自封，甚至一分一秒也不愿前进，希望因此而不会离开过去——黄金时代太远，有人已经将这样的时代称为"有爱的时代"，正如从前大谈"战争时代"、"造反时代"或者"旱灾时代"一样。

科帕丘意识到，向所有人证明像一个馅饼的面团一样在老太太周围膨胀起来的整个故事是虚构臆造，是美丽的谎言，归根结底是不真实的，这样的想法——对于充满他的心灵和思想的犹疑，以及不确定性来说，"计划"一词太确切，太好高骛远了——将使他一下子丧失乌拉迪亚人对他的全部敬意。这种敬意是实实在在地，在那么多年的漫长岁月中逐步赢得的，而今他们的致敬将只剩下言辞，或者言不由衷的勉强敷衍。尽管如此，同样确定无疑的是，如果他不那样做，将失去任何自尊，所以迈出这一步终究是值得的。若有人问他睡得怎么样，他会回答说："脸贴着枕头，睡得像婴儿一样香。"这是他思考已久的答词，只要有可能，他会在任何论辩中作为最高论据拿出来，即使不那么合适。实际上，重要的不是合适与否，而是是否权威。他具有毋庸置疑的权威。这或许是他颇为自信的唯一东西。

他穿越了纵横交叉的整个镇子，实际上是在转圈踯躅，走过了镇公所，然后来到了学校，想同维科尔·安蒂姆谈话，并非是征求他的意见。科帕丘不需要意见，而只是随便谈谈 K. F. 夫人，希望历史教师能说出对他或有启发的一两句话，告诉他那个孤独的老太太独自守在窗前那么长时间究竟在搞什么鬼名堂，除了偷窥、监视，用她那张看不见的网覆盖乌拉迪亚发生的一切，收罗女人、男人、回忆、孤独、快乐、忧伤，每个家庭，大街小巷，那些特别平和而心怀恐惧的人们心灵里日常经历的一切信息，还能干什么。科帕丘认为，人们有所畏惧是好事，有人害怕老鼠，有人害怕下雨，还有人害怕自己所思所想的事情，或者害怕可能发生的事情，而他的成就之一就是清楚或者近乎清楚地知道每个人害怕什么。他甚至也知道巴沙利加工程师害怕什么。因此，在历史教师也被邀请的那场狩猎之后，他马上拜访了工程师。自封老大的巴沙利加并不害怕 K. F. 夫人，而是害怕人们对她的看法，尤其害怕围绕着她的过去的太多太多传说，以至没有人再知道真相。正因为如此，工程师想尽办法掌握亲王的信件，以为发现了真相，传说就会破灭。但他，科帕丘中尉可以毫无疑问地肯定，工程师错了。为了保持安宁和秩序，或许可以说是为了和平，必须继续往前走，必须达到老太太亲口承认的地步，而且无论如何，必须公之于众，让整个乌拉迪亚知道一切只是虚构臆造，只是一个女骗子的把戏。噢，这次遇到的竟是一个老年女骗子。她欺骗了善良的人们，为了把幼稚、轻信、善良的居民，把安分守己的人们引入歧途，不惜使用任何卑鄙手段。他与巴沙利加工程师之间达成了从来没有明说过的默契，工程师站在第一线。巴沙利加永远正确，大家按照他说的去做，即使科帕丘也竭力不用言辞来挑明。这在进步饭馆的聚会上表现得最明显。但归根结底，工程师十分清楚，这个总是爱流汗的胖子科帕丘，无论如何不能与其他人混为一谈。他们的默契存在几条不成文的规则，毫无怨言地遵守着。在巴沙利加工程师的游戏中，他扮演着一个不能取代的准确角色。其他人，克洛伊库和米赫尔恰努，亚当乃至 K. F. 夫人，不管是好是坏，都先后在浪尖上沉浮，但科帕丘始终保持着自己的位置，不很高，也不很低，一条忠实的看家狗，但作为主人的巴沙利加必须对它另眼相看。他们俩心知肚明，说到底，科帕丘是唯一能够咬人的家伙。他的狗牙多少是锋利的，尽管似乎已经开始脱落，但依然能够砰砰作响地撕咬，"咔嚓"一声咬住东西不撒嘴。就顽固而言，科帕丘与一只叭儿狗相仿，而且像叭儿狗一样能将颚骨咬得极紧，以致由于这个天生的缺陷，他再也不能把嘴张大。巴沙利加知道这一切，也是自觉这样做的。昨天的会面正是这种默契，对形势判断的完美和善意的交流。

  这一次的巡街，由于一心记挂着像原野上一条河流的漩涡一样的卡特琳娜别墅，科帕丘多少有点心烦意乱。在此之后，科帕丘稍许平静了一点，决定将自己的想法付诸实践。他不知道将怎样实施，如何在大得像一艘巨轮似的宅子里理清头绪，但他对自己说，时间乃一切理论之母，因此没有什么可怕的。他双手插在口袋里，紧皱眉头，不再理睬任何人，需要集中注意力，以便在看到老太太时神情尽量严厉，并抄近路直接穿过几个葡萄园和两块空地，朝卡特琳娜别墅走去。当转过最后一个街角时，他不由得惊呆了。在别墅大门前，巴沙利加工程师靠在一根柱子上，懒洋洋地抽着烟，正在等他，也可能在等其他什么人？

"或许有人会说，我们在用同一只手工作，科帕丘？"巴沙利加对他说道，将整整半支香烟扔进了围篱里。

"可能是这样，可能是这样。"胖乎乎的科帕丘嗫嚅道。

工程师拍拍他浑圆的肩膀说："当然有人会这样说，幸好我洞察秋毫。我似乎应该在你的位子上，我的鼻子……"他一脚朝铸铁大门踢去，铁门发出好似断裂的声音。"你怎么想，我们将找到那些东西。我是想说，能找到真相？"

科帕丘吃惊地望着工程师，不相信他竟然想得如此周密，已经确定了他们造访的说辞，避开使用侦查之类的用语，即使只有他们俩单独在一起的时候。他抢前一步，不无嘲讽地回答道：

"如果你说必须，那就是必须的，挖地三尺也要把它们找出来，不是吗？"

他们决定进入这个荒废的院子。如果不计亚当家，那么它是整个乌拉迪亚唯一没有种植葡萄的院子。他们惊异地望着胡乱生长的玫瑰花丛，没有修剪过的枝叶毫无对称感，犹如在深绿近乎黑色的杂草地里挣扎。

"这是无政府状态，你也看到了，你死我活，"巴沙利加说道，脸上露出一种发自内心的近乎作呕的厌恶，"我们必须确立秩序，不能再容忍，必须坚决介入。科帕丘，再明显不过了，你也看见了。"工程师开始用高帮皮鞋尖踢弹性极好的潮湿的接骨木。

折断的树叶闪烁着油亮亮的光，科帕丘感觉到从树叶中流出的是一种患贫血症者的绿色的血，气味平淡。巴沙利加无缘无故地发起火来，开始或是用鞋跟，或是用鞋底和鞋帮，乱踢长满刺而像一堆近乎腐烂的湿抹布一样纠缠在一起的植物。

"不可容忍,你记住了,必须连根拔掉,一株一株捣毁,直至不留下任何记忆!明白吗?连记忆也不能留下,一切,绝对是一切不能留下……"

他满脸通红,已经气喘咻咻,或是因为踢得太卖力,或是因为愤怒,反正都一样。科帕丘试图表现得宽容大度,不经意地模仿他的语气说:

"当然,我们将进行大扫除。现在嘛,算了,咱们走吧,没有时间了。嗨,上楼去吧。"

至于时间嘛,自然有的是,K. F. 夫人从不离开自己的小房间,而维科尔·安蒂姆,底层的租户,名义上的租户,没有人向他要过一分钱的租金,在那儿住了那么长时间,或许已经太长了,此时在学校,然后肯定将到亚当家去。这个问题使他和工程师不太高兴。这个小伙子,维科尔·安蒂姆,点着蜡烛找麻烦,其实也没有什么可指责的,但他搞得故作神秘,不是与亚当家那个轻浮丫头在一起,就是把自己关在像鸽子笼似的老太太的破房子里,天知道他们在策划什么名堂。即使什么也不策划,也会议论这个那个,一些想法就是这样议论出来的。而就科帕丘所知,议论出来的这些想法不可能是有益的,不,甚至可以说大多是危险的。他从来不妄议,个人的想法无不来自对事实的关注。观察事实,研究事实,如果头脑里产生了什么,那很好;如果没有产生,同样也心安理得。实际上,工程师对他说过一次,当时克洛伊库也在场:

"听着,科帕丘,现实远胜过任何想象,因此你应该关注现实。眼睛盯住现实,如果看见什么,也就是说,如果真的看见什么,请你也来告诉我。"

他并没有告诉巴沙利加任何看到的事情。有两三件前所未闻的事情是他在乌拉迪亚任职以来观察到的,但可以肯定工程师也注意到了,因此他泰然自若,觉得自己"无须尽责"。譬如说,自然教师并不像表面所表现得那样没有头脑,因为除了整天在公民们的花园里溜达,捕捉甲虫和蝴蝶,干他的本行之外,还情不自禁与庄户们交谈,询问他们对自己的生活有什么看法,觉得幸福还是不幸。这个问题非同小可,仿佛幸福是随便什么人都唾手可得的东西。如果是这样,人人唾手可得,那么还有什么重要价值?!所以,你最好还是别问,而且如果有人问你,甚至连听也不要听。科帕丘坚信,"幸福与否"这种简单问题可能使任何一个人感到强烈不幸,以致整个余生失去平静。而克洛伊库这只看似温和的猫,事实证明是一个言论有害的坏分子,因为事实上他在把水搅浑,不让大家平静,引导他们去追求种种永远不可达到的诱惑、梦想、童话,唤醒他们的愿望。但是,追求你并不知道究竟是什么样子的东西这种愿望,会使你失去立足点,失去人性,内心受到折磨,不复热爱自己的生活,以致无端攻击这个世界上最重要的东西——秩序。按照正常的方式,他应该把克洛伊库的诸如此类的勾当告诉巴沙利加,但无论他怎么努力,一连几个星期跟踪克洛伊库,都没有能成功地发现这个自然教师为什么要这样做,如果编造或者想象天知道什么关于克洛伊库的传闻,未免太过分了。把做了一半的事情告诉工程师,那是万万不能的,即使掉脑袋也不能这样干,更何况叮咛他眼睛盯着现实的巴沙利加,是一个或许会臆造出天知道关于自然教师的什么闹剧的人,最终很可能强迫他——科帕丘,一个实事求是的人,从他的闹剧出发,干出过分的事情来。所以,还是放过"教师先生",听其自然为好。他只是客气而语气中不乏威胁地旁敲侧击过自然教师一次,提醒他多关心学校的事情,而别整天在公民们的果园里游荡。最终使他感到心安理得的是,巴沙利加不再把克洛伊库当作一个可信的人来对待。这说明工程师也知道自然教师的某些行径。

巴沙利加走在他前面,踩得前厅浅色的马赛克地板咚咚作响,他沾满泥泞和烂草的高帮皮鞋留下了大片脚印。

"我们走后,老太太该怎么咒骂。"科帕丘赶上来,与工程师同步走着。

巴沙利加用力踩着脚后跟,走上楼去,他那钉了掌的高帮皮鞋后跟在每级楼梯上清脆地"嗒嗒"响着。应该正直地承认,只要听见他沉稳的脚步声,任何人或许都会承认巴沙利加是一个真正的权威角色。科帕丘尊敬工程师,对他模糊的为人行事方式也有一点欣赏,但他从来不把话说尽,让人对他还没有说出口的东西有所忌惮,即使他并不知道什么了不起的大事,最终却成功地促使对话者陷入沉思。而促使一个人陷入沉思,那么除了意味着将恐惧的种子植入他的心灵,还能有其他什么解释吗?巴沙利加每天下午大多待在进步饭馆,听着已经知道的一些事情。他是通过秘密甚至神秘的渠道得知的,非常清楚这些事情的来龙去脉。但出于他作为一个见过世面的人的礼貌,他把它们当作新闻对待,听得似乎津津有味,以便在一杯葡萄汽酒的陪伴下消磨时光。米赫尔恰努有一次当着乌拉迪亚全体智囊的面说过,他确信巴沙利加工程师甚至在一些事情发生前就已经知道,因此没有任何事情能使他觉得毫无准备。科帕丘对此并无异议,认为这无非也是那些阅读"太多文学书籍"的人习以为常的一种拍马屁形式。工程师有着丰富的想象力,甚至还有直通上层机关的电话,有时候从那儿传来指令,有时候没有。但米赫尔恰努坚信关于学校的任何指令、任何想法,都不属于他个人,而是来自上司的电话。

科帕丘尊敬巴沙利加工程师,但同时尽可能努力做到"不围着他转",实际上是不给巴沙利加进入他早有准备的自由交谈的任何机会。在这样的交谈中,巴沙利加守候着你,脑子像一块海绵一样记录着种种琐事,不管有或者永远没有适当的时机,都会突然抛过话来:

"行了,行了,科帕丘,但为什么我们现在来谈你做过的事情?"

只是几句话,却足以把你逼到角落里,令你感到渺小不堪,感到自己的呼吸像是被一层薄膜笼罩着,马上喘不过气来,或者在进退两难的境地下即将爆裂。为了保持一定的距离,科帕丘开始使用同样的方法,也盯住巴沙利加,一旦发现有关工程师的情况,心头便不由得感到幸运,不论什么鸡毛蒜皮的事情,都很重要,一切都将找到适合的用途。自从抓住同工程师所说的万恶之魔老亚当相关的线索以来,他感到难以言表的平静,而不是幸运,因为幸运会使人失去镇定。他同样可以在任何时候有权对巴沙利加说：

"行了，行了，工程师先生，你独自介入的问题与我们有什么相干？"

科帕丘应该说得彬彬有礼，字斟句酌，给工程师一个机会，口吻像是在讲笑话，但需做得不露声色，嘴角上洋溢着微笑。科帕丘明白，不给人任何机会不是好事，但当时顾不得许多，实际上也不得不这样做，图穷匕见，凶相毕露。他想活，而如果你不让他人活，那么他只能死揪住你不放。当他依然热爱这个世界，但还来不及得知你决定了他的末日来临之时，你可以突然杀死他。巴沙利加对亚当也是这样做的，如果像他每天下午所说的那样，那个疯子早就灰飞烟灭，变成一抔黄土了，但科帕丘有证据表明工程师说一套做一套，两面三刀。巴沙利加嘴上说，将把拖拉机开进亚当家的园子，拆掉他的棚子和鸡圈，揪住那个富农的领子，迫使其就范，逐步弯腰低头，强制他亲手栽下第一批葡萄压条。工程师是这么说的，但科帕丘发现了那天下午卡车装运几箱蔬菜的自欺欺人勾当，蔬菜送到了亚当家里。没有了它们，亚当家的执拗或许早就自行瓦解了，而克洛伊库所说的自燃过程将自动熄灭。科帕丘对巴沙利加的狡诈佩服之至，无论是亚当一家人的事情，抑或运输事件，都是经过深思熟虑的戏剧，调动了人们的想象力，让所有的人都有了话题，也有了咒骂的对象。科帕丘知道，人们议论也罢，咒骂也罢，无论怎样，无非是天性使然。因此富有预见乃至天才的巴沙利加工程师为什么害怕闲言碎语，他本来就在给大家指引道路："注意，某某人和某某人只配受人咒骂，让他们滚蛋，愿咱们变得更健康！"科帕丘了解，发现欺诈勾当，这可能是好事，也可能是坏事。说它是好事，是因为他可以掌握主动，先发制人；说它是坏事，是因为工程师在他出牌之前或有所察觉。那时，只需一个小小的动作，工程师就可以把他推到亚当一边，于是问题由狡诈而变得更加严重。他知道，如果需要，巴沙利加可以生割活人。

"割掉手指，挽救手臂，割掉手臂，挽救躯体，割掉灵魂，挽救大脑。"巴沙利加曾这样对他说，当时虽然已经喝了两箱葡萄汽酒，但工程师依然十分清醒,"这是我们的准则,科帕丘,是我们这些对老百姓负有责任的人的准则。你知道我们的责任是什么?给他们幸福,牢记!"

科帕丘知道,巴沙利加其实像他那种类型的所有人一样,不可能或者不愿意给任何人带来幸福。但他就是这样行事,空话满天飞,若有收效,很好,那自然归功于他;若一事无成,同样很好,所有人受苦,也包括他在内——大家一起受苦。至于原因,自然应归咎于他人,而且同甘共苦除了苦难中的团结互助,还可能有更多的收获,进一步唤起了乌拉迪亚人对于工程师的好感,使之像滚雪球一样高涨:他尽管与普通人不同,却不但与大家同甘共苦,而且给予你智慧,且为了大家,或者甚至代大家受苦。乌拉迪亚的所有人都知道,他,科帕丘军衔得到晋升,而不是被授予勋章,应该归功于工程师;反过来说,如果他被授予勋章,而不是军衔得到晋升,同样也很好,也会被记到巴沙利加的功劳簿上。实际上,他没有什么可以反对的,只要有事发生就好,不管有否工程师的实际干预,否则在这世界的尽头会厌烦得要死。

"应该为晋升的问题以某种方式感谢你。"科帕丘不知为什么要对工程师这样说,或许是因为忍受不了对工程师的负罪感——几秒钟前他所想的并非是对巴沙利加十分忠诚和纯洁的事情。

工程师在客厅门前站住了,K. F. 夫人应该就在里面,面前当然会摆着一本旧杂志,上面刊载着她的飞行员亲王环球飞行的照片。他将手放在几乎被铜锈染绿的沉重的门把手上,推开门之前,转过身来对科帕丘说道:

"喘口气吧,你老了,经不起摔打了!一层高的楼梯就把你累垮了。你这些天日日夜夜在旷野里跟踪那些'可疑分子',是什么滋味?嗨,你说,是什么滋味?或许你会说腆着肚子挂个破奖章,过老娘儿们似的生活更舒适?!噢,科帕丘,别像傻孩子似的,为什么要谢我,已经过去的事,就让它过去吧。这是最大的乐趣。巴沙利加大叔还可以动用点关系。奖章的事,我们也会想办法的。每件事情都可以适时办到。现在就看你的了,你按规矩进门去!"

科帕丘拉一拉自己的衣角,衣服是他还是军士长时穿的,确实好像小了点,腋下完全变白了,纽扣松松垮垮地挂着,有一个是用金属线绑着的,一看就是光棍汉的杰作。他咳嗽一声,给自己壮壮胆,更是为了清一清因爬楼梯累得变了音的嗓子。巴沙利加这个魔鬼,好像没有咚咚咚爬过楼梯似的。他走到工程师身边,用脚踢了两下门,然后用手压着工程师的手掌,感到对方手心潮乎乎的,在打开门的同时,大声喊道:

"夫人,请原谅打扰您。"

科帕丘和巴沙利加一前一后走了进去,随后在安乐椅前分立两边,迫使 K. F. 夫人把困惑多于惊恐的目光在两边游移。他们俩满脸通红,豆大的汗珠聚集在嘴唇上。那个更肥胖的人呼哧呼哧地喘着气,是愤怒还是疲劳,天知道?

巴沙利加工程师把一只手伸进衣服的前胸口袋里,慢吞吞地拿出了几个破烂的信封,把它们像几张扑克牌或者钞票似的在灯下展开。

"夫人,这些是你的臆造!我想问你真相是什么,假使它们存在的话!"他把破烂的信封一个一个扔到了光亮的镶木地板上,动作明显地带着极其夸张的戏剧化色彩。

科帕丘不得不紧绷着脸,否则就会笑出声来:

"好鬼的工程师,居然模仿巫婆语言演古典剧,试图动之以情。"

会面就这样开始了,没有任何引起恐惧的缘由。归根结底,K. F. 夫人又会闲扯几段自己美妙的过去的故事,讲一讲飞行员亲王某一次潇洒的冒险,或者天知道什么过去美好世界的烂谷子陈芝麻往事。然后他们将回到进步饭馆的单间里,得出结论说没有任何东西足以消除某些疑团,因为这是 K. F. 夫人,这也是她的故事,她的疑团。她想用疑团使你感到迷惑,或者用某种事情勾起你的回忆!但只经过几秒钟后,科帕丘明白自己严重地估计错了。这种感觉十分强烈,宛若在一切依然郁郁葱葱,沉睡在炎热之中的时候,秋天将来临——其实只是你心头一个不明确的信号,一种焦虑,周围并没有任何特殊的迹象。

巴沙利加看着那些信件像鸽子羽毛一样飘落在地,之后又一步走过去,用沾满烂泥和在下面花园里踩烂的黏糊糊的野草汁的高帮皮鞋后跟,开始在信纸上揉搓,迈着沉重的步伐,或者说因突发的怒火而加重的步伐来回踩踏。仿佛不是从下面爬楼梯上来似的,他带着一进别墅院子就表现出来的莫名其妙的狂暴说道:

"请注意,夫人,我这样做是要了解你的过去。你看,我正在这样做,你不能,也不敢阻止我。就是这样,我之所以同他一起这样做,是因为你知道我恰恰痛心于……你青年时期的爱情。正是在这一点上,我为你的青春感到痛惜。你瞧,我正在做这件事……"他弯下腰去,用手指拿住一个信封的角,却并没有收住动作,而顺势跪倒在地。巴沙利加工程师居然跪倒在老巫婆面前!他开始把信封撕成小块,好似泛黄的纸鳞片,在老太太面前垒成小堆,小心翼翼地不断垒着,将每一块厚纸放在最底下,再垒上真正的信纸。科帕丘僵直地站在他的右边,惊恐地注视着巴沙利加的行动,不明白他究竟要干什么。撕完纸片,工程师呻吟着站起来,抖了抖裤子,上面仍然残留着几个褐色斑点。他又用手掌拍了拍,注视着老太太说:"嗯?"又重复道:"嗯?"

老太太一愣,将毯子紧紧抱在干瘪的胸脯周围,可能是突然觉得发冷。

"你有何话说,你不关心,不关心不再有任何东西留下。一切故事都见鬼去了,还有飞机,飞行员,不再有任何东西留下!……"

此时,科帕丘才明白,工程师愚弄了他。啊,一再把他当傻瓜一样愚弄。那些信件是真的,但他不愿给他看,用话搪塞,如此这般。而现在当着他的面,把它们撕得粉碎,成为粉末,不让任何人再读到这些信。只有老太太和他知道什么是真相,只有他们两个人知道任何人都不再有机会知道的某些事情。科帕丘愤怒和痛苦无比,觉得喉头仿佛被什么东西堵塞住了,一种屈辱感油然而生,注视着似乎突然变得干枯的 K. F. 夫人。老太太仿佛内心崩塌了,只剩下泛黄的皮囊,虽然满是皱褶、干枯，却依然闪闪发光，像蜂蜡一样。

"你把自己的故事充斥全镇，出卖了自己的灵魂。不，你是无偿提供的，全镇的人都知道那个家伙怎样抚弄你的奶子，怎样像啃一头母马一样啃你。一提到他我就觉得害臊。这头发情的公马，鼻孔里喷火，一来到这儿，土地变干旱了，成群结队的狗在胡同里乱窜，发情的母狗们狂吠不止。所有人都知道，你都干了些什么。老娼妇，人们惊讶他一夜骑你多少次，你身下的床铺有多湿。现在你不行了，自那时开始，半个世纪之后，你再也干不了什么事，连苍蝇也不再接近你。你不再吃香，而且也根本不行了，像一块棺材板一样，行尸走肉而已。因为人们忘记了你，所以你就用充斥乌拉迪亚的妖言惑众。你所剩的只有妖言，你不甘心退出舞台！你编造种种故事：他原地不动站在雨中来看你；当你发着烧靠近花朵的时候，它们两个星期也不会干枯；你能脱光了衣服在大街上行走，而没有任何人看见，因为他一连串的吻掩盖了你；两个冬季这儿都没有下过雪，草地却在二月里长得半米高，据说是为了你们有地方打滚野合；你望不见天空，每当你抬眼时，一群群麻雀云集在眼前……"

突然，工程师转身对科帕丘说："科帕丘，你知道为什么是麻雀吗？它们是维纳斯的家禽，有着魔鬼般的繁育力。你只要看一看公麻雀是怎么'行事'的就够了，简直就是一挺机关枪！"不等科帕丘答话，他马上转过身去，重又用近乎歇斯底里的老腔调对老太太说：

"夫人，为什么，为什么你不让人们平静，为什么要向人们散布这些故事？这些故事是丝毫也不能相信的。即使可信，又有什么好处？无非是你可以用它们来骗人搞鬼，你不关心巴沙利加工程师和人们的幸福。嗨，算了吧，老娼妇，我要让你见识见识有生以来没有见过的事情！"

环顾小客厅四周，近乎空旷，安装着小轮的桌子放在一个角落里，几本书，还有杂志被扔在地上，窗上挂着 K. F. 夫人白天也许还有夜晚在其后凝望着下面乌拉迪亚的世界的窗帘。巴沙利加举棋不定地站了片刻，随即下决心说：

"科帕丘,眼睛盯着她点儿。"

工程师去了相邻的房间,从那儿传来哗啦啦的玻璃破碎声,哐啷哐啷的椅子倒地声。随后,他背着一面镶在一个满是雕花装饰的干裂镜框里的洗手间镜子,走了回来:

"你等一分钟,我让夫人见识见识她一辈子也没有见到过的事情!"

在巴沙利加吵吵嚷嚷的怒火和愤恨背后,科帕丘分辨出一种恶意的快感在闪光。这使他感到上颚干涩,很想喝一杯水,至少是来一杯葡萄汽酒润润嘴。他开始后悔来之前没有喝任何东西,如果多少喝一点,肯定会感到更轻松一些。

工程师将镜子靠在墙上,然后走近安乐椅,两手抓住椅背,开始一点一点向着镜子转动。老太太仿佛这时才明白工程师想干什么,开始激动不安起来,滑稽地挥动着双臂,怀中抱着的取暖的毯子掉到了地上。科帕丘看到她穿着一条天鹅绒裙子,领子和袖扣周围缝着白色和蓝色的玻璃珠。

"老太婆,挺神气。"他自言自语道,看见巴沙利加在她背后双手推着椅背的样子,又不禁扑哧一声笑了起来。老太太和工程师两个人在镜子里十分清楚地映现出来,只是上部的形象有点拉长,以致工程师仿佛有一个特别高的额头。

"哎,夫人,我跟你说什么来着,你会见到从来没有见到过的事情。你喜欢散布谣言,随口胡说八道,说是记得用母驴奶洗澡。或许你真的洗过,但对你有什么用?你瞧……"工程师将手塞进老太太下巴颏下,托住她的脸,另一只手的食指在她的额头的皱纹和眼袋上慢慢挪动。随后,又把老太太的耳朵向前推压,形成蝙蝠的双耳样子。"你瞧,夫人,谢尔班·潘格拉蒂亲王爱的是什么人!"他拉着她下垂的脸颊的皱褶,扭曲成宛如仓鼠的下颌。"你瞧,他在吻什么人,他的小胡子是怎么在这张满是皱皮的脸上溜达的?"他的手掌滑到她的颈项上,那儿皮肤的鳞片状皱褶之间隐约可见暴突的青筋,如同一条条犁沟。"你瞧,夫人,他用舌尖舔着寻找的大概就是这儿,一定感觉到这儿的血管跳动得多么剧烈，不是吗？"他轻拍一下她的锁骨关节，颈项从那儿消失在厚实的肩胛上。"你也过来，科帕丘，看看飞行员们是多么愚蠢。瞧他们在寻找什么，为什么用他们宝贵的生命来冒险，与暴风雨一起来到这儿，甚至是在暴风雨最剧烈的时候，只是为了抚爱一下这样的皮肤，因为这也是当时的时尚，不是这样吗，夫人？"

K. F. 夫人脸色变得十分苍白，嘴唇比褪色的眼睛更加暗淡，手臂也不再活动，或许想痛哭，但没有成功。工程师温热的手指在她的前颈、后脖滑动着，顺势触到她的耳垂，似乎试图唤醒她的记忆，难道仅此而已？她听不见对方在说什么，软弱无力地直不起背来，觉得耳膜内血液在突突地冲击着。巴沙利加把前额凑到老太太头顶上，对着她的后颈呼气，喃喃地说着什么。科帕丘没有听明白，隔得太远，大约有两三步。确实太远了，或许工程师压根儿没说什么，只有低微的窸窸窣窣和嘘嘘的气息声。巴沙利加肺里燃烧的空气呼在老太太羊皮纸似的干瘪耳朵上，使得她的耳朵与脸颊逐渐变成淡玫瑰色，她的身影也随之呈现出令人觉得意外的鲜活色泽。科帕丘对眼前发生的变化感到惊讶，K. F. 夫人似乎——或许是真的——恢复了青春，变成了一个真正的女人，与他——不仅仅是他——所设想的作为飞行员亲王恋人时代的美女形象非常相近。工程师的手指出人意料轻柔地抚摸着老太太的脸庞和颈项线条。老太太的颈项紧绷着，变得浑圆，宛若一段幼白桦树干，在想象的触摸下颤动，仿佛下巴颏下有飞鸟的翅膀在拍击，皮肤呈现出黄油的色泽。科帕丘可以发誓说，自己依稀看见了她血管的纤细组织，诱人地搏动着的迅速流动的血液。工程师低头在K. F. 夫人头顶上凑得那么近，以至鼻子伸进了她蜷曲的头发里。她的头发是用卷发夹子卷的吗？或者，与乌拉迪亚的所有女人的做法并无二致。科帕丘从窗口见过她们将自己的头发围绕着用报纸加固的一块旧布卷起来。巴沙利加把嘴塞进 K. F. 夫人颈后的几缕卷发里，含糊不清地低声说着只有他们俩明白的话，手指同时向下滑动，尽管不易察觉，但确实是在向下滑动，伸向老式裙子的一排纽扣，可能是几个天鹅绒扣子，也可能是牢牢地缝在裙子硬镶边上的陈旧的黄豆粒。

K. F. 夫人垂下了眼睑，她的整个形象放射出乳白色的光，摇曳不定，就像恋爱中的女人在男人身边时所特有的样态。你的目光不知不觉中被她们脸庞的光芒所吸引，使你从困惑中解脱出来的乃是与不顾周围一切的超然心态相生的陶醉。那是你不怕表现出来的一种陶醉，犹如动物在春天张开美丽的羽毛，光彩照人而又充满自豪。

"巴沙利加是一个恶魔，一个疯子，怎么能做出这样的事情。他没有这样的权力。瞧她，你根本不会相信，这就是那个可恶的老太婆K. F. 夫人。如果我不是确切知道她是谁，我或许会迷上她，不论我有多么正派和严肃。这是一种真正的自然力。"科帕丘很喜欢这个词，但用得很少，只有在真正惊诧的时刻才使用，"巴沙利加这个家伙，如果娶过亲，或许至今已经把五个老婆埋进地下了。"

关于两人共同生活的问题，科帕丘有一种完全独创的理论，可以用几句话归纳为：不存在两个平等的人，强势者越来越强；在共同生活中，女人或者男人，终归将磨蚀自己伴侣的生命，日复一日，一刻又一刻，一步一步地摄取其中一个碎片的生命，或者如克洛伊库有一个晚上纠正他时所说的"生命力"——这个词当然已经过时，但很恰当。唯其如此，才能解释为什么夫妻俩几乎从来没有同一天死亡的，仍然活着的一方有很长一段时间保留着另一方的记忆乃至生命。K. F. 夫人自飞行员消失以来依然存活了那么长时间，促使科帕丘发表这种理论并坚持说，实际上 K. F. 夫人是一个怪物，一种吸血蝙蝠或吸血的蚂蟥。她吸干了可怜的飞行员和他生命的最后一星火花，天知道他的失踪——只能假设是失踪——是否压根儿没有发生，因为在某一时刻，他不再有点滴生命力。有谁见过一具没有生命的干尸驾驶一架飞机，不论是法国法尔曼公司抑或波泰公司生产的那种老式双翼飞机；又有谁见过像谢尔班·潘格拉蒂的身体一样坚实的飞机降落场地。须知在那个时刻，欲壑难填的 K. F. 夫人，这个真正的怪物——真不知如何形容她——吸走了他最后的精力，他已经难以完成几十乃至几百公里的飞行路程。你看,几分钟的时间,巴沙利加揭露了她作为女人本性的最后残余,忍受着如此长时间的痛苦保存在 K. F. 夫人的肉体和灵魂最隐蔽处的谢尔班·潘格拉蒂的最后的生命火花,在不胜惊讶的圆滚滚的胖子科帕丘面前,一览无遗地展现着这头威力犹存的野兽的欲望或者只是回忆。这使她在那么多年前成为一个如此杰出的男子的主宰。在那个时代,飞行员毋庸置疑是杰出的人物,是奢华的榜样,其地位之特殊足以像飞行员亲王谢尔班那样形成传说。

工程师成功地解开了老太太的天鹅绒裙子的一个或两个纽扣,裙子似乎很旧,满是灰尘,这儿那儿有虫蛀和汗碱腐蚀的破洞。在他的手指肚接触到老太太的皮肤处,皮肤变得平正,呈现出玫瑰色。工程师的话语或者从唇齿间呼出的气息的低吟,张大的鼻孔像马一样呼哧呼哧的喘息燃烧着一切,燃烧着周围的空气。K. F. 夫人颓然地半躺在安乐椅里,伸直了穿着优质袜子的双脚,一只袜子的后跟有一个破洞,露出了变粗的黄色脚掌。她将伸直的双脚微微向两侧叉开,裙子皱成一团,松松垮垮地裹在身上,宛若一个荡妇。

科帕丘不由得脸红起来,感到耳尖刺痛,嘴角上长了一个疼痛的疖子。他踏着脚后跟慢慢转过身去,决定离开,天知道巴沙利加这个疯子还想继续干出什么事情来。这只骚公羊确实会干出更多的下流勾当。他们知道 K. F. 夫人年岁已大,那又有什么关系?他们确实知道,但事实并非如此,仅就肉眼的观察而言,她并不比工程师的最近一个女人更老。那是去年冬天发生在科马纳的一场相当丰富多彩的艳史。所以,科帕丘不愿充当蠢猪,眼睁睁地看着这场恶作剧演到底。工程师的所作所为由他自己负责,只要他不恶心,只要他能够做得出来。至于你,那是不应该相信,也不应该看见的事情……所以最好还是不看见、不相信。科帕丘完全可以想象出来下面的场景,当听见背后一声十分清晰的"啊哈"惊呼,工程师强壮的双手撕裂裙子的哗啦啦的响声时,一种厌恶和满足混杂的情色感开始笼罩在他心头。

"啊哈,你以为怎么地,老婆子,我不是答应让你见识见识有生以来没有见到过的事情吗?!"

科帕丘慢慢转过身去，仿佛在梦中一样看见直撕到底部镶边的裙子和看起来很吓人的 K. F. 夫人的苍老躯体，有气无力地靠在安乐椅的椅圈上。没有任何东西比这更可笑，更令人尴尬。当时科帕丘的心中没有出现丝毫怜悯，而只有极度的厌恶，而他的口腔里不由得从舌根下涌出唾液，推动他一吐为快，将心头的苦楚从嘴里排除出去。眼前看到的是一堆下垂的灰暗的赘肉，坑坑洼洼的皮肤，而乳房犹如两个毫无生气的赘疣，黑色的干瘪乳头宛若被遗忘在树上过冬的皱巴巴的苹果，未来的美丽蝴蝶曾在里面筑巢，而现在只有裹在黏痰一样的浆液里的蛆虫。

"呸，"工程师装模作样地说，"私处什么也不穿，连底裤也没有。你瞧见她是一副什么模样了吧，好像一个织满蜘蛛网的烂树窟窿！"

科帕丘觉得再也忍受不了老太太冰冷的目光。她的手指紧握着安乐椅扶手，并不试图掩盖自己赤裸的身体。在她面前，镜子投射出精确的冷光。

"老太婆，这就是你。"工程师说道，"现在我想一切结束了吧，再也不能用任何故事，包括那个飞行员的故事去骗人了。如果你要理解强迫一个人关注现实是什么意思，那就先强迫他看一看自己的隐私！那样，他就会突然软化，变得听话，再也不白日做梦，去寻找什么狮头、羊身、蛇尾的吐火怪物。但你没有办法理解这个问题，你不懂形而上学。"

巴沙利加推开走到一小堆撕碎的信纸旁的科帕丘，用高帮皮鞋尖踩了一下，随后将一根点着的火柴扔在纸堆上面，熊熊的火苗直烧到地板上，片刻转为黄色，最后变成红色的小火星，闪闪烁烁。K. F. 夫人的全部过去，不管是真实的抑或想象的，现在不复有任何价值。工程师几乎是推着科帕丘快步走到门厅，随后从楼梯向下走去。

"咱们快走，没有什么事情可做了，所以不必让人看见我们大中午地来访。嗨，快走吧，一切都很好。"

"那么信呢？"科帕丘问道，"真的信件在哪儿，我们不应该玩忽职守。那是文件，必须入档的！"

巴沙利加拍拍他肩膀说：

"什么档案，有谁需要带着荷兰铃兰或者烟草气味的滥情臭婊子的档案？没有任何人！如果你想知道，如果你坚持想要，那就在她身边。同你所知道的她一起，这些信件也将消失。没有任何人需要他们的过去。让那对狗男女和他们的全部爱情故事见鬼去吧！对于我们来说，世界从我们开始。"

科帕丘在楼梯半腰站住了，感觉到燃烧的气味，透过种种表面现象。他作为执法者的嗅觉依然很敏锐。

"着火了，有燃烧的气味。我去看看发生了什么。"

他在楼梯上快跑起来，一步跨过两三级楼梯，跳跃着向上奔去。这对于像他这样一个养尊处优、腆着肚皮和肥实的后背的人来说，显得很滑稽。巴沙利加工程师靠着栏杆，竖起耳朵听着。传来吱吱嘎嘎的开门声，随后是科帕丘用鞋踩踏镶木地板上燃烧的纸片的咚咚响声。地板的木条已经被烤得十分干燥，星星火花就可能引起火灾。在一段短暂的寂静之后，科帕丘显然犹豫不决地继续做着什么，然后又从房间里传来熟悉的潺潺的流水声和一股轻微的阿摩尼亚气味。接着，科帕丘平静地出现在门口，单手结着裤子扣。工程师忍不住龇着牙，微笑道：

"好嘛，科帕丘，你用尿浇灭了他们的过去，甚至不让他们光荣地终结。嗨，我很高兴！"

科帕丘厌恶地摆摆手：

"见鬼，有什么办法，难道听凭火烧了房子？到时，承担责任的还是我。要知道老太太犯癔症了，僵直地站在镜子前。我干那事时，她也一动不动。我很难堪，但怎么办，一时没有其他办法。她站着，看着镜子，眼睛一眨不眨。工程师先生，你干了见鬼的好事！这种事……"

他们默默地走下楼梯，踏在门厅马赛克地砖上的咚咚响声从高高的天花板上反射回来。外面的花园里，风吹散了凋零的植物的残余，它们干枯得何其迅速！走到大门口，科帕丘清了清嗓子，仿佛在对自己说一件不真实的事情：

"对于他们来说，历史始于他们。你不能说服他们相信历史只是从我们开始。你不能说服他们相信自己处于历史之外。"

他只说了这几句话。虽然他早就认为他们是被赶出去的，是被排除在历史之外的，原因很简单：他们生得太早。他们大约在进步饭馆门前分手时，科帕丘挺起了胸膛，为了鼓足勇气，或者因为有了勇气，才挺起胸膛，抚平褪色的制服前胸，心不在焉地朝沾满苍蝇和蝴蝶瘢痕的酒馆窗户望去，突然问工程师：

"您说过的寄于期望的那个人究竟是谁？"

巴沙利加多少有点悲哀地望着他，或许还是打哈哈，一笑了之为好；科帕丘虽然晋升了军衔，却依然十分愚钝，什么也不懂，绝对是不谙世事。

"一个玩笑，我期望什么人？无非是一个心态问题，诗人说得好：'寻寻觅觅，却不知寻觅何物'。"

科帕丘忍不住仰天长叹，鼻孔像两面小旗一样扇动着：

"原来是诗！也应该是诗！"

科帕丘继续向前走去，脚步沉重，眉头紧皱，看似怒气冲冲，其实颇为自得。有工程师在，他还有什么可以害怕或者顾忌的？他期望着，却不知期望什么……

第八章

维科尔·安蒂姆有足够的自信。如果说安杜查成功地找到了带她去乌拉迪亚的便车,那么他们的运气则是微乎其微,他将信步走到公路边,然后将同吉鲁一起在六七点钟的灼热空气中走一段时间,而傻瓜吉鲁将会明白徒步冒险在坍塌的山谷里穿行,走十几公里的路,深入偏僻的乌拉迪亚所在的山沟,其实毫无意义。最终是为了到达哪里?对于这样一个沉睡甚至怀有敌意的小镇,至少是他,维科尔·安蒂姆不再有任何期望。他不愿再寻找,不愿再期望,不愿再回去。但他不能如此简单地对吉鲁说明所有这一切:

"是这么回事,确实是我邀请了你,但我不承担任何责任。情况就是这样,无非是一句客套话。但现在你既然来了,应该明白你来晚了。乌拉迪亚不复存在,我是说你所想象的和我所认识的那个乌拉迪亚已经不存在了。现在是另一回事,是另一个世界了。"

他之所以不能对吉鲁这样说,是因为或许必须对这个童年的朋友耐心和详细地解释"另一个世界"的含义。在 K. F. 夫人去世或者被谋杀的那天,尽管他对发生的一切有自己的看法,但没有勇气十分明确和斩钉截铁地断定,心里相当清楚地知道继续居住在那儿已经不可能了。曾经鼓舞着他的"将离开乌拉迪亚"的念头,随着种种境遇而几乎完全暗淡下来了,以至直至老太太去世后,他才开始逐步明白实现这个夙愿并非出于他的一厢情愿,也非出于偶然,而是一个旧计划的结果。这个计划虽然相当幼稚,却充满力量;虽然是粗糙的"组合",却很有效。在这个计划背后,当然牵涉工程师和科帕丘,或许还有其他几个人,譬如说克洛伊库,而米赫尔恰努也不无关系。

啊，事情在过去之后，一切都变得很重要。在那一天前夕，他不知多少次试图对自以为最终将成为在乌拉迪亚消耗生命的辩护书的手稿进行补充，添加上几行，那是一部论述"以物物交易为基础的经济范围内的社会关系"的自由发挥的著作。这一活动最初被看作一个别出心裁的古怪想法，随着时间的推移变成一个如此严肃的问题，以至文字、段落、章节越来越丰富，篇幅越来越大。面对每一个论断，落笔在纸上的每一个字，都有一种莫名的恐惧，因为他觉得写下这些的同时，所展示的不是一个画面，而是一个现实。他在这个现实中生活，对它不理解或者甚至没有理解的愿望，却磕磕绊绊苟活了那么多年。但这个过程并非盲目，而是一种启蒙，虽然缓慢，却自信。这样的启蒙令人痛苦并产生心灵的巨大焦虑，使你觉得自由的唯一保障受到威胁，或许谈不上什么自由，但他喜欢这个词，他喜欢说到这个词的时候好似鸟儿的双翅在飞舞，其实那是一种我行我素的态度，不是无知，而是无视周围实际发生的一切。决定他严肃对待此事的人，当然是克洛伊库，以及这个教师的满怀科学激情，特别是他关注民生的情感困惑。除了一个心灵困惑而求真的科学家，今天还有谁还如此浪漫，居然提出幸福问题？尽管克洛伊库或许根本瞧不起一个历史教师的学术素质，特别是在他们两人之间出现了安杜查的微妙问题之后。在维科尔·安蒂姆多少有点夸张地谈论自己与马克森齐乌的女儿之间的关系时，克洛伊库除了轻微恼怒之外，丝毫无改他脸部表情的永恒的冷静、恬淡和高深莫测。他的脸颊始终被强笑所扭曲，尽管他的本意或许是想要露出温和的微笑。并非克洛伊库不温和，但微笑是一个热情问题，而除了在花园里搜寻那些奇妙的蝴蝶之外，任何热情都使他产生近乎厌恶和作呕的痛苦。维科尔·安蒂姆相当清楚并确实知道，自己与安杜查的关系使这个自然教师产生比以往经受的其他一切更大的痛苦，最终将促使他采取行动。但维科尔·安蒂姆并不害怕，没有任何理由害怕克洛伊库。此人的生态主义与非暴力相通，但一种完美的独善其身观念使他变得冷酷。与克洛伊库的纯理论冲突，导致了他在乌拉迪亚小世界中彻底被孤立。K. F. 夫人不属于活的世界,而属于死的世界,即使在她离世之前也是如此,因此对她所做的很少的几次拜访至多可以看作是一种穿越过去的旅行、漫长的回忆,其中可以与已逝的人和事相遇,而与真正的回忆的唯一差别在于这种情况下回忆的乃是不相识的人与事。那当然是一种诗意的状态,但对诸如巴沙利加工程师或者永远汗流浃背的科帕丘那样的人来说,是完全无用和不可取的。

他模糊地感觉到,一切在重复着,使他小腿肌肉发生颤抖的同样的内心压力,在塞满古怪的旧家具、旧纸和灰尘混合气味的房间里的同样的寂静,还有封闭和窒息的空气。整幢别墅都是如此,几十年来,不再通风换气,不再打扫卫生,甚至不掸一掸一块抹布或者一条毯子,在一些角落里,尘土层层叠叠,其厚度可以用手指来度量,而屋外,树叶的沙沙声和闪电的流光预示着暴风雨即将来临,尽管晴空万里。当安杜查走过那一刻,也是此般情景,身后留下同样的征兆。维科尔·安蒂姆不知道这是怎么发生的,更不知道是为了什么。这引起他不安,使他不能自制,加强了他认为不能随便与她相处,她确实是一个"巫婆"的想法。他原本没有任何欲望写书,不打算费力去做这种吃力不讨好的工作。这也很正常。他永远不可能找到出版的途径,即使找到了,又有谁对它感兴趣,会引起什么反响?至多可能给人以刺激,被认为是那种真实的作品之一,但没有价值。而要说某种东西缺乏价值,乃是对之采取一切行动的最好的辩解理由,从漠视到销毁,无所不用其极。给乌拉迪亚人或者其他人讲述乌拉迪亚的故事有什么价值?难道想指手画脚说,他们的生活行进在另一个历史时代,而不是在他们所想象的时代?从某种意义上说,他们处于时间流动缺失、中断的状态。对于他们来说,至少有一千年的时间是停滞不动的,否则,还能有什么办法解释他们之间的关系性质?根据那么长时间的观察,可以说在这个被崇山峻岭包围着的小镇上,满山遍野的葡萄或多或少已经野化,唯一的实用价值就是对巴沙利加工程师的信任。这种信任是同所有人的面部神态紧紧联系在一起的,以至往往同一些特殊的表情,或者说友好的问候混为一谈,而工程师是最擅长于公开展示这种友好情谊的，无论是在大街小巷，或是在经过进步饭馆的烟雾腾腾的大堂，走向二十四小时日夜专供他使用的包间之时，他都不慌不忙，充分显示出自己的身份和权威。维科尔·安蒂姆早就白纸黑字写下这样一段话："封建关系的本质在于缺乏对价值的关注，而赋予忠诚以特别重要的意义。这个世界的最大罪恶乃是叛变、不忠，而对于资产阶级来说则相反，最大的罪恶乃是合同欺诈，不论其形式如何。封建主义重回我们的生活，我们时时经历着某些非常情况。封建主义的唯一常态化形式则是军队，而战争乃是封建主义的或长或短的阶段。它们因其易感性而像荨麻疹一样出现和消失。"写这些话的当时，他有点害怕，很怀疑自己表述的方式，由此开始对自己所思考的一切也产生疑问。不仅如此，恐惧始终存在着，几乎每一步都伴随着他，尽管没有丝毫因由。他为什么要害怕？有什么可怕的？经过名副其实的与自己的斗争之后，有时——一个月两三次——极其沉重地拿起笔，坐到桌前，在手稿上添加上几行。仿佛之前所做的一切还不够，他觉得平淡乏味，不合时宜，局促不安。或许应该放下一切，至少不再看到自己这样被恐惧主宰着。当你不做任何事情时，周围的一切都不复存在，因此恐惧也就消失了。但在学校门厅或者办公室遇见克洛伊库，看到他脑袋耷拉在双肩间，听到哪怕是叶片的响动，维科尔·安蒂姆也心惊肉跳，两眼或许还有手掌总是湿漉漉的样子。他明白，自然教师在做某些事，因此心怀恐惧，不过重要的是，他锲而不舍。

维科尔·安蒂姆听见，或者觉得听见大门正在移动，石子咚的一声，仿佛有人把麦粒扔在一个皲裂的鼓上，不由得浑身一激灵，感觉几乎连气也喘不出来。他赶紧收起了稿纸，十分小心地不发出一丝响声，顺手塞进了一个贴着版画和旧照片的相册里。相册似乎记载着一部飞行的历史，被扔到了通往老太太房间的楼梯下，他正是在那里找到的。希腊神话中因插上蜡制翅膀飞近太阳而死的伊卡洛斯本人，达·芬奇设计的有神经和皮膜的飞行器，蒙哥尔费兄弟的气球，然后是有着近似卵形的翅膀、金属连线和小螺旋桨的那些可笑的人造飞鸟。所有这一切使人联想到它们的脆弱,最早的飞机,美国的飞机发明家、航空先驱莱特兄弟的蜷曲胡子,以及美国飞行员林白的撇嘴微笑。有一段时间,维科尔·安蒂姆怀着某种激动的心情尊敬地翻看它们,直至有一天忽然醒悟到自己发现相册并非偶然,实际上是有人故意扔在他途经之处,是"夫人"的一个计谋。于是,他很想立即上楼,到小客厅里把相册扔在老太太脚下,在多少撕碎一点照片,以示悲哀之后,对她大喊道:"你玩什么宣传把戏,夫人?"让老太太明白,实际上他与巴沙利加一样,也能为所欲为,所幸的是自己不会太过分!但他没有这样做,这只是因为他有充分的想象力来设想老太太将怎样愤怒地吼叫,或者悲情地哭泣。这两种情景都会使他感到痛苦。归根结底,K. F. 夫人与其说是历史的牺牲品,毋宁说是孤独的产物。因此,相册被保存了下来,它樱桃红色的封面相当结实。他开始把自己的"手稿"也保存在里面。一些零零散散的纸记录着若干心得,如果整理一下,只能说刚刚写了一个导论。他把它们夹在相册发黄的灰色硬纸板之间,觉得更加厚实,更加重要。这无非也是故意自欺欺人罢了。其实,他只想对自己有一个可以忍受的看法,而不是在工程师故作友好的嘲讽眼光下,与米赫尔恰努或者科帕丘一起沉迷在进步饭馆里虚度光阴。

他走到院子里,察看了一下大门,没有任何迹象表明门被打开过,但会有什么迹象呢?冷冰冰的铁门对谁进谁出漠不关心,他绕着别墅走去,在玫瑰花丛中磕磕绊绊地前行。夜间玫瑰花疯长着,杂乱得难以言说。他嘴里大声咒骂着,为的是打破寂静。他既不喜欢宁静,也不喜欢黑夜,觉得暴风雨即将来临,但天空很晴朗,繁星点点,没有月亮。楼上小客厅里的灯光像往常一样闪闪烁烁,谁也说不好 K. F. 夫人是在打盹、睡觉抑或窥视,但无论如何,她是在她的柳条摇椅里摇晃着,摇椅轻微地嘎吱嘎吱作响,很像一个头发油亮,浑身魅力和勋章光彩照人的优雅空军军官的皮靴在走动。

维科尔·安蒂姆确信没有任何人,也不存在有人出入的证据,但这是在屋外的黑暗中。一进入铺着马赛克地砖的门厅,他依傍在门上，争取进一步察看的时间。孤独使他学会远距离感觉他人的出现，就在这刹那间，他发现有人进入了别墅，或许就在他的房间里。他使劲踩着石板，发出咚咚的声音，既为自己壮胆，又让来者听见，表明自己并不害怕，而在一步跨入房间前，已经确切地知道是安杜查在里面。只有她能够突然出现，既没有人看得见，也未留下很多出现的踪迹。

她半对着门，半对着他的书桌回过头来，手指在相册发黄的灰色册页上滑动，仿佛在抚摸或者辨别图片。维科尔·安蒂姆靠在半开的门上。这是安杜查第二次进入他的房间了，只是这次真真切切地看见了她，有血有肉，还有呼吸。她站在离维科尔·安蒂姆不到三米的地方，神情淡淡的，闭着眼，两眉之间现出一条深深的皱纹，或在思考什么？维科尔·安蒂姆开始将目光向下移动，看着她的颈项，她激烈起伏的胸部，她被划破的脚踝，不由得想，她是赤脚走路还是直接穿过葡萄园来的？此时，这个不速之客张开嘴，先是露出一个无声的微笑，随后对他说道：

"这个飞行员应该是个诗人。你瞧，认识他吗？"

他走过去，靠得那么近，以至接触到了她的身体。由于天热和紧张，他感觉到一股淡淡的压碎的薄荷和略含咸味的汗水的气息，一阵战栗滑过他的后颈。一时间他僵住了：

"噢，是的，是圣·埃克苏佩里。"

那是一张他没有细看过的战前照片，一张团体照，所有男子都一个样，穿着皮衣，戴着飞行帽，额头上戴着防风镜，脚穿高筒皮靴，一个比一个严肃，像是一支赛前的足球队。除了照片下写着"航寄？好像有问题！可能是：航空飞行人员"几个字，没有其他任何说明。他很想问她从哪儿判断那是一个诗人飞行员。安杜查肯定压根儿没有听说过圣·埃克苏佩里这个法国飞行员和作家，尤其是她甚至没有翻看相册，而只是用指尖在发光的硬纸板上滑动。他一直期待着她玩诸如此类的种种"特技"，然后告诉他为什么能在黑夜里穿过葡萄园去寻找飞机场，因此用一种十分自然的口气继续说道：

"他死了。在战争中死了,消失在海上,没有人有他的任何信息,但他再也没有回来。从此再也没有人见过他。"

"没有任何人见过?"

他沉重地摇摇头,带着知情人的那种庄重说道:

"没有任何人!"

安杜查用她近乎透明的手指合上相册:

"但这不等于说他死了!即便没有任何人再见过他,也并非意味着他完结了。谢尔班亲王,"她抬起眼对着天花板,"也是没有任何人见过。你明白我说什么,没有任何人……"

维科尔·安蒂姆感到困惑不解,用手掌抚摸着粗糙的脸,早晨刮过的脸,但随着夜的最初时光降临,胡子又开始疯长起来,或许正因为如此,夜里死的人胡子还会长一段时间。

"你想说连'她'也没有……"

安杜查用空着的手整理了一下圆润的膝盖上的裙子。"整理"也是一种说话,实际上她这一动作是为了盖住此前完全露着的小腿,只让它们半露着。

"没有,连'她'也没有见过他。但这不等于说……"

维科尔·安蒂姆感到自己失去了冷静,目光开始寻找自己屁股底下坐着的什么东西,但只有一张椅子。于是他开始在屋里来回踱着,目光与其说是恼火,毋宁说是疑问。

"噢,上帝,但这等于说,等于说巴沙利加,当然还有科帕丘和其他人都错了!但这不可能。这不仅是不幸,还证明没有任何东西还有什么价值,不可能是这样。你在撒谎,安杜查,是的,你在撒谎。你为此来到这儿,来折磨我,对我撒谎。克洛伊库说得对,你是巫婆。这就是你:一个'巫婆'!"

安杜查看见他如此激动,肯定会大笑起来,但她没有笑,因为从第一刻她就察觉他的激动很不真实,全无绝望和害怕,只是故意做作,仿佛一出闹剧。历史教师感到如释重负,卸掉了本非他所愿,而出于偶然背负的包袱。安杜查的话使他解脱了对于 K. F. 夫人的任何责任。实际上是有一件事情推动他采取行动：他将离开。离开乌拉迪亚，以及小镇的全部慢性痉挛般的生活。他因此可以置一切于不顾，不管有没有人反对。无论是克洛伊库、米赫尔恰努、科帕丘，或者在较小程度上包括巴沙利加，都永远不会离开乌拉迪亚，因为他们始终很投入，被这种慢性的消耗所窃取或者牵着鼻子走，每个人都相信自己具有另一种命运，能够主宰一切，或者离群索居，不闻不问地与芸芸众生隔离开来。休战或者幻想，这就是一切。小镇的是非纷争，缓慢却必然将波及他们。而且事实上已经腐蚀了他们。崩塌来自内部，来自他们的心灵，而且随着时间的推移，变得越来越脆弱，就像受潮的墙壁上的灰泥，暴露在外面很容易粉碎的坡面的泥土，自动地滑落，掏空了坡脊，然后每个春天或者秋天造出新的沟壑，宛若赤褐色或者黄色的新伤口，流着鲜血或者淋巴液。

"老师，啊，老师，你看，"安杜查用食指的指甲敲着相册的樱桃红色的封面，"难道我的手指是可见的？你能说看见它们吗？当然不能。你假设，猜测，想象它们在这儿，在书页之间。但它们存在着，这很美妙，通过它们我可以看见诗人飞行员的形象。圣·埃克苏佩里，或许是一个神的名字，尽管他看起来丝毫也不像一个敬神的人，但大家都这么称呼他！我很清楚地看见他，要知道——这是个秘密——这个人没有死。他消失了，仅此而已。有许多隐身的方式，后来，其他飞行员、其他飞机也发生了这样的情况。他们消失了，这不等于说他们完蛋了。我们再也看不见他们。他们不能说关于我们的任何事情，我们也不能说关于他们的任何事情。这意味着隔离，而隔离有多种形式，有些甚至是人发明的，为的是支持他们周围的人，或者反对他们周围的人，但我们不能进而有权说'死亡'这个词。"

安杜查再次用手指敲着樱桃红色的相册封面，封面发出沉闷的声音，丝质的封套相当厚实，很牢固，足以抗住几十年的翻阅。

"这个小伙子将会回来，我肯定，就像老太太的亲王也将回来一样。不存在永久的消失，不存在永久的隔离。一个人只要还有信念，还有希望，就足够了。这意味着具有足够多的理由重新回来。你不相信吗?"

维科尔·安蒂姆有点激动。安杜查所说的既幼稚又美好,无所顾忌,也是能打动他的一种含混的说法,尽管他是一个毕生从事教育的人,教导人们世界上的一切都是不可逆转的。他的职业和义务是教育人们不存在回归,因为不存在你可以回归的地方,不存在回归之路。一旦人们做了某件事情,那么这件事情便成为已经完成的过去,不管你是否意识到。每个姿态,每个步伐,无不以破釜沉舟为前提,因为人不会自愿改变,而只能为现实所迫而改变。死亡,从存在走向不存在。这种最大的改变即是充分的证据。

他很想抓住她的手腕,把她的手指从相册的发黄的册页间,从她说可以再见一个不复存在的人的那个地方抽出来,但害怕一接触到她的身体,自己将完全迷失,将变成感情用事,或者甚至可以受到操纵。而可以肯定,安杜查之所以来到这儿,是因为有某种想法。

"你为什么来到这儿?要知道我不需要你。我从来不需要你。你太危险。其实,你之所以危险,原因不在于你自己,而在于我太孤独。因为你,我失去了克洛伊库老师;因为你,我还失去了巴沙利加工程师,失去了科帕丘。所有的人都在看着我,怎么说呢,嗯,或者说是不信任地看着我。说实话,你想要什么,你在寻找什么,为什么不让我安静?"

仿佛早就猜到了他的想法,安杜查慢慢地从相册中抽出手指,将手掌朝上放在他面前:

"你瞧,这儿表明我将长寿,爱情将陪伴着我。真是这样吗?我不知道!但应该试一试,不是吗?"然后,她突然用手臂抱住相册,紧紧贴在胸前,用相册的边棱顶着自己的下巴,仿佛想以此来支撑住自己的脑袋,以便看着他的眼睛:"老师,我害怕,所以才来的,我非常害怕。可能会发生什么不可弥补的事情,你明白我的意思,可能在一个很短的时间里,像亲王、老太太的飞行员,我们的飞行员所发生的事情一样。他是我们的飞行员,不是吗?嗯,谢尔班·潘格拉蒂,他同意伊塔诺·巴尔博一起飞到美国,然后环球飞行,但他将不复存在。将像所有人一样死亡!"

维科尔·安蒂姆不满地呼哧呼哧喘着粗气。他与安杜查的谈话有着滑向完全背离初衷的邪路的危险。

"早已不复存在的人或者事件怎么将会死亡,他们或许从来没有存在过?你陷入了老太太的思维,就是如此。如果你总是这样,不久你将代替她……"

一开始,他并没有注意到她做了什么。安杜查跳起来,搂住他的脖子,开始狂吻。她踮起脚尖,乳房用力地顶着他的胸脯。透过衬衣,他感到她在燃烧,浑圆的乳头灼热撩人。

"我知道,知道你会理解。我现在很难向你解释,但你有着这样,嗯,这样了不起的头脑……"然后,她放开他,伸出手拉住他的手,手心很潮湿和温热,声音突然变得有些沙哑:"我将向你揭示一切,解释一切。你必定会发现真相。全部真相!"

维科尔·安蒂姆当时应该告诉她,自己对于 K. F. 夫人的看法越来越难以说清。他已经感到十分厌烦,疲于总是听她讲什么"过去的美好时光","杰出的亲王","我们前所未闻的凄美的爱情故事"。她的全部经历涂上了饱含罗曼史的甜腻色彩,尤其是时不时夹杂着一两个法语词汇时用小舌发出的"r"卷舌音更显夸张,而甩出这样的词汇与其说是为了给浪漫时代添加点香料,毋宁说是为了表示对听众的蔑视。他之所以厌烦,还因为与巴沙利加或者科帕丘的会面。不论他愿意还是不愿意,在这样的会面中,他都努力表现出友好的样子,即使根本没有兴趣交谈的时候也不得不如此。他或许可以谈任何事情,但不愿意涉及他自己的日常生活,因为一谈日常生活,K. F. 夫人势必出现在其中,但这正是巴沙利加和科帕丘所期待的。

"我什么也不明白。或许没有任何事情需要我去深究,我是自寻烦恼。你还觉得不够吗?你深更半夜来我这儿,打扰我,扰得我晕头转向还觉得不够?使我一个多星期做不了任何事情还觉得不够吗?你还想要干什么?"

安杜查站起身来,脸色苍白得足以使他相信问题很严重。她拍了拍他的肩膀。由于这个动作，她身上植物的香气似乎更加浓重了。她半张开嘴唇说：

"来，我指给你看。"

他嘴里咕咕哝哝说着什么，跟在她后面。这是马克森齐乌·亚当的女儿第二次强迫他在乌拉迪亚无所事事地游荡，天知道会不会让人累得伤筋动骨。天黑得伸手不见五指，可以肯定，她前行的路不在大街上。她将把他塞进荆棘丛中，磕磕绊绊地在葡萄藤或者围篱的断木条间穿行，成为一个无比可笑的跟屁虫。而第二天，当能见到自己是多么邋遢，衣衫多么褴褛，身体多么疲惫时，却不能责怪安杜查，实际上也没有任何理由责怪她。安杜查所做的一切也是他想做的，即使他并不知道自己想做。

"如果你准确地跟着我的脚印走，将会看到来到了什么地方。不过，你自己瞧着点儿，别等我告诉你。非常重要的地方！"

在那一夜，他跨越了冷漠的门槛。后来他对自己说，冷漠只是习惯使然，心里不由得感到骇然。随着理解安杜查向他揭示的，或者用因为激动、疲劳、夜寒而变得略微沙哑的声音讲述的一切，他明白自己认为是玩笑的事情，实际上是一场冒险，而自己有意无意地滑入了陷阱。

他不得不紧紧跟随着她。安杜查走到一个葡萄园尽头，找到了一条穿越砖头和铁丝网围栏的通道，那儿的墙已经被雨水侵蚀，或者是被两三下沉重的撞击撞破了，薄薄的灰浆和砖头早已变得很容易粉碎。她的脚印有点模糊，一丝蓝色的光，闪烁着淡绿的星火，依然在她接触的泥地上飘荡了宝贵的几秒时间。起初，维科尔·安蒂姆以为又是安杜查的"把戏"。在她只是袖手旁观看着他在路途的尘土中挣扎之后，他不由得觉得安杜查是一个有着非自然魔法的女人，但听见她是在多半连克洛伊库也不再来冒险的沉睡多年的荒废葡萄园里，脚跟沉重地踩着也许是去年留下的树叶艰难行进，掀开腐烂的热土层时，他又对自己说，或许她习惯于利用细菌的磷火。他已经见过这种东西，当时同样是与马克森齐乌·亚当的这个女儿为伴。

最初，维科尔·安蒂姆觉得安杜查是在率性乱走。出了卡特琳娜别墅的花园，她漫无目标地穿行在荆棘丛中，停步估量片刻，陷入沉思，不说一句话，脚后跟上的磷火闪烁着微光，向头顶延伸，看上去很像中国皮影戏中的剪影，然后"啊哈"一声，听来宛若老鼠吱的一声叫，突然转过身来，同他撞了个满怀，又消失在另一处黑暗中。如果不走运，肯定会扭了脚踝，或者被野葡萄藤碰破脑袋。因此，他要赶上去，同她并肩而行，必须悄悄地向她表白，自己很想搂着她的肩膀，或者挽着她的手臂，甚至只是抓着她的指尖，因为在黑夜里，自己感到那么孤独和迷茫。即使在白天，他也没有冒险来过镇子的这片荒野，现在却没头没脑地同意在这种时候来这儿乱逛。但他的尝试失败了，刚从安杜查用细密的步子开辟的小路向外跨出一步，便发觉自己陷入了漆黑的迷雾中，四周没有任何声音，没有能看清的任何边沿，真正的盲区。恐惧瞬间控制着他，然后他大声强笑起来，却只听见尖利的呵呵呵的声音。那是他内心力求宣泄和控制的恐惧。

"我在哪儿？见鬼你把我带到了哪儿？我的脖子要断了，你瞧，比天知道什么魔鬼的心还要黑！"

他不愿意向她求助，用手臂在周围摸索着，什么也摸不着，连一片树叶、一根树枝也摸不着，不知道在什么地方，在哪家的果园里，在什么方位。他心里不由得嘀咕道："留在我那儿一起喝茶有多好！"就这样经过了很长的非人所能忍受的孤独时刻，"我迷路了，正是这样，迷路了"，维科尔·安蒂姆头脑里重复默念着不要害怕，不要怕说出真相"你迷路了"，同时，感觉到一种从未有过的绝望笼罩着他，不由自主地跪倒在地，像孩提时代一样蜷缩着身体，浑身发冷，把脸伏在两只手掌里，决定等待。最终，安杜查将觉察他迷路了，会喊叫着寻找他，到时候他再回应。如果不是这样，他将等到早晨，天放亮的时候。逐渐，逐渐地，他习惯了黑暗，周围有着葡萄叶和须藤的甜丝丝的味道，或许离山坡不会太远。即使是白天，他也不敢爬上山脊，那儿是一片荒野，遍地是荆棘、匍匐的黑莓茎，一旦闯进去，难免满身被剐得伤痕累累，痛入骨髓，而衣服则变成了一堆破布条。

传来了微弱得近乎游丝般的树叶的窸窣声,安杜查回来寻找他了:

"啊,老师,我告诉你紧跟着,别走到这条路的外面……你可能完全迷路,有数不清的危险。你压根儿不能想象或者相信我会把你请出来做这样浪漫的散步。"

他没有回答,很高兴安杜查以为只有她独自一个人在说话。或许是为了给自己壮胆,他把身体蜷缩成一团,恐惧完全消失了,甚至有兴致开个小玩笑:要让她寻找他,使她多少感到担心,从他身边走过,为找不到他而感到焦虑。从她的神情可以看出她喜欢他,此时或许是促使维科尔·安蒂姆确信这一点的大好时机。

"老师,求你别再闹着玩了,靠近过来。这儿不是普通的果园,是你没有见过的地方。连我也不太明白我们所有人、巴沙利加、克洛伊库、科帕丘、K. F. 夫人、我和我的所有亲人究竟发生了什么事,是不能完全明白的事情。老师,从我懂事以来,一直试着了解,知道尽量多的情况,想弄明白因为什么和为了什么,但我总是知道自己遗漏了某些事情。在这儿,在这些果园里,你迷路了,失去了线索,各种事情开始混杂在一起,不热也不冷,只有黑暗和软泥,永远有某种东西变成另一种东西。你小心一点,活的东西正在变成死的东西,死的东西正在变活。千万小心,尽量听从我的话,跟上我的步子。嗨,老师,你在哪儿,是不是觉得虚弱,晕厥了?是吗,你在哪儿呢?说话,说话,求求你,求……你了,说话,是不是突然浑身发软了?!"

她终于发现了他,实际上是撞上了他,她的膝盖触到了他的肩膀,不由得"啊"地叫了一声,既惊讶,又高兴和害怕:"原来你停留在这儿呢。你怎么了,老师,是不是像我说的,突然感到浑身发软,还想睡觉,想躺在地上?站起来,放松,站起来,别犯傻。如果躺下,就再也起不来了,谁也不知道你会出现什么后果,会突然变成荆棘或者麝香飞廉,或者简单地变成一块石头,像其他所有的石头一样的一块普通的石头,只不过它们不是你。嗨,站起来!"她抚摸着他的头顶,手指绺着他的头发。"慢慢站起来,别害怕。"

维科尔·安蒂姆贴着她身体站了起来,犹如葡萄藤攀附着墙壁,先是搂住她的腰,然后是肩膀。当到达她的嘴前时,他久久停留在那儿,而远不止于片刻。他嘴唇滚烫,微微颤抖着。

"你怕谁,怕你自己?"

安杜查用手掌堵住他的嘴,她的皮肤散发出刺鼻的气味:

"别说不该说的话,是怕它,怕这个园子,你永远不知道它有什么反应。它可能惩罚我们,也可能完全接受我们,反正都不是好事,因为是不可预见的。最后是我们保持中立,别有任何获利的念头,走过去,别打扰它。爱像恨一样,都会放射到我们身上,谁也不知道随后可能发生什么。我们走吧,我拉着你的手,免得你迷路。再走一会儿,我将指给你看'饲养场'。"

她想往前走,但他不让,用手搂住她的腰。她像弹簧一样弯下腰,对着他的脸庞说道:

"放开我,现在放开我。你应该早就想到这样做,在你的房间里可以,现在不行!"

维科尔·安蒂姆感到难堪和困惑。他的姿态中没有这个姑娘可以责备的任何成分,他只是想同她一起再多待几秒钟,以便问她这场夜游"探险"是不是有点疯狂。他对她所说的一切都在常识范围之内。他知道她有点"怪",但无休止地继续玩如此荒谬的游戏,未免过分。什么园子,什么饲养场,谁生气,周围的威胁是什么意思。他感觉到了这一点,但相信是一种暗示,一种自我暗示的结果。深更半夜在荒野里游荡丝毫也不简单。安杜查没有立刻回答他,在黑暗中寻找着他的脸,手掌轻抚着他干瘦的颧骨:"老师,这不是玩笑。这些园子——实际上乌拉迪亚所在的整个地方不只是一块土地。或者说你不应该这么看。你没有听说从来没有人能离开这里?一旦来到这儿,谁也不再离开过?你没有问过为什么?是什么使得这儿的所有人都想离开,却没有离开?没有任何东西阻止他们,但他们毕竟没有离开!你问过吗,老师?"她根本不容他有时间回答,简直像一个雄辩家。"没有任何人离开,因为所有的人,甚至包括你——你肯定没有察觉,但也包括你——你们所有人都被迷惑了,着魔了,中邪了。你们每个人都想看到自己能走多远,想估量自己的能力;每个人都虚构着什么,犹如孩子们虚构自己的一只兔子或者一个朋友。你可以看到他们在同它或他交谈,一连几个小时自言自语,却又是两个人在对话,在房间的一个角落里,进行着只有他们能听见对方声音的交谈。你可以看到他们做着种种不可思议的自然的动作,却不明白他们有什么意义。即便你不知道他们在同谁交谈,也会心领神会。你虚构了我。"

维科尔·安蒂姆感到自己呼吸似乎中断了,喘不过气来:

"但你存在着,你就在这儿,在我身边,再真实不过了。"

他满脸迂夫子的可笑神情,一把将她搂在怀里,透过衬衫感到她整个身体绷得紧紧的。他寻找着她的嘴,想咬她一口。安杜查挣扎着,相当克制,却又相当坚决。

"我对你说过,这应该在你的房间里做。当时我想到将会发生这样的事情,但你没有做,也就是说你当时没有足够的欲望。而现在不是真实的欲望,只是一个解困方法。你想摆脱自己的困惑。我很了解你,你只是虚构了我,我不是对你说过了吗?"

他很想放弃一切,再也没有兴趣继续察看。再察看什么?镇子的"秘密"?这个姑娘有点狂热,无疑有某种特殊的天赋,否则不会成功地把他带入现在所处的状态,但继续走下去没有任何意义。

"好吧,我们回去,到我房间里去吧。我们回去吧。这么黑,你不是说待太久不好。这个园子或许开始喜欢我们,或者厌恶我们,谁知道还会出什么麻烦。走吗?"

"老师,我们已经走到这儿……再走过去一点儿。我指给你看那个'饲养场',你会看到从未见过的东西。只有几步路,只有几步路……"

他咕咕哝哝地表示同意:

"好吧,不过你得给我解释。我设想那相当困难,但你得给我解释关于离开乌拉迪亚的问题。为什么你说任何人都不可能离开乌拉迪亚这个地方?"

安杜查拉着他跟在自己后面，抓着他手腕的手指滚烫，像一个烫手的铁环。她加快了步伐，每一步都猛拉着他：

"还有一点路，只有几米，马上就到了。我刚才说每个人都虚构了些什么。他们十分喜欢自己做的事情，所以相信自己的幸福就在身旁。这是小事吗，老师？克洛伊库虚构了整套关于蝴蝶的理论，米赫尔恰努假传校长的指令。要知道，如果走出乌拉迪亚，向屠宰场走去，能数到的电线杆不可能超过八根，不存在第九根，但米赫尔恰努居然能够成功地打电话。他的欲望那么伟大……"

"还有运输，夜里的全部喧闹、汽车、巴沙利加工程师的那些酒桶？"

"当然，都是同样的把戏。巴沙利加十分喜欢这种想法。他实现了自己的想法，很显赫。要知道，每个人的成功无非是根据相信他的虚构的人数来衡量的。在这方面，工程师首屈一指，是最坚持的。所以，人们尊敬他。瞧，我们到了！小心，有玻璃窗，别打碎了。窗框有点糟了，从旧暖房留下来的，是飞行员来到乌拉迪亚的那个时代的东西，老太太的玩意儿，整个冬天鲜花怒放。而亲王来时，拿着暖房里的鲜花在乌拉迪亚招摇过市，夸口说是从巴黎特地带来的。"

维科尔·安蒂姆跪在木条边上，屋里有一丝昏暗的光，可能是隐蔽在一个角落里的一盏灯，没有什么像样的物件。几只钻了孔的箱子，几堆发黑的烂菜叶，卷心菜的根茎，而在箱子里有一张灰黄色的桌子。仔细看去，可以察觉桌子在缓慢地运动，仿佛由于内在的痛苦在颤动。

"这么说，亲王终究来过，"他把脸贴在玻璃窗上，想看得更清楚一点，不明白究竟是怎么回事。"所以，这儿曾经是暖房，现在你说是什么？"

安杜查在玻璃上哈了口气，然后用手心擦拭着：

"你从这儿瞧，看得更清楚些。现在是巴沙利加的饲养场，饲养蝴蝶。"

维科尔·安蒂姆竭力想搞明白，想从箱子的运动中分辨出蛛丝马迹。可能是毛虫，真令人恶心。一只箱子装满毛虫，另一只箱子装满蛹，工程师的趣味好不奇怪。

"蝴蝶？为什么养蝴蝶？"

"为了克洛伊库。工程师时时来到这儿的饲养场，寻找最好的样品，把它们放生。其余的用汽油喷洒，一把火统统烧掉。稍微走过去一点是一个蝴蝶灰坑。那是一种极细、极肥的灰。或许是因为汽油……"

维科尔·安蒂姆相当厌恶地站起身来。

"原来是这样。真是卑鄙无耻之尤，我必须告诉克洛伊库老师。他所做的一切，他的劳动，他的理论——他有一种理论，相当科学，你知道吗？一切付诸东流，真他妈见鬼！一个人的一生就这样消耗掉了，毫无价值，真是毫无价值……而你，早就知道这种卑鄙行径，为什么保持沉默，为什么听任他孤独无援地傻干，为什么让他陷得那么深，白白耗费生命，乃至付出一生，为了，为了……"他再也说不下去了，整个人淹没在愤怒之中，开始连连咳嗽起来。

安杜查尽量使劲捏紧他的手腕：

"老师，你别冲动。蝴蝶存在着，这是一切。是工程师饲养的，但只有其中的一部分到了克洛伊库手里……克洛伊库成功地使它们得到尊重，使人们知道它们的价值。对于他来说，此生足矣。这正是他所需要的。工程师相当聪明地让每个人有所得。他知道，不能让人失去自己的幻想。这是些实实在在的幻想，是地方的功绩，葡萄园的功绩，乌拉迪亚的功绩。这儿能发生你想发生的一切。地球上的幸福大概应该这样表现出来。你不这么认为吗？"

维科尔·安蒂姆想告诉她，或许就像她所说的那样，但是有些人或更坚强，有些人或比较懦弱，有些人更富裕，有些人较贫穷。归根结底，地球上的幸福与不幸同出一辙，只是，嗯，怎么说呢，啊，对了，像人类般"完全一模一样"，不过是一种臆想。但他没有说出来，因为他感到浑身发冷和恶心，想尽快离开这个地方。

"咱们回家吧，快天亮了，谁知道还要走多少路。我，老实对你说，迷路了。咱们回家吧。安杜查，你不指给我看这一切有多好，现在我都不知怎样再面对克洛伊库，而他相信自己最终将凯旋找到一生的成果，一只真正的丽蛱蝶。至少他是这样认为的，一只真正的，真正的……"

"真正的，真正的，"安杜查嘲讽地模仿着他的口气说，"需要真相有什么用？我爸，大头马克森齐乌，你知道他多么……我怎么跟你说呢，哎，好吧，他从巴沙利加那儿偷偷地接受了好几箱蔬菜、种子、一公斤或者两公斤糖，针、线、剪刀，没有任何人知道。最初连他也不知道这些东西怎么来的。他是在老屋门前发现的。他思来想去，想了又想之后，觉得自己需要这些东西。瞧，这就是真相！你以为他不懂得代价是什么，以为他没有因为双手在触到箱子时麻木不仁而咒骂自己——那是魔鬼的礼物！但最终他心安理得，唯一牺牲的只是真相，其余一切事情照常顺利前进。他摆脱了困境。巴沙利加有想咒骂的人，大家都有想咒骂的人。工程师不是傻瓜，如果说你只在想如何主宰一切，而他正在主宰一切，但不能让任何人发现这一点。他谎称还有需要获取的东西，谎称还需要努力，需要一场硬仗，需要信任的考验，但他从来不付诸实践，只是吊吊胃口，就像节日之间的斋戒。不要消灭你的敌人，只是挫败他。如果你只剩下独自一人，就假想一个敌人，以及种种风险。上帝创造了人，人创造了魔鬼。我说得对吧，老师？嗨，你说，你很有学问……"没有任何先兆，她突然紧贴在他身上："我觉得冷。你说得对，我们应该留在你房间里。实际上，要知道我带你到这儿来是为了留在你身边。你这儿没有火热的东西，正在挣扎着要跳出来的东西。"她把手掌伸进他的衬衣里面，抚摸着他的胸膛，"现在你再也没有退路了，必须同我在一起。你应该明白，我们是唯一知道这件事情的人，其他所有人都没有这样的能力，因此他们憎恨她，想要把她的一切据为己有……"

他将她的脸颊捧在自己的手掌里，看见她的眼睛或许是无意识地放着光：

"他们想要什么，想要什么？我什么也不明白。连你想要什么？

我也不明白。你想要什么？为什么那些猪狗不如的卑鄙行径都指向老太太，你马上告诉我?！"

安杜查闭上了眼：

"吻我，嗯，吻我，你马上会明白他们想要什么……"

维科尔·安蒂姆将嘴小心翼翼地贴近她的湿润、柔软和略有咸味的嘴唇，仿佛害怕漏掉了什么。只是一个吻，但在将近拂晓时分，在一个野果园里，情况似乎很不寻常。如果在他的房间里或许会好得多，或许会进入一个更深入的阶段，当然会迈出远比此时大得多的情爱步伐。他的手心里感到安杜查的两只耳朵滚烫。他想主动控制局面，尽可能保持距离，始终睁着眼，试图在初现的混沌曙光里，更确切地说是在一种半透明的黑暗中分辨出她脸部的任何一丝皱褶，最终触到了她嘴上的纤薄皮肤。他紧闭着嘴唇，半推半就，不由自主地发出了喃喃的低叫，胸膛里的热血冲上了喉咙，使他感到窒息：

"我亲爱的，啊，我亲爱的小妖精。这就是你，知道得太多，解释得太少。"

多么愚蠢，他想吻她，却一直说个不停，以为这样就不会造成任何伤害。热量将从牙缝里排出，将保持以前的状态。但事情的发展并非如此，他越来越激动，害怕摆动自己的脑袋，觉得会头晕，会透不出气来。他感到仿佛从梦中突然跌落下来，手足无措，不知道应该走向何方。安杜查张开了嘴，牙齿白得闪光，犹如看见微弱的曙光在闪耀着一样。她依然无所顾忌，用一个出人意料的动作咬住了他苦涩的下嘴唇，动作之猛使他打了个寒战。他既没有呻吟，也没有喊叫，虽然痛入骨髓，感到鲜血顺着下巴流淌下来，想擦拭一下，但安杜查挡住了他的手，开始细密地吻着他，用舌尖舔着血滴，仿佛一条狗在舔着自己的伤口："这样待着，就会好的，马上就会好的，只有几滴。应该是这样，只有几滴。这样你就再也不能逃避我。这是我们家里，妖精家里的通常的规矩。我们需要一个保证。"血继续在流，但没有一滴能越过下巴的边沿。"一定不能到下边去，到她那儿，到院子里去。这样可能唤醒她的食欲和其他不知道的欲望。我对你说过，是不可预见的,你根本不知道我为什么带你到这儿来。我必须告诉你将会发生什么——不久,很快很快,K. F. 夫人将死去。我现在虽不知道将以什么方式发生,但她的日子不会很长了。如果她死了,那么必然有人替代她的位子,必然有人替代她,并小心地保持自己的位子。你明白吗?保持终身,不能落到他们的手里。他们觊觎一切,亲爱的,一切,但从没有成功过。而在她死后,将会怎样?如果没有任何人有此能力,懂得取代她的位子,将会怎样?她将消失,而随着她的消失,将什么也不复存在。没有了她,我们将成为什么样的人?只有这是唯一真实的事情,其余一切都可能是虚构的。她不是!瞧,现在好了,伤口弥合了,我也会疗伤。"

果真,除了一层痂皮,他不再觉得疼痛,而这是因为她的舌头在上面游走,疼痛完全被驱走了。他也早已忘记了创痛:

"但是、飞机、亲王,或许会回来,并不像你在夜里所说的那样。不过,这关我们什么事,我看不到我们取代她的位子。搬到楼上去有什么意义,我们继续住在底层或许更好,只需做两三处小的调整,凑合成一个小的工作场地。搬到楼上她住的地方没有任何意义。"

安杜查抚摸着他的脸,他的额头。

"我说的不是老太太,小伙子。关于她,你怎么不明白?她失去了一切。说到死亡,她必定将死去,或许就在今天,最迟在明天,与飞行员一起完结。飞行员也是一个故事,与所有的其他故事一样,是虚构的。但她是另一回事。她在这儿,同我们在一起,你没有感觉到吗?"她用手掌拍拍他的胸脯,"在这儿,在你心里,在我心里,在我们周围,从今往后跟随着我们,保护着我们。我们只需用自己的躯体、热血、心灵养育她。你明白了吗?"

维科尔·安蒂姆在那一刻很希望是在他自己的家里,躺在床上,被书围绕着,还有安杜查在身旁相伴,手枕着头,静静地思索安杜查乱成一团的头脑里的种种困惑。这是一个远不止奇怪的尤物。她早就掌握着能左右他的某些相当重大的权力,许多年来激励着他,为他准备了这一夜。他看一看四周,天几乎已经大亮,却不知道该怎么办。

同一个女人一起在一个相当荒僻的地方,而他们任何时候都有可能被人看见这样拥抱着,露水湿透了双脚,缺乏睡眠,脸色苍白,活像言情小说中的一对恋人。由于根本没有地方可待,也不知道自己在什么地方,只能带她,或者更准确地说,是她带他回到别墅去。路上难免会遇见人,而在像乌拉迪亚这样的小镇上,此类事件传播的速度之快,范围之广,也许堪比《圣经》了。

"我们在什么地方,安杜查,求你告诉我,能给我说明白吗?"

安杜查淡淡一笑道:

"还能在哪儿,在乌拉迪亚,还能有什么其他地方?在镇子尽头处,不会有任何人到这儿来,再过去一点是山坡起点,一片荒地,不生长任何东西,只有野草、麝香飞廉、针茅。我们在园子里,现在没有危险了。只有黑夜能为所欲为。黑夜最喜欢吞没一切,使各种东西消失,包括人。巴沙利加与科帕丘一起把卡特琳娜别墅的家具扔在这儿。几天之间,全消失了。实际上,它们没有消失,而是变形了,或者并没有变形,但在它们原来的地方出现了其他东西。一块石头,一个坑,一根干树枝。如果巴沙利加的运输真的存在,那么这个地方是一个目标。汽车开过来,转来转去,曲曲折折,穿过大街小巷,但有谁见过汽车?最后到达这儿,停在园子里,全部倒空。我想,连酒桶也被扔掉了,偶尔还能见到一辆卡车,但这又有什么用?已经什么也没有了。一个新的草丛,一段葡萄树干,还有一二十米野葡萄新扩展的场地,堵住了通道,因此很少有人到这个地方来。一间房子消失了,变成一片空地。不过,通常消失得最多的是那些鸡毛蒜皮的东西。人们很喜爱,却毫无用处的东西。譬如说,珠宝盒、镜子、老太太的一堆堆旧杂志。他们还扔掉过一个留声机。马上消失了,代替它的是一个永远擦不掉的黑斑。一丛黑色的草,既不生长,也不枯萎,连雪也不加以覆盖,面积并不比一张唱片更大。如果你愿意,咱们走过去,我指给你看。"

"我哪儿也不想去。咱们就在这儿待着。我希望能够坐在草地上,露水将变干,泥土将变暖。你刚才说,这个园子白天没有危险,但我想这是你的一句玩笑话。你经常这么说话,让我不能理解你,或者一下子去理解太多的事情。我想压根儿就不存在什么危险,否则你不会半夜三更带我到这儿来。"

安杜查坐在一个小山冈上,地面上覆盖着卷曲的野草,看来很像半枝莲。她似乎不太在意自己的裙子露出了膝盖,以及金色绒毛覆盖的双脚,手支撑着后仰的背,非常严肃地看着他,稍稍扬起了双眉:

"不,很危险。我对你说过,对于各种东西,对于一些生物,甚至对于人。巴沙利加从不在夜里到这儿来。我想,克洛伊库也不会在夜里到这儿追逐蝴蝶。没有人看见过他。谢尔班·潘格拉蒂的飞机场如果存在,那么大约应该在这个地区,但它消失了。他毁灭了它。这也是一个事件,不对吗?谁也不知道这件事,只有我知道。现在你也知道了,这个园子正在伸展,一点一点,一米一米。你没有观察过葡萄是怎么伸展的?观察过?!它是第一个征兆,是她的使者,先是一根嫩枝、一根新梢、一片叶子越过一个住宅的围栏,就这样扩展着。而凡是这种植物经过之处,或早或迟,它都会出现,占据这个地方。当各种东西、墙壁开始消失,只剩下在野草中闪光的一扇玻璃窗时,你就会发现它,随后它也消失了。你可能会问我,这么多东西消失到哪儿去了?我们知道这些东西都是我们的,它们与我们的记忆连接在一起。我们珍爱它们。它们在某个时刻不复存在了?我要告诉你,它们跌入了这个园子的一只眼睛里了,那只是很小很小的一个坑,可能出现在你意想不到的场所,可能在你的屋里,在庭院里,在路上,而这细小的一部分,像小孩的手掌那么大,却足以吞进祖父辈传下来的一只钟、一封信、一个证件、一个毛玻璃的酒杯,此外还可能在这个园子里巧遇一个久违的好朋友,一个永远再也见不到,而且更糟的是连同他的形象、对他的记忆一起消失的朋友。这就是说,你在附近经过,你踩在这样一小块失意板上,站在上面睡着了。怎么没有危险,何其恐怖的危险!"她抓住他的手:"如果你想知道,有一刻,我非常非常害怕。当你迷失在黑暗中时,我十分害怕,告诉我,记得吗?当你孤独一人时,一种虚脱和焦虑感曾经包围着你,记得吗?"

维科尔·安蒂姆坐在她旁边,她所说的一切当然很有魅力。阳光开始越来越温暖,使他淹没在一种从未有过的柔情中。这种柔情是那样脆弱,却又那样令人深信不疑地表现在她努力装出坚强和保护人姿态的举动中。

"当然,我记得,我既没有胃口,也没有力气,一点力气也没有,只想得到安静,能躺下来,也根本不想说话。我想当时脑子里一片空白……"

安杜查打断他的话:

"哎,看见了吧?你看,这就是最大的危险。你意识模糊了,变成一件物品,噢,不是物品,那太夸张了,逐渐地,你身上只剩下某种生命迹象,很微弱的生命迹象。你迷失了,像涉及老太太过去的所有回忆一样,消失了。但我不让你消失,不是吗?我不让你消失,我亲爱的,我不让它吞没你,吸食你,不让你消失。我都不知道自己面对当时发生的一切该怎么办,我再也不愿遇到那样的情况,我忘记了那一切。你知道是什么保护了你,知道是什么使你复活,激励你对抗这园子的引力吗?或许存在着这样的东西,一种引力,一种消失的快感。告诉我,当你蜷缩在那儿的黑暗里,不再想知道任何事情的时候,觉得快乐,感到舒服吗?"

维科尔·安蒂姆勉强承认道:

"确实很舒服。我不知道为什么,也不能给你解释究竟是什么样的舒服感,别要求我给你解释,就像你放下一切,无忧无虑地去拥抱爱人一样,大约就是这样。你刚才说是什么'拯救'了我?"

安杜查感觉到他的话中带有某种轻微的不信任,却不愿认为其中有某种讥刺——他还不至于那么生分。

"噢,你没有觉察到吗?爱情,你怎么会不明白?爱情,爱,是它救了你。这个园子吞噬一切,但吞噬不了一个恋爱着的人或者一个被爱的人。一切都可能消失,它能毁灭,控制——也是毁灭的一种形式——美德和荣誉,历史,乃至自由;但是,爱情,爱同它对抗到底。爱情可能自行熄灭,但不可能被任何人和任何东西扑灭。之前我说到爱。为了爱,你必须留在这儿,与我在一起。至今流传的是老太太和她的飞行员的爱情故事。那是一种虚构,但故事如此动人,所以人们不能撼动它丝毫。但不久,很快,K. F. 夫人将会发生……你应该明白,应该竭尽全力,我们没有理由容忍他们胡作非为,横行霸道,我们必须反抗!"

维科尔·安蒂姆用一个表示惊讶的手势打断她的话:

"我们反抗?谁?你和我吗?但我们在一起能干什么?爱情与此有什么关系?我丝毫也不明白。我当然喜欢你,你是个美丽的女人,甚至太美丽了。我现在大概是这么判断的。可能是因为疲惫、高温、园子的缘故,我喜欢做爱,但这与爱情、与爱不可同日而语。我认为你明白我想说什么,这与爱相距甚远。啊哈,多么远的距离!"

安杜查对他投去一瞥奇怪的眼光,从地上一跃而起,裙子上挂着几片树叶和细小的麝香飞廉。

"你不喜欢?我不是你想要的?在我身上,你有什么不喜欢的?嗨,说吧!"在说话的同时,她开始解开背部的纽扣,露出了自己的肩膀。"你瞧这儿,"她指着右肩,"我有一块胎记,可能你不喜欢。"

维科尔·安蒂姆看见一个黑色的小斑,有麻雀的眼睛那么大。

"你小心别碰它,如果弄破了,我可能会死。这儿是我的善与恶之间的命门,每个人都有这样一块地方,有些人身上是可见的,有些人身上是不可见的,或许在体内,在心脏里,在肝脏里,或者在其他任何脏器里。一旦断裂,破裂,爆裂,就完蛋。你知道我为什么给你说这些吗?"

维科尔·安蒂姆摇摇头,实际上他再也说不出一句话。安杜查超出了他的预料,做了无论是他的思想抑或想象都不敢企及的事情,大白天自己脱光了衣服,周围只有若干荆棘和野葡萄藤遮挡着,散发着刺鼻和撩人的气味。安杜查缓缓地脱着衣服,毫不扭捏羞怯,渐渐地裸露出肌体。没有谁知道她还会做些什么,但她的动作圆润而慵懒,每一件衣服都滑翔着飞向周围,落在长满刺的小树枝上,或者一缕树叶里。

"你看我有多么美丽。"安杜查说道,在他面前扭动着身体,交替着举起两只手臂。她金黄色的皮肤吸收光,并不闪耀,相反让人觉得光线消失了,被她的每个毛孔吸收了。

他专注地凝视着她,明白了阳光的热量和照耀的作用,头脑里突然闪过一个念头,一个稍微有点荒谬的思维组合,把他从陷身于其中的心醉神迷的欣赏中解脱出来,像她说的这个园子吸收着一切一样:"安杜查吸收着光,至少我有这样的感觉。"

他感觉到这是一个艰难的时刻。这个女人走近过来,跪在草地上。

"你说我们离爱情有多远,这么远?"她把手伸到他的胸前,"还是这么远?"说话的同时,她向他弯下腰去,乳头触到了他的脸颊。她开始用颤抖的手指脱掉他的衣服,无奈地瞧着手指捏不住纽扣,紧张得不能解开扣眼。

"难道只有这么点儿距离还要计较吗?你说,亲爱的,还要计较吗?我饮了你的血,吞到了肚子里。你没有退路,现在我要你同我合二为一。你将看到自己多么容易迷失、消失。仔细看看我有多么美丽,多么年轻,多么强健。如果我现在拥抱你,你将永远再也别想摆脱我,愿意吗?难道不愿意吗?没有人现在能说不要爱情,为什么你要成为那个踢开它的人呢?"她灼热的手滑过他的腋下,抚摸着他的背,沿着他的背脊轻轻地向下挠去,直至腰带,"放松,为我放松一切……"

维科尔·安蒂姆觉得失去了自制力,周围传来蜜蜂飞舞的嗡嗡声,还有令人困惑的香味。是什么东西的香味?一个年轻女人的体香。有几秒钟的时间,他听任她拥抱着自己,淹没在一股热浪之中。或许他的全部热血变成了泡沫,他艰难地背靠着她的臂膀,支撑身体的脚抖个不停。上方,从他触到的一棵矮小梨树的树叶上掉下几滴露珠,落在安杜查的肩膀上,恰巧就在麻雀眼睛一般大小的黑色胎记的旁边。他果真看见露水没有流走,没有蒸发,而是仿佛被一根吸水管吸着,消失在姑娘的皮肤里。他的心境突然一片宁静,将额头贴在那个地方。那儿的皮肤是干燥的,也不太热。他的鼻孔触到了她软软的乳沟,他觉得在下一刻自己将是一个迷失的人。他突然一转身,把她仰面推倒在草地上,眼前是一个躺着的美女的绝妙图景。她的一只手摆在肚子上,另一只手曲臂支撑在草地上,头发披散着;而从泥土里,仿佛有丝丝微风正在吹拂着她。

"为什么?你为什么这样做?"他相信安杜查在低声耳语,或许她只是半张着嘴唇,露出的牙齿在淡淡的口红下闪闪发光。

"为什么?因为我没有足够的多方面理由。"

他觉得羞愧的是,其实这并非是他自己的话,而是克洛伊库的话,因此他转过身去不再说话,朝着镇子走去。他先是踏着缓慢的步子,随后越来越快,最后开始跑起来。他久久在园子里游荡着,满身是被荆棘划破的伤痕和粘上的绿色斑点,衣服被撕扯得破破烂烂。他默默地说服自己,这些话虽然并不是他的,但却是真实的,尽管情况完全不同。

* * *

从他们到达公路边已经过去了将近半个小时。真见鬼,没有任何人在他们的招手下停车。确实,他们的搭车手势不太令人信服,所以司机连车速也不减,根本不问他们想到哪儿去。

"吉鲁,听我说,凡事自有法则,既然到那个死胡同里去毫无意义,所以运气也不帮助我们!嗨,最好还是退回去,马上天黑了。咱们到饭店去,喝点儿冷饮,来一升葡萄汽酒,再闲扯一会儿,讲讲这个那个,到明天早晨你也就心境明净了。'夜是一个好参谋',好像是这么说的,不是吗?"

吉鲁·拉瓦克厌烦地摇摇手:

"拉倒吧,用不着你来教我。你不够格,天生是个知识分子,所以摇摆不定。你既然邀我来到乌拉迪亚,而我也来了。即使你反悔,这也并非意味着我必须夹着尾巴乖乖地回家去,'因为安蒂先生不再有兴趣'。"

一辆外国小轿车风驰电掣般从他们身边经过，车顶上绑着像一座小山一样的行李，最高处是用一条链子联结着的一个马口铁桶，叮叮咚咚响个不停。

"这些家伙是去海边的，连猪带狗直接在海滨浴场安营扎寨，污染周围的一切，沙子和卵石，水和土地，挖地起灶，生火做饭，所到之处一片脏乱，然后心满意足地离开，多么开心和陶醉，玩得像《鲁滨孙漂流记》一样美妙，而且还欺骗了许多人，以为他们满口袋都是钞票。来年，他们还会再来，反正有人在他们走后打扫清理，但愿咱们别再碰上这种混蛋！"

维科尔·安蒂姆赶紧随声附和，很高兴他的朋友终于找到了借以放松自己神经的话题。他心里多多少少因为不能去达乌拉迪亚而感到愧疚，尽管他反对吉鲁的计划。他觉得吉鲁只是为了来拜访他而毁了一个假期。上帝啊，为什么要给他写信？他哪里知道他是那么敏感和喜欢冒险，竟然见了两三个美妙的形容词，就赶那么多路去看一看那个小镇，有什么可看的？在最好的情况下，他也许会领他到镇子中心，让他看一看那些小铺，挂在电话线上展示的衣服，大多是空着的房子，绿叶覆盖的墙壁，周围的山坡，葡萄的海洋。到处可见的葡萄园多少有点杂乱和随意，高贵的葡萄品种与疯长的"诺汉"劣质葡萄缠绕在一起，低等的"特拉仔"黑珠小葡萄爬着渗透进优质的"黑姑娘"葡萄藤根须和支架，在不期然之时，突然爆发出满枝嫩蔓和卷须的一簇粗藤，昂然挺立。当然还要让他看卡特琳娜别墅，现在已经完全荒芜和被遗弃。随着老太太的消失，半圆瓦开始掉落，墙壁开裂，裂缝里一天天钻进生命力强大的新葡萄藤。稍许夸张一点说，过不了一两个月，这种植物可能把建筑完全拔出地基，高出地面好几指，悬浮在令你惊奇得天知道什么东西之上；至晚到秋天，就将倒塌，化为尘土。但是，一个来一两天、几个小时的旅客不会注意到这些。他们可笑地自称到过此地，看到了不常见的东西，将一些普通的东西大肆美化，譬如说一堵覆盖着绿色植物的墙难道不是普通的东西吗？或者一间摇摇欲坠的房子，砖瓦掉落和房顶千疮百孔，从中可以窥见各种各样的嫩芽。风和雨乃是最好的园丁!

"一帮穷光蛋,以开裆裤自豪……到我们这儿来找吃的,酒足饭饱、打着饱嗝之后,又说我们粗鲁。见他妈的鬼去,嗨,我说吉鲁,我肚子饿极了,连钉子也吃得下!"

吉鲁·拉瓦克突然脸色阴沉地说:"我们是有点粗鲁。你不瞧瞧周围,怎么,假装没看见?情况就是这样,但我不明白为什么我们也犯傻!或许只是装傻,或许这个问题有什么用处,我还是不明白。不过,如果你饿了,这是一个客观事实,我们没有办法,必须返回去。好吃得不得了的'猪血脖子'在等着你,因为等你而冷凝了,或者咱们耍个滑头,到工会食堂来点儿通心粉。一股馊味直冲鼻子,熏得你不得不掉转头去。这通心粉很可能是在昨天做卷心菜炒杂碎的同一个锅里煮出来的。如果你说,咱们放弃不走了,我也理解。安蒂,人嘛,总是想获取更多的东西,但不能一下子全部拿到手。点点滴滴是秩序的基础。你不必绝望,甚至还可以对一些事情抱有希望。常言道,最好的去处来自财富……"他抓住维科尔·安蒂姆的肩膀,不慌不忙地朝玉米地走去。"但我还是不放弃。明天一早背上口袋,晚上就到了。即使你不愿意再回去。我是不是打扰你了?"

吉鲁·拉瓦克等待着维科尔·安蒂姆问他为什么那么执着地要去乌拉迪亚,而他将很高兴告诉自己的朋友,是因为一个十分严肃的原因,不是他的信,也不是关于老太太和镇上其他人的奇闻推动着他,而是要仔细看一看那个带帽子的女人要达成的这个完全不可解释的愿望。尽管安蒂已经告诉他那个姑娘叫安杜查,与他的前妻毫无关系。他希望自己能确信她们之间确实没有任何联系,虽然心里并不肯定这样做对自己是否有好处。但或许这是个百万分之一,或者甚至是亿万分之一的机会,让他能找到某种联系,尽管不敢说这件事情究竟具体地意味着什么。而为了这个机会,他可以做任何事情。一天的步行是值得为这样的快乐付出的,行有所值。深夜,在喝完带回房间的几瓶淡而无味的葡萄酒,他们感觉就像吃了"猪血脖子"一样作呕之后,吉鲁·拉瓦克带着有点故意抬杠的口气问道:

"你为什么说从那儿离开了?"

在此之前,他们的交谈一直很平静。维科尔·安蒂姆甚至觉得乌拉迪亚不再引起他的朋友的任何兴趣。他困了,但竭力支撑着继续对话,谈论旅行的可怜遭遇。因为他乐意这样做,那是一个你可以有足够多的途径闲扯的话题,从一般常识到农业的萧条面貌,无所不包。他甚至提出了自己关于我们世界的新封建主义基础的"权威"解释。而随着谈兴的增浓,他兴奋地发现了越来越多的细节,甚至连一些鸡毛蒜皮的琐事,也同他的论点不谋而合。

"你没有发觉,在我们的许多小市民眼里,头号敌人是国家?你知道为什么吗?因为国家不属于任何人。据说,我们所有人即是国家,但如果你细想一下,每个人都这样活着,你不再关注任何人。所有人都是国家的仆人,但像任何一个仆人或者奴仆一样,都想方设法偷窃主人的钱财。他们害怕主人,但一旦有机会,就会狠踹子踢主人一脚,或不只是把手指伸进口袋,而是直触主人的肋骨、肩膀。因为他们,小市民们知道,奴仆任何时候都可能被赶出门外,所以谁也不会费脑筋问个为什么,或者是否合理。主人就是主人,只要小口袋里装满钱,一切都好说好办;在此之后,他的事就是他娘国家的事!哎,看见了吧,由此产生了一个问题,那就是重要的不是人,而是他的关系,亲属、朋友——如果他们来自同一个村子,或者同坐一辆公共汽车。比人更重要的是他的保障。在这样的封建主义时代,没有任何人参与国家大事,因为大家都知道,千百年来,国家是建来让你奉献的,而它保你平安,让你安分守己。这必须改变,每个人关于国家的观念、信仰必须改变。不是对国家的义务,而是对国家的关注,应该成为一切事情和事实的基础……"

"你为什么说从那儿离开了?原因是什么?你曾经给我写信说,世界上没有比这儿更有趣的地方。为此,正是为此,为了你的考察,为了你的研究才离开的。你发现了一切,现在连他们从母亲那里吸的是什么奶也知道了?或者是因其他原因?嗨,你说,因为有其他什么原因?"

维科尔·安蒂姆将杯里的酒一饮而尽，手里一直拿着杯子，直至流尽最后几滴。时间太晚了，他来不及向他的朋友解释为什么离开乌拉迪亚。何况，他一想起在进步饭馆门前与巴沙利加和科帕丘最后一次会面，心里就很不愉快。当时他处于一种最阴暗的心态之中，克洛伊库离开后，他久久不能入睡，头脑里逐步清晰呈现出老太太住的楼上房间的图像。他躺在床上，周围一片漆黑，面前出现了小客厅的有点不同于平时的投影，楼上右侧似乎有一束光投向老太太通常坐着的椅子，却不能看清楚任何东西。他只是猜测老太太在那儿，并不知道究竟是什么情景。老太太依然活着，还是已经死了？他感到开始头疼，先是鼻子上刺痛，随后沿着眉毛扩散，最后从眼角向太阳穴放射。他心里瞬间想着停止下来，不再去胡思乱想。谁知道会有什么样的后果，究竟是一种病态抑或幻觉。他从未读到过相关的资料，过去也从未见过这种情况的发生，更无从谈起治疗建议等等。但在他的头脑里的某个地方似乎出现了这样一种可能性，十分折磨人的痛苦，来了，消失了，又来了，仿佛一种植物或者一种原始的机体要占领他的生命空间，从碎片和黑斑中逐步形成。但现在有着相当清楚的图像，十分真切，因为从来没有人从背后看过 K. F. 夫人的安乐椅，而那张椅子现在也在楼上的某个地方。他没有停止思考，而现在是唯一的机会。于是他小心地压着太阳穴和后脑勺，疼痛扩散到整个头颅，但丝毫也不令他烦恼，近乎正在转向愉悦，依然能够忍受。一段时间后，他成功地将"光束"稍微移到一旁，那儿出现了镜子的一角，闪烁着相当强烈的光。他不知道怎么会在那儿，通常镜子是在另一个房间里，相当重。这就是说有人把它搬了过来，靠在墙上。地板上撒落着许多纸片，有些半烧成了灰，在几十年没有上过蜡的暗黄色镶木地板条上，可以看到泥土印记。

维科尔·安蒂姆觉察到，看见 K. F. 夫人的唯一机会是把"光束"上移到镜子上。他用脑过度，头颅开始进入强压状态，疼痛加重，变得越来越剧烈，任何缓和的迹象都已消失。他觉得自己的全部努力集中在眼肌上，如果能够成功地移动眼球，那么就能看见一切了。他有几秒钟的时间隐约看到了老太太的双脚，穿着上等的袜子，一只是破的，袜筒直升至膝盖，还有过去老派的吊袜带，用蝴蝶结系在腿肚子中间。他没有想到过竟然有一天会看到这些，头脑里压根儿就没有过这样的念头。图像变模糊了，然后，成功地上升了几厘米，出现了一个变形的赤裸的女人身体，当然是 K. F. 夫人。他很熟悉的天鹅绒裙子搭在安乐椅背上，有什么东西开始在她的头顶上轰鸣。她还在努力挣扎，淡黄色的乳房干瘪地耷拉着，犹如被遗忘在果树上的果子，而胸前一条绳子挂着颈饰。这是一个令人毛骨悚然的场面，因为他注意到这只是一具腐烂的尸体，而被扒光了衣服的裸体死人完全超脱了人们的世界，只剩下一堆肉、脂肪和骨头，迅速从有机体转化为矿物质。没有任何征兆，也没有任何暴力的迹象，但绝不能说是自然死亡，抑或老太太生命结束前有什么人在那儿。这个发现十分重要。图像突然变得清晰起来，他现在看见了老太太的肩膀，皮肤变了，显得很光滑，甚至呈现出玫瑰色，一块黑色的伤疤闪现着暗淡的光。这是经历痛苦的艰难时刻的征兆。安杜查的形象闪电般出现在他眼前，仿佛是老太太的鳞片般起皱的颈项的自然延伸。老太太的嘴半张着，露出了覆盆子般红色的上颚，眼睛睁得很大，扩张的瞳孔像湛蓝的虹膜中的两个黑洞。维科尔·安蒂姆感到恶心，想呕吐，拖着两条腿走到窗台前，用手掌推着窗棂，打开玻璃窗，弯腰对着窗外的薄荷丛呕吐起来。"因为过度紧张，当然是因为紧张。"他口齿不清地咕哝了一会儿，随后就这样睡着了，半个身子在花园里，半个身子在房间里。

中午时分，他遇见了正从酒馆出来的那两个人。他们没有喝醉，也好像没有胃口。巴沙利加率先开口道：

"啊哈，你瞧瞧，教师先生，现在是假期，你依然恪尽职守。这几天你很忙，在我们中间见不到你的踪影？！"

"或许你不喜欢融入集体中间，我有这样的感觉。"科帕丘腆着小肚腩插嘴说，制服上的可劲擦得锃亮的黄铜纽扣立刻吸引了人们的注意。

"他喜欢，怎么会不喜欢呢？你说他哪儿还能找到比我们更聪明的人，无论是米赫尔恰努校长，或者克洛伊库，也不是什么无能之辈！但是，教师先生可能很痛苦，是吧？因为逝者而痛苦。啊哈，啊哈，生活就是这样，走的走了，突然之间，咔的一声！断气了。您也是教历史的，命运三女神问题，不是吗？"

巴沙利加的神情是完全不可容忍的。他模仿一个悲痛万分的人，嘴角痛苦地耷拉着，两颊深陷，只有眼睛表明这只是一个玩笑。

"你们以为我不知道，不明白？"于是，维科尔·安蒂姆对他们说，"我是个傻瓜，会容忍你们所做的任何事情吗？如果你们杀了她……"他突然声音变得沙哑，说漏了嘴，不再有退路，所以重复说道："如果你们这样做了，你们设想……"

科帕丘向前走了一步，咳嗽一声，清清嗓子，拉平了小腹前的粗帆布制服，摸着腰间的皮带——他已经许久没有穿这身制服，缝口绷得太紧了点儿：

"你听好了，怎么能这么说话？这是些什么话，我们知道你是知识分子，谁杀了谁？请注意自己说的话，你应该明白，不是闹着玩的?！我们正在暗中展开调查，那么现在让我看一看你是否有不在现场的证据。就是这样，你说，出事的那天你在哪儿？没有人见过你吗？或许你孤零零独自一人待着，关在房子里，一会儿上楼，一会儿下楼，在楼梯上跳跳蹦蹦。所以，我们可以……"

巴沙利加抓住科帕丘的胳膊肘：

"放松点儿，科帕丘，放松点儿。老兄，教师先生说走了嘴，像在课堂上讲课一样。说得太多，职业病嘛，你想拿他怎么办？我说你还是到什么地方去娱乐娱乐，你似乎很长时间没有度过假了，稍许透透空气，通通风，没有坏处。再见见世面，摆脱操劳，摆脱疲惫。再思考思考，再想一想，你是靠这拿薪水的。别到处乱跑，搅了人家的兴致。在乌拉迪亚这儿，所有人都很幸福。克洛伊库老师在这方面最有发言权，有权发表一个声明，提供证词。嗨，我说科帕丘，咱们在镇里走一遭，没有任何问题，水照样流着，磨坊照样转动着，漂亮的女磨坊主火……辣……辣地……用假声唱上一曲。"

晚上,克洛伊库来敲他的门,却不想进屋,十分惊奇地望着他。这没有什么值得大惊小怪的,因为克洛伊库前两次也是同样的目光:

"我从米赫尔恰努那儿来。他对我说,通知你一个电话记录,督学在科马纳等你,要谈有关你离开的问题,或许让你去国外。我不太明白,米赫尔恰努也不是很清楚。"

维科尔·安蒂姆请他进屋,但克洛伊库拒绝了:

"他们在进步饭馆等着我,是个聚会。你知道,是为了祝贺我的发现,大家一致认为我很走运,发现了真正的丽蛱蝶。实际上,我也不想到这儿来,但我要邀请你,大家都那么高兴,欢欣鼓舞。工程师还作了一首赞美丽蛱蝶的短小歌曲,值得,很有趣。你怎么样,来吗?"

维科尔·安蒂姆拒绝了克洛伊库的邀请,推说有事。他脑子一片空白,只是恶心,厌恶一切,明白所谓的电话记录是一个编造的故事。确实,他将去见督学,最终完成达乌拉迪亚之后第一个月,或者甚至第一个星期就应该做的事情。

克洛伊库点点头:"随你便,要知道我理解你、赞同你,科学是最重要的。如果不这样做,你以为我可能取得什么成就。不……根本不可能!晚安。别忘了,你应该去督学办公室。谁知道呢,或许有什么特别的事情,值得辛苦走一趟。"他转身离去,但只走了半步又回过头来说道:"如果你愿意听我的话,那么给你一个忠告。别在深夜到镇子尽头的那些果园里去瞎逛。那儿那么乱,你很可能迷路,甚至消失。"

当维科尔·安蒂姆回答说,自己也知道一些情况,自然不会去闲逛时,克洛伊库疑问地注视着他:

"你说你知道?你也知道关于黑草的传说?你说,你也知道这事?"

维科尔·安蒂姆尽可能灿烂地微笑道:

"那东西从来抹不掉,像一张留声机唱片那么大。我当然知道!"

克洛伊库的身体微微摇晃了一下，靠在了门上。

"噢，这么说，原来你知道。哈，这个见鬼的娼妇也同你，同你有染。欲壑难填，永远满足不了，直至……我原来以为，真像个傻瓜……"他嘀嘀咕咕地离去，身体像一个喝醉了的人一样摇摇晃晃，尽管进步饭馆的欢饮还根本没有开始。

翌日清早，几个酒鬼开始用石块砸别墅的玻璃窗，先砸二楼的窗子，玻璃发出清脆的破碎声，然后是玻璃碎片在墙边或者小客厅里震耳欲聋的击落声，以及石块落在镶木地板上的咚咚响声，仿佛苹果从树上落在草地上。维科尔·安蒂姆想喊他们立刻停手，但当他打开窗子时，一个结实的土块将窗玻璃砸得粉碎。他蜷缩在墙边，用一张毯子盖在头上，听任他们大吼大叫着，分辨不出是什么人的声音。因为这些人的嗓音被酒精改变了腔调，只得任他们喊叫个够。他对自己说，显然有人搞鬼，于是第二天就离开了乌拉迪亚。

"我为什么离开？我将告诉你，而你会感到很不愉快。你会看到自己很不愉快。是因为恐惧，我才离开的。因为恐惧，我害怕他们和我自己，也害怕……"

他没有说出安杜查的名字。吉鲁·拉瓦克不会理解他为什么会害怕她。何况他实在太困，没有精力再向吉鲁·拉瓦克解释。他自己不是可以任性妄为，给同命相怜者带来不幸的那种人，即使在大家都自认为淹没在幸福之中的时刻。

吉鲁·拉瓦克拿起酒杯去洗，打开了水龙头，久久冲洗着。

"怎么害怕？害怕谁？究竟是谁？"

他冷静片刻后答道：

"说不好。主要是怕某种东西。但你应该知道我困了，这葡萄酒有点上头。如果你愿意，明天早上我向你解释，现在我想睡了。我把几张扶手椅拼成床，这样很好，就像睡在妈妈家里。"

吉鲁·拉瓦克反对说：

"不，你是客人，你睡床，我去浴缸里睡。在浴缸里睡太舒服了，像睡在一个蛋壳里。"

他拿起毯子，铺在浴缸里，入睡前隔着半开着的门朝维科尔·安蒂姆喊道：

"我在齐姆尼恰这样睡了两个月零两天，回去的时候，再也找不着她了。"

维科尔·安蒂姆迷迷糊糊地明白，吉鲁·拉瓦克说的是自己的妻子。

"啊哈，可能在花园里或者林荫小路上迷失了。人海茫茫，你在其中恰巧找到了据说最适合你的！而现在你的记忆在消失。只有你爱上什么人才会失去记忆，或者正有人爱着你。据说是这样。晚安……"

第九章

他,吉鲁·拉瓦克死了。梯迪·凯雷凯什大叔正拿着一支蜡烛为他守灵,滚烫的蜡一滴一滴落在他的变成青紫色的脚掌上。滴下来的蜡越来越烫,他那么剧烈地感觉到,虽然已是死人,躺在像蛋壳一样的一具棺材里,却想痛苦地喊叫:

"嗨,梯迪大叔,你会将我的骨头烧得到处是窟窿,把蜡烛挪开一点。你是不是同我有什么过不去?"

而梯迪大叔为了让烛油流得更快,把蜡烛斜拿着。于是,烛油烤得他更烫,更疼。他想喊叫,让人听见,但不能,因为他是死人。他死了,毫无表情,身穿一件破烂的工作服,再也不能呼吸。一根横梁掉下来,砸在胸上,他因此毙命。什么时候?地震的时候,或者是在拆除小城的数百幢房子中的某幢房子的时候,是他自己要求去的,因为十五年前曾被打发到那儿去重建。当时他把奥尔佳留在了有一扇屏风和一堆乱七八糟的杂物的房间里,而当他回去的时候,再也没有找到她。噢,不对,她早已离去,因而再也找不到她了。这一切还有什么意义。无论如何,他已经死了,就像他在楼板下或者楼梯间里发现的被压死或者吓得窒息而死的其他人一样。梯迪·凯雷凯什大叔狡黠地看着他,时不时把蜡烛倾斜向一边。白色的蜡烛很粗大,像洗礼时用的蜡烛一样,还系着一个蓝色蝴蝶结。他歪着滚烫的嘴唇,心紧缩着,等待燃烧着的蜡滴不偏不倚恰好落在同一个点上:

"停手吧,我的梯迪大叔,别再折磨我,至少往旁边滴一滴。我好痛,好人啊,我好痛……痛……啊!"

但上面又落下了另一滴,伴随着梯迪大叔狡黠的微笑。

"你不听我的话。瞧着我,是我给你拿着守灵的蜡烛。我不久就将退休,我带领过你们所有人。好吧,马上,我马上,呃……呃……呃……"他扭过身去,在继续听任一滴蜡落到对于一个死人来说敏感得出奇的皮肤上之前,将一个被油脂淹没的容器推到面前。

他很想站起来,但当然不可能,怎么能从棺材里站起来,梯迪大叔会吓得心肌梗死的,尽管大叔满脸皲黥,像是涂着黏糊糊的搽脸油。他必须躺在棺材里忍着。忍到什么时候,之后又会发生什么?他不记得是怎么到达这儿的,直挺挺地躺着,只是脚特别敏感。每当梯迪大叔弯下腰时,吉鲁·拉瓦克的脚都刺疼。梯迪大叔为什么弯下腰?想跟他说什么?想看清楚死亡的程度?是彻底死了,抑或还能干活?只要皮肤还有刺痛感,就意味着他身体的一部分还活着,必须抢救,即使是一部分。这有点荒谬,你挣扎着救活一只脚,或者甚至只是一只脚掌,而感觉疼的只是脚掌表面!这来自必须严格遵守的铁的法则,不能随便改动任何东西,无论是一块楼板、一块砖头、一个壁龛,还是一根千疮百孔的横梁,因为可能会破坏平衡。梯迪大叔想让吉鲁·拉瓦克彻底相信,他真的死了,展现在他那像面团一样的脸上的全部皲黥说明了这一点。梯迪大叔为的是向他表明:在队长死后,是他,梯迪·凯雷凯什维护着种种规章制度,执行着命令。梯迪大叔特别想要队长亲眼看到这一切,因为大家从来不知道队长有什么用。如果队长的死不是消失,而是另一回事,譬如说只是躲到一堵墙的背后,一切事情依然照旧。那么他,梯迪·凯雷凯什将继续只关注自己退休的事,如果还能混下去,那么继续喘着气,"呃……呃……呃"地指点指点,但吉鲁·拉瓦克还是队长。在一滴滚烫的蜡油和另一滴之间,躺在棺材里的吉鲁·拉瓦克能相当清楚地看到,梯迪大叔的脸气鼓鼓地皱成了一团,显得很是不满。他或许应该回到阿尔迪亚尔老家去,远离这个多少有点陌生的城市的人们的所有苦难。对他们的真正的痛苦不能给予真正的帮助,这阻碍他看到乃至理解全部真相。这些真相是,天天见面和不得不打招呼的亲戚、兄弟、姐妹、孩子、父母、朋友,或者只是熟人,同住在一幢建筑里,有时候在香烟店门口相遇，挤在同一辆公共汽车里，而他们的房子、家具、书信、抹布和盘碗都已荡然无存。其中的许多事物不复有之前的面貌，活着的人和所有的事已经面目全非，留下的只是他们的痕迹，在记忆中，或者在倒塌的建筑的灰红色瓦砾里。他们挤在军用卡车上来到这儿，看到深绿色的密集队伍，就像池塘里腐烂的浮萍，巡行在小城阴暗的街道上，具有优先行动和动用武力的权利，树立对依然在行使职责的某种力量的信任，如军队所应该做的那样。看见在国家的这个边缘等待着他们那些人的暗淡的目光，被夜里疯涨起来的胡子染黑的面孔，他不由得感觉到，无论将做什么，也不可能真正帮助这些多少个日日夜夜不能入眠，来寻找过去的断线头绪的人们。他们唯一的希望来自自己的内心。他们在不断的奔跑中赶了几百公里的路，脑海里的灾难印象十分强烈，却并不扎实；顺便说出的一句话，确定或者不确定的一个消息，种种极度的悲剧十分奇特地组成情节剧的熟知的线索，或许是影响他们的想象的唯一途径。尽管大地不断震动，给人的感觉却仿佛只是一声轻轻的叹息，足以晃动枝形吊灯或者剥落接缝处的墙皮，溢出脸盆里的水或者打碎杯子——噢，不，甚至没有打碎，而只是发出叮叮当当的响声。而他，吉鲁·拉瓦克，看见蜡烛还在一滴一滴往下滴，是的，现在疼痛扩散到整只脚，直至膝盖。如果感觉到疼痛加剧，直至膝盖，那么意味着或许是一个奇迹、一个神奇的故事——疼痛使他从地狱返回。他试着更注意地观察梯迪·凯雷凯什大叔，看对方是否故意用蜡滴在他身上，让他复活，但看不出任何这种迹象，只见大叔扭曲着脸，嘴唇在动，当然是在同他说话，但他听不见大叔在说什么，一个结束了生命的人再也听不见，再也看不到。或许就是这样，像他一样，仿佛置身于一个绿色的大玻璃瓶里，里面装满了水。他甚至早就明白群山那边发生了非同寻常的事情。阿尔迪亚尔固若金汤，是一个名副其实的高原，以岩石为基础，除非强等级地震，否则震波扩散不到那儿，尽管这只是一种理论假设。电视上放映的影片中断了，荧屏一片乳白，电台的所有频道发出呼啸，而本地台依然在播报关于"提高生活质量"的节目，表达着自己的意见，然后是民间音乐。不到半个小时，就传来士兵们踏在台阶上的脚步声，透过玻璃窗看见人们披着飞舞着的外衣狂奔，连纽扣也没有时间扣上，大卡车不断在窗下轰隆隆驰过。早晨，他也登上了一辆卡车。车上的人们彼此挤在一起，整个队伍不发一言，眼睛底下的黑眼圈很深，犹如痛苦的两个标记。在依然散发着家、卧室、厨房的亲切气息的时候，有谁能想到晚上自己的鼻孔和衣服的所有缝隙里只填满尘土、瓦砾、痛苦、死亡的腐臭——夫复何言！这样的灾难像以往一样，没有任何预兆，却突然降临了。

士兵的队伍包围了倒塌的建筑，慢慢推进着。在两个尘土的漩涡——早就包围着他的和正包围着士兵们的漩涡之间，他注视着奇迹般逃脱出来的人们。他们有的把一切抛弃在那黑色的地方，有的生平第一次指望能够得到还剩下的一切。

第一夜，第一天，他们发觉来得太早了，应该做的事情很多，但苦于缺少其手艺及其建筑行业所需的任何东西。人们也不太能做天知道什么有用的工作，特别是形势一点也不明朗。首先是打通推土机和拖拉机进入的通道，大多是靠在黑暗中摸索，只有两三盏探照灯在机器前面打出一道光束，机器轰轰地吼叫着，竭力清除混凝土碎块、破裂的衣柜、土堆。在它们下面显然除了石子、泥沙、破布、野猫野狗、瓶瓶罐罐、破裂的管道，再也找不到任何东西。一切都被一个巨大的拳头夯实了。这个大拳头违反一切规律。如果确实存在这样的规律的话，它不是自上而下砸向这个城市，而是自下而上，掀翻柏油马路、地基、大地的五脏六腑，令它们垮塌在一个翻滚和眩晕的运动中。初看起来，你会察觉地底的黑暗霹雳是无情的，一切挡住它的路的无不轰然倒塌，变为废墟，但它的路是一条逶迤曲折的小径，突然拐弯，四面八方绕过一幢绝没有机会经得住考验的建筑——即使是最微弱的震动，它的墙体也立即崩溃，犹如一息尚存的生命噗的一声断了气。尽管这些墙体曾经赢得信任，甚至号称无忧工程。然后，推土机停止了工作，据说是来自相当高的上层的命令。由于下命令的人地位太高，推土机不得不立马停下。而它们的大铲子依然插在某处倒塌的墙壁废墟里，或者一个土堆的冒着水的躯干里，天知道是什么大管道在地下深处爆裂了，一切全靠铁锹、手掌、撬棍，专注的目光在忙碌，六七条警犬竖起耳朵嗅着每个窟窿、每条裂缝，缓慢地，特别缓慢地停下步来，发出猛烈的吠声，试图用像红色花瓣一样下垂的舌头在砖头和瓦砾里扒拉。这时，他们也开始动手工作，在嘴和鼻子上系上一个纱布口罩，有效地防止灰土，特别是残存的甜腻腻的气味。这种气味整天跟随着他们，即使在临时搭建的工棚里也不例外，虽然他们在这临时容身场所不愿意再听见任何声音，睡着时不愿做梦，尤其是不要梦见这种腐烂的气味。在很长一段时间里，他认为两分钟，至多五分钟内你会习惯于任何气味。而现在这条规律不再正确，甜腻腻的腐臭究竟是出于潮湿的水泥，还是出于正在腐烂的机体？但他最终觉察到，这种气味并非千篇一律，也不可能千篇一律。它们不但强度不同，而且种类也不同。每一份都有它的特殊性，除了有机物解体，砖瓦和木头的灰尘，化为令人窒息的粉末的混凝土等普通成分之外。在木棚里，根据附着在衣服、头发、脸皮上的这种浓重的气味，可以轻易地猜测到他们之中的每个人在什么地方工作。散发出煤油的气味，意味着遭遇了供暖设施爆炸处的地下管道泄露，重油包围了周围的一切，地下的冲击波甚至危及建筑，大火吞噬了任何救援的尝试，楼梯间首先倒塌，一切在一团灰黑色的烟云中终结。有人带来一阵苹果味的轻风：

"站着，先生，你们躲在一些木箱背后，建造了一个避难所，一个洞中洞。三个孩子在一座砖头和混凝土山上，嘎巴嘎巴啃着苹果，幸亏他们的母亲派他们到地窖里去拿苹果！"

"他们的母亲呢？"

没有人回答，但苹果的香味依然存留着，而那三个孩子，也吃完了邻居家的苹果，宛若长着尖利的牙齿，尖利得吓人的牙齿的几只耗子。

还有人带回来霉菌、黑土，用来割断墙壁和天花板之间固定钢筋的焊接机的乙炔，人的粪便和医用酒精，呕吐物的气味，因为并非人人都能受得了所看见的一切。

一个星期，一个半星期之后，他习惯了一切。一个小段子说"气泡沿着'里氏震级'阶梯狂奔，逃出了禁锢着它的固体牢笼"，令他乐不可支。这象征着自我的觉醒。他已经认识了到他这个部门来寻找亲人或物品的所有人。最初他制止他们，甚至叫来了一队军人维持秩序，但稍后，噢，稍后是什么意思，一个小时？一天？他们不走，一动不动地站着，甚至眼睛也一眨不眨，一声不响地站在他面前，一旦见他挖掘出人或者物品的碎片，就踏着机械的步子走近过来，毫不退缩，压根儿不理会顶在胸前或肋骨上的枪托。他们走得那么近，没有任何东西能挡住他们的路。他看见他们眼睛里没有一滴泪水，于是他明白，任何人都不可能不做出境遇迫使他们做的事情。他一言不发，默默同意了他们留在他的部门。在某种程度上，他也感到后悔，因为他们打乱了他的工作，使他的部门远落后于其他工程队。他们再也不离开，突然蜷缩在一个坑里打瞌睡，又突然重新开始用手指、钝木棍或者其他不适合的工具扒拉着瓦砾，仿佛想表明没有任何事情比重新找回过去更加难做到。他认识了所有人，甚至开始用一种半做作的动作同他们打招呼，就像在大街上、公共汽车里、商店里彼此打招呼时，看着面孔似乎熟识，其实对对方一无所知。

当他习惯于一切，对于瓦砾、痛苦、气味，像是内部爆炸——其实根本不是如此——所致的血肉模糊的四散的人体碎块，已经习以为常时，他感觉到出现了一个新的因素。说它新，却来自很遥远，更确切地说，来自很久以前的时代。

一滴滚烫的蜡把疼痛推进到他的胯骨，或许能用膝盖来弯一下自己的脚，但他依然是死人，却出现了希望，首先是要能讲话，所以他现在依然是死人。他望着梯迪大叔的蜡烛，已经熔化了一半，只有疼痛到达心脏，特别是大脑之时。哎，是的，只有那时……

因此，他已经习惯于一切，不相信在躺着的这个地方还会发生什么使他焦躁不安的事情。死亡像一缕青烟袅袅攀升，随同它模糊不清地飘荡，接触到了房子、篱墙、大楼、地窖、街道、廊檐，熙熙攘攘的一切，没有秩序，没有期待的和可以预见的具体计划，从而可以将我们特别称之为事故、倒霉、蠢事的一切视为多样的生活。这是一次机会，唯一的一次机会能够使我们感觉到与数以千计的人的事故相比，具有无限巨大的力量。群众变成灰色的乌合之众，以数量稀释了应该使我们震惊的东西。我们只能感受到某一个人的死亡，仿佛就是我们的死亡，或者彼此相像。一群人的死亡成为被观察到的一种现象，使我们产生反感、愤怒，但绝不会使我们视若无睹，麻木不仁。

一天又一天，有时阳光普照，有时你发觉在废墟中寻找他们过去生活印痕的人中间出现了一张新面孔。已经不可能再寻找到幸存者，医学的规律不可能过多地宽容那些经受大地的黑翅膀震动而遭受劫难的人。大多数救援人员都在心里默祷，有时用沙哑的声音大声地，或者毋宁说咬牙切齿地说："在第一刻就结束一切或许更好，免得大家受折磨那么多日子。"整整五天究竟在寻找什么？只有痛苦不可逆转地滑向毁灭的躯体，渴望水比渴望生命更强烈。这是在任何一个管道中、任何一块水泥板下敲击着希望得到回应的人们难以理解的实情。

一个模糊的身影，一张疲惫、看不出年龄的土灰色的脸，那是随处可见的数以十计、数以百计的灾民中的一个，毫无目标地在城市的街道上踯躅，期待着什么，寻找着什么，其实是试图忘记灾难降临那几十秒钟，从而能够回想起以往的生活。在他们身上，可以看到一种无比巨大的力量，试图重新找到他们以往存在的哪怕是一个片段。这是一种自然的力量。在艰难地回答了往往是与他们以往经历的某件事情相关的问题之后，他们的脸上显得疲惫不堪。一个穿着普通的男子，外罩一件有点破损的黑大衣，对于潮湿的初春天气来说有点不合时宜；空气中出现了刺鼻的湿皮毛气味，是不久将长出嫩芽，冬天即将过去的明确信号。这个男子似乎毫无目标地在一幢旧房子的废墟和一堆被火烧黑的房顶木料中走来走去，可笑地从一座小山似的碎砖堆上蹦跳到一个露出一段地基的坑里，小心翼翼地绕着一个瓷砖壁炉转圈。老房子有着闪光的奥秘，时不时有一个工作人员走近过来，问他几句，声音十分悲痛，听来好像是在号啕大哭。男子大多是在解释，双臂像小风车的两翼转动着，大衣袖子从臂肘撕裂到了肩上，赤裸的双臂很瘦弱、苍白，活脱像两片蔫了的莴苣叶。当这个瘦子走近他时，他听见对方的呼吸极其沉重——在倒塌的墙上爬上爬下，已累得此人筋疲力尽。瘦子戴着一顶人造革帽子——一种或许能御寒的红褐色无沿圆顶帽，帽子下露出几绺亚麻色的头发，向他发问道：

"请问，这是原来的工厂大街吗？"

"是工厂大街，工厂大街七号、十一号、十三号。"他大致地指着另两堆瓦砾和砖头，对此人说。最初，它们并没有受到如此严重的冲击，但是随后一个星期的余震粉碎了它们的抵抗力：一天早晨，就在他们的眼皮底下自行倒塌了，犹如山上的雪滑落一样，沙沙地坠落了。"如果我没有记错的话，这是七号，一幢老房子，两层楼，不对吗？"

他仔细地打量着这个瘦弱男子：他没有丝毫特别之处，一个疲惫不堪的人，天知道这些天来经受了多少痛苦。他无从认识对方，也不认识那个城市里的任何人。最初，他以为将会认出自己以前被打发到这儿时见到的某些东西，但一切都变了样，无论是内里或者外表。不过他还记得，更确切地说，心头复苏了一种早已忘却的感觉，一种早已被其他的体验、时间和情绪所掩盖的感觉。他试着表示友好：

"当然，是七号，一所老房子，两层楼。两层带顶楼。"

男子一惊：

"当然，带顶楼，有一个极漂亮的顶楼。窗子很小，但朝向极好。你可以躺在地板上，阳光整个早晨照射着你。当然，不能是阴天。"

这句笨拙的附加语使他不由得微微一笑：

"您以前住在这儿？啊哈，我明白了，您是来回忆往事的。无论如何，看来您是幸运的。如果没有搬走，谁知道会发生什么。"

瘦弱的男子开始像之前与别人讲话时一样挥舞起胳膊来：

"不，不，我在寻找一个人。怎么对您说呢，非常重要，我在寻找一个生活在这个顶楼上的人。"他用手掌指着那一堆破破烂烂的木头，它们或许是被火烧过，或许也被水泡过，或许是实在太旧了，

"他原来住在这儿,我找了他那么多天,是件非常重要的事情,怎么对您说呢,非常非常重要。"

他有点惊奇地看着对方,觉得自己不太习惯于提供信息。人人都在寻找自己需要寻找的东西,清楚地知道自己需要什么和不需要什么,如果还有什么东西或者什么人需要找到的话。

"我不知对您怎么说,到目前为止,没有发现一个……"他犹豫了片刻,不知怎么说,受难者?这个词合适吗?"没有发现任何东西。或许这幢房子没有人住,或者是居住者外出了。您看,因为大火,房子大多已经毁了。因此,已经相当久了,对于那些……"

男子用目光在废墟上扫了一遍:

"啊,这么说,你们什么也没有发现?谢天谢地,没有发现任何人,真是太好了,不是吗?"

有人在远处喊他,看来是发现了什么特别的东西,一个纸箱,一个木箱,大概是这类东西,必须当着他的面打开:

"是的,至今我们没有发现任何人,今后我也不认为将会发现什么人。您知道,可能性不大,至今没有人申诉。一个人不会这样轻易地消失的,所以……您放宽心,应该在城里的什么地方。您到各处的学校、帐篷去找一找,最好去那儿找一找,或许会有收获。是您亲戚吗?"不等男子回答,他向喊他的那些人转过身去,做了一个"马上就来"的手势,把这个不相识的人留在了像冰冻的雪片一样闪闪发亮的壁炉瓷砖旁。

第二天,一个胖胖的家伙,头戴猎人帽,穿着褴褛的裤子走了过来。一看见此人,他不由得噗地笑出声来,只见这家伙两手岔开,远离胯部,仿佛背部的肌肉迫使他这样走路,摇摇晃晃,端着肩膀,就像在牛仔片里那样。

"哈啰,先生……你是头儿?"他勉强点点头,心想没有必要摘下防尘口罩。他的手指被烂泥弄得很脏。地很滑,他摔倒了几次。"这儿是什么地方,应该是工厂大街七号的房子,一幢带顶楼的房子。你不知道吗?"

他用张开的手掌给这胖胖的家伙指点道：

"瞧好了，这儿就是，实际上是以前就是。您找人？"

这个家伙把帽子推到后脑勺上，双手放在胯部，惊叹地吹了声口哨：

"老甲壳虫走了……你说，发现了什么？死的？受伤的？还是什么也没有发现？"

带着纱布口罩的时候，他总觉得更难理解自己的说话，尽管并非如此，于是用比平常更大的声音说道：

"什么也没有发现。旁边九号，发现了两个大约五十岁的女人，但在这儿，在七号，工厂大街七号，什么也没有。或许没有人住，或者……无论如何，他们运气好。您有亲戚？"

这个圆滚滚的胖子开始敲击一段半插进土里的金属线。

"在某种意义上可以说是这样，超过了泛泛之交。约内尔先生，瓦尔梯克·约内尔，他对您说什么了吗？"叫这个名字的人对他没有说过任何话，但他还是含含糊糊地咕哝了一声，使得胖子喜形于色，滔滔不绝地接口讲下去。"当然，约内尔先生是个人物。在莱比锡上学。但并非现在，"胖子用手在肩膀上做了个含义不明的手势，"而是以前。那是一间很严格的学校。他还写了一本书，不过我不认为你……我是说，那是一本专业的书。他可能成为教授，如果不……您明白我的意思……"

胖子突然转过身去，走进废墟，在一堵断裂的墙、一扇空窗户前吹了一声赞叹的口哨，用手指甲在一个残留于两堵墙之间的房间的粉刷灰泥上刻画着。

脚上的疼痛不断向上扩散，甚至波及了吉鲁·克瓦拉的胸口。梯迪·凯雷凯什大叔也变得越来越小，只有近乎一支蜡烛那么高了。他用肩膀推了推蜡烛，使烛油恰好滴在吉鲁·克瓦拉的脚掌上。吉鲁·克瓦拉的脚紧绷得已经僵硬，等待着一滴新的滚烫的烛油滴下。他决心抗到身体重新感到被疼痛笼罩，那时意味着他将可以睁开眼睛了。死亡不再使他那么恐惧，更使他害怕的是想到蜡烛将提前烧完。他的脸可能依然是冰冷的，毫无生气，或者眼睛、大脑依然处于死亡状态。如果真是这样，那将何等可怕，或许压根儿不值得重新复活。

几天里，有各种各样的人来到他这儿，询问七号建筑的情况，每个来访者都关注顶楼的房客。从他们的言谈中可以发现，这个房客年龄相当大，独居，曾有过相当冒险的生活经历。但奇怪的是，此人的冒险是与一些十分琐碎乃至平庸的事情联系在一起的，每个关注动物心理学博士瓦尔梯克·约内尔命运的人，都不能说出什么重大的事件。所谓的冒险不是同他对于甜食的爱好联系在一起，就是说他整天待在房间里，高高地端坐在几个靠垫上，拉上了窗帘——读书，打瞌睡；打瞌睡，读书；读的全是关于青蛙或者家猫行为的大部头著作，而且还因此饲养了一大群可怕的猫科动物，从而成功地占据了顶楼下的一层房子。租客们由于不堪忍受春天发情的雌猫们号叫的骚扰，无不逃之夭夭。这个动物心理学博士曾经被多个国家的警局逮捕过，因为他曾出现在几分钟前发生过恐怖分子炸弹谋杀的建筑周围，但最终被证明，他靠近这些建筑纯属偶然——每次不是为了"凭经验从小路"寻找走失的猫，就是为了寻找某个独特的甜食制作师的地址。奇特的是，或者说真正的奇事是，他每次都因为现在到工厂大街七号的废墟中寻找他的人当中的某一位所提供的证词而被释放。他们这样说道：

"如果我不去警察局解救他，天知道约内尔先生的骨头会烂在什么地方……"

日复一日，吉鲁·拉瓦克忘记了在砖块、木料、瓦砾和钢筋堆附近转来转去的那些人，而这些话也早已成为像副歌一样的反复唱词。在叙述完结之后，来找他的人总是会冒出"哎嗨"一声，其中充满不言自明的含意，无非是暗示失踪的瓦尔梯克欠着他们的人情：

"如果不是我像地下冒出来，像变戏法一样'无中生有'地出场，当面把他从那儿保出来，天知道约内尔先生的骨头会烂在什么地方！"

救援工作推进得相当快，推土机清理了他们工程队作业区的大半块地方，上面早已决定不再在那个地方搞任何建筑。某位专家以令人信服的决断的口气说道：

"我们将建造一个绿色空间，让人们享受臭氧——健康之宝。"

这位专家据说极其富有权威，尤其是他那叭儿狗般棱角分明的头颅，以及耷拉在领子上的脖子，还有涂着可能是发蜡的亮晶晶的鬓发，更显其威风。

在以前是七号老宅的地方，只剩下一堆碎石、石头和碎砖，地面全都平整过，只等待卡车运来花园的泥土。此时又出现了一个陌生人，开始在全新的空地上毫无目的地乱转，恰好停在以前的地基拐角处，注视着周围，然后仰视上方，打量着以前曾经有过的某个东西。吉鲁·拉瓦克走到此人面前，没有任何开场白，直接问道：

"您也是寻找七号吗？"

陌生人没有看他，说了声"嗯哼"，继续用步子测量着可能是以前的建筑平面。

"您应该知道，在废墟下没有发现任何东西，没有发现任何一个遇难者。如果您在寻找瓦尔梯克·约内尔，那么请您到学校或者帐篷区去。他应该在那儿。"

陌生人停止了探索，走到他身旁。看来，此人已经几天没有刮脸，显得疲惫不堪，满脸灰土，直至嘴角。

"你怎么知道我在寻找瓦尔梯克先生？怎么知道的？！"从他的嗓音里可以分辨出一种无谓的绝望声调。

"怎么对您说呢，有人来找过他。所以我有印象，因此我想对您这样说。我想，有人已经来找过他。从我在这儿工作至今，没有人询问过其他什么人，就是如此，只询问过他。瓦尔梯克·约内尔。"

陌生人绝望地看着四周：

"您肯定？您记得这事？不是随口这么说？"

他开始笑道：

"什么意思，我怎么可能随口乱说？现在我甚至可以保证，我曾经被问过好几次。听着，可以肯定，一个是带猎人帽的胖子，另一个比较瘦，长着像麻一般的头发，还有两个小个儿，现在是您……"

陌生人霎时脸色变得十分苍白。

"这么说，他死了，是的，死了！他死了，留下我们处于这种境地，卑鄙的家伙……"他后退几步，突然一仰头，开始尖声吼叫起来，显得很可笑而又令人不安，"啊哈，卑鄙的家伙，你干……干了些什么勾当，把我们留给什么人，把我们抛在这个世界上。啊……啊，这永远不会完结。有谁能理解，永远不可能。啊……老不要脸的，你有什么作为，有……什……么？你死了，但我们没有死。永远永远，我们留下了。啊……啊……你愚弄了我们，我们留在了这儿，永远，永远，永远。啊……啊……老蠢猪，这就是你，你有什么作为，有……什……么？！"

就在那一刻，梯迪·凯雷凯什大叔将蜡烛翻倒在吉鲁·拉瓦克的脚上，疼得他号叫起来。他是死人，却竭尽全力地喊叫着，胸口充斥着空气，气鼓鼓地膨胀起来，嘴唇张开着，富有活力，柔软而湿润。

吉鲁·拉瓦克在铺着毯子的浴缸里睡醒了，脚掌上出现了一块红斑，没有关紧的水龙头不停地滴着热水。

"见鬼，放热水了，打断了我的梦。什么梦，天啊，什么梦！"他用手撑着站起身来："安蒂，亲爱的安蒂，还能再忍耐一分钟吗？我正在冲个澡。我还在这儿，过一会儿，自由了，愿意干什么就干什么去吧！"

维科尔·安蒂姆没有回答。冲完澡后，吉鲁·拉瓦克走进了房间，没有看见任何人，只有一张纸条压在一个杯子底下，床上乱糟糟的，昨夜开瓶剩下的葡萄酒散发着一股隔夜的酸味。

他坐到床沿上，一遍遍读着蜷缩在纸角上的几行字，仿佛维科尔·安蒂姆害怕把它们写在纸中央。

维科尔·安蒂姆告诉他，自己就很遗憾这样离开了，事情很急，他必须赶到督学办公室去。有个很重要的问题，据说内定他去国外的什么地方，非洲？刚果、几内亚？去当老师，还不知道确切的地点，但肯定将出国执教。明天他将抵达首都，看来事情进展很快，人们是友善的。这是一个必须及时履行的合约问题。维科尔·安蒂姆向他致敬，祝他假期愉快，或许也可以到海边度假。就这么几句话。关于乌拉迪亚，他什么也没有写，也只字未提未来见面的事，现在看来这不再有任何意义。他把桌上的纸条卷成一团捏在手里，这样坐了一会儿，直至手汗将纸湿透变软。酷热重新袭来，他必须做一个计划，去哪儿？他把自己的东西塞进旅行袋，在科马纳浴场浪费的时间和钞票不再有任何意义。他依然不太明白维科尔·安蒂姆脑子里究竟想些什么，不明白维科尔·安蒂姆为什么不辞而别，为什么逃跑，因为他觉得逃跑不是自然的结果，至少不是他们待在一起的几个小时的结果。归根结底，他给维科尔·安蒂姆带来了喜悦，而且他们也决定不再去乌拉迪亚了，但是……

必然是在他们的回忆和交谈的某一处出现了裂痕，某种东西决定维科尔·安蒂姆想要掩饰、消失。他慢吞吞地穿着衣服，还没有决定将要怎么做，觉得自己相当窝囊，而脚上的疼痛使他心烦意乱：

"差点把我全身都烫伤了，幸好那个可恶的水龙头只是滴水。"

走下楼梯的时候，他觉得每个脚关节都针扎一样疼，不由得回想起他与梯迪·凯雷凯什大叔在一起的梦，因为只有这个狡黠的老人构成了名副其实的梦境，其余的一切无非是经历的现实的重现。穿来大衣的那个人摇摇摆摆地走远去了，手掌抱着太阳穴，走了几步后又站住了，开始重又号叫起来，浅蓝色的夹大衣可怜巴巴地耷拉在下垂的肩膀上。他想跑过去问这个人发生了什么，从何知道约内尔先生死了？他明明只是说，我们在那儿没有发现任何东西，没有发现任何人！但吉鲁·拉瓦克最终放弃了跑过去询问的想法，说到底，每个人都有自己的痛苦。大衣客的言辞似乎没有任何意义，尽管他反复说着什么"你离开了，把我们留给谁"之类的话，却似一个不相识的人说着不针对任何人的呓语。这个人很痛苦和绝望，但并非是因为神秘的动物心理学博士所引发的悲剧，而是别有原因，是一种完全不同的自我悲痛和绝望，为了突然打击他的天知道的什么不幸。而从这个不相识的人注视他的神情，是的，从当时注视他的神情来看，似乎他，吉鲁·拉瓦克给此人传递了某种信息。此人只问过是否有其他人也打听过瓦尔梯克·约内尔的命运？而他告诉此人，是的，你不是第一个人，也有其他人打听过。这个陌生人就发出了绝望的喊叫，这就是全部经过！当时此人显得很绝望，问他是否真记得其他人。他很正常，怎么会不记得他们，莫非老糊涂了?!

走下几级楼梯，已经到了大堂里。外面，在通向泥疗游泳场的林荫路上，可以看见一群群过早衰老的胖女人，拉毛毛巾挂在脖子后面，手提着塞得满满的塑料网兜，头戴用绸带装饰的草帽。

"对了。"他大声说道，声音十分响亮，前台接待员不由得吃惊地从登记册上抬起头来。他终于明白了，来到工厂大街七号打听动物心理学博士的所有人，都是"图巴"——幻人，或者叫作"念相"。瓦尔梯克·约内尔先生遇到麻烦时臆造了他们，作为补偿，或许让他们在世界上"见见世面"，或许是完全忘记了他们。一个没有主人的"图巴"，可能就像一件塑料物品，永远不会消失。如果他们的臆造者在"解除意念"之前死亡，那么他们就永远保持被臆造出来时的原样。因为，"图巴"从来不自行死亡。他唤醒了他们的记忆。这是博士已经死亡的肯定信号，而他们或永存于世。因此，那个可怜的家伙才那么绝望地号叫。这样解释或许不会错。

* * *

刚进屋，坐到桌子旁，将旅行袋挂在椅背上，吉鲁·拉瓦克就发觉天黑了。把他带到交叉路口的一辆弥漫着葡萄酒味的大罐车是空的，所有的接合处都叮当作响，尤其是挂着链条打开了的罐盖。

"先生，为什么不关上盖？"

司机耸耸肩，然后，在把香烟从嘴角一边挪到另一边。蹦到塑料垫子上之后，吉鲁·拉瓦克才看见在普通座椅上有一个垫高的东西——司机个儿太矮，否则隔着方向盘看不清外面。司机摁着喇叭取乐，开口问他道：

"怎么，你不乐意？如果不乐意，就滚下去！"

虽然他没说什么，既没有说乐意，也没有说不乐意，只是问了一句。司机停住了老掉牙的破车，用目光打量着他：

"我不欠你什么，滚下去！我不想受任何人摆布。如果你不乐意，就滚蛋！我不会强迫你。不过，你该知道我可能会这样做的！现在立马滚蛋……"

吉鲁·拉瓦克下车走进了滚烫的柏油路的酷热中，不想求饶，不想乞求。夏天就是这样，人们由于高温而神经脆弱。他可以像使徒一样步行，最终将到达目的地。司机开足马力呼啸而去，或许嘴里还在骂他，但他再也听不见了，只见香烟燃着飞到了路边，卡车后面留下一股燃烧的汽油的旋风和葡萄酒的酸味。

进步饭馆也弥漫着同样的气味，丝毫也不难找到维科尔·安蒂姆给他一再讲过的这个场所。大堂空荡荡的，有两个人在柜台上玩彩票，整只手伸进摆在显眼处的大肚玻璃缸里搅和所有的彩票，一个人抽彩票，另一个人把钱放在到处是刻痕和各种饮料渍的木板上，眼巴巴地等待着有人告诉他说"没……中……"，然后在口袋里掏着钱，摇摇头说："再来一注。"

乌拉迪亚只不过是一个城市化的乡镇，或者相反，是一个丧失了其原有盛况的衰落小镇，被污泥和遗忘覆盖着。以往的店铺早已摇摇欲坠，或者被泥土埋到了将近窗口。镇中大街透迤曲折，你的脚走在上面立即消失在尘土里，觉得脚底下曾经是人行道的地基，或许是河卵石，由于陈旧或者雨水的侵蚀而破败的房檐和墙壁断断续续的曲线，干裂的窗棂和百叶窗在夕阳下反射出的种种色调，构成了小镇的第一幅画面，使吉鲁·拉瓦克联想起曾经在一个业余爱好者画展中见到过的那些令人感动的纯真的玻璃画。那个画展是在城中心的一个主要放映印度爱情片的电影院前厅举办的。吉鲁·拉瓦克并未在胡同里遇到什么人。旅行袋很重，勒着他的肩膀。或许最好把它留在饭店里，他曾这样想过，但走得太匆忙，一味想着实现自己的计划，或者也可能有其他什么事情从中作祟。他不敢理清自己的思想，不敢直白地用语言表达："或许我可以留在那儿，留在安蒂住的地方。有人必然反对，不许你后退一步。一个空出的地方就是一个失去的地方，知道这件事情的人不能说谎，继续漠然处之。"但他的心里已经存在这样的计划，只能明智地承认。

显而易见，他将在乌拉迪亚过夜，但因到达得太晚，不可能再回到饭店，没有办法。他将打听维科尔·安蒂姆的情况，编造一些半真半假的无辜谎言，声称维科尔·安蒂姆写信邀请他来。这难道有什么不真实之处吗？但他不知道如何找到安蒂姆。他将上演一场小小的神经战，说自己跑了几百公里的路来到这儿，却落得个无家可归。维科尔·安蒂姆留言道："嗨，去我那儿吧，我也出发旅行了，如此等等，不是吗？"最终他将遇到好心人收留他到明天早晨。而夜晚是一个好参谋，可以谋划第二天该怎么办。他决定忍耐，不用过很久就出现维科尔·安蒂姆多次谈到的某个人，不是科帕丘，就是巴沙利加或者克洛伊库……从柜台上要了一瓶葡萄汽酒，满脸通红和忙碌不停的经理神经质地嘶的一声开了瓶，他由此知道包间里将举办一场盛大的夜宴。

"是工程师先生请客。你知道，为了庆贺……我必须组织一些重要的事情，请您理解我。您是不是，怎么说呢，受到邀请？我是想说，您是为此来到我们这儿，来到乌拉迪亚的？为了……"

他明白对方无论如何也不相信自己是工程师邀请的客人，而只是想打听他来乌拉迪亚干什么。

"一个比较古老，或许是最古老的职业。这些酒馆老板，简直没有办法……"然后他大声说道："不，我是历史教师维科尔·安蒂姆邀请的客人，以为他会在这儿等我。我们约好在此见面，可你看，他没来。或许忙着什么事情……你知道……"

经理频频眨着眼，一脸狡黠，或许想表明自己很机灵，撅起嘴唇说道：

"嗯，是的，教师先生……哎，如果他给您写了……或许可以来点小吃。我们有肉肠、罐头,您知道现在比较困难。夏天嘛,其他东西,怎么说呢,有饼干、麦饼……您想要什么?"

他摇摇头,拿起酒瓶走到桌旁。如果有夜宴,那么所有人都会来到这儿,最终他将摆脱困境。即使在最糟的情况下,他也可以直接找到克洛伊库。归根结底,此人是维科尔·安蒂姆的朋友,而朋友的朋友……葡萄酒有点酸,辣舌头。几分钟后,他的胃开始难受起来。

"看来,得尝尝这位大叔的饼干了,"吉鲁·拉瓦克自言自语道,试着招呼经理,但此人背对着他,正同一个脸如圆月,头顶和两鬓头发稀少的胖乎乎的家伙在交谈。"啊哈,应该是科帕丘。这位大叔正在干密报的行当。"他的脸上展现出和善的微笑,或者说是最平静和傻气的冷笑,而那个胖乎乎的家伙,出于就国家的这个边缘小镇而言颇令人感动的敬业精神,向他投来审视的简短一瞥,在用手掌以保护人的姿态拍拍不胜陶醉的经理浑圆如孩子后背的肩膀之后,走出了柜台,不慌不忙地朝他的桌子走来。此人用一种疑问却无恶意的目光注视着他,有点傲慢地腆着肚子,说不上优雅,脚上穿着假装是平民的磨走了形的皮鞋。他完全明白,这就是科帕丘。

"您好。"这个胖乎乎的人说,但没有伸出手来,随后顿了顿,似乎是在考虑要求他出示证件是否合适,接着说道,"您好,我没有听清楚尊姓大名,请您再大声说一遍。您知道,上了年纪。"这个胖乎乎的人指着耳朵做了一个模棱两可的手势。

他一声不吭,也没有时间弄清楚怎么回事。玩笑?如果真是玩笑,那么来得太突然。他一激灵站了起来,在最后一刻抓住了因为挂着的旅行袋很沉而摇晃的椅子背。

"拉瓦克,吉鲁·拉瓦克。您知道,我在找历史教师。事实上,是他写信邀请我到这儿来的。我没有任何事情,只是来拜访他。"

他说话前所未有地急促,是太激动了吗?仿佛是在科帕丘面前急于辩白。

"噢……噢,来访,这么说,是来访。我们很欢迎客人,您为什么孤零零待在这儿?请到里面去,大家都在那儿,"科帕丘多少有点疑问地眨眨眼,"大家都很友好,维科尔的老同事。哦,我是指以前的同事。但您不知道……"

吉鲁·拉瓦克装出一副上当受骗的样子:

"我知道什么?我刚刚到。收到信,我就收拾行装来了。老朋友,新友情。发生什么事了吗?"

科帕丘离得那么近,他闻到了对方很久没有清洗的衬衣透出的汗味。当然,科帕丘是个光棍汉,而且同女人通常的交往不多,是个忙人,远远一望便知。

"历史教师先生离开这儿了。彻底离开了。彻底,彻底,彻底!得到了一个极……好……的肥缺!您明白吗?您可以谅解他没有等待您,为了这样一个肥缺。大家都会去乌拉狄克修道院做安灵弥撒。告诉您,他从乌拉迪亚直接去了国外,去布基纳法索的首都瓦加杜古!明白吗?遥远,遥远,十分遥远。去参加魔鬼的祭奠宴,但有什么关系,那是唯一的机会。哎,"科帕丘抬眼看着天花板,"如果您有什么人在上面,或者有什么人有朋友在上面,可以说自己没有白活。您知道,丛林、小路、豹子、黑美妞、河马,还有无法描写的那些东西!您小时候,不是唱过'啊,啊,非洲',还有'穆罕默德爱上帝'吗?所以,您可以原谅他。您也像大家一样入席吧,我们的朋友的朋友……"

科帕丘轻轻推着他的背,朝传来有点沙哑、有点激动的各种声音混杂的方向走去。这儿经常有酒会,但巴沙利加工程师专门为他的知识分子同事们举办的酒会则颇为少见。对于这种优遇必须小心翼翼,全神贯注,用整个心灵去应付。

酒会已经开席,不成套的盘子里装着干乳酪和咸肉,橄榄和一片生菜叶,随处可见透明的西红柿,点缀着银白色的餐具。饰有金色条纹和玫瑰色小花的酒杯,作为利口酒具从来有违于它的使命。而在桌子中央,摆着两大盘"肥牛"色拉,上面高高堆着淡白色的蛋黄酱和交错码着的一排小酸黄瓜,以及一排被切成半月形的蛋白。很像吉鲁·拉瓦克生活中常见的除夕夜家宴。他突然感到摆脱了任何束缚、任何疑虑,一切如常,或者至少他觉得与其他地方无异。如果所见到的这一切是由大佬巴沙利加组织的一个酒会,那么他的好朋友真是福星高照,到非洲去逍遥了。那儿至少还有香蕉和芒果。很快,他就辨认出了他们:克洛伊库蜷缩在一个角落里;米赫尔恰努应该是一个威严的人,卷发,把脸刮得几乎出血,穿着三个纽扣的西服,带着宽领带;巴沙利加占据了桌子的顶头,腻烦地摇晃着房间里唯一有高靠背的椅子后腿。使吉鲁·拉瓦克觉得奇怪的是,酒馆大堂里所有的椅子都带靠背,而这个包间里只有巴沙利加的椅子有靠背。

科帕丘炫耀似的咳嗽了一声,大家不解地望着他,然后也注意到了他。巴沙利加没有任何反应,继续摇晃着身体,小叉子在一小盘色拉中搅动着。

"他是维科尔·安蒂姆的朋友,实际上是他的客人,但你们知道,家里的情况不同于镇上的情况。"科帕丘毫无幽默感地大笑起来。

巴沙利加抬起眼来,十分注意地打量着吉鲁·拉瓦克,推开了面前的盘子。

"科帕丘没有告诉你吗?我们朋友的朋友是……你拿把椅子,坐下来吧。明天是另一天,或许你会有其他的朋友。既然你来到了这儿,我们不会让你流落街头。会有一个屋檐,一个枕头供你安睡。哦,请原谅,我自我介绍一下,巴沙利加工程师。"巴沙利加把肥厚的手掌翻转过来,指着其他人,缓慢、清晰地一一说出他们的名字,以便他确实能听清楚。"简短地说,这儿是一个酒会。我提供一切,不要求任何东西。就是这样,开席!来葡萄酒!"工程师喊道,突然改变了腔调,既像喇叭的尖叫,又像公鸡拂晓时的啼声。

葡萄酒送上来了。在喝完了一箱多裹着锡纸,塑料瓶塞像蘑果似的粗颈瓶葡萄酒,结束了一场很受欢迎的不太文明的豪饮之后,巴沙利加朝克洛伊库做了个手势。后者立刻站了起来,脸色似乎过于苍白,眼睛也过于闪亮。

"亲爱的朋友们,克洛伊库老师将朗读我和科帕丘在卡特琳娜别墅找到的《中世纪史》的一个片断。大家知道,卡特琳娜别墅已经荒废，被遗弃了，不久将自行毁灭。当我们不愿再承担任何使命时，也将会有如此下场！"

克洛伊库朗读了半个多小时，米赫尔恰努和科帕丘几乎睡着了，下巴耷拉在胸口上。只有巴沙利加注意地听着，随着克洛伊库声音的单调节奏轻轻摇晃着身体，在每一节的开头，喝一口像秋天的烟雾一样呛人的酸中带甜的葡萄酒。

最后，当疲惫的克洛伊库用目光寻找酒杯，想润润嗓子时，巴沙利加抬眼对着吉鲁·拉瓦克说道：

"哎，你有什么想法，朋友。俗话说，朋友充满想象，池中有鱼！我不太喜欢结尾，但它是真实的，魔鬼一般的智慧，难以言表的真实。要知道，人们应该害怕的唯一事情乃是出自他们的思想、心灵的东西。现实，实在，存在着，而且是可以控制的，但思想里的东西——先生，那是没有回头路的！一旦渗透进世界，完了，就是一条不归之路。因此，地球上存在的一切之中，只有产生自人的思想，出自人的东西才可能成为恶。其余的东西，其余的一切乃是自然。一切自然的东西皆是善。朋友们，让我们举杯，为了没有回头路的东西！"

吉鲁·拉瓦克惊骇地看着他们。他肯定，现在完全可以肯定，在场的所有人都是"图巴"——幻人，或者叫作"念相"。他们有的是维科尔·安蒂姆的"图巴"，有的是 K. F. 夫人的"图巴"，有谁知道呢？但毫无疑问，他们都是"图巴"。那么他自己，他是谁？

他一口干了杯。当他低下头的那一瞬间，感觉到背后有人在注视他。为了不再猜疑，他慢慢转过身去，透过半开着的门，隐约看见大堂里空荡荡的。在闪烁的日光灯管的淡白光线下，那儿似乎站着一个戴草帽的女人，手里拿着海员旅行袋。但是，她，她又是谁？

他缓缓站起来，朝门口走去。他好像喝醉了，很难直线迈步，但他坚持着，坚持着，希望到达想去的地方。他还有机会，还有必须履行的责任。如果在那一刻有人用剑刺穿他的身躯，那么肯定在同一秒将喷射出真正鲜红的热血。他没有任何犹豫，没有任何迟疑。这是他的品性，值得为此坚持，再坚持，继续向前走去。一步，一步，又一步……

"蓝色东欧"译丛（部分书目）

第一辑

- 《**石头城纪事**》（小说）
  【阿尔巴尼亚】伊斯梅尔·卡达莱 著

- 《**错宴**》（小说）
  【阿尔巴尼亚】伊斯梅尔·卡达莱 著

- 《**谁带回了杜伦迪娜**》（小说）
  【阿尔巴尼亚】伊斯梅尔·卡达莱 著

- 《**石头世界**》（小说）
  【波兰】塔杜施·博罗夫斯基 著

- 《**权力之图的绘制者**》（小说）
  【罗马尼亚】加布里埃尔·基富 著

- 《**罗马尼亚当代抒情诗选**》（诗歌）
  【罗马尼亚】卢齐安·布拉加等 著

第二辑

- **《我的疯狂世纪》**（传记）
  【捷克】伊凡·克里玛 著

- **《我的金饭碗》**（小说）
  【捷克】伊凡·克里玛 著

- **《一日情人》**（小说）
  【捷克】伊凡·克里玛 著

- **《终极亲密》**（小说）
  【捷克】伊凡·克里玛 著

- **《等待黑暗，等待光明》**（小说）
  【捷克】伊凡·克里玛 著

- **《没有圣人，没有天使》**（小说）
  【捷克】伊凡·克里玛 著

- **《花园里的野蛮人》**（散文）
  【波兰】兹比格涅夫·赫贝特 著

- **《带马嚼子的静物画》**（散文）
  【波兰】兹比格涅夫·赫贝特 著

- **《海上迷宫》**（散文）
  【波兰】兹比格涅夫·赫贝特 著

- **《父辈书》**（小说）
  【匈牙利】瓦莫什·米克罗什 著

第 三 辑

- 《乌尔罗地》（散文）
  【波兰】切斯瓦夫·米沃什 著

- 《路边狗》（散文）
  【波兰】切斯瓦夫·米沃什 著

- 《第二空间——米沃什诗选》（诗歌）
  【波兰】切斯瓦夫·米沃什 著

- 《无止境——扎加耶夫斯基诗选》（诗歌）
  【波兰】亚当·扎加耶夫斯基 著

- 《捍卫热情》（散文）
  【波兰】亚当·扎加耶夫斯基 著

- 《索拉里斯星》（小说）
  【波兰】斯塔尼斯瓦夫·莱姆 著

- 《遗忘的梦境——查特·盖佐短篇小说精选》（小说）
  【匈牙利】查特·盖佐 著

- 《流星——卡雷尔·恰佩克哲学小说三部曲》（小说）
  【捷克】卡雷尔·恰佩克 著

- 《神殿的基石——布拉加箴言录》（箴言）
  【罗马尼亚】卢齐安·布拉加 著

- 《十亿个流浪汉，或者虚无——托马斯·萨拉蒙诗选》（诗歌）
  【斯洛文尼亚】托马斯·萨拉蒙 著

第四辑

- **《耻辱龛》**（小说）
  【阿尔巴尼亚】伊斯梅尔·卡达莱 著

- **《三孔桥》**（小说）
  【阿尔巴尼亚】伊斯梅尔·卡达莱 著

- **《接班人》**（小说）
  【阿尔巴尼亚】伊斯梅尔·卡达莱 著

- **《绝对恐惧》**（小说）
  【捷克】博胡米尔·赫拉巴尔 著

- **《严密监视的列车》**（小说）
  【捷克】博胡米尔·赫拉巴尔 著

- **《雪绒花的庆典》**（小说）
  【捷克】博胡米尔·赫拉巴尔 著

- **《温柔的野蛮人》**（小说）
  【捷克】博胡米尔·赫拉巴尔 著

- **《无常的夏天》**（小说）
  【捷克】弗拉迪斯拉夫·万楚拉 著

- **《赫贝特诗歌精选》**（诗歌）
  【波兰】兹比格涅夫·赫贝特 著

- **《垃圾日》**（小说）
  【匈牙利】马利亚什·贝拉 著

· 部分书名为暂定，以出版时为准 ·